夺位

—— 手机江湖的腥风血雨 ——

中国友谊出版公司

图书在版编目（CIP）数据

夺位：手机江湖的腥风血雨 / 南华著 . —北京：
中国友谊出版公司，2016.8
ISBN 978-7-5057-3807-2

Ⅰ . ①夺… Ⅱ . ①南… Ⅲ . ①长篇小说—中国—当代
Ⅳ . ① I247.5

中国版本图书馆 CIP 数据核字（2016）第 178892 号

书名	夺位：手机江湖的腥风血雨
作者	南　华
出版	中国友谊出版公司
发行	中国友谊出版公司
经销	新华书店
印刷	北京嘉业印刷厂
规格	710×1000 毫米　16 开
	23 印张　325 千字
版次	2016 年 10 月第 1 版
印次	2016 年 10 月第 1 次印刷
书号	ISBN 978-7-5057-3807-2
定价	39.80 元
地址	北京市朝阳区西坝河南里 17 号楼
邮编	100028
电话	（010）64668676

如发现图书质量问题，可联系调换。质量投诉电话：010-82069336

目录

引子　腥风血雨

美国市场调查机构 Strategy Analytics 调查显示，全球智能手机的市场规模在 2015 年已经突破了千亿美元。

全球智能手机的年销售量突破 10 亿部。

中国智能手机的年销售量达到了惊人的 5 亿部。

移动互联网崛起的今天，手机已经成为了人们生活必备的用品。

时下最热门的电子商务、泛娱乐平台、即时通信、电子支付、在线阅读、在线教育、在线游戏……无数的产业都被一部手机包罗。

反过来，当今最热门的行业，也都可以通过各自的产业链优势布局。一夜之间，智能手机厂商变得有无限可能。

手机已经成为了全球巨头必争的战略要地。

我们仅仅把视线放在中国，雷军用饥饿营销、粉丝经营攻下了小米手机的第一个山头，小米正式进入了国人的视线。

华为从传统硬件厂商挟几十年技术积累之底蕴，正式成立华为终端，推出第一款手机荣耀，国内通信行业第一巨头强势地进入手机行业。

联想作为传统 PC 厂商，近水楼台先得月，联想手机在最早智能机的时代就占据全球 PC 机王者的江湖地位，早已经准备了足够的弹药，准备迎接全新移动互联网江湖的腥风血雨。

就连国内第一家电企业——格力，当董明珠向雷军放出十亿豪赌宣言的时候，就已经准备好要插足手机江湖，而格力第一款手机的上市，也标志着格力正式入局。

后面还有贾跃亭携泛娱乐平台，强势推出乐视品牌手机。

罗永浩拿着他的锤子和情怀，推出第一款锤子手机。

就连周鸿祎也将360杀毒软件作为筹码，昂首阔步地进军了手机行业。

还有魅族、vivo、金立、中兴，等等。

如此多巨头插足手机市场，一场江湖的腥风血雨已然无法避免。

第一章　手段

每次走进总监游历云的办公室，朱恩都觉得有些别扭。

办公室很大，陈设看起来古色古香，偌大的根雕茶几之上总是水雾升腾，游历云的那张老脸就经常躲在水雾后面，一双狡黠的小眼睛眯起来的时候就剩一条缝，好在有一副金丝眼镜罩着，让游历云看上去多了一分儒雅，淡了一分江湖气。

朱恩不太喜欢喝茶，虽然市场部免不了要应酬，但是煮一壶清水，灌一壶茶，一泡一上午，着实不符合他雷厉风行的风格，所以，被游历云叫过来喝茶，他总感觉痛苦。

"小朱，蓉城那个项目干得不错！给我大大地挣了面子。唉，这市场部啊，我真正放得了心的人不多，也就兄弟你让我省心。来，来，快坐，快坐！"游历云西装笔挺，满脸堆笑，分外热情。

朱恩瞟了一眼根雕茶几，轻轻一笑，道："游总今天没喝茶吗？"

游历云微微愣了一下，打了一个哈哈，道："你的风格向来高效，平常陪我喝茶不亚于陪太子读书，己所不欲，勿施于人，哈哈……"

游历云打哈哈，不经意地便流露出浓浓的江湖气。

朱恩心中只是冷笑，心想：倘若不是集团督察组现在就在车总的办公室，你游历云会这般客气？

看着游历云那张故作镇定的脸，朱恩就觉得心情舒畅。

他和游历云其实没有太多深仇大恨，只是西北三省的市场，朱恩跑了两年，好不容易将方拓的触角渗透进了方旗的地盘之上，但在上个月，这老东西甩手就将西北两个项目给了一部的苏金明，他还屁颠屁颠地跑到车总那里表功，着实狠狠地恶心了朱恩一把。

市场部有三个分部，苏金明和张学力他都得罪不起，就朱恩是他亲自招进来的，知根知底，就是欺负朱恩没有背景。

面对这种局面，朱恩也只能打落牙齿往肚里吞，纵然不爽，也只能压抑在内心，轻易不表露。

坐在游历云的对面，朱恩用勺子搅动面前的咖啡，道："游总，没看出来啊，你不仅对茶道有研究，煮咖啡也是行家。哥伦比亚的原豆咖啡，香气着实浓郁。"

游历云摇摇头，道："小朱，你就别寒碜我这老头子了，我哪里懂什么咖啡？这是我让小梅特意给你准备的，你是吃过洋面包的高才生，讲究这些。说起来啊，我们这些老家伙都老了，以后方拓的江山还是你们的！"

他顿了顿，凑近朱恩，压低声音道："小朱，市场部我信任的人不多。苏金明和张学力两位，哈哈……都很那个……也就你是我一手招进来的，你跟了我三年了，工作干得着实出色，我向上面推荐了你几次，希望能给你一个好前途，窝在我下面，屈才了，真屈才了！"

朱恩嘴角挂着笑，道："游总，看你说的，你我之间何须这么见外？我的情况你了解，我以前是被公司外派出去的，从根子上来说，我就是一个彻头彻尾的'土炮'，现在集团国际化，网罗人才众多，我……唉，难，太难了。我就只希望能在你的手下，多挣点业绩，把小日子过舒坦……"

朱恩一脸的诚恳，却是绕着圈子说话，游历云不提督察组的事儿，他也只字不提。

集团国际化，对下面子公司方方面面的督察一轮接一轮，来势凶猛得很。

方拓这几天可以说是风声鹤唳，上班的时候朱恩还听到有两个八卦的小文员说周副总八成要出事呢！

朱恩沉得住气，游历云却是忍不住，他凑到朱恩面前道："小朱，周副总的事儿你听说了吧？用公司的资源，秘密在外面另起炉灶，这一回只怕是够呛了。"

游历云长叹一口气，神色有些复杂。

朱恩将手上的咖啡放下，道："游总，这么说周副总的位置，八成是游总您的了？"

"啊？"游历云内心震动，饶是他城府极深，老奸巨猾，也被朱恩此言吓了一跳。

督察组就在车总的办公室呢，他游历云的屁股也不干净，这几年暗中没少捞钱，虽然不像周西求一般明目张胆，可是公司里知道的人也不少。

这几天他惊惶不安，心中想着如何封几个知情人的口呢，哪里想过取代周西求？

可是经朱恩这么一说，他细细思忖，从目前方拓的情况来看，几个总监中无论是资历还是绩效，他游历云都居前列。

集团真要考虑内部提拔子公司副总，他还真的有很大的希望。

这一下，他的心就乱了。

大家都说游历云这个人有三好：贪、奸、色，朱恩心中却清楚，游历云最好的是权，一家公司的总监，对他来说还不够。

可他硬是在这个位置上翻手为云覆手为雨，市场部有几个人没见识过他玩弄权术的手段？

朱恩也不喝咖啡了，道："游总放心，如果是单独谈话，我自然会维护咱们市场部的荣誉。就不知苏经理和张经理那边……"

游历云笑容渐渐收敛，哼了一声道："苏金明和张学力的屁股也不干净，上次西北的两个项目给苏金明，嘿……"

他话说到一半，意识到自己犯了错误，立刻变得和颜悦色，凑到朱恩身边，拍了拍朱恩的肩膀道："兄弟，你是我的人，我不会亏待你！以你的能力，干咱们市场部的总监那是绰绰有余。在方旗那边，他们都称你'朱牛皮'，这可不是说你吹牛皮厉害，而是你盯客户狠，牛皮糖似的，难对付呢！"

"不！不！"朱恩连忙摆手，"游总，你别给我脸上贴金。我的资历干总监，难度太大。就当我胸无大志吧，能把西北几省的业务做好，就烧高香了。"

"你放手去干，我大力支持你！花城市政府那个项目你去跟，关系都走通了，你要是能拿下来，今年就还有点收成了。"游历云大手一挥道。

"哎呀！"朱恩佯装吃惊，道，"游总，厉害啊！快刀斩乱麻呢，上次不是说困难重重吗，怎么不声不响就拿下了？我这坐享其成不好吧！"

游历云牙关紧咬，心中哪里能不疼。

花城政府系统内网改造项目，业绩上千万，如果不是事急从权，他会让朱恩去做？

一个单子做下来，业绩提成七八十万呢。

可是既然给了，他也只能故作大方，道："兄弟，我说给你就给你，你跟我这么多年，总不能老是啃骨头吧。这一回，你得再给我露露脸。"

"是，是，是！"朱恩连连点头，他悄悄凑近游历云，道，"游总放心，这个项目倘若真能拿下来，我不会那么不懂事，咱们二一添作五，你看……"

"哈哈……"游历云愣了一下，旋即哈哈大笑，心中别提多舒畅。

"你这小子，就是这般能干，去吧，去吧！上班时间呢，去忙吧，被人看见咱们在这里喝咖啡、侃大山可不好。"

从游历云办公室出来，朱恩就觉得舒坦了很多，逼着这个老东西把花城的项目吐了出来，干了两年，总算有了点回报。

在临港这城市，房价三四万一平方米，朱恩两年前咬牙在前海买了一套三居室，当时价格没现在这么离谱，不过他还是欠着银行一百多万呢！有了花城这一单，这一年的房贷总算是不用愁了。

回到办公室，他立刻打电话到花城，让几个常驻的业务员开始运作，一切安排好，已经要吃午饭了。

他心中不由得想，最好集团督察组一直就在方拓，保持威慑之势，自己的小日子只怕还要舒坦很多。

"朱经理，朱经理？"

朱恩一抬头，便看见了苏金明，这家伙人高马大，就是头顶上没几根头发，算是个败笔。

东北大汉嘛，说话中气十足，初次接触大都会被其豪爽所折服，可以说他天生就是做市场的料子。

可倘若认为他只是豪爽，那未免就跑偏了，苏金明那是真的"精明"，甚至比小媳妇还精明，部里的一些业务员，私下里都叫他"苏媳妇"呢！

"苏大经理今日怎么有空待在公司？你登我的门，莫非是要请我吃饭？"朱恩呵呵笑道。

"朱经理，你太聪明了！楼下前天开业的湘悦情味道不错，今日还打折。走，咱们哥儿俩去坐坐，好久没有跟兄弟喝酒了……"他凑过来，压低声音道，"飞天茅台的那个味儿，着实勾人，一个副市长送的，今日算兄弟有口福了……"

湘悦情果然是新开的，档次不错，小包房装修得典雅古朴，菜品也是色香味俱全。

美女服务员清一色的红色开衩旗袍，水灵靓丽得很。

朱恩心中还在盘算手下的几单业务，却没有仔细去琢磨苏金明的心思。

苏金明也没像往常一样眼睛老在美女服务员身上打转，表情明显有些凝重。

"朱恩，老游跟你谈了一个上午，你们密谈一些什么呢？是不是督察组的事儿？"苏金明故作不经意地道。

朱恩心一沉，面上却不动声色，夹了一筷子菜，轻轻地哼了一声，道："妈的，还能是什么？还不是盯上了副总的位置，想搞亲民呗！花城的项目给我吐出来了，那脸色难看得，搞得好像这个项目真是他跟进的一般！"

朱恩发牢骚，苏金明神色就很尴尬，毕竟上次西北两个项目，他做得也不地道。

现在黑云压城，周西求完蛋了，苏金明可谓是惶惶不可终日，没了周西求这个靠山，游历云还会像以前那般客气吗？

他得自保，三个市场部经理，他和张学力矛盾很深，也就朱恩平常不显山不露水，两人没有直接的矛盾，今天邀朱恩吃饭，就有投石问路的意思。

朱恩久历江湖，心中敞亮得很。

他对升官没兴趣，但是出来干活，总得求财不是？

朱恩现在急缺的就是钱，这个机会千载难逢，他决定好好利用，至少要把这几年自己辛辛苦苦打下的江山给稳在手中。

只是这中间，肯定会步步惊心，不管是游历云也好，还是眼前的苏金明，还有张学力也罢，没有一个是省油的灯。

和他们打交道，保不准什么时候就被算计，回头吃不了兜着走。

朱恩在江湖上滚了这么多年，这种事儿见得多了，所以尽管目前的条件对他有利，他内心并没有丝毫的得意忘形。

"老苏，我记得老车曾经说过，公司里有两种人：一种是狗，就是天生做事儿的，一生劳碌命；还有一种人是猫，不用做什么事儿，可就是比狗高贵。现在想来，这话真是精辟。我和老游在他办公室一坐，谁是狗谁是猫，真是一目了然。"朱恩嘿了一声，也不看苏金明，话锋一转，"所以啊，上面神仙打架我管不着，我手头的事儿太多，既然是狗嘛，就得有狗的觉悟不是？"

第二章　怒意

朱恩说的"猫狗论"出自方拓集团总裁车慧荣之口。

这个一身江湖气的总裁，典型的土鳖派，能力很强，路子很野，各方面关系经营得很好，是那种典型的八面玲珑的角色。

据说他高中毕业，二十世纪八十年代就来临港打拼，临港黑白两道他都有路子，能以这样的学历，担任方拓这样一家坐落在高新技术园的网络硬件企业的总裁，不得不说很奇葩。

不过他威望很高，平常在私下场合说话，都是话粗理不粗，比如这个"猫狗论"就精彩得很。

公司大了，人多了，里面就是一个江湖，江湖之中便有各自的派系。

方拓是高科技企业不错，可也是地地道道的国内企业，管理方式比照日本，实则也是学习人家长处的路子。

在方拓混，只有两种人能生存，一种是会做事、能力强、能帮公司出业绩、出绩效的人才，这种人自然就是狗。

还有一种人就是会站队，会搞关系，会溜须拍马，这种人自然就是猫。

做得了猫是本事，做不了就安安心心地做狗，朱恩显然是后者。

苏金明终究没有那么大的手笔，没有把吃进嘴的肥肉吐出来。小媳妇嘛，哪里有那个心胸气度，虽然他处境不妙，朱恩却也没想过真要痛打落水狗。

毕竟大家都是为了生活，都不容易，天天你死我活地斗多累？

因为苏金明约吃饭，朱恩今天回家比平常晚了一些。

从公司到家有五公里路，朱恩没买车，也不坐公交车，每天都是走路上下班。

回到家的时候，小区里面正是业主吃完饭遛弯的时候，还有一些上班族开车回家，显得有些拥挤。

朱恩则有些心不在焉，因为苏金明的话让他很不安。

方拓集团现在的大股东是千牛集团，实际上这一次针对方拓的督察背后必然有千牛的影子。

督察的目的是什么呢？真就为了查几个人吗？真就为了正一正公司的风气？

朱恩之前没有细想这件事，现在仔细一想，心中不由得犯嘀咕。

苏金明人称"小媳妇"，可不只说他精明，还有他十分八卦，公司的小道消息他比谁都灵通，这几年千牛高层内部斗得激烈，方拓的这一次震动，只怕背后就有集团几个公子爷的影子。

搞内斗嘛，国人都擅长，尤其是千牛这样的巨无霸，业务遍及十多个行业、五十多个国家和地区。

集团主席汪先生渐渐老去，他生的一群公子爷、公主个个如狼似虎，苏金明的八卦只怕也是事出有因。

而这些都不是朱恩担心的事情，小老百姓过自己的日子，哪管上面的人高来高去。

真正让朱恩警惕的是苏金明神秘兮兮地说集团要大改革，只怕是要裁员。

很可能裁员的矛头第一个指向的就是市场部。

方拓市场部这些年靠谁过日子？还不是打着千牛集团的幌子，靠着千牛集团的资源才混得风生水起？

既然是这样，新领导来了，老市场团队还能有多大的价值？

"朱经理，我估摸啊，咱们都是方拓当年狙击方旗的功臣嘛！就算是裁员，上面也不会对咱们这些功臣赶尽杀绝的，你说是不是？"苏金明那一脸猥琐的笑容，就在朱恩脑子里面晃悠。

苏金明是功臣，是当年跟着车慧荣打天下的马仔，朱恩却没有跟他比资历的本钱。

难道苏金明就是由于这个原因，心安理得地吞了自己的两个大项目吗？

朱恩越想心中的阴霾越盛,背后冷飕飕地发凉。

游历云今天没有透露这么多消息啊,市场部真要裁员,是裁猫还是裁狗?

"只怕裁狗比裁猫容易……"

"滴,滴,滴!"

刺耳的汽车喇叭声吓了朱恩一跳,他慌忙闪到一侧。

"嗖"的一声,白色的玛莎拉蒂从身侧一闪而过,"吱"的一声,跑车一个甩尾,稳稳地停在前面的泊车位上。

朱恩吓出了一身冷汗,心中不由得升起一股邪火。

"你怎么开车的?"朱恩冲着车屁股狂吼一声,不过终究没有冲上去。

这小区之中藏龙卧虎,谁知道开跑车的人是什么背景,玛莎拉蒂的跑车就算是在临港也不多见,主人定是非富即贵的人。

某知名碰瓷的老太太不是有句话吗:"我的命比他的车贱,能有什么风险?"

命比车贱,朱恩掂量自己这条命只怕也比不上眼前这辆玛莎拉蒂。

倘若这一次真的躲不过公司的这一劫,负债上百万,自己这条命抵押给银行,只怕别人还不会要。

"砰"的一声。车门被狠狠地一摔,一个清冷的女人戴着墨镜气冲冲走过来,这女人很年轻,身材高挑,干练利索,虽然墨镜遮住了眼睛,却掩盖不住其精致的五官。就算是在美女如云的临港,这个女人也堪称极品。

"有你这样走路的吗?浑浑噩噩像梦游一般在路中间一站,你知不知道刚才就差一点儿?"女人盯着朱恩,语气冰冷。

朱恩仅仅扫了一眼对方。一个年龄比自己还小、美艳绝伦的女人,开着一辆顶级的跑车,她是靠自己挣的钱吗?再看这素质,咄咄逼人,只怕也可以排除公众人物的身份。

这年头,女人比男人过得舒坦,尤其是姿色出众的女人。

"我今天失恋了,行不行?怎么就差了一点儿呢?不差那一点儿多好啊,飙车的人在自己的飙车生涯之中能撞死一个活人，那是多么难忘的经历？我都觉得遗憾，你不觉得遗憾吗？"朱恩冷冷地道。

"你这人……"女人似乎没料到朱恩这般说话，一时竟无言以对。

"我这人怎么了？小区门口交警叔叔立的限速标志牌敢情你不认识啊，你说是该你发火，还是该我生气？"

"好，好！你行，是我超速了，行不行？"女人压压手，很好地控制住了自己的情绪。

朱恩瞟了对方一眼，轻轻地哼了一声，一句话不说，径直走向自己的单元电梯间。

女人一拳打在了棉花上，周围遛弯的人冲她指指点点，让她很是尴尬。

她长长地吐了一口气，从车上拎着一沓文件快速地逃离，有些狼狈。

电梯门开了，朱恩脑子里还在想公司的事情，却听到有人在身后说："方拓的情况很复杂，公司很不稳定，汪尚飞和创业团队之间应该已经有了默契，这几天只怕就要动大手术裁员。裁员的名单我手上有了一份，我的意见是投资可以缓一缓，看看这个三少爷的本事再说……"

朱恩身体一僵，倏然扭头，心中一惊。

说话的竟然是刚才那个玛莎拉蒂女郎，墨镜摘了，一手拿着电话，红唇如血，美艳绝伦。

"方拓裁员，她有名单？"

朱恩的一颗心陡然提了起来，心中不由得琢磨这个女人的来路。

"好了，先不说了，现在这个场合不方便，等回家了我再给你打电话！"女人挂断电话，瞟了朱恩一眼，轻轻地甩了甩长发，神色明显不愉。

电梯上到十八楼，门打开，女人拎着东西出去，朱恩跟了出去。

"美女！"

女人倏然回头，冷冷地看向朱恩道："你住这个楼层？"

"咳，咳！"朱恩讪讪笑笑，道，"刚才那事……"

"刚才那事不是说了我超速嘛,怎么了?是不是还要搭讪?"

朱恩神色颇为尴尬,和陌生女人搭讪他着实从来没干过,更何况对方傲气逼人,这不是自己找难堪吗?

朱恩的性格比较内向,农村出来的大学生,当年进城电梯都不会乘。

大学专业学的是工业自动化,可是为生活所逼,他最终成了做业务的。

尤其是最近三年,经历了多少的心酸和冷暖他自己都记不清了,脸皮算是练出来了,可这个尴尬的场合,他还是忍不住脸红……

"哎哟,刚才不是挺能说会道的吗,怎么现在装纯洁吗?切,原来是一个标新立异的主儿,姐姐我不是十八岁的小女孩儿,你这些手段还是去对面技校使去吧……"女人冷笑道。

她这么一说,朱恩心中反而平静了很多,脸上的笑容却不减,道:"美女,您别往岔路上想,叫住你跟男女关系无关,我刚才听你说方拓裁员的事儿,你有裁员的名单,呃……不瞒你说,我就是方拓的员工,还望美女能帮帮忙,看看名单上是否有我的名字……"

女人一愣,道:"你是方拓的人?什么级别?"

"业务部,西北区经理!"朱恩如实地道。

女人眼中闪过一丝惊容,旋即便隐去,以至于朱恩根本没有发现,只见她眉头微微皱了皱,道:"我如果是老板,你肯定得走人!刁钻刻薄,不用问了,方拓你留不了了……"

朱恩心中升起一股怒意,神色却很平淡,道:"美女,你也别跟我学刻薄的本事,要学学点好的。对方拓我很了解,你们想投资方拓,从我身上也能找到第一手资料。我不过就想看看我这工作丢没丢,说起来咱们也算是合作。心平气和,OK?"

第三章　死棋

朱恩做业务出身，眼见对方神情似乎有所缓和，自然知道怎么添一把火。

他掏出钥匙，打开自家房门，道："美女，别站着了，进来坐坐，我给你冲一杯峨眉山的清茶。你看，咱们还是邻居不是？低头不见抬头见，刚才都是我刻薄了，给你赔罪！给你赔罪！"

女人盯着朱恩，哂然一笑，道："你还真住这儿啊，眼光不错，挑的房子面朝马路，热闹！"

朱恩道："还是刻薄啊，面朝马路一平方米便宜两千，我们打工一族，不比美女您这样的款姐，买一套房欠一屁股债，日子过得紧巴，见笑！"

朱恩很快将局面引入了自己熟悉的套路，趁着说话奉迎的工夫已经给女人准备了一双新拖鞋。

朱恩的房间着实简单。

买房花了近两百万，简装修，家具陈设都是以前出租屋转过来的，冰箱、洗衣机都是从旧货市场淘的。

房间中的家具配不上房子的高大上，如果站在都市女人的角度客观评价朱恩，勉强算一个经济适用男。

不过有一点，房子收拾得很干净，一丝不苟，布沙发的小裂痕，也被他用纹绣的办法掩饰得没有一点破绽。

客厅摆着栽种着木棉花的盆景，釉质的盆儿擦得油光锃亮。

当然，充斥房子最多的还是书。

没有专门的书房，客厅沙发左右两侧的壁柜上全是书，茶几下面也全是书。

大学四年，毕业八年，一共十二年，搬家不下十次，每次搬家都扔东西，唯有书一本都没扔过。

只有读书、看书、学习，才能应对临港高节奏的竞争，朱恩的家境贫寒，家里舍弃了妹妹的学业供他上学，走到今天不容易，所以他很珍惜现在的工作和生活。

女人的神色明显缓和了，坐在沙发上左右环顾，朱恩规规矩矩地给她倒了一杯绿茶，用的是崭新的玻璃杯。

"你叫什么名字？"女人看向朱恩，"年龄？"

朱恩愣了愣，道："我叫朱恩，那个……三十岁！"

"哦！"

女人翻开一沓资料，仔细地寻找，良久，她抬头道："很遗憾，你在这一次方拓的裁员名单上！业务部裁员很多，名单上有十八人，大区经理裁了两个，你和那个谁。"

朱恩一下愣住了，女人后面的话他完全没听到。

此时他内心的怒火升腾直冲头顶，拳头不由自主地攥起来。

一种被欺骗的感觉充斥在他内心，游历云这个老东西，杀人不见血。

公司裁员，游历云作为市场部总监，必然是参与其中的，不可能上面的领导就拿着名单画圈。

朱恩明白了，裁员和督察应该是两回事，裁员是裁员，督察是督察。

裁员说不定已经酝酿了很久了，不过朱恩一直被蒙在鼓里而已。倘若不是这一次有督察组下来，只怕朱恩一直要到集团正式宣布的那一天才明白自己被人给卖了。

见过无耻的人，就没见过游历云这般无耻的人。

这个老东西，自己跟他辛辛苦苦工作了三年，业务部的江山一多半都是自己打下来的，他却还在背后捅这么一刀。

不用说了，另外一个被裁的肯定是苏金明了，周西求完蛋了，游历云能不上去踩两脚？落井下石这种事儿，他干起来是绝对没有负罪感的。

内心无数念头转动，朱恩的心思有些乱。

如果被裁员，朱恩经营了这么多年的人脉和根基就彻底打了水漂，从底薪三千块的业务员干起，干到现在年薪三四十万，靠的都是他这些年的打拼和积累。

一旦离开了方拓，朱恩另外找个工作肯定没有问题，但是能保证有这般丰厚的回报吗？

朱恩的经济状况折腾不起，房贷每月一万，老家父母劳作了一辈子，朱恩去年给二老盖了房子，已经花了十多万，还要十多万才能把工程完结。

妹妹马上要谈婚论嫁，父母这些年的积蓄都用来送朱恩上大学了，嫁妆朱恩得负责。

他这一辈子最对不起的就是妹妹，早就发誓一定要把嫁妆办得体面，让妹妹风风光光地去婆家，究竟要花多少钱，还是一个无底洞。

"游历云，你不仁，就不要怪我不义了！"

慢慢地将一杯热茶一口气喝干，朱恩的情绪平定了下来，道："谢谢美女，真是不胜感激！"

他这话说得非常诚恳，因为的确是发自他的内心，如果不是事先得到这个消息，等他明白的时候，黄花菜都凉了，哪里还有他回旋的机会？

女人眉头一挑，似乎对朱恩的态度感到很意外，淡淡一笑，道："你就不怕我这名单不准确吗？"

朱恩摇摇头，道："你的名单应该是准确的，这件事其实并不太出人意料，只是我之前反应迟钝了而已。"

"怎么？看你的样子有些沮丧，是因为马上要丢掉工作，还是因为真失恋了？"女人道。

朱恩道："失恋不值得沮丧，丢掉工作才真是要命，好了，我也兑现我的承诺，你想了解方拓什么，可以问我！"

女人咯咯一笑，道："我问你，你能知道吗？"

朱恩愣了一下，道："我进入公司的时间不算太长，但是公司的运作、经营、管理各方面我都了解很多，应该不会让你失望！"

"谁问你这些？我问你一个问题，你知道周长河和公司里面哪个女人关系暧昧吗？"

"呃……"朱恩愣了半晌，摇摇头。

"那我再问你，你们的老总车慧荣的二奶叫什么名字？住哪里？"

朱恩表情直接凝固，摊摊手……

"那我能问你什么？我问你汪尚飞怎么就捏住了车慧荣的命门，硬是让车慧荣和王岳同决裂，倒向了他呢？"

朱恩眉头皱起来，叹口气，道："看来我是帮不了你，很抱歉！"

"抱歉？你作为公司中层，对公司里面的情况了解这么少，你不觉得羞愧吗？一个公司就是一个江湖，倘若你不了解这个江湖之上的人，怎么能在这个江湖生存？"女人冷冷地道。

朱恩眉头一挑，盯着对方，一字一句地道："美女，你觉得业务经理应该是什么职责范围？公司百分之八十的业务是我做的，那才是我的工作。如果每一个中层，都去研究这个江湖，你认为这个公司能有多少希望？"

"哈哈！"女人哈哈大笑，笑得肆无忌惮，道，"看来你是生气了，是我伤了你的自尊心。工作都要丢了，却还不认为有错误，够固执！"

朱恩无奈地一笑，道："不过，你说的话很有道理。车慧荣有个猫狗论……"

朱恩将车慧荣的猫狗论简单地解释了一番，女子便毫无形象地哈哈大笑："哈哈！车慧荣这个大老粗，这话倒是说得透彻，他自己是一只狗出身，现在倒是想当猫了。"

朱恩给自己倒上半杯茶，道："所以我说你指责我比较有道理，是我后知后觉了。我当狗没错，但是不研究猫的路数便是错了。我家乡就有一句谚语，

'会干的干一辈子，会玩的玩儿一辈子'，嘿嘿，其实也是至理名言！"

"嗯，你悟性不错，也沉得住气，就是格局小了一点。要不，你来我这边试试，我聘请你如何？"女人一本正经地道。

"你是……什么公司？"

女人优雅地打开手包，从里面抽出一张名片递给朱恩。

"索昌瑜伽会所，马梦可……"

朱恩倏然抬头，简直是哭笑不得。

"是不是很惊喜？还是很意外？"女人笑得很开心。

朱恩嘿嘿一笑，道："敢情弄了半天，我是跟一个瑜伽美女聊方拓江湖，我就奇怪，你一瑜伽会所的老板，是怎么搞情报工作的？"

马梦可点点头道："算是吧，帮朋友弄的，我的会所就在你们写字楼正对面。车慧荣的两个小老婆都是我的客户，找这点信息不过是顺手牵羊的事儿，还能落朋友一个人情，有什么不好呢？"

"嗯！很好，我也欠你一个人情吧，马总！"朱恩点点头，脑子很乱，心中有事，没心思再聊天了。

"你吃了饭没有？"

"吃了！"

"你这里没吃的了吗？方便面有没有？"马梦可皱眉道。

"方便面是垃圾食品，不是健身老板应该吃的东西，当然，我肯定没有！"朱恩语气随意了很多。

"那行吧，你这个人我是看透了，这是要送客的架势，我也不赖着了，自己去找吃的去了。祝你好运吧，硬是没地方去，给我做个助理啥的，我保你饿不死！"马梦可站起身来。

朱恩起身送客，走到门口，他歉然一笑，道："马总，今天是真对不起，心情很糟糕，脑子有点乱。回头再谢你，请你吃饭！"

"谁稀罕你的饭？"马梦可冷冷哼了一声。

"咱们邻居住着，总有帮得上忙的时候，反正就是谢谢你了，咱小老百姓也就有这份心，没指望您多稀罕呢！"朱恩轻轻地掩上了门，整个人靠在门上，身体有一种虚脱感。

　　面前就是一盘死棋，不过他天生就是个倔种，这次还真要跟游历云这个老东西较较真。

第四章　豪赌

方拓集团追溯到十几年前就是个搞电脑组装的小个体户。

当时这个小个体户的老板就是车慧荣，那个年头，电脑是稀罕玩意儿，车慧荣很幸运，赶上了那一波 PC 机的风潮。

可能只有那个时代，像车慧荣这种草根人物才有机会进入高大上的 IT 行业，不是有句话叫"撑死胆大的，饿死胆小的"吗？

车慧荣做 PC 机组装的时候就想，自己像木匠一样把几个零件一组装就能挣大把大把的钞票，倘若自己能造出机器里面的零件，那岂不是要发大财？

这个念头充斥在当时还有一股热血的暴发户身上，便有了方拓科技有限公司。

电脑中的五大心脏他肯定是没造出来，可是键盘、鼠标这些周边产业他却找到了路子。

也亏得他在临港这样供应链完整的世界工厂，再加上他胆子大、肯钻研，后面连续赶上了两波 IT 潮流。

一波是 MP3，这一波潮流让方拓有限公司变成了集团。

再一波就是山寨手机，山寨手机让方拓集团成为了区里 IT 业的龙头企业，车慧荣也成了临港当时知名的企业家，个人资产过亿。

朱恩对这些都不佩服，最佩服的是车慧荣在集团最鼎盛的时候，找到了千牛这座大靠山。

千牛集团，国际知名，老板便是那个被南巡首长都奉为座上宾的港商，世界富豪排行榜上的人物，虽然没有像亚洲首富李先生那样有"超人"的美誉，但是提起汪先生的名字，谁敢说其不是和李先生一个级别的富豪？

现在方拓集团董事长王岳同是谁？就是汪先生手下的十八罗汉之一，是千牛的元老。

方拓被千牛收购之后，便开始转型，进入通信行业，凭借千牛的资本和人才，方拓终于完成了华丽的转身，才有了今日的江湖地位。

不过，这几年方拓内部并不太平，游击队野路子和正规军阵地战之间的争斗从未停歇。

说穿了，就是车慧荣和王岳同之间的矛盾没有化解，车慧荣绿林出身，习惯了当老板、家长，受不得约束，哪里能服王岳同？

这样的斗争，自然就让方拓集团的江湖分成了至少两个派系。

只是方拓毕竟是车慧荣一手创造的公司，公司里面的关键位置全部由他掌控着。

再者，说到运营管理、大局观、知识水平，他可能比不上王岳同，但是说到阴谋诡计、江湖路数，王岳同谦谦君子，哪里能是车慧荣的对手？

临港毕竟是内地，车慧荣毕竟是地头蛇，几年斗下来，王岳同这个董事长已经贯彻不了自己的意志了。

他一怒之下就准备要大开杀戒，破而后立，可是车慧荣是什么人？

他早就洞悉了王岳同的心思，事先就做了准备，攀上了千牛的三公子汪尚飞，巴结上了三太子，方拓的事情王岳同还能为所欲为吗？

朱恩作为集团的中层领导，这些事情他当然知道。

不过他一向觉得那些高来高去的事情跟他没什么关系，他只想干好本职工作，拿自己那一份工钱，小心翼翼、谨小慎微地将小日子过好就行了，至于上面的争斗，管他们是牛伤了马，还是马伤了牛。

可是今天，朱恩不再忽视这个问题了，因为他的梦想像肥皂泡一样破了。

辛辛苦苦从最基层干到现在，当牛做马干了三年，游历云那个王八蛋在这个时候竟然想卸磨杀驴。

他内心之怒如熊熊烈火灼烧得他彻夜难眠，以前不愿去想的事儿，不敢去想的事儿，不能去想的事儿，一个晚上他都去想了。

虽然这些年的经历，早已将他身上的棱角经磨平了，可是毕竟还年轻，心中还有股子血性。

更重要的是，现实的情况逼着他不能不尽最大的努力保住现在的工作，失去了工作，房贷怎么办？家里的生活怎么办？妹妹的嫁妆怎么办？

"什么狗屁文明社会，还是逃脱不了强者食肉、弱者吃屎的法则！"

"游历云怎么就敢把老子当软柿子捏？因为老子本来软呗，处处谨小慎微，别人就得寸进尺……"

狠狠地掐灭烟头，朱恩盯着镜子里面双眼充血的面容，感觉自己像一头被激怒的公牛，公牛不合适，应该说像一只被惹毛的狗。

"兔子急了还咬人，更何况是狗？"

各种念头在他脑子中纷飞，有些乱，但是在乱麻之中隐隐已经有了一条线……

他是个聪明人，倘若不聪明，出生在那个贫困的小山沟沟里的他，也不可能考上大学。

他的适应性很强，要不然也不会从农村的土包子，变成现在人模狗样的都市精英。

农民的坚忍、吃苦耐劳的品格他都具备，他身上缺的就是刁民的熊心豹子胆，谁让他是出生在老实巴交的贫农之家呢？

不过当年的人揭竿而起打江山，靠的就是这帮老实巴交的贫农，光脚的不怕穿鞋的，真把他惹恼了，无产阶级的力量那绝对是气吞山河如虎……

方拓集团董事长的办公室奢侈而豪华，考究的根雕茶具后面放着的是意大利进口的真皮沙发，宽大的办公桌后面是乳白色的书架，书架上摆满了书，都是真书，没有暴发户附庸风雅的浅薄，透露出的是真正的上流社会精英超凡的品位。

朱恩就坐在办公桌外面，直靠背的椅子让他只能挺直胸膛，眼睛已经不再是昨日的通红，一夜未眠，精神也不见丝毫萎靡。

他的对面是一位年近六十的儒雅老者，长期地养尊处优，让他的面相看上去最多也就是四十岁，只是头发白得厉害，但这掩盖不了此人儒雅的气质，而那副金丝边眼镜后面明亮的眼睛，透露出的更是久居上位的不凡气度。

朱恩坐着，对方却没有抬头，派克金笔轻轻划过纸张响起的"沙沙"声，听了让人心中十分地宁静。

一份文件批示完毕，老者终于抬头道："你叫朱恩？"

朱恩点点头道："是，董事长，市场部西北大区经理朱恩。"

面前的老者便是方拓集团的董事长王岳同，三年来朱恩也不过远远见过他几次，像如此近距离的接触今天还是第一次。

千牛集团，亿万富豪级别的高管就有百人之多，像王岳同现在的身份，在临港企业家中是绝对一等一的人物，实际上他也兼任了临港市港商会会长的职位，平常结交的人物，也皆是市委书记、市长这种级别的人物。

像朱恩这样的小打工仔，能进入这间办公室，那绝对是破天荒的一次。

"督察工作是大集团统筹安排的工作，目的是发现问题、解决问题，给咱们某些领导洗洗澡、治治病。你们市场部没有传达这个文件吗？你怎么就有这么大的抵触情绪？"王岳同眼神森冷，"敢跟李总顶牛，咆哮督察组，你好大的胆子！"

朱恩低着头，心中却是很平静，沉吟良久，道："董事长，我只是中层管理，您知道的，我们市场部担子重、任务多，眼看今年过半，今年的任务才完成四成。在这个时候，我们的队伍向前冲，背后却有人拽尾巴，我的脾气难免有些不好。市场部要平衡，业绩上搞劫贫济富我也能忍，可是您非得要我搞什么检举揭发，我一个业务经理，脚上装着风火轮，长期在外面跑，总部这边的事儿我两眼一抹黑，这不是逼着公牛来下崽吗？"

朱恩的语气平静，态度诚恳，可是语气依旧倔强。

王岳同皱皱眉头，道："我刚才看过你的资料，业务的确干得不错，但是市场部的问题很多，周总的事儿你都知道了吧？"

朱恩点点头道："董事长，不怕您笑话，周总虽然分管市场这一块，可是位高权重，我一年当中也就聚餐能见到他几次。车总不是说过，人分两种，一种是狗，一种是猫。我进公司比较晚，只能当老老实实干活的狗。"

王岳同脸色一变，更是难看，道："朱恩，你不过三十岁而已，别成了老油子了，公司没有什么狗和猫。同样是工作，能者上，弱者下，你只要有能力，公司自然不会亏待你……"

他用手轻轻推了推鼻梁上的眼镜，似乎觉得这些话自己都不怎么信，当即转变话头，道，"好了，今天的事情你要严肃做检查，回头要诚恳给李总道歉，获得她的谅解。最后，半个月内你依旧不能离开临港，这是集团规定，磨刀不误砍柴工，你的业务要让位于集团大势，倘若再犯错，我也保不住你了！去吧！"

朱恩站起身来，恭恭敬敬地鞠躬，慢慢退出王岳同的办公室，背后一身冷汗。

真是一场豪赌，今天被督察组单独问话，他故意出格地一通大吵大闹，整个写字楼震动，终于震到了王岳同那里，他心中清楚，自己放手一搏的序幕已经拉开了，就不知这一搏过后，自己还能不能保住这份工作。

第五章　动手

"李总，您消消火，做业务出身的中层管理，脾气是有点冲，尤其这个朱恩，最是不服管教，您放心，他的事儿我一定严肃处理，绝对要杀鸡儆猴，维护咱们集团督察组的权威！"游历云一张臭嘴咧开，露出一口黑牙，一双闪烁的眼珠子尽是狡狯之色。

李清柔白皙的脸颊染上一层红晕，她纤细的手指微微收拢，心中的怒火便渐渐地被压制。

作为千牛集团战略副总监，她的身上有太多光环，而这些光环最耀眼的莫过于她在汪先生身边干了两年的秘书。

千牛集团，生意遍及四大洋五大洲，涉及的行业近百个，汪先生运筹帷幄，掌控这么大一艘超级巨舰，李清柔能跟在他身边工作，其见识和阅历自然要高人一筹。

再加上她本就是哈佛商学院的硕士，起点之高也是一般人难以望其项背的，所以她能在三十岁不到成为集团新一代高管，也绝非偶然。

冷眼看着身边的游历云，她难掩心中的厌恶。

她很讨厌游历云身上的那身江湖气，堂堂 IT 公司的市场总监，不能给人一点职业经理人的理性和专业，尽说一些拍胸脯、吹牛皮的大话，有这样的领导，还指望能有什么样的下属？

"游总，你无须过于在意，督察组的工作并不是别人不能提出异议，这么多天，有人能在督察组的办公室表现得如此激烈，其实不是一件坏事，对我们的工作是个提醒、鞭策……"李清柔淡淡地道，她眉宇之中冷意一扫而过，"不过，朱恩这个人还是要处理，你们方拓是王董事长和车总负责，我已经将这个情况反馈给他们了。"

游历云眼睛微微一眯，看着面前这个娇滴滴的女孩，他色心再大却也不敢有什么非分之想。

说起来朱恩的表现他比较满意，狠狠地杀一杀督察组的气焰，估计是集团很多部门都想做而没敢做的事情。

不过听李清柔的话，却让他觉得自己似乎想简单了一些。

朱恩这一闹，这个女人的视线聚焦到了自己的身上，市场部的事情，能经得起查吗？

"游总，没什么其他的事情，咱们就谈到这里？"李清柔语气淡如水。

"李总，今天的事情我老游诚恳向你道歉，为了表示我的诚意，特意准备了一顿便饭，还望李总千万……"

"游总，今天出去跟你吃饭，明天我的饭局会有多少？再说了，真要道歉，那个姓朱的经理干什么去了？"李清柔心中的怒火再一次点燃，脑子里便想到那个叫朱恩的经理可恶的面容：

"二十几岁的一个黄毛丫头，胎毛都没褪，不就仗着自己当了几天假洋鬼子吗？你知不知道一单业务下来，上上下下要打点多少关系？大老总、大公主、大人物，我只是一个小小的经理，干粗活儿的小角色。

"能不能求求你，别折磨我们这些小角色，规矩都是领导定的，咱就是干事的一条狗，你让我谈这个的问题、那个的问题，我听得云山雾罩，脑袋都要裂了。话说，您跟我们为难有成就感吗……"

李清柔想着那张脸，按照她的脾气，当场就该将这家伙给开了，她也有这个权力，流氓一样的家伙，还是中层管理呢！

难怪都说方拓管理混乱，招的都是一些什么人！

不过她很快想到自己的使命，一股怒火硬生生给压了下去，这么多年，她还没被人这么骂过，在汪先生身边干了两年，也没受过这等委屈。

憋在她心里的一口气，能顺得了吗？

"李总，你放心，我马上就处理朱恩，一定给你一个满意的交代！"游历云冷冷地道，眼神之中闪过一道阴狠之色。

"小杨，把朱经理给我叫过来……"

总监办公室的门轰然被推开，进来的却不是小杨。

"苏经理，有什么事儿回头再说，没看见我正在会见客人吗？"游历云皱眉道，极其不耐烦地瞅了一眼苏金明。

"哈！"苏金明冷冷一笑，道，"怎么了？游总，李总在这里你见个下属都不敢吗？你是不是怕我搞检举揭发啊……"

游历云眼珠子一跳，眼睛死死地盯着苏金明，背后不由得一麻，感觉到了苏金明语气不对，他打了一个哈哈道："来，李总我给你介绍一下，这是我们华东区经理苏……"

"游历云，你给我收起你那一套，你不是想干掉我吗？既然都撕破脸了，还假惺惺地装什么大尾巴狼？李总，我有重要情况向你反映，我们市场部这几年……"

游历云瞬间愣住，他干枯的嘴唇狠狠地一抖，他做梦都没想到苏金明会在这个时候像疯狗一样跳出来扑向他。

说到资历，游历云、苏金明、张学力都是当年同期跟着车慧荣打江山的"臣子"，苏金明是个什么货他最清楚不过。

这家伙以前就是个混社会的，正儿八经拿刀砍过人，惹毛了他，就没有这小子不敢干的。

不过游历云知道自己那一屁股屎，今天就算是豁出去他也不能让苏金明把他的老底给掀出来。

关键时刻，游历云大喝一声，道："苏金明，这里是什么地方？你还有没有一点上下级观念？滚，滚，给我滚出去……"

游历云这一怒，一脸的横肉挤在一起，眼睛瞪得像乌眼鸡似的，鼻梁上那一副装斯文的眼镜已经被他摘下来，让他看上去更像一只发怒的老猴子。

"你才滚。"苏金明抬手就一拳，游历云一声惨叫，满脸是血，业务部一下乱了。

大家纷纷冲进总监办公室，喧嚣的场景如同菜市场。

这场景一如方拓当年在电脑城卖电脑和人抢铺子一般，就差手上没有家伙，这样的场景，他们这帮跟随车慧荣打天下的元老最是熟悉。

可是他们熟悉，不代表李清柔这个喝过洋墨水受过西方高等教育的职业经理人也熟悉。

她哪里见过这等场面？小脸吓得苍白，拼命往外挤，可是整个总监室已经挤满了人，苏金明的咒骂声，游历云杀猪般的号叫声，还有周围拼命想把他们拉开的一帮同事，李清柔穿着高跟鞋，冷不丁被踩了一脚，疼得她差点晕过去。

万般无奈，她只好脱了高跟鞋拎在手中一瘸一拐"逃"出市场部，可谓是狼狈不堪。

从集团写字楼电梯间到地面停车场有差不多一百二十米。

李清柔从电梯间出来，却是再也走不动了。

光着脚丫子仓皇逃出来，纤嫩的脚底板火辣辣地疼，高跟鞋左边鞋跟不知道去哪里了，她一瘸一拐地走到前台，一个人也没有，她这才意识到外面的天色已经暗下来了，公司大部分人都下班了。

左脚背已经肿起来了，很疼，她坐在会客沙发上，狠狠地将鞋子摔在地上，脸上没有一丝血色。

心中还有惊惧，但更多的是恼怒，在千牛的版图中，方拓渺小得如同一粒沙了。一年几个亿的业绩，只占集团业绩的百分之零点二，如果把千牛比成一个国家，方拓就只能算是这个国家最偏远西北部的一块快要被人遗忘的小戈壁滩。

可是这小戈壁滩就是硌硬人，她这次之所以过来，也不过是想帮一帮在戈壁滩上被折磨得遍体鳞伤的王岳同，谁承想竟然碰了这样的壁。

"李总？"一个温和的声音在空荡荡的前台响起。

李清柔倏然抬头，看到的是一张今天一天都在她脑子中抹不去的嘴脸。

朱恩一脸微笑地走过来，道："李总，您这是……"

李清柔要疯了，她一拍沙发，勃然道："你……"她本想说"你给我滚"，不过一想到刚才在市场部闹的那一出，她硬生生地闭上了嘴。

这里不是千牛，是方拓，这里不是大上海，是小戈壁滩。

这里的人还未开化，走的都是野蛮的路子，真要惹恼了对方，被对方一拳打过来，她这小身板，非得住院不可。

"你……来干什么？"李清柔尽量让自己的语气变得柔和。

朱恩道："今天白天的事情是我错了，董事长严厉地批评了我，我专程来向您道歉，希望您大人不记小人过，能够接受我的道歉。"

朱恩很诚恳，李清柔心中则是冷笑，眼神之中毫不掩饰自己的敌意。

朱恩脸上的笑容不减，道："李总在下班后专门视察了我们市场部，怎么样？我们市场部的精神面貌、战斗力还不错吧？"

李清柔心中咯噔一下，心中有一种荒谬的感觉。

然而她很快便捕捉到了朱恩笑容中的那一丝嘲讽，她嘴唇掀动，朱恩却抢在她前面道："市场部的战斗力的确很好，总监和大区域经理赤膊上阵对练，这等盛况在总部其他公司肯定看不到吧！要不然李总也不会这么没经验，还受了伤！"

朱恩说完，从身后拿出一双女式平底布鞋放在茶几上，道："李总，道歉不空着手，这个小礼物你用得上！"

李清柔瞳孔一缩，朱恩却已经转过身去，大步流星地走了。

她嘴唇颤抖，终于鼓足勇气道："你站住！你处心积虑地等着我，莫非就只是为了看我狼狈的样子吗？"

朱恩并没有回头，淡淡地道："李总，您想多了，我只是想巴结一下您，让你们这些高高在上的大人物能给我们这些真正为公司认真工作的小角色一口饭吃……"

第六章　筹谋

公司的一切都在按照朱恩的设想进行，这把火烧起来了，而且有越烧越旺的势头，就不知道这把火过后，他自己是不是能够全身而退。

他用苏金明做掩护，可是苏金明凶悍有余，头脑里只有小精明，和游历云那个老东西斗，估计坚持不了几个回合啊。

回顾这一次的计划，朱恩能引起王岳同的注意，这是个成功点。

可是把集团派来的李清柔得罪狠了，却又失了分。

不过能让市场部游历云栽个大跟头，终究还是得了不少分，朱恩仔细推演自己的动作，并没有找到明显的破绽。

因为有人在督察组大闹，惊动了董事长，从董事长那里，他知道了自己将要被裁员的消息，顺便帮苏金明把消息摸清楚了，这可以很好地掩饰他从外面得到的那一张名单。

苏金明得到了消息，惊觉自己遭了游历云暗算，奋起反击，摆出要和游历云同归于尽的架势，市场部的火一下就烧了起来。

唯一美中不足的是就差一个张学力，朱恩和张学力接触不多。

张学力管华南的市场，长期在大本营待着。这个人很斯文，很和气，华大毕业的高才生，远不像苏金明那样冒失、嚣张，在公司人缘很好。

朱恩怕就怕这种人，游历云搞权术他不怕，因为游历云贪，搞来搞去，无非就是要贪点钱或者和公司某业务美女发生点超友谊的关系。这种人狡诈，但是总有把柄留下，要不然苏金明根本没有机会反击。

苏金明凶狠他也不怕，现在都是文明社会，别说苏金明不是黑道，就算他真是，方拓这么大一公司，苏金明的那些手段敢使吗？

而张学力不同，他职位不高，却八面玲珑，上上下下的关系都打点得很好，而且其接触的是业务一线，捞钱的手段根本不在公司内部。

最重要的是，这种人城府深，逢人就说三分话，在公司里和任何人都不深交，你很难摸到他的软肋。

"游历云，你敢阴老子，老子这一次要和你斗到底，不把你的老底掀出来我不姓苏。"苏金明狠狠地灌了一口啤酒，咣当一声把酒瓶按在桌子上，眼睛看向朱恩，"小朱，还是你够意思，这个事儿如果不是你告诉我，老子还蒙在鼓里。"

朱恩无精打采地道："现在说这些有个屁用，不管怎么弄，你我都得卷铺盖走人。我跟苏哥你比不了，你的底子比我厚，嫂子还能挣钱，我辛辛苦苦干了三年，刚刚干出一点成绩，游历云现在就卸磨杀驴了。"

苏金明哈哈一笑，道："怕个鸟，此处不留爷，自有留爷处。不瞒你说，我已经和方旗那边接触了，凭哥们儿你的能力，非得要在方拓吗？趁这个机会，把该收的钱都收了，打包去下家，回头干死游历云。"

朱恩心中一跳，苏金明所说的方旗科技和方拓是竞争对手，当然，其规模比不了方拓，但是团队也不弱，自己怎么就没想到这一点呢？

他心中盘算，觉得自己得做两手准备，万一这边的事情不济，得立马找下一家。

不过那样一来，必定损失不小，临港虽然大，通信这一块江湖就那么大，谁不清楚谁家的事儿？

朱恩被裁员，方旗对他能有几分的热度？

一念及此，他便将这个念头压住，心中的一团火又开始燃烧，他是个倔脾气又要强的人，真被裁员那就灰溜溜像一条狗，这一点他最是难以接受。

"苏哥，还是张经理潇洒，市场部三个老大，你我二人被卸磨杀驴，他稳坐钓鱼台。在公司混，还真的要搞好关系，关系搞不好，根本立不了足。"朱恩喝着啤酒，嘿嘿一笑道。

"嘿，张学力？就他那家伙，不就是有一张小白脸，能比得了你我？他跟马丽芳的那一腿子事儿我是不想说，不是把马丽芳伺候得好，他能混得这么潇洒？"苏金明冷冷道。

"马丽芳？是个什么鸟人？我怎么没听过？"

苏金明哈哈大笑，道："什么鸟人？咱们的老板娘，老女人一个，大屁股比猪还肥，也就张学力那小白脸重口味，老子看她一眼都恶心。"

朱恩摇摇头，道："那也是人家的本事，你我二人可没那本事。"

苏金明冷冷一笑，道："好了，别扯那些了，恶心。哥们儿，今朝有酒今朝醉，干了，稍后咱们去东方世纪去……"

他慢慢地凑到朱恩耳边，眼睛中冒着绿光："哥们儿，东方那边新来了几个川妹子，让人欲仙欲死……"

"得了，我没你这么宽的心，都这个时候了，还想那事。"

"哎哟，新好男人啊，没结婚的男人就是矫情，还指望着这世界上有轰轰烈烈的爱情呢。哈哈，狗屁爱情，有钱人天天都当新郎，没钱的屌丝就跟你一样，游历云翻一下手，你就惶惶不可终日，真要抢女人，你能抢过他？"苏金明嘿嘿笑道。

朱恩心中一股怒火倏然蹿到头顶，恨不得站起身来扇苏金明一耳光。

不过终究，他只是淡淡一笑，道："老苏，不要掉以轻心，华东的尾款还有一千多万没回来，在这个时候被游历云阴死了，我在你面前摆十个光溜溜的川妹子你也提不起精神来。"

苏金明瞬间愣住，手不由得抖了一下……

朱恩冷冷地看了他一眼，道："都提醒你了，让你不要冲动，你非得要动拳头，还好你有我这个难兄难弟，我倒想让公司弄清楚一下，三个大区经理，张经理真就比你我强？"

看到游历云那张脸，朱恩心中就有一种哈哈大笑的冲动。

苏金明昨天的那一番奚落，伤及他的自尊心，他从小到大，父母含辛茹苦送他上学，每一步走得都那么艰难。

大学毕业以后，朱恩每天都起早贪黑地工作，依旧是那么艰难。

两代人的艰难努力，成就了山旮旯里走出的唯一大学生，可是到了现在，却硬是由眼前这个老东西来掌握命运，想到这一点，朱恩就有一种从内心深处生出的悲哀。

如果昨天他还对自己的反击有一丝犹豫，今天他已经是王八吃秤砣——铁了心。

"小朱，怎么不说话？"游历云脸上盖着纱布，鼻梁上贴着膏药，一瘸一拐像个马戏团的大马猴。

他似乎竭力想让自己温和一些，可是一笑起来，大嘴歪向一边，却像是在哭。

朱恩冷冷地道："游总，您想问什么？市场部裁员的事儿我知道了，您放心，毕竟我跟你干了三年，这份情谊我记得住。我的工作你也不用担心，当了三年狗，其他的没学会，干糙活还是能成。方拓做不了，在临港总还有一碗饭吃，饿不死的。"

"苏金明这个狗杂种，疯狗一样四处乱咬人！老子不灭了他，老子不姓游。"游历云狠狠一巴掌拍在桌子上，"哎哟，哎哟……"

他一激动，忘了脸上有伤，当即疼得他龇牙咧嘴。

"小朱，你让我怎么说你？苏金明是什么东西？他说的话你也信？你是我的人，在这个市场部，真要裁员，我怎么可能对你下手？"游历云一脸温和，诚恳至极，让人感动。

这样的老戏骨，怎么就没去混演艺圈？

"这些不说了吧，游总还是说说你找我什么事儿吧？"

游历云拍拍朱恩的肩膀，道："市场部最近有些乱，可是业务我们不能耽误，你是有能力的人，今年的几个大单资金回笼慢了一些，车总发了火，让我们加快进度。小朱啊，收尾款的事情，你来做！"

朱恩暗暗冷笑，昨天还提醒苏金明，今天游历云就对他动了刀子。

苏金明盯着的几个项目，想等收了钱再走人，只怕算盘要落空。

"游总，还是让张经理去做吧！咱们的关系，你也无须隐瞒什么，董事长昨天找我训话，该知道的事儿我都知道。此处不留爷，自有留爷处，走都要走了，还惹了一身骚，有那个必要吗？"朱恩冷冷地道。

游历云身子一僵，眼睛看向朱恩，道："小朱，你真和方旗接触了？"

朱恩冷冷一笑，道："怎么？游总，你不给我饭吃，我自己找一碗饭吃也不行？"

游历云怔怔地看了他半晌没有说话，摇摇头道："小朱，人在江湖身不由己，方拓的事情很复杂，就说这一次裁员，王董事长亲自下的命令，胳膊拧不过大腿，我们这些干了十几年的老人都朝不保夕，说起来很让人寒心啊……"

他轻轻拍了拍朱恩的肩膀，道："小朱，你是有能力的人，不比我这等老家伙，没什么本事，这一场风波，我如果扛不过去，后半生就真没什么希望了。"

一声长叹，游历云说得十分动情。

正在这时候，办公室的门被推开。

朱恩和游历云同时抬头，张学力来了。

朱恩心情一松，看来是一物降一物，张学力对自己来说是一枚无缝的鸡蛋，可是到了苏金明那里还真就成了千疮百孔。

第七章　商业间谍

方拓市场部乱了，搞得集团上下很紧张。

各种小道消息在集团内部疯传，昨天市场总监游历云和区域总监苏金明大打出手，今天华南大区总监张学力又和游历云大吵大闹。

再加上市场部西北大区总监朱恩在接受督察组询问的时候，大骂李总，市场部几个中层干部一个个真是胆大妄为。

朱恩很好地给自己大闹督察组做了掩护。

市场部就是这样，不仅朱恩桀骜不驯，苏金明、张学力都是一样，游历云也强不了多少。

既然是天下乌鸦一般黑，督察组要处理朱恩，那其他几个中层干部是不是也要一起处理？

更重要的是，市场部这么一乱，本来的铁板一块，现在千疮百孔，各种矛盾和利益纠葛浮出水面，除非集团派来的督察组是瞎子，否则不可能找不到问题。

但是朱恩有信心，不管市场部找到多少问题，肯定找不到自己的问题。

不能说朱恩完全没有问题，分管那么大一块区域，小钱肯定捞了一些。

但是像其他人一样，在外面开私单，大肆拿回扣的事儿绝对没有。

游历云和张学力两人把千万的大单转手卖给方旗的事儿，也就只有他们有这个胆子，苏金明敢扑上来撕咬，没有要命的把柄，他有那么大的胆子吗？

从写字楼按时下班，朱恩一路小跑回家，跑到中山公园门口，想着这几天发生的事情，他再也忍不住，抬头哈哈大笑起来，引得一众路人投来异样的眼神，他也毫不在意。

他在临港混了整整八年，兢兢业业、谨小慎微地打了八年工，从未像今天这样舒坦过。

至少现在市场部，包括张学力、游历云在内都还在公司窝着，他却能大摇大摆地正常下班，仅此一点，就让他觉得心情舒畅。

去他的房贷，人活一生，总得要有个心情舒畅的时候。

经历了这件事，他是想明白了，一个人如果一直把自己当成狗，那这一辈子就只有当狗的命。

古时候那位农民伯伯，丢了锄头揭竿而起，大喊一声："王侯将相宁有种乎？"最终他就从农民伯伯成了王，虽然结局有些悲惨，可终究有了个轰轰烈烈的人生。

要不几千年过去了，历史书上怎么还有这个农民伯伯的名字呢？

"该出手时要大胆去做，像孙猴子一样，搅他个天翻地覆，搅他个地动山摇……"

"哈哈……"一想到此，朱恩又哈哈大笑起来。

"唉！什么毛病啊，要不要我送你去盘龙区精神病医院？"

朱恩一愣，才发现身边停了一辆亮瞎眼的玛莎拉蒂，马梦可伸出脑袋，眯眼瞅着朱恩。

看她的装束，一件紧身的 Polo 衫，头上束着一条浅蓝色的束带，黑色的弹力裤，简单又富有运动气息，配合其白皙如凝脂的肌肤，让朱恩有点晕头转向。

香车美女，莫过于此。

朱恩摆摆手，道："不是精神病，是释放压力，解压懂吗？"

"上车吧，我捎你一段！"

"你先走呗，我步行！"

马梦可嘿嘿一笑，道："你就这样一路发狂回去，我担心警察叔叔不放过你！上车吧，是不是要姑奶奶我牵你的手，亲自给你开车门啊！"

朱恩不好再推辞，拉开车门坐上副驾驶，他安全带还没系好，马梦可便一脚油门，朱恩的身子猛然往后靠去。

"姑奶奶，你怎么开车呢？什么不好学，偏要学野蛮女友！"朱恩摸着头，十分恼火地道。

马梦可笑着转过头，抛了一个迷死人的媚眼，差点让朱恩的心从口中蹦了出来。

"德行！这是跑车，不是货车，坐好了啊……"

巨大的引擎轰鸣声响起，马梦可聚精会神，死死地盯着前方，朱恩只觉得一股强烈的推背感，道路两旁的车唰唰而过，他心中暗暗好笑，知道这女人在秀车技呢！

他干脆将脑袋靠近后座，慢慢地闭上了眼睛。

这几天精神紧张，一安静下来，闭上眼睛，便困意袭人。

回想这两天的事情，心中爽过了，留下的却是无尽的空虚。

他已经习惯了按部就班地工作，习惯了兢兢业业地在外面做项目，现在大半个月没有出去了，窝在公司尽想这些阴谋诡计的事情。他喜欢简单的生活，可是生活总是强奸他的意志，他现在就正被强奸，没有反抗的余地，更享受不到任何的快感。

"唉！你这也能睡着？我真服了你了！"马梦可的声音甜腻如蜜。

朱恩倏然睁开眼睛，尴尬地一笑，道："果然是跑车，真快！"

马梦可解下安全带，拉开车门，伸出一根大拇指道："没想到啊，看你细皮嫩肉的，还有点胆量啊！"

朱恩淡淡一笑，道："我怕什么？你这金贵小姐都不怕，我一条贱命还值不到你一辆车钱，有什么好怕的？"

马梦可眉头狠狠地一皱，冷眼看向朱恩，道："你说什么话？你这么说咱还能不能一起玩耍？"

朱恩愣了一下，忙摆手道："开玩笑，其实我是装镇定，你没看我闭着眼睛吗？我是不敢睁眼看前面……"

马梦可嫣然一笑，朱恩觉得用什么词可以形容呢？百合绽放？似乎意境还是差了一些，反正他有点儿晕晕乎乎的，小腹一股热气瞬间冲到脑门，差点流鼻血。

"这还差不多，像句人话！"

朱恩下车，环顾四周，道："我说姑奶奶，咱这是在哪儿呢？你搞错了吧！"

马梦可甩了甩长发，道："搞错什么？你别告诉我你吃了啊，总得要吃饭吧！饿着肚子回家，你给我做饭吃吗？"

朱恩抬头看了看停车场前面的招牌，豪尚豪法国餐厅，临港一等一的法国餐，据说食材、厨师、服务员都是正经从巴黎空运过来的，能到这里吃饭的，都是有钱人，而且还要有品位。

跟着马梦可进了餐厅，一位金发美女笑盈盈地迎上来："嗨，马！这位是……"

金发美女好奇地看着朱恩，马梦可呵呵一笑，道："自我介绍啊，见到美女舌头转不过弯吗？"

朱恩微微点头，道："我姓朱，马小姐新聘请的保镖，路易斯小姐，晚上好！"

"好！好！欢迎！欢迎！我不打扰你们，你们用餐愉快！"

马梦可明显是这里的常客，轻车熟路地找到了靠窗的卡座，直接把自己摔在沙发上。

"你眼力见不错啊，你怎么知道她叫路易斯？"

"外国人不都是那些人名吗？什么露丝、路易斯的……"

马梦可瞪了朱恩一眼，道："你骗鬼去吧，你是懂法语吧！行了，点餐吧，你吃什么？"

晚餐很丰富，朱恩已经很久没吃过这么地道的法国菜了，有个小富婆做后盾他也不客气。

开胃菜叫了一份鱼子酱华夫饼，汤叫了法式黑菌汤，沙拉和甜点省略了，主菜要了一份低温三文鱼配黄瓜加板煎海虾。第二道主菜叫了一份黑椒牛排。最后再配一份香草饭，吃得是神清气爽。

等他吃完，马梦可早搞定了，她眯眼盯着朱恩，道："没看出来，你还有点深藏不露，中大高才生，法国留学两年，方拓市场部西北大区经理，业内人称'牛皮糖''朱牛皮'是也，我说得可对？"

朱恩暗暗好笑，马梦可看了自己的简历，至于什么法国留学云云，不过是他上一份工作被派遣到法国待了三个月而已。

现在社会都讲包装，朱恩回来便给自己包装了一下，找了一个哥们儿，做了一张法国野鸡大学的硕士文凭，还真没被揭穿过。

朱恩这么做，也是从某位打工皇帝的简历上找到的灵感，某打假斗士不是揭露了其学历造假，敢情也是野鸡大学的文凭啊！

国人好这一口，海龟嘛，能沾上边，怎么都得往那上面靠。

不过像朱恩这样出奇招，不找美国，不找英国，不找澳洲，找法国野鸡大学的估计不多，这就是兵出奇招，虚虚实实。

"你笑什么？笑得让人瘆得慌。"

朱恩轻轻地咳了咳，道："我说怎么今天回家路上能碰到大美女呢，搞得我心花怒放的，敢情啊，还是有事……说吧，有什么事儿需要我效劳，能帮助一位美丽的女士，我很荣幸。"

马梦可眉头一挑，道："你怎么不干脆说吃人的嘴软呢？看你这小嘴像抹了蜜一样。你在方拓不容易，现在有个机会给你，方旗对你有意思，他们跟我透了底，你如果过去，待遇不变，职位升一级，怎么样？"

"嗯？"朱恩豁然抬头，道，"马姐……"

"你说什么？你叫谁姐？你再叫一遍？"马梦可怒视朱恩。

"哎哟，你看我这嘴，马小姐，我怀疑你是不是真只是搞瑜伽的，怎么对咱们这个圈子里的事儿这么熟悉呢？路子这么野？"

"你什么意思？你以为我真干商业间谍啊，这不是上次咱们认识了吗，前两天和方旗的齐美兰聊天，我就问了你的名字，哎哟，那老女人听得两眼发光，差点把我给弄误会了。当即就给了我这个承诺，说你要过去，她敞开怀抱欢迎……"

第八章　整风会

用手轻轻地搅动面前的咖啡，朱恩的心情有些复杂。

方旗能开出这样的条件，他感到意外的同时又有些欣慰，这至少说明他这几年在这个圈子里没有白混，游历云那个老东西随意拿捏他，依旧还是有人知道他。

"怎么了？蔫儿了？是不是嫌条件不满意啊？"马梦可道。

朱恩摇摇头，道："谢谢你，只是齐美兰张开怀抱，口味有点重，只怕我无福消受。方拓不留我，我也难选择方旗。算了吧，这事儿不想提，心里堵得慌！"

马梦可嘻嘻一笑，道："哎哟，还矫情上了。昔日的对手，真就不愿化干戈为玉帛吗？现在这世道，在临港这地方，吃人不吐骨头的满大街都是，讲清规戒律的大和尚，我还真没看到过。朱恩，你不要跟我说，你还真是生在新中国、长在红旗下的五好青年吧？"

朱恩皱皱眉头，冷冷地瞅了马梦可一眼，面对这等机会，他的心有些乱，一时拿不准主意。

毕竟齐美兰是个什么人朱恩太清楚了，她能开出这个价码，可不是人家张开了怀抱孤独寂寞，指望的还是朱恩这几年手上抓的大把业务资源呢。

这世上哪里有免费的午餐？天上掉馅饼的事儿，更是无稽之谈。

马梦可说得没错，临港这个地方，没人讲什么清规戒律，贫寒生盗心，高竞争、高淘汰、高节奏的社会，能捞到钱的才是大爷。

如果是前两天马梦可找他谈，他肯定把持不住，毕竟从现实的利益考虑，齐美兰给的条件他没有拒绝的理由。

不过这几天的经历，让他的心态大为不同。

他心中虽然有些松动，但是更多的是顾虑，而当他抬眼看马梦可那似笑非笑的样子，尤其是那一副自以为一棍打中自己七寸的架势，他心中更是生出一股倔强。

被人看轻了呢，就算得了一个工作，不过还是一条狗，自己这一辈子，活到了三十岁，真他妈就只有一个做狗的命吗？久违的热血在他胸中翻腾。

"叮当！"朱恩把手中的咖啡勺扔在杯子里，冷冷地道："别把人心都想得那么黑暗，我不是什么道德模范，不过方拓裁了我，我还有一张脸皮，有手有脚的一大老爷们儿，非得要她齐美兰扔给我一块肉我才混得下去？马小姐，谢谢你丰盛的晚餐，我吃完了！"

朱恩站起身来，转身就走。

马梦可愣了半晌，愤怒地跳起来，道："朱恩，你什么意思？你……"

"回家拐个弯儿就到了，不用你捎我了，谢谢你，这是真心话。"

马梦可望着朱恩的背影，想生气却终究没有说一句话。

回到家，朱恩直接进入浴室洗个热水澡，穿上睡衣躺在沙发上，心情没有丝毫的平静。

现实的压力，梦想的距离，让他透过窗户只能看到一片灰蒙蒙的天空。

"十年了，这十年自己干了一些什么？"他环顾四周，发现自己真的一无所有。

从小家里穷，就是一无所有，可是那个时候自己还有憧憬，脑子里整天都有各种各样的幻想，人生的目标坚定而有希望。可是现在呢，不是被马梦可那态度刺激发了一通火，自己还没发现不知从什么时候开始，理想两个字早已经不在脑海之中了。

三十岁了，老家西村的杨毛二和自己同龄，儿子都能打酱油了，家里付出了如此大的代价，让自己走出了那个山窝窝，就是让自己过现在这样的生活吗？

想到这十年的点点滴滴，酸甜苦辣各种滋味涌上心头，朱恩将自己的头埋在被子里，泪水再也抑制不住，疯狂地往外涌。

刚刚打开的电脑，酷狗音乐循环播放的旋律沧桑中尽是无奈：

"漫天飘零的花朵，在最美丽的时刻凋谢，有谁会记得这世界他来过……"

《老男孩》的曲子，朱恩第一次感觉到了岁月的无情，青春的远去，自己依旧一无所有。

不知过了多久，隐隐约约听到敲门的声音。

朱恩从床上一跃而起，走到卫生间洗了一把脸，神色回归平静，眼睛中却依旧布满血丝。

打开门，马梦可一脸笑容，伸出白皙的小手晃了晃："嗨，能不能借下你家的拖把……"

朱恩嘿嘿一笑，将门拉开，道："进来坐会儿吧，这个搭讪的理由编得让我想笑，姑奶奶你能是个自己拖地的主儿？"

马梦可大步进门，朱恩将拖鞋规规矩矩地摆在她脚下。

坐在沙发上，朱恩用心给马梦可沏了一壶茶，道："刚才的事儿我有些过了，理解一下，我这几天情绪有些不稳定。这杯茶就当是给你道歉！"

马梦可理了理头发，道："你太狡猾，我还指着你是要请我吃饭呢，上次大言不惭说的话敢情是不算数的，回头还得我付账！"

朱恩愣了一下，才想起上次自己还真有那么一个承诺，他尴尬地笑笑，道："马小姐，别那么斤斤计较，咱们对门住着，吃顿饭还不是分分钟的事情？说起来今天还真得谢谢你，你古道热肠，我的事儿让你费心，着实过意不去。"

马梦可端起茶杯细细地抿了一口，道："这茶不错，有股大青山的味道，我就勉为其难接受你的道歉吧！说起来也怪我，真当咱们很熟呢，自找烦恼，被你不识好人心也是活该。"

朱恩眉头一挑，道："马小姐，你就别绕着弯儿说我了，从今天开始，咱们就很熟了好不好？以后有好机会，能照顾还要照顾我，今天就当是我使小性子寒了你的心好不好？

"你这等级别的美女，心胸宽广，又菩萨心肠，能普度众生，将来福缘肯定无双，一定能嫁得如意郎君，还能一辈子将他吃得死死的，到了八十岁他还能把你当公主一样供着，这多好！"

"哈哈！"马梦可笑得弯下腰，用手指着朱恩，"你这都是什么乱七八糟的？你这张嘴啊，是怎么练出来的？难怪有个'朱牛皮'的外号，整个就是满嘴跑火车嘛！"

她这一笑，两人算是冰释前嫌，品着茶，胡乱侃了一会儿天，朱恩的心情也渐渐地好转。

送走美女，朱恩狠狠地将自己扔到床上，发昏当不了死，接下来一段时间，还得折腾啊。

方拓集团，最顶层的小会议室。

集团高层汇聚一堂，董事长王岳同，总裁车慧荣，三个副总裁孙晓、齐岚、李书权都在，另外，各部门总监也都到齐。

集团派遣的督察组长李清柔坐在王岳同的旁边，神色很冷淡，眼睛偶尔瞟向最末尾的位置。

最末尾的位置坐着市场总监游历云，虽然打架的事情过去几天了，游历云的伤还没有全好，鼻梁上贴着膏药的模样在人人西装笔挺的会场看上去很是刺眼。

"今天这个会，主要是一个阶段性的整风会，咱们有些部门实在搞得不成样子，没有规矩，为集团丢脸抹黑，今天我们要严肃处理。"车慧荣神情冰冷，一双大眼睛环顾四方，他轻轻地咳了一声，拎起手上的笔记本狠劲向最后面的游历云砸过去，"你就是老油子一个，把老子的脸都丢尽了！"

会议室一阵骚动，这可是高层会议，作为 IT 公司的总裁，上来就拍桌子骂娘，着实让人心惊肉跳。

其他的高层倒也罢了，车慧荣家长制的做派他们都见识过，李清柔却是第一次开这样的高层会议，一时之间她脸色煞白，一颗心扑通扑通地跳。

王岳同感受到她的不自然，轻轻地压压手，神色异常地镇定。

游历云从座位上跳起来，哭丧着脸道："车总，我冤枉啊！苏金明这条疯狗，他和周西求就是一伙儿的，现在是逮谁咬谁，这件事儿的是非曲直，李总那天亲眼看到了。"

车慧荣眼睛瞪得像铜铃，大鼻子"呼哧呼哧"出着粗气，道："你还狡辩？苏金明是疯狗，张学力也发了疯吗？还有朱恩，是不是也成了疯狗了？敢情你市场部就养了三条疯狗？"

游历云眼见车慧荣这模样，吓得也着实不轻，可是嘴上却不告饶，道："车总，这件事不只是市场部的问题，是公司有个别人看我们市场部不顺眼，非得要拿市场部开刀。这一刀下来，不分青红皂白，几个大区总监，不管他们做出多少成绩，硬要挥刀给裁掉。

"市场部活多、人累、压力大，豁出命在外面干，回到家里却硬是被某些领导借题发挥，饭碗都保不住，哪里能没有怨气？"

"你给我闭嘴，你还敢说，你还敢说！看我不揍死你这个老东西！"车慧荣暴跳如雷，蹿过去就要打人，这还了得，两位副总拼命地将他拽住，会议还没开始，会议室就成了角斗场了。

王岳同皱皱眉头，道："车总，有什么话坐下来好好说，这么大吵大闹，传出去不是闹大笑话吗？"

车慧荣狠狠地甩甩手，道："我倒要看看，哪个王八羔子敢传出去。"旋即，他脸上狠辣之色完全敛去，露出一张分外灿烂的笑脸，道，"董事长，我这臭脾气又犯了，哈哈……我该罚，该罚……"

第九章　惊变

李清柔觉得很恶心，她早听说过车慧荣这个人是个大老粗，可是没料到车慧荣竟然这般出格。

高层会议上，像个地痞流氓一样撒泼，这样的人担任方拓集团的总裁，集团还有希望吗？

是人都看得出来，他和游历云两人分明就是在演双簧，矛头直指集团裁员，实际上指向的是王岳同。方拓集团，养的闲人太多了，要破而后立，要完成汪先生对电子行业的布局，不裁掉一些老油条，这个任务怎么完成得了？

一个总裁，一个关键部门的总监，两人一唱一和，分明就是要把水搅浑，从而让自己这个督察组长威信扫地。

督察组为什么要督察？就是因为车慧荣把集团裁员的指示，当成了清除异己的机会，周西求是集团这几年提拔的最有潜力的职业经理人，硬是被车慧荣揪住了辫子，这也是周西求自己不争气，可是车慧荣的狗胆子也实在太大了，硬是把方拓当成了自留地，针插不进，水泼不进，简直是可恶至极。

"游历云总监，我倒是想听听你市场部有多少委屈，你的三个大区经理哪一个受了委屈？今天的高层会议，领导们都在，我给你一个机会说清楚，免得有人背地里说我们督察组处事不公。"李清柔冷声道。

游历云愣了愣，连忙摆手道："李总，误会了，真误会了！我老游不是针对您，我就是有天大的胆子，也绝对不会……"

"游历云总监，不是说你针对我，只是你有这么多委屈，市场部有这么多能人，你倒说说市场部哪一个人，遭受不公平的待遇了？"李清柔语气更冷。

是可忍，孰不可忍，今天她非得让游历云说出个一二三来。

车慧荣皱皱眉头道："李总给你机会，你肚子里有什么狗屁全部放出来，还吞吞吐吐什么？"

游历云定了定神，舔舔嘴唇道："这件事怎么说呢？我们市场部西北大区经理朱恩，在集团里工作成绩有目共睹，工作兢兢业业，为人诚恳踏实，当年华东、华南的市场，都是他血拼出来的。去年接手西北市场，仅仅一年不到，做了两千多万的业绩出来。这样的人才，就因为一句裁员，不分青红皂白就要给裁掉，高层的这等做法，谁不寒心？下面的中层管理，能没有牢骚吗？"他顿了顿，又道，"李总，我知道你最近对我们市场部有过深入的调查，手中也掌握了一些材料。我就想知道，朱恩的问题，他究竟是不是违反了公司的纪律，或者是暗中伤害了公司的利益。我们不能因为一个中层管理在督察组说了几句直话，就扬言要开除一个优秀的员工吧？"

李清柔气得浑身发抖，倏然从椅子上站起身来，道："游总，你这是……"

她李清柔这辈子见过无耻的人，但像游历云这样无耻的人她还真没见过。

集团裁员，裁员名单都是征求下面总监拟定出来的，督察组只不过负责让这个名单更大一些、更精确一些而已。

市场部要干掉朱恩，这分明是游历云一手操作的，跟她李清柔没有半点关系。

可现在，游历云却是倒打一耙，把屎盆子扣在督察组的头上，李清柔哪里能不生气？

"朱恩，这个人我认识，这等素质，怎么能担任大区经理，我们是高科技企业，理应招聘高素质人才，像朱恩这样……"李清柔强行平定心绪，可是她话刚说一半，游历云哈哈一笑道："李总这话说得好，素质，素质很重要。朱恩没素质，可人家中大毕业，国外还留学了两年。这么说来，集团第一个要裁掉的是咱们车总啊，车总刚才还用本子砸我呢！"

游历云这么一说，一帮车慧荣的老臣子都哈哈大笑起来。

车慧荣一拍桌子道："你这个老油子，老子怎么就素质不高了？朱恩那小屁孩，不就喝了几瓶洋墨水吗？你以为喝了几瓶洋墨水就是个东西？我真要开了他，他就得给我乖乖地滚蛋，老子还真信不过这帮只知道指手画脚的海归。"

李清柔气得半晌作声不得，车慧荣这是指桑骂槐，分明就是暗讽自己指手画脚呢。

游历云咧开那张臭嘴，道："车总说得是，就是这个道理，不过李总这么一说，那肯定不单单是这个原因。还望李总告知，朱恩是不是真的有大问题，违背了公司的要求和纪律？"

李清柔怔怔地说不出话来，市场部的问题她已经搞清楚了。

游历云的问题、苏金明的问题、张学力的问题她都掌握了，可就朱恩没被查出问题来。

不仅如此，朱恩在公司的口碑也很好，在业界也有名气。

现在游历云不谈自己的问题，不谈其他人的问题，就用朱恩将她的军，挖好了坑让她跳，她还能说什么？

一肚子的委屈在肚子里释放不出来，李清柔毕竟是女人，眼泪都要憋出来了。

好在这时候王岳同淡淡一笑，道："清柔，你先坐吧。督察组的工作，还是要多听取总监们的建议，以后在工作中，要做得更细致一些！"他压压手，道，"游总刚才说的朱经理的事儿，我看你可能弄错了，我这里有一份裁员名单，上面没有朱恩啊。你看看……"

王岳同将文件递给游历云。

游历云只看了一眼就目瞪口呆，这文件上有总裁办公室和董事长办公室的公章，绝对不会有错。

可是名单上根本就没有朱恩的名字，两个大区经理，苏金明和张学力都在名单中……

"这怎么可能？"游历云舔了舔干枯的嘴唇。

"董事长，这名单跟我手上的名单不一样啊？"游历云弱弱地道。

王岳同皱皱眉头，不耐烦地道："是你看错了，这名单不仅我有，车总那里也有，各位总监手中都有，内网上有嘛！"

王岳同一说到内网，几个高层都打开笔记本电脑，内网的高层交流之中果然有前段时间分发的名单。

上面哪里有朱恩的名字？

游历云只觉得手脚冰凉，他深深地看了王岳同一眼，不明白这是怎么回事。

内网中的文件，早就让王岳同换掉了，凭他的权力和手段，做到这一点根本没有难度。更何况，名单上其他地方都没变，就变一个地方，市场部朱恩变成了张学力。

这么大一份名单，上面有两百多人，谁会在意一个名字的变动？

游历云感觉今天自己导演的一场好戏，似乎是要演砸了，他连忙向车慧荣求救。

车慧荣用左手摸了摸右手中指上硕大的黄金戒指，瞪了游历云一眼，道："你这老油子还真是不着调，高层会议尽让你瞎搅和了。我看你这个市场总监也不用当了，好好去集团培训去。多去学一点现代化的管理经验，省得满脑子糨糊，给老子丢人现眼。"

"车总，我……"游历云是真急了，道："市场部正是业务忙的时候，这个时候我走了，咱们今年的业绩怎么办？方旗齐美兰那个老娘们儿就盯着我们想要看笑话呢，车总……"

车慧荣哈哈一笑，道："游历云，你就这点出息？你知道这一次集团花这么大的代价整顿是为什么？是为了要大干一场，千牛汪先生要给我们注资，将来公司的规模要比现在大几倍，甚至十几倍。在这个时候派你去学习是关心你，让你有机会进步，怎么了？你还有牢骚？"

游历云哪里还敢再说什么，只好点头道："好，我去学习，我去学习。可是市场总监……"

车慧荣皱皱眉头，道："刚才你不是说了吗？这个朱恩为公司做了那么多贡献，工作有成绩，能力又不错。关键是董事长上次也专门和他谈过话，能者上，庸者下嘛！市场部的工作暂时就由他来挑大梁吧，董事长，李总，你们看这个安排怎么样？"

"不行，绝对不行，朱恩资历太浅，而且根本没有管理经验。最重要的是，他的问题我们督察组还在调查，这个时候怎么能提拔他？"李清柔不假思索地反对道。

车慧荣用手摸摸脑袋，一脸迷茫地道："李总，这么说我就有些糊涂了。上次开会，你口口声声说提拔干部，要看能力，要打破论资排辈的条条框框，今天怎么又说资历了？你们这些硕士、博士啊，肚子里的花花肠子就是多，横竖都有理！"

李清柔被车慧荣这话呛得不知道怎么开口，王岳同笑道："车总的提议很好，小朱这个员工啊，我觉得有股子冲劲儿，现在市场部就缺他这种干实事的人，就让他暂时代理总监吧。游总去总部培训，回来以后市场这一块还是离不开游总的，小朱暂时就当后备干部培养最恰当……"

董事长和总裁罕见地达成了一致，其他的高层纵然有话说，却也无法开口了。

人力资源部徐小芳笑道："那行，我起草任命通知吧，今天就发下去……"

第十章　位置

王岳同办公室，王岳同用细长的手指轻轻地点了点滚烫的茶水，然后慢慢地揉着两边的太阳穴。

李清柔一脸涨红，本来就很丰满的胸部因为激动上下起伏，让她看上去倒是少了平日的冷傲，多了一丝娇柔。

"董事长，今天咱们开的是什么会？车总和游历云完全就没把集团放在眼里，这等领导，就应该向汪先生汇报，将他们赶出董事会！"李清柔气势很强。

王岳同哈哈一笑，道，"清柔，这就受不了了？你来的时候我就跟你说过，这里可不是汪先生的身边，在这里工作，汪先生身边的那一套不管用，你呀，这性子还是要磨。

"我们的业务遍及上百个国家，但是每个国家国情不同，所以我们看事情要因地而变，你呀，就是在集团待久了，阅历方面接不了地气啊！"

李清柔冷冷地道："董事长，我这次来的目的是让方拓管理正规化，一切向集团管理模式靠拢，现在的方拓哪里是个正规化的公司？这样的公司，集团怎么可能进行再注资？"

王岳同将后背慢慢地靠在沙发上，继续用手揉太阳穴，任由李清柔发牢骚。

作为千牛集团的十八罗汉之一，收购方拓就是他一手完成的，汪先生哪里看得上这点小生意！

王岳同花了这么大的代价，在临港耗了三年，他就是要证明，他坚持集团向内地拓展的战略方向是没错的。

现在方拓已经到了关键的一步，王岳同准备对方拓进行再注资，要将方拓打造成一个全产业链的真正的通信集团。

千牛集团有些人看明白了王岳同的路数，要不然汪三公子也不会倾注这么大的热情。

可是方拓的整合和发展哪里那么简单？

王岳同如果真要干掉车慧荣，又会等到今天吗？

当年收购千牛，虽然只花了两个亿，但王岳同作为董事长，独自占的股份就高达百分之八十，这个股份他一直没有公开，现在也不想公开。

因为在三五年之内，方拓还得要靠车慧荣的路子，靠集团的所谓西方管理模式，根本就不行。

车慧荣这个人，乍看是个粗人，其实心思机敏得很，王岳同更看重的是其所谓的江湖关系，手面宽，路子野。

和临港政府协调，各部门疏通，摆平竞争上的腌臜事儿，还真得靠车慧荣的野路子才行。

一想到这里，王岳同就忍不住长叹一声："汪先生不懂我啊，还以为我故意和他渐行渐远，连带着这几个小兔崽子也敢对我指手画脚了。"

"清柔，我给你两个选择，一个选择是留在方拓，多看，多琢磨，少说话，这里自然有你能学到的东西。第二个选择就是你从哪里来，回到哪里去，汪先生重视你，你在集团定然能如鱼得水，没必要在我这里受委屈。"王岳同淡淡地道。

李清柔愣愣地看着王岳同，道："董事长，我是怎么想的您不知道吗？您给我机会我才得到汪先生赏识，可是您这几年在内地，集团内部已经沧海桑田了，汪先生对您也有看法。在这个时候，我之所以过来，就是想帮您来的，可是……"

"你想说什么？可是什么？在你眼中，方拓真就一无是处？就是个流氓公司？"王岳同收敛了笑容，冷冷地看着李清柔道，"你在汪先生身边工作了两年，我以为你有所进步，可是看看你今天的表现，倘若不是我给你擦屁股，车慧荣和游历云两人一段双簧就能把你给埋了。这就是你在汪先生身边学到的东西吗？身为高层，不长脑子，说话做事如此冒失，你让我怎么相信你能帮到我？"

王岳同一怒，自有一股说不出的威严，饶是李清柔也感到心中分外紧张，牢骚话也不敢说了。

良久，她道："董事长，我还是选择留下帮你。"

王岳同的神色缓和了一些，道："那好，你暂时做我的助理，等到公司整合完成，我可以考虑让你分管市场这一部分，怎么样？"

李清柔微微蹙眉，道："董事长，我认为我现在就能做市场总监，或者是代替周西求，担任分管市场和运营的副总裁。"

王岳同摇摇头，道："你不行，将来我让你分管市场也不会给你正职，你呀，真该找个人教教你，要不然开不了窍。最近你可以多关心一下市场部的工作，多跟朱恩经理学一学，看看人家是如何开展工作的。

"内地工作，需要的是既能喝咖啡又能吃路边麻辣烫的人才，你只会喝咖啡，吃不了路边的麻辣烫。"

李清柔的脸色一变再变，道："董事长，你说谁？朱恩？这个人分明就是车总和游历云看中的人，和他们是一丘之貉。好，我承认，他那一套可能有一些用，但是集团真正规范化之后，我们的业务开展方式会发生根本性的变化，就凭他那二流子一样的做派，能够统率这么大一个市场部？"

王岳同皱皱眉头，轻轻地哼了一声，道："行了，就当我没说吧！游历云走了，你这个督察组有功劳，苏金明估计也要走，但是只怕没那么快，至于张学力嘛，嘿嘿，只怕……"

王岳同话说一半，便止住了话头。

这几年和车慧荣打交道，明面上双方斗得凶，他还隐隐处于下风。实际上他根本没用力，他也把这个过程当成学习呢。

车慧荣这个人，精明的地方在于他把两个部门掐得死，一个是市场部，一个就是财务部。

江湖出身的人，最关心的是钱，市场部负责收钱，财务部负责管钱和支出，此人对金钱有先天性的机敏天赋，这一点让王岳同也不得不佩服。

以王岳同的眼界和身份，但凡是用钱就能拿住一个人的事情，那都是简单的事情。

所以，车慧荣的事情在他眼中其实很简单，他关心的是方拓是不是按照他的设想在向前走。

这五年来，方拓转型做通信，积累的点点滴滴经验，不知道能不能为他接下来要下的一盘大棋做足够的铺垫。

现在他最担心的事情就是人才，能不能有当用的人才，这才是他这盘棋能否下好的关键。

"人才难得啊！"车慧荣轻轻地摇头。

他拉开抽屉，从抽屉中拿出一份简历，简历姓名一栏写着两个字"朱恩"！

他用手轻轻地敲了敲简历的封面，嘴角露出意味深长的笑容。

他把简历放进抽屉，道："这个人发现得有些晚了，好在不算太晚……"

再说朱恩，他对集团高层会议的事情一无所知。

上班的时候，蓉城来了几个电话，听取下面的业务员汇报了工作，他便给几个主要客户一一打电话，内容自然无关工作，都是必要的定期联络感情。

被集团禁了足，没办法去维护那些关系，时间长了，他也担心生变啊。

大约下午五点的样子，桌上的电话又响了。

他抓起电话，便听到人力资源部徐小芳总监清朗的声音："是朱恩？"

"徐姐，我说怎么刚才电话铃声和平常不一样呢，敢情是您老来电话了，有什么指示？"他故作轻松地道，心中其实有些紧张。

这个时候徐小芳来电话，只怕是跟自己的去留有关系。

"切，朱恩，你这张嘴还是那么油滑，得了，快下班了，我正式通知你一件大喜事，你得请我吃饭，干不干？"徐小芳嘻嘻笑道。

"徐姐，你这是吊我胃口啊，行，如果真是喜事儿，我能不请你吃饭吗？说吧，多大的喜事！"朱恩心念电转，心想莫非游历云有了什么补救措施？

"好了，不吊你胃口了，是这样，刚才开了会，车总和董事长让我通知你，从明天开始，你接任市场总监的工作，正式通知我马上就发。明天上班你要带两张一寸照来我这里，你这就是高层了，得给千牛那边报备。另外，工作证也得更换，办公设备重新按照你的要求配置，还有没有问题？"

朱恩的心猛跳起来，旋即，他便异常地冷静，脑子里在两秒钟之内转了至少十个念头。

而所有的念头，就归结于一个问题，那就是今天高层会议上究竟发生了什么事儿？怎么可能有这么大一个馅饼一下就砸到了自己的头上？

"我知道了，徐姐，咱们明天早上见！"朱恩尽量地让自己的声音平稳，但是依旧有些颤抖。

市场总监啊，管三个市场部，一个策划部，一个广告部，还有半个运营部，朱恩以前带的市场三部就二十多人，可是整个市场大部足足有一百三十多号人，每年集团接近十个亿的业务都从市场总监手上过。

不夸张地说，整个方拓集团，能够跟市场部比肩的也就唯有研发部，如此重要的位置，是怎么一个阴差阳错，竟然会落到自己头上？

任朱恩自诩聪明，一时也想不明白其中的原委。

第十一章　上位

第二天清晨，朱恩像往常一样走进集团写字楼，明显地感到气氛和昨天不同。

两个前台的小丫头一脸的笑，道："哎哟，恭喜，恭喜朱经理，哦，应该叫你朱总监才对。"

朱恩微微皱眉，嘿嘿一笑，道："两个丫头片子，胡说什么？我是个干总监的料吗？"

"咯咯，朱总，你莫非还不知道？内网的任命通知都下了，上面有车总亲笔签名，我们都指望能蹭你一顿饭呢，你不会小气得要耍赖吧？"小姑娘双颊嫣红，很是可爱。

"得，吃饭的事儿回头再说，我先去确认一下。小郑，要真吃饭，咱可得单独去吃，方便交流感情不是……哈哈……"

小郑叫郑灿，刚刚大学毕业，生得娇小玲珑，模样很是可爱，听说追她的人不少，朱恩也经常和她开玩笑。

"朱总，你说话可要一言九鼎啊，我还真就等着你这顿饭了。"小丫头倒也不怯场，反倒让朱恩有些尴尬了。

现在的"90后"啊，我们当年没的比啊。朱恩心中感叹，心情放松了很多。

乘电梯到了市场部，气氛就不一样了，业务三部的嫡系员工纷纷笑嘻嘻地凑过来，虽然他们只字不提总监的事情，可是看他们的表情，显然是看了集团通知，摆出的就是要让朱恩请客的架势。

朱恩苦笑着摇头道："你们干什么？都干工作去，这件事儿没那么简单，现在别给我添乱。"

"哈，朱总，终于把你等来了。恭喜你啊，现在你当了这个家，没你的指示，我们工作都没法开展，一点不夸张，今天我是望眼欲穿啊！"张学力笑嘻嘻地站在朱恩办公室的门口，笑容很盛。

朱恩摆摆手道："老张，集团这个任命真是莫名其妙，你的工作我指示得了吗？老游今天来了没有？"

"来了，窝在总监办公室估摸着在给你腾场子呢！"苏金明不知从哪里蹿出来，阴阳怪气地道。

他踱步走到朱恩身边，道："朱恩，朱总，你上位，我支持！双手支持，只要那个老东西倒霉，我就举双手赞成。"

朱恩心中暗暗冷笑，苏金明心里惦记着今年的业务尾款，游历云暗中要断他的后路，自己替代游历云，他肯定支持，毕竟好几十万块钱呢。

不过他面上不动声色，道："这总监你做去，我才不做，我去老游那里看看。"

根雕茶几上，又是云雾升腾的景象，游历云却没有了前几天的那股气度，他一屁股坐在沙发上，满眼都是血丝，显然昨晚是没怎么睡觉。

朱恩轻轻推开门，道："游总。"

游历云倏然抬头看向朱恩，眼神之中尽是复杂。朱恩和往常一样坐在他对面，道："昨天是怎么开会的？集团这是搞的什么事儿，我西北市场做得好好的，给我一个总监的虚位，这不是要把我供起来吗？"

游历云一双三角眼盯着朱恩，嘿嘿一笑，道："我被老车给打发了，去千牛培训，这么大个市场部总得要人管吧！苏金明、张学力都不是省油的灯，我不推荐你推荐谁？

"老弟啊，咱们是兄弟，这个时候，你可要给我顶住，别让一些小人钻了空子，回头让人笑话。"

朱恩看着游历云那副鬼样子，恨不得往他鼻梁上再砸一拳下去。

虽然不知道昨天开会是什么情况，但是看游历云这架势，肯定是被督察组李总揪住了辫子，要不然凭游历云的手腕，不会沮丧成这样。

不过朱恩却不想轻易接任这个总监，一来是游历云这个老东西太狡猾，他人走了，谁知道他会不会在市场部里给自己制造障碍？

另外，还有一个重要的原因，那就是朱恩必须要见到车慧荣。

王岳同和车慧荣就是两个鸡蛋，整个集团高层，哪一个不是在这两个鸡蛋上跳舞？

再看看市场部，从总监到经理，到业务员，又有几个不是唯车慧荣马首是瞻的？

所以，朱恩在没和车慧荣见面之前，他肯定不会接这个职位。

昨天朱恩也是一晚没睡，上半夜是因为激动、兴奋，毕竟在集团干了这么久，能够一步登天进入高层，他没有不激动的理由。

然而下半夜，他渐渐冷静，觉得自己还得要唱一出戏才行。

游历云走了，他是不得不走，谁接任市场总监，那肯定得让王岳同和车慧荣都认可才行，目前整个集团除了朱恩，找不到第二个人。

市场总监位置又不能空，因为分抢市场的副总裁周西求已经离职了，总监位置再空了，今年公司下半年的业务怎么办？

朱恩想明白这个关系，他的内心便十分平静了，再想了想，仓促接任市场总监，别说游历云心里堵得慌，苏金明和张学力两个人都是跟着车慧荣一起打过天下的人，两个人一个在华东、一个在华南经营了这么长的时间，无论是资历，还是高层关系，自己都不能跟他们两人比，朱恩会面临多少麻烦？

再说了，市场部下面还有二级部门策划部、广告部，广告部的汪倩倩就是车慧荣的妻表妹，朱恩的手很难插得进去。

"反正，游总，我不干，我也干不了！游总，你不就是去学习吗？总监又不需要亲临市场，干的都是运筹帷幄的事儿，你边学习边兼任咱们的头儿又有什么关系？

"你去跟车总说说，我还是干三部经理，我蓉城的几笔业务，已经瓜熟蒂落了，我等着提成付房贷呢！给我一个空架子的总监，又不能吃，又不能喝，年底谁给我付房贷去？"朱恩喝了一杯茶，开始发牢骚。

游历云瞳孔一收，佯怒道："小朱，你这是什么态度？集团让你担任总监是对你的信任，多少人等着这个机会啊，你不珍惜，反倒想撂挑子，你让我说你什么好？"

朱恩道："游总，你知道我的难处，也知道我这个人，我就想过好自己的小日子。反正你是车总的兄弟，这个事儿你得帮我，再说这么大一个市场部，少了你怎么行？车总能理解的，咱们兄弟也都舍不得你不是？"

游历云一听朱恩这话，本来低沉的情绪一下活泛了起来。

朱恩说得不错啊，自己跟车慧荣这么多年，没有功劳也有苦劳，倘若自己真将这个总监兼着，不用干什么事儿，遥控指挥，借助朱恩的业务能力，完全可以坐享其成啊。

"行了，我去给车总打电话，你呀，不是关心爱护你，我才懒得管你。"

从游历云办公室出来，徐小芳正在办公室等着呢。

"哎哟，朱总，刚刚升职脾气就大了，咱们昨天怎么说的？我一早上就在办公室等着，盼星星盼月亮就是等不到你，敢情你是把我的话当耳边风呢！"徐小芳嗔怒道。

她看上去三十多岁，性格泼辣，人又漂亮，在公司人缘很好，年轻的都叫她徐姐，在下面威信很高。

朱恩以前听游历云说过一个关于徐小芳的故事，说车慧荣对徐小芳动了心思，去北京出差把徐小芳带过去，指望着在酒店发生一点什么故事呢。

徐小芳对车慧荣的举动装作什么都不知道，反倒暧昧得很。

有一天，车慧荣办完事，一个人窝在酒店让徐小芳过去，只听到咚咚的敲门声，车慧荣心花怒放，屁颠屁颠跑过去开门。

门一打开，车慧荣差点没晕过去，门口没有俏生生的徐小芳，而是自己家里的黄脸婆。

看车慧荣那副迫不及待的熊样儿，车慧荣的老婆当场就劈头盖脸一通乱骂，搞得随行的员工尽人皆知，车慧荣面子真是丢到家了。

自此以后，他再也不敢对徐小芳动歪心思，连给她穿小鞋都不敢，由此可见徐小芳的心机是真的不同凡响。

"徐姐，坐吧！不急，咱们先喝茶，我这里有武夷岩茶。"朱恩取出茶具，不紧不慢地泡茶。

徐小芳道："朱恩，具体的情况你看过通知都应该清楚了，车总亲自签发的任命，看把你能的，多有面子！不过具体到待遇方面，考虑到你刚刚升职，待遇集团没有给你考虑一步到位，车总的意思是……"

"喝茶，喝茶，徐姐！这个事儿，这么说吧，我刚才和游总谈过了，谈得很深入，他也答应帮忙。我干市场总监，难度太大了，还是游总兼任最好。我还是干我的大区经理吧，把我的那一亩三分地经营好比什么都强。"朱恩十分平静地道，"一个烂摊子，一个空架子，别说待遇不给我一步到位，就算是给我足额的待遇，我也不会去蹚这个浑水啊，所以徐姐，今天早上没去您那里是有原因的，并不是我忘记了，您大人不计小人过，好不好？"

徐小芳皱皱眉头，小绣花拳狠狠地捶了一下朱恩的胳膊，翻着白眼道："你想干什么？你当集团的任命就是个儿戏啊，这个时候不是闹情绪的时候，你才进公司三年而已，从最底层做到最高层，这个机会容易吗？"

第十二章　心机

每一次见到车慧荣，朱恩脑子里都会浮现出李逵的形象。

车慧荣是真黑，生得五大三粗，笔挺的西装和整洁的领带根本盖不住其一身的江湖气。

他是典型的湖南汉子，霸得蛮，敢放胆，粗中有细，朱恩从内心还是对此人很佩服的。

"小朱，你怎么还摆上谱了？让你干这个总监，是我老车看你是个人才，你真不干，难不成你认为我还找不到一个总监吗？"车慧荣瞪大眼睛，盯着朱恩，出言不善。

朱恩早有准备，他知道车慧荣的脾气。

他一屁股坐在车慧荣正对面，道："车总，你这间办公室我还真是第一次进。当年跟你在印度卖手机那会儿，可没想过你还能将市场总监给我干。你当时不是还骂我吗，说我干不得粗活儿，所以啊，这一次我是真心不想干。"

车慧荣微微愣了一下，哈哈笑起来道："唉，你这一提醒我还真想起来了。当年咱们的机器卖得好啊，就是找不到会说英语的业务员，老子一狠心，开了一万月薪把你招了进来。谁承想你倒好，找不准位置，在印度你天天给我上课，说是咱们的手机怎么怎么地……唉，一晃好几年了，还是那一波的时候好挣钱啊……"

朱恩微微一笑没作声，三年前的事情至今还历历在目，如今却已经物是人非了。

朱恩这个说法是颇有讲究的，他这是在提醒车慧荣，在方拓他也是老臣子了，当年和车慧荣一起拼过山寨机的江湖。

换作之前，朱恩是不会用这些心思的，只能说三年过去了，人到了三十，沉稳成熟了，懂得了人情世故，懂得了心机诡诈。

车慧荣的神色缓和了很多，市场部的事情让他内心很不爽。

游历云他被迫支开，苏金明和张学力也留不住了，他一手创立的方拓，悄然之间脱离了他的掌控，从感情上来说，他难以接受。不过想想当年一起拼杀山寨机的老兄弟，很多风光过后已经陨落了。

现在的通信市场，已经不是当年的草根江湖了，在寡头当道的市场上，他车慧荣在三年前能够傍上千牛这一棵参天大树，现在回过头来看，不知羡煞多少人了。

"小朱啊，这个市场总监非你莫属。待遇方面比照游历云吧！年薪五十万，还有提成，比你干大区经理上了很大一台阶。难得你跟了我这些年，当年我骂你，现在却不得不提拔你，无他，谁叫你肚子里有货。

"读书，还是要读书，有知识才是王道。其实你别看我表面上看不惯那些海归，可是有时候打心眼里也是服他们的。你也是海归啊，方拓以后的江湖需要你们去闯荡了……"

车慧荣颇有感触地道，言语之中很是萧瑟。当年的草根枭雄，颇有英雄垂暮的悲情。

朱恩淡淡地道："车总，您这么跟我交心，那我也不好再推辞什么。张学力和苏金明的工作我做不了，这件事还得您亲自出马。"

车慧荣皱皱眉头道："他们的事儿真那么急？"

朱恩嘿嘿一笑，道："车总，我说咱们市场部是个空架子这话只怕有些偏激。可是老张和老苏在市场上一块儿干了那么多年，现在人家回头就被方旗网罗，一个给副总，一个给总监。这件事儿不快刀斩乱麻，下一次我还敢进您办公室吗？"

车慧荣瞳孔一收，深深地看了朱恩一眼。他发现以前自己还真忽略了朱恩，这小子行啊，很有手腕啊。

张学力和苏金明虽然职位只是中层，可是两人都是跟车慧荣打天下的元老，听朱恩的口气，华东和华南两块市场，这小子是有把握掌控住？

　　车慧荣毕竟是商人，胳膊拧不过大腿的道理他也明白，现在的方拓，他的股权根本支撑不了他的话语权。

　　他之所以护着张学力和苏金明，与其说是念着旧情，还不如说是担心这两个人有异动，让方拓在华东和华南两地遭受重创。

　　毕竟业务工作不比其他，走的是关系，靠的都是门路。

　　就怕人走了，关系跟着走，业务也跟着走，那是车慧荣不能承受的损失。

　　这种情况，恰恰是小公司最大的弊端，虽然方拓现在不算是小公司，打的是国际化的旗号，可是本质还是家长制的管理，对市场的运作远远还没有到正规化的水准。

　　朱恩现在这么说，无疑是给车慧荣吃了一颗定心丸。

　　其实，苏金明和张学力早就成了尾大不掉之势，他们暗中干的那些龌龊事儿瞒不过车慧荣的耳目，他也一直在忍耐，暗中不知给游历云下了多少指示。

　　可是游历云心机多深？他也要闷头捞钱呢，有张学力和苏金明两个人在前面挡着，他躲在后面，哪里会去认真贯彻车慧荣的意志？

　　这也是为什么集团要裁员，他宁愿裁朱恩也不裁张学力的原因。

　　不是朱恩有错，也不是朱恩不优秀，而是朱恩不能帮他捞公司的钱。

　　看到车慧荣的表情，朱恩只能摇头苦笑，这些江湖险恶啊，真是让人防不胜防。

　　"小朱，你放心干吧，今天我表个态，以后市场部的工作你全权负责。给我把这帮兔崽子管住了，谁敢顶着牛干，你不用给我面子，该走人的让他走人，把市场部给我整出一点战斗力来，我就给你一个副总！"车慧荣大声道。

　　朱恩哈哈大笑，道："行了，车总，别给我画饼了，等年底业绩不行，说不定回头你就要剥我的皮了！"

　　车慧荣愣了愣，旋即笑起来，道："得，你知道我的脾气就好，去吧，好好干！咱们方拓的老底子总不能全军覆没，干好了让'王秀秀'看看，咱们方拓老底子中也是有人才的，哈哈……"

从车慧荣办公室出来，朱恩一身轻松。

能摆平车慧荣，这个市场总监基本可以坐安稳了，这就是中国式的权谋之道。

你按西方人的想法来干这件事，朱恩干着总监的位置，领着大区经理的薪水，张学力和苏金明一个红脸一个黑脸在下面出幺蛾子，年底业绩上不去，他这个总监估计也就当到头了。

现在朱恩不过使了一点小手段，年薪就飙升了几十万，再加上三部之前的业绩提成，肯定能拿下来，从个人收入上便可以保障在八十万之上。

有首歌唱得好："你我皆凡人，生在人世间。终日奔波苦，一刻不得闲。"背井离乡来这里打工为了什么？还不是为了挣钱！别说朱恩没有理想，其实他曾经也是一个有理想的疯子，要不然不会三十岁了还混成这样。

可是有时候理想还真不能当饭吃，网上不是有个段子吗："没有钱，你拿什么维持你的亲情、稳固你的爱情、联络你的友情？靠嘴吗？别闹了，大家都挺忙的。"

理想更是需要经济后盾的支撑，就像朱恩这样，欠着一百多万的房贷，每个月都等着当月的工资还贷款，日子过得紧巴，每天累死累活，每天的时间都被烦琐的工作占据，他哪里有时间去安静地想理想？

所以朱恩此时的轻松，更多的是有了一笔足以缓解他现实压力的钱在等着他收，这是真轻松。

至于对付张学力和苏金明，他觉得凭自己的智商，就算没有车慧荣发话，他依旧可以翻手就将两人压住，让他们动弹不得。

从车慧荣办公室回到市场部，总监办公室已经布置妥当了。

"朱总，今天帮你搬家，咱们几个都出了力啊，回头请吃饭你可不能厚此薄彼。"三部市场助理杨俊嘻嘻笑道，几个刚从外地回来的业务员今天也出奇地全部聚在了公司，平常空着的办公区，一眼望过去还真是人头攒动。

朱恩手下现在有二十六个业务员，这些业务员大部分都是他这几年精心调教出来的，平常大家处得不错，不过今天这个场面还是让朱恩略微有些感动。

"周胜、杨立群，会餐的事情你们两个人去安排吧，别把我宰狠了，不然回头饶不了你们。

"我看你们这帮家伙难得回来坐班，行，除了他们两人，你们都得给我准点下班，全部给我写业务报告，把今年跟进的所有项目都理清楚，一个不能少。"

看着一帮愁眉苦脸的手下，朱恩哈哈一笑，道："看你们一个个能的，不整整你们，你们就不会知道马王爷长了几只眼！"

对付完一帮嫡系下属，朱恩推门进入总监办公室，这才叫办公室啊，一百多平方米，全套品牌办公家具，布置简洁大方，配上几株绿色的植物点缀，进门就让人觉得心中惬意。

不过朱恩还没来得及惬意，他直接是目瞪口呆。

办公室有人，李清柔大马金刀地坐在办公椅上，一脸的冰冷，面色很是不善。

第十三章　交锋

看到李清柔朱恩就觉得头疼。

要说李清柔这么一娇滴滴的轻熟女，倘若是在外面碰到，朱恩纵然不会轻浮到吹口哨调戏，再怎么也得多瞄几眼。

可是现在，朱恩还真怕了这个女人。

"李总，什么风把您又吹来了？在工作上要我配合，您尽管开口，我竭力支持！"朱恩一本正经地道。

李清柔轻轻哼了一声，她心中憋着一股气呢。

她再怎么说也是整个千牛的战略副总，可是王岳同偏偏轻视她，还让她跟朱恩多学着点。

她仔细看过朱恩的简历，中大毕业，在法国待过，至于在法国得的那个文凭，在她眼中根本就不值一提。再看朱恩现在的做派，分明就是土鳖得很，比游历云强不了多少。

集团正规化需要的是高素质的管理人才、营销人才，像朱恩他们现在这种管理方式和营销思路，根本就登不了大雅之堂。

方拓集团现在还小，可是一旦得到注资，立刻就会步入业务和规模高速增长的阶段，这时候，朱恩这种人能行吗？

可是她不敢反对王岳同，王总号称汪先生身边的第一智囊，千牛发展二十年，能有今天的规模，其中有王岳同立下的汗马功劳。

心中转过无数念头，李清柔道："朱总，董事长让我来配合你工作。市场部刚刚大变，人心浮动，董事长很关心你们的工作。我这么说你能听明白吗？"

朱恩愣了一下，心中一股火直冲头顶。

王岳同这是要干什么？给自己派这么一个悍姐，这是协助自己的工作？

"嘿，这么说来李总是屈尊降贵来干我的副手了？还正好，现在市场部工作千头万绪，我正愁稳定不住局面呢，有李总过来帮忙，真是太好了！"朱恩皮笑肉不笑地道，毫不掩饰自己的不爽。

李清柔一听朱恩这话，火气也上来了，不过她毕竟不是等闲之辈。

朱恩第一句话说得很清楚，她来市场部蹲点，是配合，是他的副手，朱恩是一语道破了她的身份定位。

她沉吟半晌道："现在我的职位是董事长助理，在某种意义上来说也是代表董事长来监管市场部工作，所以希望咱们以后交流能坦诚一些。咱们的意见和态度，最好能多综合一下，一切为了今年的业绩，您说呢？"

"那是当然，您是董事长身边的红人，当然一切要以您为主。现在有两项紧要的工作，一个是外面市场的稳定。情况您也清楚，涉及了人事变动，外面的很多项目肯定会有些变化，这个时候我们必须要派遣有分量的人亲自去盯这些项目，这是重中之重。

"第二便是稳定团队，这一次市场部人事变动过多，理顺各种关系，稳定整个团队也是当务之急。

"董事长高瞻远瞩，看到了我现在的困境，特意派您过来协助我。那咱们这两项工作便一人主抓一项。"

朱恩娓娓道来，思路很清晰，他顿了顿，道："李总是总部的高管，方方面面的经验要比我丰富，外面的这些项目是最重要的，李总，您看……"

李清柔"嗤"一下乐了，心想绕了半天，朱恩敢情是想把自己打发走。她脸色变得很难看，道："朱总，您没必要往我脸上贴金。方拓的市场我并不熟悉，至于项目的情况我更是一无所知。您在市场部干了这么多年，而且以前都是亲自盯项目的，如此重要的工作肯定得您亲自去处理。"

"好！李总这么说够坦诚，那咱们就说定了，这段时间我跑外面的项目，您负责稳定总部。我丑话说在前头，这两项工作都关乎着市场部工作的稳定，任何一个都不能有失，李总和我，无论谁捅了娄子，出了失误，回头我必定要求董事长和车总严惩！"朱恩果断地道。

李清柔愣了一下，没想到朱恩竟然这么果断，一时竟然不知道如何应对。

不过她本就是有傲气的人，在总部当了那么多年高管，什么大事没有经历过？一家几亿业绩的小公司的市场部她稳定不了吗？

一念及此，她点头道："好！朱总放心，我这一块儿工作一定办好。"

朱恩微微一笑，道："有李总这话我就放心了。对了，还有一点，苏金明和张学力两个人长期掌管华东和华南的市场，这两个暂时不宜立刻裁撤，一旦我们步子迈得过大，极有可能引起几个大项目的激变。一旦发生了激变，我完不成任务不要紧，伤害的是大局，我想李总应该明白孰轻孰重。"

李清柔眉头一挑，怒道："朱总这话什么意思？莫非我李清柔就如此不识大体，会在背后故意破坏你的工作不成？你……"

"别，别，李总息怒。咱们不是讨论工作吗？你不要往其他方面想，李总是在汪先生身边工作过的集团高管，自然是清楚全局一盘棋这个简单道理的。那行，咱们就这么说定了，今天就讨论到此为止？"

李清柔皱皱眉头，火也发不出来了，傲然点头道："那行，就这么着，你先下去……"

她话说一半，意识到了不对，这里是市场总监的办公室，朱恩是市场总监，她是在鸠占鹊巢呢。

饶是她颇有城府，脸上也不由得露出尴尬之色，站起身来。朱恩道："李总，别急着走啊，我这里还有上好的铁观音呢……"

李清柔狠狠地握了握拳头，终究压抑住了内心的怒火，道："我喝不惯茶，朱总还是自己享用吧！"

淡淡一笑，朱恩一屁股坐在尚有余温的真皮座椅上，嘀咕道："真不知道王岳同是什么意思，派这么一个女秀才过来捣乱，未免也太小瞧我这个市场总监了吧？"

临港的夜色很美。

豪尚豪法式餐厅的鱼子酱更是美味。

王岳同却没有动眼前的食物，只是慢慢地品着杯中的咖啡。

"你叫马梦可？马梨女士是你的……"

王岳同对面的女子娇声笑道："王总，她是我妈，本来这件事应该是我妈跟您谈的，可惜她长期住在加拿大，所以只有我来代劳。"

王岳同微微愕然，旋即笑起来，道："哎呀，我还真没看出来！真是故人有佳女，可喜可贺。不过我和你母亲谈的是注资的问题，你……"

马梦可娇声一笑，从精巧的手提包里面取出一张名片规规矩矩地递过去。

今天的马梦可穿着一套职业女士西服，下身配着短裙，黑色的高跟鞋，这种大众化的职业套装，根本掩盖不了她绝美的气质，反倒让人感到一种职业的高贵。

"红树林投资副总裁……"王岳同淡淡一笑，道，"我和你的母亲是多年的老友，她呀，一直都跟我说命苦，现在看来，她有些言不由衷。生女如此，人生大幸，在你这么大的时候，我还在香港做律师呢，根本还没有涉足商界。"

"王叔，您太客气了。您是前辈，我最多也只能算是后起之秀，无论如何和您比不了。只是有一件事我没弄明白，为什么王总需要我们注资，凭汪先生的力量，瞧得上我们这点钱吗？"马梦可淡淡地道。

王岳同微微皱眉，摇头叹息一声，道："小马，有些事情一言难尽。在进军内地电子通信市场这个方向上我和汪先生有些分歧。我和他是多年的搭档，既然有了分歧，我也不愿意强人所难。因而我已经通过股权置换的方式，将方拓的股份全部置换到了我的名下。虽然现在在外面方拓依然打的是千牛的旗号，其实千牛已经不持有方拓的股份了。"

马梦可一愣，手微微地一抖，她深深地看了一眼王岳同，面上虽然没有什么变化，可是内心却是异常地佩服。

王岳同这半辈子在千牛集团已然要风得风，要雨得雨，到了这个年龄，却敢于将自己的全部身家押出去做一场豪赌，这份气度和胆识，可不是一般人能有的。

收购方拓花了两亿，近三年来利润并不高，几乎可以说没有利润。在这种情况下，王岳同敢于将自己持有千牛的股份置换出去，将方拓的股权完全掌控，这该有多强的决断？

讪讪地笑笑，马梦可道："王叔，作为后辈，有些事情我再也不能瞒您了。在一年之前，我注资了方旗。现在方旗的实际掌控者便是我，这也是我今天来见您的原因。

"您和我妈是多年的老友，这一点之前我并不知道，既然现在我知道了，我对您也只能坦诚。

"这两年，对您的情况包括方拓的情况，我已经做过了十分精准的调查，中层以上的干部资料我全都有。

"毕竟，咱们是竞争对手，可能在有些时候，下面人所用的一些手段，也未必光明正大，在此我一并向您道歉。并且我保证，这样的事情，以后不会再发生……

"而且还有一点我不瞒您，我们下一步看中的市场方向几乎是雷同的，您在做的工作，恰恰也是我们在做的……"

第十四章　顶尖高手

王岳同整个人都愣住了，他从来没有想过会有这样的事情发生。他敢于置换自己的股权，将方拓完全掌控在自己的手中，就是要斩断千牛内部有些人对方拓的七嘴八舌，和千牛分割他下了很大的决心。

而这个决心的前提是他已经找到了人注资，这个人就是马梨，这个人是华人世界最顶尖的风险投资人，华尔街星火基金掌控者。

现在马梨的女儿就在临港拥有一家投资公司，偏偏是方拓最直接的竞争对手，下面投资的具体事宜怎么谈？根本没有谈的空间。

马梦可的话，对他几乎是釜底抽薪的打击，不过王岳同毕竟是王岳同，他哈哈一笑，道："长江后浪推前浪，小马啊，你真是厉害！在这个时候约我，看来我公司的情况你真是已经了如指掌了。"

马梦可尴尬地咳了一下，道："王总，这件事我真的很抱歉，我唯一不知道的是您已经和千牛完全剥离了，如果我知道这一点，我绝对不会把谈话时机选择在这个时候。"

王岳同盯着马梦可，嘴角微微地一翘，道："你很坦率，不过对千牛，你没有必要那么介意。汪先生对当年的事情也是十分抱歉的。再说了，老一辈的恩怨，你们年轻人没有必要参与其中。年轻一代，应该有自己的梦想，做自己喜欢的事情，你又何苦给自己肩膀上加那么沉重的担子？"

马梦可点点头道："王叔，我受教了！对您的胆识我非常地佩服，但是对您的项目，我很担忧。智能手机这一块市场现在烽火连天，是一片红海。您为什么一定要执着进军这一块市场呢？恕我直言，只怕在这一块市场上，您没有太多机会。"

王岳同淡淡一笑，道："看来你真是什么都知道啊，这么说来，你们的机会也不大啊，为什么也要这么执着？我听说你们的产品都已经出来了，已经准备走营销了。

"小马侄女儿，这一片红海背后可不是红海，你我都能看得到，但愿你能有资本坚持到最后，你我当共勉……"

两个人面上和气，以叔侄相称，然而言辞之间却尽是机锋，商场如战场，两个临港市通信市场上最直接的竞争对手面对面坐着，又怎么能做到真正的心如止水？

马梦可毕竟年轻一些，气势很盛，她轻轻摇摇头，道："王叔，至少在临港市场，我还是有点信心的。我们起步比您早，再说了，我听说您的市场部出了大问题，只怕在传统业务之上，您今年就难以和我抗衡了，游历云不行，市场这一块，谁能行？"

"小马，这你就不要担心了，市场部已经在重组了，你既然对我们了如指掌，你应该认识朱恩。我选择他来掌控市场全面工作，你觉得如何？"

"啊……"马梦可脸色倏然一变，她纵然心机深沉，可是毕竟还年轻，乍一听到这个消息，她实在难掩内心的震惊，"怎么会是他？"

"那你以为应该是谁呢？要不你给我推荐一个更出色的人选？"

马梦可咬了咬嘴唇，冷冷地道："朱恩我知道，是有几分能力，不过他的能力并不能支撑接下来方拓市场的需要。手机这是一片寡头的天下，可不是什么阿猫阿狗就能够上位的，朱恩不行。"

"是吗？那可能我真是失误了，不过商场如赌局，我还真准备就赌这个人了。可能小马并没有深入了解，朱恩，生于一九八二年，中大毕业进入诺亚集团，先后担任过诺亚集团华东大区经理、市场广告部副经理。

"后被公司送到法国深造，回国以后进入诺亚战略部担任高级产品策划，当年风靡全球的诺亚4320，他便是产品策划团队的主要成员。

"这个家伙，什么都好，就是喜欢弄虚作假，明明有傲人的工作经历，他偏偏把这一段经历说成是在法国留学，还硬是弄了一张文凭出来。如果我不是专门去调查，还真不知道这回事……"王岳同淡淡地道。

马梦可的脸色越来越白，她发现自己又慢了一步，她以前根本没有调查过朱恩。

直到上次两人接触了几次，她才通过试探，觉得朱恩此人很有趣，怀着好奇心才开始调查，这一调查，她真是吓了一跳。

她实在没有想到，住在她隔壁的那个一脸蔫儿笑的人，赫然是当年诺亚公司有名的"瓜子"。

诺亚集团当年横扫全球手机市场，其策划团队的核心成员简直被业界奉为神明，这些成员都不以真名示人，每个人都有一个外号。

其中"瓜子"无疑是在国内最受追捧的人，因为这是诺亚策划团队之中唯一一个中文外号，这表示此人是中国人。

马梦可也是费了很多心思才将朱恩和"瓜子"对上号的，当她知道了这一点，第一反应就是不惜一切代价一定要把朱恩给挖到自己这边。

方拓当珠玉为砂砾，她坚信自己能让当年的"瓜子"重新名扬天下。

说一千道一万，做 IT 行业什么最重要？归根结底还是人才。

马梦可无法明白，朱恩为什么会隐姓埋名，从此淡出手机的江湖，她唯有相信一点，那就是朱恩这个人对手机的理解，远远超越目前业界的许多同行，定然是国际水平。

她内心震动，可是嘴上却冷冷地道："王叔，您不是在说笑话吧。诺亚公司？那是明日黄花了，一家没有创新的公司，早已经在破产的边缘，这样的公司出来的人也能算人才？我看那个朱恩的确是有些小精明，幸亏他把简历遮掩了，要不然这三年他工作都没的做。一个过气的人，也只有王叔把他当宝。"

"哈哈！"王岳同哈哈大笑，道，"小马侄女啊，你我都清楚实际情况是怎么回事，我真不瞒你，你我找的是同一家调查公司。我在今天之前也并不知道朱恩还有这段经历。老实说，调查公司给了我一个很大的惊喜。"

"行了，咱们生意不成仁义在，好在手机这个江湖够大，你我都是搅局者。他日江湖纷争，你我两人说不定还得抱团取暖，你说是不是？既然江湖有再见的日子，今日咱们就到此为止。你还别说，这餐厅的法国料理还真正宗，我付账还是你埋单？"王岳同呵呵笑道。

"王叔，不送！"马梦可几乎要咬牙切齿，可是旋即，她又想自己阴差阳错和朱恩成了邻居，近水楼台先得月，我就不信凭姑奶奶的魅力，还搞不定这个世界上的一个男人。

这么一想，她的心思一下开阔了。

王岳同的车缓缓地行驶在临南大道上，秘书王小川道："王总，现在您是否要和朱恩谈一下？"

王岳同摇摇头。

王小川脱口道："他是'瓜子'啊……会不会是真的？"

王岳同瞥了身边的年轻人一眼，道："你也知道'瓜子'？"

"怎么可能不知道？当年诺亚策划团队唯一的华人，神秘得很，那一款最经典的4320，当时可是风靡全国。他就是这款机器的产品经理……"

王小川眼睛冒金光，很是激动，丝毫没有了平日的城府。

王岳同淡淡地笑笑，道："暂时什么都不做，这个消息要高度保密，听明白了吗？"

"明白！"王小川很是慎重，可是更多的却是疑惑。

王岳同眯眼看着他，道："怎么了？想不明白吗？"

王小川嘿嘿笑笑，算是默认了，王岳同道："这个世界上，永远都有机会，永远都不缺乏有才华的人。但是我们做生意最后还是看人，一个人，不只是有才华有机会就能成事，小川啊，你要记住这句话……"

王岳同说完，慢慢地将身体靠在座椅上闭目养神。他这一生纵横商海，不知经历过多少大风大浪，也不知见识过多少顶尖人才的荣盛兴衰，在处理朱恩的事情上，他远远要比马梦可沉稳成熟。

他今天故意刺激马梦可，如果不出意外，接下来一段时间马梦可会在朱恩身上花费很多心思。

如果朱恩真的被挖走了，王岳同会觉得很遗憾，因为他终究还是没有找到合适的人。

如果朱恩没有被挖走，对王岳同来说，他就有胆识将自己这一辈子积攒的身家都押上去，全都押在一个以前自己从来没有关注过的年轻人身上。

人生就是一个局，生意有时候更像是一场豪赌。有的人是赌徒，输得血本无归；有的人是掌控者，赚得盆满钵满，只有极少人明白其中的奥妙。

王岳同显然从来都是掌控者，因为他懂得什么人是正确的人，什么事儿是正确的事儿。你要赌就要和正确的人一起来赌，要在正确的事情上去赌，这就是王岳同纵横商海的顶尖秘籍。

千牛集团的十八罗汉，现在还有几个有他这样的胆略和斗志？都没有了，只有他王岳同还有一颗不服老的心。

第十五章　挖角

朱恩回家已经很晚了。

为了庆祝他高升，以前三部的一帮同事狠狠地宰了他一顿，大家喝酒、唱歌闹到很晚才散场。

干了这么多年的业务，他早就算得上是"久经沙场"的老将了，像今天这样轻松的饭局，根本影响不了他。

明天开始他就决定出差了，这一次出差要跑华东和西北两个地方，尤其是华东的项目，以前都是苏金明一手操作的，如何能将项目稳住，顺利地和客户搭上关系，这并不是一件简单的事情。

他深切地感觉到，自己这市场总监不好干啊，游历云留下的就是一个烂摊子，不过他对自己终究是颇有信心的。

这三年扎实的工作，让他对整个市场部项目的情况非常清楚，在派驻在下面的市场代表面前，他也很有威信，凭此两点，他才敢在车慧荣面前立军令状。

说到担心，他就真只担心李清柔是否能稳住局面。这个女人能力很强，业务水平也很高，但问题是在方拓做事，比的不是谁水平高，苏金明和张学力都是老油条、老江湖，走的都是歪门邪道，说到阴险诡诈，李清柔只怕玩不过这两个老江湖。

高手在民间，别小看这两个中层业务经理，车慧荣和游历云调教出来的人，就没有几个是省油的灯。

一路思绪纷飞，朱恩终于回到家了。

冲了一个热水澡，通体舒泰，穿上睡衣躺在床上，从床头抽出一本书，刚刚翻开，门铃就响了。

"谁啊？"

朱恩趿拉着拖鞋走到门口，通过猫眼一瞅，"嘿"笑了一声，将门打开。

"我说马姑娘，你敲门不看时间点儿的吗？都啥时候了！"

客人自然是马梦可，朱恩买房后朋友同学都还没来过呢！

"就准备睡觉啊，我怎么闻到一股酒味儿？出去花天酒地去了吧，回来得够迟啊！"马梦可大大咧咧地坐到了沙发上。

"无事不登三宝殿，长话短说呗！"

马梦可眉头一挑，道："你这态度不对啊，邻居之间串门，非得要有事吗？我大晚上的睡不着，就想找人聊聊天，不行吗？"

朱恩眯眯瞅着眼前的女人，她穿着很居家的宽松裤子，上身紧身 T 恤，衬托出的是妖娆的魔鬼身材。

要说女人漂亮，朱恩认识的女人中马梦可绝对可以排在前三位。照说朱恩也至今没女友，半夜有这么一个妖娆女人登门，那是绝对能让人想入非非的一件事。

然而很奇怪，他没有任何想法，多年的阅人经历，让他很清楚马梦可不是一般的女人。

在现实社会中，电视剧里面演的"青蛙"配"公主"的戏码完全就是一个笑话，他虽然不知道马梦可屡次接近自己的目的，但是对方一定是怀着目的来的。

这年头，人与人之间掺杂了利益，大家下意识地可能就会回避感性的东西，朱恩更是如此。

默默地打开电水壶，将茶叶用镊子夹出来放在紫砂壶中，朱恩道："那也行，不就是摆龙门阵吗？美女有要求，我也只能舍命陪了。"

马梦可皱皱眉头，朱恩这个态度，反而让她不知道怎么开口了。

马梦可环视了一下四周，她甚至有些怀疑调查公司是不是弄错了。

一个有想象力、深藏不露的顶尖高手，不应该将家里收拾得这么干干净净、一尘不染。做这些小事情，也应该没有这般一丝不苟的细致，她甚至怀疑朱恩是不是当过兵，骨子里总给人一种古板的感觉。

说起来大家都是同龄人，莫非自己就这么没魅力？

在马梦可的经验中，同龄男性面对自己，那些身份高一些的家伙，一般都是装出绅士风度来，处处体贴巴结。身份稍微低一点的，不走寻常路，那也得卖弄一下才华什么的，或者要装一下卓尔不群的气质。身份再低一点的，那得说话结巴，浑身发抖，大抵就是这些样子才对。

唯独就不能是无动于衷，她觉得朱恩就是无动于衷。

嘿，自己大半夜的到他家里来，孤男寡女的，他摆出的是同性友人来访的感觉，这不是宅男的正常心态啊！

"还是有事啊，别盯着我看，你的眼神会出卖你，说吧，什么事情这么不好开口啊？咱们是邻居，至少也算半个友人不是？"朱恩淡淡地道。

马梦可用脚踢了踢朱恩的腿，道："你这个人没一点情趣，总是喜欢说一些大煞风景的话。对了，你的手机让我打个电话，我叫点东西来吃吃？"

朱恩微微皱眉，他觉得今天马梦可有些奇怪，他掏出手机，道："说吧，想吃什么，我帮你叫。"

"啊……"马梦可哈哈大笑，道，"我说朱恩，你再怎么说也是通信公司的高管，手机就用这么一个破砖头？现在是什么时代了？3G时代了，你拿这么一个砖头出去，不怕丢人？"

朱恩将手机往沙发上一扔，道："我明白了，你是失恋了吧？神神道道的，就不像个正常人。我跟你说，知心哥哥我可当不了。再说，咱们孤男寡女的，交心太深，万一发生一些情难自禁的事情，回头咱遇到也尴尬。"

"哈哈！"马梦可毫无风度地大笑起来，道，"你是真聪明啊！好，咱们说说你这手机的事儿，你等一下，等一下啊……"

马梦可从沙发上蹿下来，一溜烟跑得没踪影。

回来的时候，手上便多了一个盒子。"这个送给你了！你别用这眼神看着我，不是定情信物。"马梦可"嘿嘿"笑道。

朱恩接过盒子，掀开盖子，里面放着一部大屏手机。

牌子很陌生，朱恩扫一眼就皱起了眉头，因为他敏锐地意识到了一些事儿。

他把盖子盖上，脸色变得严肃，道："马小姐，坦诚一些吧！你又失恋的，又送手机的，我吃不消呢！咱们是邻居，将来也可能成为朋友，不过一个瑜伽会所的老板，马小姐给我的感觉好像是无所不知啊。"

马梦可神色不变，摊摊手道："行，朱恩，实话跟你说，我还真调查了你。'瓜子'对不对？你就是'瓜子'，当年诺亚4320的产品经理。你别误会啊，我不光是开瑜伽会所，我主业是做投资的。

"现在我的下属公司正式准备进军智能手机行业，所以对这一方面的人我很关注。只是我没想到，在我隔壁住的，就是当年诺亚公司大名鼎鼎的金牌产品经理'瓜子'。"

她顿了顿，道："这么跟你说吧，我想挖你。年薪给你现在的三倍，全部预付给你。另外，一年以后给你公司的股权，股权额度不会低于你一年的薪水，怎么样？"

她掏出一张名片递给朱恩，朱恩扫了一眼，见上面写着："红树林投资公司副总裁……"

朱恩将名片翻来覆去看了良久，道："三倍薪水？你知道我的薪水是多少？"

马梦可"嘿嘿"一笑，道："我当然知道，去年你的薪水是税前大约二十五万。今年你可能有五十万的薪水，上了很大的台阶。接下来一年，因为你是市场总监，薪水可能会升到八十万。我给你按最高的算，一年给你开出薪水二百四十万。我觉得你能接受，我们也会合作得很愉快……"

朱恩低着头没说话，内心震动至极，他不紧不慢地冲茶、滤茶、斟茶，然后将杯中的茶细细地品味。

不知过了多久，他道："马小姐，你真是真人不露相啊，简直就是一个百变魔女，明天你再给我一张名片，上面写着方旗科技有限公司董事长的头衔，我保证不会有任何惊讶。"

马梦可尴尬地咳嗽了一声，道："朱恩，这件事我正式跟你说道歉。方旗的确是我投资的公司之一，之前我没有跟你说，算我隐瞒了你吧！

"但是我觉得这些都不重要，重要的是我们接下来可以很好地合作。你不应该做这些和你特长一点关系都没有的工作，这种工作不会体现出你的价值。智能手机，全球有庞大的需求，这一块市场才是你应该展露才华的世界。

"我进军这个行业，酝酿了整整两年，刚才你看过的这款机器，就是我们马上要上市的第一款机器。我相信，你如果加盟，我的业务一定能迅速地开展起来，几年之后，我们就可以在国内智能手机市场上占据一席之地。"

马梦可这番言辞，说得诚恳实在，脸上已经没有了先前的随意，让人能感觉到她的雄心和能力，的确有几分资本大鳄的风范。

"得了，我是看出来了，你今天来串门的目的，就是让我不能好好地睡觉。"朱恩淡淡一笑，道，"不过，既然你这么坦诚，我也很坦诚地说，马小姐，你太高看我了。手机市场一日千变，我已经三年没从事这个行业了。我当初的东家诺亚集团，现在也面临被收购的命运。智能手机，我是真不懂，二百四十万年薪，你还真敢说出口，你说了，我也听了。钱这个东西是真好呢，但是我不能坑你啊……"

第十六章　趋势

失眠了，真的失眠了。

马梦可躺在床上翻来覆去睡不着，她无法理解，为什么朱恩会拒绝她开出的条件，完全没有道理。

无论从哪一方面来说，这都是不可能的事情，马梦可纵横商界也有些年头了，像今天这等诡异的事情她第一次遇到。

她很清楚朱恩现在的情况，在方拓并不得意，经济上更是不宽裕，这一点看他家里的家具就能看出来。

再说，朱恩在临港生活了这么多年，性格、世界观也早已经成熟了，过了热血青年的年龄，没有道理在经济这一方面还有书生意气啊？

换句话说，出来打工的人，马梦可还真从没见过不喜欢钱的。

和朱恩身份、背景相似的人马梦可对付得多了，用钱做敲门砖几乎从未失手过，莫非王岳同先下手为强，已经和他有了某种自己不知道的默契了？

她觉得一定是这样，要不然今天的事情断然不可能会是这个结果。

"嘿！真是大大的失策啊！"马梦可狠狠地捶了一下枕头。

进军智能手机这个行业，她也筹划了好几年了，她也一直关注和互联网、通信相关的公司。这些年她作为投资人，瞄准的也是这个大范围。

在她看来，目前互联网公司，涉及平台、软件的公司，国内已经形成稳定成熟的市场了，在这一块国内已经不输美国。

现在国内缺乏的就是以硬件为核心、真正拥有核心竞争力的高科技公司。

在 PC 机时代，这一块就是国内的短板，随着技术的发展，将来这一块市场必然要转移到移动终端上去。

所以智能手机将会是一个在国内信息产业成就大事的大好机会。

马梦可见识广，眼界高，要做的事情肯定不能简单地满足于做生意，她的目标是要做国内顶尖的 IT 企业，要做成和苹果这等巨头不相上下的顶级公司。

她现在不缺钱，不缺执行者，缺的就是人才，如策划人才、营销人才、高尖技术人才。

从床上起来，马梦可立刻打电话，以命令的口吻让人查清楚关于朱恩和王岳同之间可能存在的相关协议的问题。

"朱恩这个人不能放啊……"

她挂断电话，从手提包里取出一份材料，《关于智能手机系统开发和产品策划的建议》，这是刚刚打印出来的一份材料，这份材料是三年前"瓜子"以个人名义给诺亚公司欧洲区总裁兼欧洲研发中心总裁葛瑞的一份建议书。

马梦可翻开材料，仔细地看了三遍，还觉得有些意犹未尽。

"诺亚的失败，在于管理思维的僵化，近乎刻板的德国人葛瑞，执行力有余，创新力太弱了，跑得太慢，焉能不败？"

马梦可无法入睡，朱恩也依旧在喝茶。

他并没有像马梦可一样过多地纠结，更多的是有些遗憾自己竟然还有能力拒绝一份年薪二百多万的工作。

他现在都不明白，为什么当时自己就拒绝了，是什么原因呢？

是因为商业道德？从方拓跳槽方旗，违背了自己道德的底线吗？

还是什么？

朱恩苦笑着摇头，还真不知道是什么具体原因，但是有个原因是肯定的，他根本不看好马梦可的项目。

这个年头，尤其是在临港这样的一线城市，什么人都能画饼，每个人说话都是一套一套的，谈到某个项目张口不是百亿市场都不好意思说话。

朱恩这些年听这些游说太多了，耳朵都起茧子了，免疫力已经到了万法不侵的地步。

放下茶杯，朱恩掀开桌上的盒子，取出其中放置的手机。

他伸手拉开茶几下面的抽屉，抽屉里面密密麻麻摆放的手机足足有四五十部。

这些手机全部都是当今市面上最新款的，从国际巨头苹果、三星，到国内江湖一线品牌的荣誉、畅想、梅朵，还有更多的是像马梦可这种有几个钱，头脑发热杀入智能手机市场的所谓新贵的产品。

一眼看过去真是眼花缭乱，让人目不暇接。

当然，这些手机都不是他掏钱买的，都是余怀送过来的，人家在华强干的就是这门生意，别的东西没有，手机出了什么新款，他自己买一部，送一部到朱恩这里。

看了一眼这些手机，朱恩摇摇头，从另外一个抽屉里拿出一套螺丝刀。

他修长的手指轻轻地按一下马梦可刚才送来的"新产品"，打开后盖取出电池，熟练地取过一枚枚螺丝刀，一阵眼花缭乱，一部完整的手机就被他拆成了一个个的小零件。

"芯片用的是 TI 公司去年的老款，震动马达用的是温州货，主板是岭南惠亚的 PCD，工艺和电路图和畅想 M2 完全一样，摄像头是日本东芝最新款，看上去高端，其实根本和硬件不匹配。内存就不用说了，台湾货，很大路……

"技术配置高大上，组合起来山寨货，外形设计、卖点、液晶屏，都照着 M2 走的，比 M2 的性能差两个档次，推出市场高于九百大妈都不会看一眼……"

朱恩嘴角泛起一丝冷笑，用同样一柄螺丝刀，在很短的时间内一大包零件奇迹般地又变成一个整体了。

他随便找了一张 3G 卡插上去，按下开机键，进入系统，两根手指在屏幕上滑动，便关了机，将机器放在了抽屉里，然后把抽屉重新关上。

"终于可以睡个好觉了！"朱恩长长地伸了一个懒腰，将自己狠狠地扔到了床上，闭上眼睛便呼呼大睡。

睡到半夜，他迷迷糊糊似乎做了一个梦，一个关于手机的梦，梦中尽是苦涩，尽是失落，他的心情似乎受梦的影响，倏然惊醒，他一摸枕头，枕头上湿了一大块。

他双手枕着头，盯着天花板，过往如走马灯一般在他脑海之中闪过，然后消失。

"你做不了那件事，你什么都做不了，还胡思乱想些什么？还真当自己还只有二十三岁吗？还是有那么多不切实际的幻想的人吗？拉倒吧，该面对血淋淋的现实了……

"三十多岁该干什么？该挣钱把贷款全部还了，该给家里把房子的装修完全搞好给父母一个安享晚年的家，该准备一笔钱，风风光光地把妹妹嫁出去，让她过属于自己的幸福生活……

"现在的智能手机是你能做的吗？这个市场现在是苹果、三星、荣誉、畅想、梅朵的天下，每一家公司背后都是数百亿，甚至数千亿的资本在支持。你靠什么杀入这个行业，就靠你当年拥有一个'瓜子'的虚名吗？"

朱恩用手狠狠地捶了捶床，咬牙切齿道："这个女人就是个妖精，就是个有钱没地方撒的小太妹，我能跟她玩得起吗？"

努力地将被子当头罩下，躺在床上，一直到天亮……

天亮后，又是新的一天，朱恩终于恢复了活力，简单地收拾行李，拎着行李包下楼钻进机场大巴，生活终于回到了现实。

昨天的事情，真就像梦一般，虚无缥缈，眼前看到的这一切才是真的呢！

第十七章　首款手机

"啪"的一声，李清柔狠狠地将手中的笔砸在办公桌上，她脸色发青，白皙的手抖得厉害。

"李总，您别生气。苏金明就是个流氓出身。那时候电脑城川帮凶狠、野蛮，说得难听点，当年车总就是看他胆子大、能砍人，才被车总招进来看场子的……"张学力一脸的小得意，毕恭毕敬地道。

"没想到啊，这些年过去了，这家伙还成精了，敢跟李总耍流氓，李总，我觉得这样的人要毫不犹豫地开除，以正公司的规矩。"

"给我出去！"李清柔狠狠地瞪了张学力一眼，几乎是咬牙切齿。

"李总，这不关我的事儿，真的跟我无关，我是真心协助您工作的……"

"出去，出去，滚！"李清柔彻底爆发了，再也顾不得自己集团领导的形象。

张学力看她这样子，耸耸肩，道："那行，我不打扰李总工作，您有什么需要我配合的，打个招呼，赴汤蹈火，在所不辞。"

张学力毕恭毕敬地出去，李清柔一屁股坐在躺椅上，一身的力气几乎被抽空。

她这些天总算见识到市场部这帮中层的手段了，苏金明、张学力，早就将两个市场部的人串联成了一个共同体。这次裁员，市场部一下裁撤那么多人，本来就人心不稳。这个时候有他们两个人挑唆，这一闹起来，到处都是给李清柔挖坑、下套的。

李清柔一怒之下就要裁员，可是裁员这种事儿先得市场经理认可，还得总监签字。李清柔想干什么，张学力就过来求情，一副可怜巴巴的样子；而苏金明则过来骂街，句句带刺，两个人一个红脸一个黑脸，弄得李清柔进退两难，说是要稳定团队，可是下面的人事业务，她针插不进，水泼不进，怎么稳定？

除了市场部，业务部、广告部、策划部这几个二级部门的家伙，一个个也是人精，而且他们在公司的关系盘根错节。李清柔还没给他们挑刺呢，人家就已经将李清柔在市场部的种种"倒行逆施"上报到了车慧荣那里。

车慧荣是总裁，负责全面工作，他倒是很客气，可是却时时叮嘱李清柔要谨慎，不要引发激变，不要影响今年公司的业绩，这些叮嘱全无过错、滴水不漏。就算李清柔仗着和董事长王岳同的关系近，她也无法跟王岳同发牢骚。

从未有过的挫败感让李清柔的信心降至冰点，说起来这事儿能怪谁？

她从汪先生身边学的那一套，自以为得到了管理的精髓，现在却是完全失灵，沦为笑柄。

有好几次，她都忍不住要给朱恩打电话，可是朱恩分明是在西北、华东出差，处理项目上的大事，这个时候她能打电话吗？

再说了，两人早就有言在先，市场部的工作一人负责一块儿，她这一块儿一团糟，她有什么脸面去打电话让朱恩回来给她擦屁股？

"疯了，简直是疯了！根本就干不下去了！"李清柔现在连杀人的心都有。

如果不是脑子里还残留一丝理智，她真想把整个市场部所有人全部清空，一切推倒重来，大不了今年下半年的业务完成不了，破而后立，总比现在这种恼人的状态要好。

"李总……"

"出去！"

"李总，您这是……"

李清柔终于看清来人了，是董事长的秘书王小川。

"小王，有什么事儿吗？"李清柔强自稳定情绪，无精打采地道。

王小川道："董事长要见您呢！他在一楼星巴克喝咖啡。"

李清柔走进星巴克，下午时分，这里的人很少，在后面花园的隐蔽处，王岳同端坐在躺椅上正在看手中的报纸。

看到王岳同，她没来由地一阵发虚，踩着小碎步走过去，道："董事长，您……您找我？"

"哦……"王岳同从报纸里面露出一双眼睛，"来了啊，先坐，自己点喝的吧！"

李清柔坐在王岳同的对面，根本没心情喝咖啡，一双眼睛左右环顾，显示出其内心的极度不安。

过了好大一会儿，王岳同才将报纸放下来，淡淡地道："清柔啊，原本的融资计划出了问题，我们先前找的投资公司变卦了。"

"啊……"李清柔惊呼一声，脱口道："那怎么办？"

王岳同淡淡地笑笑，道："没什么怎么办的，我们的项目是箭在弦上不得不发，无论我们是否能找到投资，我们的既定目标不变。"

李清柔心中转过无数念头，道："董事长，其实您应该和汪先生谈谈，你将千牛的股份全部置换出去，我想汪先生心中肯定是有芥蒂了。这个时候……"

"呵呵！"王岳同一笑，摇摇头道："我和汪先生打了二十多年的交道，这些事情就无须你提醒我了。"

王岳同顿了顿，道："对了，还是谈谈你的事情吧！现在方拓和千牛已经实现了分割，你还想在方拓继续做这个前途渺茫的董事长助理吗？方拓是个什么公司，你这几天也有了一些经历了。还是听我一句话，你的才华在我这里只怕很难得到展露，千牛那边家大业大，是一棵参天大树，能为你遮风避雨。"

李清柔皱皱眉头，倏然抬起头来，恰好迎上王岳同的目光。她心中的恼火瞬间化为虚无，取而代之的是惭愧。

她搓了搓自己的双手，道："对不起，董事长，让您失望了。我去市场部工作干得一团糟，远远没有达到预期的效果。董事长如果觉得我能力不能够帮着您，我只能回千牛去了。"

"只是董事长，您没有必要这般羞辱我，我李清柔虽然不堪，可是这些年也未必就是靠着千牛的参天大树为我遮风避雨……"

王岳同哈哈大笑，道："你还生我的气啊，再说了，受不了一点委屈，是成不了事的。现在知道方拓并不是你想的那样简单了吧？其实，你一直在千牛工作，没有接触过创业型的小公司，在你身上出现的问题是很常见的。

"任何公司都是由小到大，由不正规走向正规化，这个过程不是一天两天就能做到的，需要一个漫长的积累和蜕变。创业和做职业经理人本就是两回事，方拓现在就是一家创业型的公司，恰好你在这一块并不擅长，吃点亏，受点委屈，对你有好处。"

李清柔认真点头，道："我明白了，董事长。以后我会跟朱总认真学习……"

"哦？"王岳同眉头一挑，道，"你说这话倒还真让我刮目相看了，说明你前几年在汪先生身边还是学到了不少东西。不错，做人也好，做生意也好，都需要胸怀。你能够放下一些偏见，认识到自己的问题，并且能够看到别人的长处，这很好。"

李清柔神色尴尬地笑笑，心想自己可没那么好。市场部现在弄成这样，自己固然狼狈，那姓朱的也不一定就能处理好，这家伙和张学力、苏金明就是一丘之貉，强不到哪里去，市场部在他的手上，能够勉力支撑就算不错了，还真能稳定得了？

王岳同似乎没看到她的表情，道："行了，清柔，你放松一些。接下来这几天你就别去市场部了吧，你代替我去一趟美国，拜访一下之前联络的几个投资人。这方面是你擅长的，虽然我们不急着要投资，可是能够找到合适的投资，对我们以后的业务拓展，有利无害。"

"是！"李清柔认真地点头，王岳同道："本来这件事应该我亲自去的，可是现在这个时候，我很难抽出身来。你去要记住，不要谈太多细节，他们如果有兴趣，自己过来看，速度要快一些，快去快回。"

李清柔眉头一挑，道："董事长，这么说咱们的手机已经研发成功了？产品怎么样？"

王岳同呵呵一笑，道："就你聪明，一下就看破了我的秘密。行吧，你问到了，我也不藏着掖着了，让你看看……"

王岳同弯下腰，从桌底拿出一部崭新的手机，黑色的外观，四点七寸的屏幕，样式很像三星新款 B4，李清柔将手机拿在手中，用手指划动数下，道："嘿，不错哦！看来董事长是急着要运作上市了，难怪去美国这么重要的工作也让我代替。"李清柔咯咯笑起来，心情轻松了不少。

王岳同心情也不错，道："是啊，现在产能方面没问题，正在紧急生产中。上市的事宜不能够拖，要很快，要不然就落了后手了。幸亏之前我已经组织了一批人马，操作起来速度会很快。第一部手机，一炮打响很重要，这关系到我们在这个产业之中能否生存。"

李清柔呵呵一笑，道："董事长，您亲自出马，一定能成！那行，我明天就去美国，回来再协助你，争取将这块业务尽快拓展出来……"

第十八章　同学会

朱恩在华东跑了一个多星期，情况和他想象的差不多，一切都在意料之中。

对华东市场的收编工作，进展得很顺利。这都得益于游历云的手段，华东市场业务员二十多个人，一多半都是游历云暗中布置的。

苏金明要捞钱，游历云也要捞钱，偏偏两人彼此不信任，游历云作为总监，自然能在人事上面做手脚，隐隐已经将苏金明这个经理架空了。苏金明东窗事发，离开公司已经是必然，而游历云虽然狼狈不堪，可是依旧是公司高层。朱恩过来打着游历云的旗号，自然无往不利。

一线的业务员被收编了，他们涉及的项目自然也被顺利地接手。在这方面朱恩的经验很丰富，客户也很认同他，再说华东朱恩不陌生，他在这边留的人脉也不少。

所以比起李清柔在总部的郁闷，朱恩的工作相对比较轻松，并没有感受到太大的压力。

黄海，雅安会所。朱恩从酒店步行到会所门口的时候大约是晚上八点的样子。

会所门口已经聚集了不少人了。

"唉，朱恩？"

朱恩微微愣了一下，旋即看清对方的面貌，还是当年上学时候的模样，胖了一些，气派足了一些。

"是田清河班长？"朱恩呵呵一笑道。

"你还记得？得，这一次咱们高中同学会你算是个新人，恰逢其会，电话里你说在临港发展，看你这一身休闲，怡然自得，想来是混得不错了！"田清河十分热情地道。

"朱恩，还认得我吗？我可要批评你啊，咱们现在都不叫清河班长了，都叫田副检察长……"

田清河旁边蹿出一人，高高大大的，咧着嘴，虽然穿着夹克，但是手腕上戴着的江诗丹顿的手表还是很打眼。

"你……阿龙？咱们十多年未见了，你现在真是发达了！"朱恩伸出手，两人的手紧紧握在一起。

阿龙叫唐龙，上高中的时候和朱恩最是要好，而且两人都是农村出来的，临近的乡镇，上高中那会儿家里都很困难，所以彼此共同语言很多。一晃高中毕业，十多年都没见过，可以说杳无音信。

朱恩对同学会一向不是很感兴趣，因为这类聚会表面无隔阂，但有意无意，大家都存有些利益纠葛。

现实的社会，风吹雨打，渐渐地让大家失去了本心，很难再找到当年上学时的那一份情谊了。这一次如不是田清河在电话里面态度热切，朱恩也不会凑这个热闹。

能见到唐龙，是件很高兴的事情，看得出来对方也很高兴。

说是高中同学会，其实大多数人彼此并不熟悉，试想一个偏远山区小县城的高中，长大之后能有多少人会生活、工作在黄海这种国际大都市？

因为这种同学会很宽泛，大抵都是同届、同校的一帮老乡，朱恩第一次在黄海参加聚会，自然觉得陌生面孔很多。不过大家都很客气，田清河热情地介绍，大家都说着家乡话，自然变得亲近了。

进入会所，田清河笑眯眯地道："朱恩，你和阿龙都还没结婚。阿龙就不说了，要求高，人家是角逐黄海十佳青年的层次，标准的钻石王老五，在这方面咱帮不上忙。你的事儿，我留意着呢，今天女同学不少，也不乏单身的，你可要把握机会啊！"

朱恩呵呵一笑，道："田副检察长，你这心操得宽，莫非现在政府职能又多了一项解决单身问题？"

和唐龙沟通，朱恩才知道田清河考了公务员，在雅安区检察院做副检察长，正儿八经已经是处级干部，可谓是年少有为。

古代的时候，社会等级森严，按贵贱分士、农、工、商，新时代等级变了，但是"士"还是排第一位的，因而田清河依旧能成为同学们认同的头儿。

当然，兴许是朱恩太敏感的原因，看着这一屋子的"同学"，他更多看到的是当今社会的分门别类。

唐龙陪朱恩喝了几杯酒，也并没有深谈，叙昔日情谊，而是和一帮同为商海精英的同学们拼酒去了。

"唉，朱恩，到处找你呢，你怎么还像小姑娘似的躲着啊？"田清河过来拽住朱恩，往一帮女同学阵营里钻。

大多数女同学都结婚生子了，这场景和农村酒席上的七大姑八大姨凑在一起叽叽喳喳并没有多少分别。

"各位美女，这位兄弟你们可否认得？当年咱们一中的大才子，今天我在这里公开拍卖啊，价高者得之……"田清河笑嘻嘻地道。

"切，田副检察长干脆别去检察院上班去了，开个婚介所保证挣大钱！"一名微胖的少妇啐了一口，昂然道。

朱恩眼睛一眯，道："哎哟，这不是何丹吗？搁别的地方，我还真不敢认你了。"

微胖少妇一愣，睁大眼睛盯着朱恩，嘿了一声，道："我的天啊，朱恩！真是朱恩哪！"

她站起身来走到朱恩旁边，盯着朱恩看了半晌，道："十几年过去了，模样都没变呢！"

"得，田副检察长，你去忙，朱恩的事儿我来招呼。"何丹大包大揽，扭头对身边的众女道，"介绍一下，他叫朱恩。不瞒你们啊，高中时候我死追他，当时那真是全校皆知呢……"

"哗！"她这么一说，立刻热闹，朱恩饶是久经沙场，脸也不由得"唰"地一下通红。

女人的八卦能力是与生俱来的，更何况大多数都已经成为他人妇、他人母的少妇。

只是这些人面孔都很陌生，朱恩还真只认识一个何丹，说到那段死追的故事，也确有其事。

当年高中的时候，朱恩学习成绩一流，身材高大，虽然家庭条件困难，但喜欢他的女孩子不少。

少男少女青春萌动嘛，朱恩也有中意的女孩，只是在当时那个时代，他根本没有勇气去早恋罢了。当然像何丹这种非主流的女生在那个时代是很少的，上语文课写作文，她也都写情书了，情书之肉麻，朱恩现在看，依旧觉得浑身发抖。

"朱恩，你在黄海吗？好像不是啊，以前怎么就没听到你消息呢？"闹了一会儿，何丹微微皱眉道。

朱恩一笑，道："我没在黄海，在临港呢！这次来黄海出差，田区长非得拉着我来，盛情难却。"

何丹眉头一挑，眉宇之间依稀能看到当年的影子，她摆摆手道："行，来黄海便是缘分，你认识周爽吗？我给你介绍，她也还单身呢！"

一听到这个名字，朱恩着实心跳快了一拍。

他脑海之中立刻浮现出当年的那个影子，清晨，寒风中，女孩骑自行车的手用手套捂得严严实实，小脸红扑扑的，朱恩每天清晨都能看到她。

两人同届不同班，从来没有过对话，但当时两人的学习成绩都是班里顶尖的，有那么两三次大考，两人都是邻桌。

重点高中，考场按成绩分区的。

成绩拔尖的考生在一个考场考试，从明面上说是为了防止学生作弊，其实根本上是在学生之中分三六九等的做法，周爽和朱恩的成绩在伯仲之间，座位邻近，自然让朱恩有近距离观察这女孩的机会。

女孩很漂亮，有些害羞，追她的男生很多，朱恩毕业以后很多年脑海之中都还有她的影子。

"周爽，周爽，快过来，给你介绍我的同学！"何丹大包大揽。

坐在人群最后面、不起眼的角落，一个女孩盈盈走过来。

已经不是昔日的样子了，多年在外面打拼在她身上留下了痕迹，时尚现代，举止得体大度，脸上挂着恬淡的笑，唯一不变的是依旧漂亮。

岁月没有在她脸上留太多的痕迹，仅仅将她打磨得更加迷人，风姿绰约。

朱恩看着她，她也在打量朱恩，她微微一笑，道："不用你介绍，221班的朱恩嘛，他过来的时候我就看到了！"

朱恩也是一笑，道："没想到你认得我，十几年不见，当年的小姑娘女大十八变，我却是被你惊艳了。"

"嗤！"周爽轻轻一笑，坐在了何丹的身边，端起酒杯，道，"得了，啥也不多说，咱们碰个杯！"

红酒如血，女人如花，岁月如歌，心中挂念着失去的岁月，朱恩一口酒入喉，精神有些恍惚。

"好有默契呢！周爽我跟你说，朱恩也是单身狗一只，差不多得了啊，你也不要再在男人堆里挑了，同学同乡知根知底，能成就一番姻缘，找到幸福，那真是最好的事情。

"不瞒你说，如果我是未婚，明日我就订机票飞到临港去，非得把他拿下来不可……"何丹大大咧咧地道。

周爽的脸"唰"地一红，道："何丹，你跟田区长学得还真不少，连当媒婆这个特长都学到了……"

"哈哈……"周围的众女哈哈大笑，神情中尽是暧昧之色。

何丹竟然也罕见地露出尴尬之色，朱恩在一群女人中，一时竟然有些不知所措。

还好，何丹很会来事，拎着身边的几个女人说是要去敬酒，旋即走得一个不剩。

第十九章　不快

"来，临港才子，人都走了，咱们再喝一杯！"周爽很洒脱地道。

"对了，当年上大学，你好像上的是工学院，看你现在的气质，不像是古板的工程师啊？在临港发什么财呢？"

"通信公司上班，小公司，跑了这么多年业务，让同学们失望了，没有混出多大的名堂。"朱恩坦然地道。

周爽咯咯地笑，道："你这话说的，过日子冷暖自知，谁也不一定比谁强。只是你的改变太大了，让我很震惊。我记得当年高二段考的时候，我找你借橡皮，你还脸红呢！"

朱恩哈哈一笑，道，"咱们变化其实都大，对了，你现在干什么？看你这风姿绰约的气质，不会是干演艺行业吧？"

周爽也是一笑，正要说话，朱恩身后一个声音响起："周爽，磨蹭什么呢？你合同带来了没有啊？带来了咱们谈谈合同的事儿……"

朱恩一扭头，看到他身后站着一个身材高大的型男，说的是家乡话，面孔却很陌生。

看其装束，从头到脚国际名牌，头发梳在后面，看上去比真实年龄要成熟，很贴合电视剧中成功人士的形象。

朱恩站起身来，正准备打招呼，对方大声道："去那边吧台啊，我等着你！"

说完扭头就走，周爽微微皱眉，歉然一笑道："朱恩，这是咱们学长甘华，宏宇国际的老总，我……"

"有事你去忙，不用管我！去吧，去吧！"

周爽这才站起身来，一溜小跑跟在甘华的身后走了。

朱恩淡淡一笑，端起面前的红酒杯，将酒喝干，心想，同学会还真是无趣啊！

生活中每天感受到的就是三六九等的人生，到了同学会依旧脱不开滚滚红尘的束缚，这种聚会意义又在哪里？

他站起身来，看着周围灯红酒绿，觥筹交错，这都是他近些年来熟悉得不能再熟悉的场景。

他忽然感觉有些厌倦，心中对那个叫甘华的同乡更是恼火。

虽然他大抵知道是怎么回事，但是和周爽这么多年后重逢喝一杯酒，缅怀一下过往，硬是被打断，心里还是有些不舒服。这年头的人，真都是如此冷酷现实吗？

朱恩本以为同学会就是个插曲，因为第二天他就得回临港了。

然而极富戏剧性的是，他竟然发现行政部给他买的是头等舱，更狗血的是，头等舱之中他看到了两个昨天才在同学会上照面的同学。

甘华和周爽，还有一个年轻漂亮的女孩，他们好像是三人成行。

不知道他们的关系，让朱恩有些尴尬，正考虑自己是否该给他们打个招呼。

周爽倏然扭头看着朱恩，睁大眼睛道："朱恩？你怎么这么早的飞机？我还想去了临港再给你打电话联系呢，没想到咱们还是同机。"

"来，昨天我忘记给你介绍了，这是师兄甘华，宏宇国际的创始人兼老总。今年三十八岁，事业有成，让人羡慕呢！"

朱恩含笑伸出手道："师兄，你是咱们的楷模，去了临港，我一定要尽一尽地主之谊，请你和周爽聚一下。"

甘华的脸色比昨天好了一些，却依旧有些矜持，握手的时候并没有起身。

他身旁的女孩很冷淡，早就挂上了耳机，眼睛看着窗外，根本不给朱恩一个正眼。

朱恩也不介意，道："我在那边坐，我先过去放行李。"

放好行李，朱恩还没坐好，周爽却凑过来拍了拍他的肩膀道："昨天的事儿不好意思。还真被你说中了，我真是混演艺圈的，自己搞了一家小经纪公司。临港这边恰好有个客户，我手头艺人接不下来，便求助甘师兄。看到他旁边的那个小女孩了吧？今年红得发紫的《大唐传》的女主角苏晓……"

她话说一半，指了指朱恩旁边的大汉，道："哎，你去坐我那边，我和朋友聊聊天。"

那汉子站起身来微微颔首道："是，周总。"

朱恩这才发现，头等舱一多半的位置都给周爽包了。明星出行嘛，排场大，助理、保镖、化妆师，不带十个八个人，都不好意思说自己是名人。

周爽很健谈，话匣子打开，一聊便是很多。

朱恩大多时候是聆听，对周爽的行业他也不懂，忽然他心中想起一件事，皱眉道："对了，老同学，你刚才说准备去了临港联系我，这话有些虚伪了吧！咱们好像没交换过联系方式啊。"

周爽愣了一下，尴尬地一笑，指了指甘华那边，道："姓甘的不安好心，当我跟他手下的那些小明星一样呢！有时候看到他我都恶心……"

她优雅地从包里拿出一张名片递给朱恩。

名片设计精致高贵，竟然是镀金的，上面的头衔是"大地国际传媒集团董事长"。

朱恩拿着名片正反看了一下，道："得了，我就不拿我的名片了，省得让同学失望……"

周爽嘿嘿一笑，道："你还真别说我，这年头什么不讲个包装？尤其是咱们这个行业更是如此，你不包装，就等着喝西北风吧。"

"周总，你们的人会不会做事啊！你们给安排的是什么化妆师啊？"

一个冷漠的声音从前面传过来，那个冷傲女孩抬手就将前面的一堆东西给掀到了地上。

几名助理立刻凑过去，对着一名女子就是一通推搡。

周爽惊讶地站起身来，凑过去道："苏小姐，怎么回事？"

"看看你的人干的事儿，不知道我对蜂蜜过敏吗？怎么还用含蜂蜜的化妆品？"苏晓的年纪不大，可是脾气是真大，这一发飙，整个头等舱都乱成一团。

幸好此时几名空姐过来安抚，周爽却是坐不住了，过去赔笑脸，说好话，一堆人哄着一个小女孩，那场景说不出的滑稽好笑。

甘华的声音很生硬，冷冷地道："周爽，因为咱们是老朋友，这个业务我才帮你。你倒好，不管事，是不是老板当久了，派头也涨了，连苏晓这等大牌都没放在眼里了？"

"你说你是和老同学聊天调情重要，还是咱们的业务重要？"

朱恩一听这话，扭头过去道："甘华师兄，嘴上留点口德吧！咱们老乡一场，说话留一线，行不行？"

甘华也觉得自己说的话似乎有点过，可是他旁边的女孩却站起身来道："你谁啊？关你什么事儿？"

朱恩冷冷一笑，道："我不是狗仔队，你就烧高香吧，不过谁说得准呢！生了一张人脸，就得说人话，别丑态毕露，回头被人一捅出去，后悔莫及……"

"你……"苏晓站起身来，满面寒霜，不过终究没敢再多说话。她似乎意识到了这是在公共场合，背后可能还真有眼睛。

黄海到临港就一个多小时航程，闹了这么一出不愉快，飞机已经落地了。朱恩仅仅礼貌地跟周爽打个招呼，并没有多说话，便拎着行李先下了飞机。

今天临港的天气不太好，天空飘着雨。

从贵宾通道走出来，他的心情已经改变了，多年的职业习惯，踏入临港，他脑子中的那根弦就会紧绷。

刚刚接手市场部，只怕李清柔已经搞得一团糟了，等待他处理的事情还很多呢。

他一路正想着是直接打车回去，还是要冒雨往地铁站冲，走到行李区的时候，老远他就看到了一个人影——美女邻居马梦可。

他下意识地就往后躲了，转身去卫生间，躲在里面掏出手机开始打电话。

这次他回临港手头的事情会很多，这段时间他的精力都放在华东，而对他挑战最大的是张学力主管的华南市场。

对华南市场的掌控，朱恩早就有了布局，他自己去华东的时候，就已经让自己手下的两个心腹爱将杨立群和周胜去搜集项目信息。

华南被张学力经营了十几年，此人极有心机，可以说是树大根深，两个电话打完，耗了朱恩足足四十多分钟。

挂了电话，他不由得苦笑地摇头，自嘲地想，自己这个总监做得还很是敬业的，躲在卫生间都能工作接近一个钟头。

第二十章　不相为谋

贵宾通道的人并不多，但是有几个人很引人注目。

七八个彪形大汉簇拥着一个女子，此人便是苏晓。苏晓旁边，一个身材高大气质不俗的男子，自然是甘华。

一群人并没有出去，就滞留在通道外面的大厅，周爽一个人坐在椅子上，脸色十分难看。

"周爽，这是齐总，你得理解我的工作。我不可能为了你一个小项目安排这么多人来一趟临港，肯定还有其他的工作。再说了，小苏的身价摆在那里，找她代言的人很多。我不能因为你的一个场子，放弃一大笔代言不是？"甘华风度翩翩地道，他身边跟着的赫然是方旗集团副总齐美兰。

周爽站起身来，勉强和齐美兰握手。

甘华拍拍手道："好了，齐总，我们可以走了吗？"

齐美兰摇摇头，道："等一下，我去请示一下马总。"

马梦可脸色淡然，在齐美兰引领之下走过来，齐美兰含笑道："甘总，这是马总，红树林投资集团的实际掌控者，不瞒你说，我们方旗集团的董事长也是马总……"

甘华愣了半晌，连忙伸出双手道："您……和马梨总裁是……"

马梦可淡淡地一笑，伸手和甘华的手碰了一下便缩回来，道："王秋生自己怎么没来？你就是现在宏宇的总经理？"

一听马梦可这话，甘华一下就拘谨了。

他再傻也知道眼前的女子只怕和宏宇的投资人马梨关系极不一般，自己这是碰到宏宇国际背后真正的老板了。

他沉吟了一下，道："董事长恰好去了澳洲，接到您的电话立刻致电给我，让我安排公司形象最好的艺人来临港听候马总安排，苏晓，快过来！"

苏晓在旁边早就听到甘华这般对话，哪里还有先前明星的高傲。

她一脸的谨小慎微，走到马梦可面前道："马总，我是苏晓，马总有什么要求尽管说，我一定保证把您的事情办好。"

马梦可轻轻地点头，便不再看面前的小明星，摆摆手道："再等等吧！"

周爽眼看这情形，心中更是明白了，自己敢情是被甘师兄彻底耍了。

他们来临港是另有要事，根本没把自己安排的事情放在心上，一念及此，她的心情就糟糕起来。

这一次晚会，周爽可是给客户夸了海口的，到时候如果艺人到不了位，还不知要闹出多大的风波。

一想到这点她就头疼，真要把事情撮合好，还不知甘华和那小艺人又要提什么出格的要求呢。

心情郁闷，她站起身来便下意识地躲开这群人，掏出电话正准备跟黄海那边联系，准备应急方案，便看到朱恩从通道里面拖着行李，低着头走了出来。

"朱恩！你还没走吗？"

周爽有些吃惊，朱恩也是一惊，倏然抬头看见周爽，眉头一皱，道："怎么了？外面的雨很大？怎么都留在这儿？"

周爽摇摇头，脸上露出苦笑，自己遇到的窝心事情也不好跟朱恩说，便道："遇到了一点临时状况，说是要等一会儿……"

两人言语交流，彼此都没看周围。

就在这时，旁边响起一个淡淡的声音："朱总，士别三日当刮目相看呢，去了一趟黄海，就有美女接机了，了不起啊！"

朱恩一听到这个声音，整个人都愣住了。

刚才他就是下意识地躲马梦可，没想到这个女人竟然也还没走。

马梦可眯着眼睛，看向朱恩的眼神似笑非笑，朱恩摊摊手，有些无奈地道：

"介绍一下吧，周爽，我高中同学，我们算是同机抵达临港，没有接机一说。"

"周爽，这个是马梦可，小瑜伽公司的小老板，不要看人家年龄小，野心可是大得很，是我辈楷模。"朱恩淡淡地道。

周爽一脸的尴尬，如果不是她先前听到了甘华等人和马梦可的交流，她还真信了朱恩这话。

朱恩可没去注意周爽的表情，心中就想着赶快撤，便道："周爽，回头我们联系啊，你先忙工作。马总，回头请你吃饭，快半个月没回来了，手头的事情太多，我先撤。"

马梦可笑容一敛，道："朱恩，你撤得了吗？我们十几个人，等了快四十分钟，你一句撤就想脱身吗？"

朱恩皱皱眉道："怎么？马总这架势是追债吗？再说了，十几个人等着我，夸张了吧，是不是要绑架我？"

马梦可指了指甘华那边一众人，道："你看看，那都是我的人，哎，你们都过来……"

果然是十多个人，大家都很奇怪地看着朱恩和马梦可，不知道这两人究竟是什么恩怨。看这架势不像是追债，莫非是男女朋友闹别扭？

最为震惊的是甘华，他摘下金丝眼镜揉了揉眼睛，心想自己莫非看人看走了眼？这个其貌不扬的老乡，难道背景深得很？

就在尴尬的时候，齐美兰凑上来道："朱总，你别误会董事长的意思。董事长今天来机场就是专程等你呢！咱们都是多年的老交情，打了这么多年的交道，你就不能给个面子吗？"

齐美兰就是齐美兰，八面玲珑，对马梦可的心思动机揣摩得最透彻，这一下可把朱恩捧高了。

马梦可"咯咯"笑起来，道："欠我一顿饭就不要另约日子了，照咱们的关系，我又等了你这么久，你不会连个说话的机会也不给我吧？"

"来，来，我给你介绍一下。这个是《大唐传》的女主，宅男偶像，也是我们新产品的代言人，怎么样，还不错吧！只要你点一下头，这些所有的资源都交给你，我的这个条件还不够公道吗？"马梦可道。

苏晓睁大眼睛盯着朱恩，满脸通红，一时竟然不知道如何打招呼。

朱恩看着马梦可，内心没有一丝的飘飘然，只是深深折服于这个女人的手段了得。

这般拉拢自己，真能跟三国刘备有一比了，如果不是自己心中清楚，这一切不过恰逢其会，还真要被她感动了。

他脸色很平静，道："你的车呢？送我回家，其他的人和事，就不要胡乱扯了。"

他说完，转身就走，马梦可呵呵一笑，道："好呢，咱们走！"她回头冲齐美兰挥挥手道，"齐总，后续的事情你自己安排吧，这种小事你自己拿主意，没必要事事汇报了……"

说完，她跟在朱恩的身后，帮朱恩拎着一半行李，两人并肩走出大厅，直奔贵宾停车位。

甘华和周爽都是呆若木鸡，小明星苏晓更是一脸的遗憾，隐隐还有一些忐忑。

"齐总，我和朱恩也是同乡呢！还是高中同学。"甘华凑到齐美兰旁边，试探地道。

齐美兰淡淡一笑，道："哦？是吗？那你们同学中真是人才辈出……"她哪里有心思去回应甘华的试探，她只清楚一点，倘若朱恩的事情能成，她想成为新公司老总的想法只怕就打水漂了。不过她转念一想，还是觉得马梦可的信任更重要，她沉吟半晌，道，"你们有一层同学关系，平常可以多走动一些，在红树林集团高层的眼中，你的同学身价可是很高的。"

马梦可的车出人意料地开得很慢，似乎是有意照顾旅途劳顿的朱恩。

两人又是一阵沉默，似乎都在酝酿着接下来的谈话。

最终还是马梦可忍耐不住，道："朱恩，我这么辛辛苦苦地接机，你就一点感动都没有吗？"

朱恩点头道："感动，很感动呢！只是再感动我能怎么样？一穷二白的，莫不要我以身相许吗？"

马梦可"哈哈"一笑，道："你还别油嘴滑舌，我这么辛苦，就是想感动你以身相许呢！怎么样？我的诚意你还有什么疑虑？"

她摆摆手道："我这边现在已经万事俱备，产品已经开始量产，各项市场营销手段正在大规模投入，有些项目已经徐徐展开，你刚才也看到了，广告代言人今天也到位了，接下来我们立刻开始各主流媒体广告竞标。产品上市没有悬念，这么好的条件和平台，你就算是真的消磨了意志，也该会有所心动吧？"

马梦可的声音铿锵有力，言辞之间豪情万丈，俨然就是一位指挥千军万马的将军，似乎她大手一挥，挡在前面的敌人就立刻要灰飞烟灭。

朱恩斜眼看向她，暗暗一声叹息，心想这世界上又多了一个人傻钱多的家伙。

他沉吟了一下，道："马小姐，你这是逼我呢！那我就说一句不客气的话，我这人不值得你这么拉拢，这是其一。其二，我就是再消磨意志，却也绝对不会去尝试做一件必然失败的事情。你不用把我想得多么迂腐，或者多么道德，并不是我受了什么束缚，不愿意从方拓离职，而是我从根本上不看好你的项目。做生意，做项目，都讲一个志同道合，你花费心思，找我一个志不同、道不合的人，意义何在？"

马梦可愣了愣，突然一脚刹车，将车停在了路边，眼睛盯着朱恩道："你刚才说的话是你的心声？"

第二十一章　饭局

和马梦可谈得不欢而散，这都是朱恩意料之中的事情。

看着一溜烟远去的玛莎拉蒂，他无奈地摇摇头，这个女人啊，还真是个性十足，一言不合就将自己撂在了半路上。

"你听着朱恩，这个世界上就没有我马梦可办不成的事儿，我还真不信，没了朱屠夫，我就得吃带毛的猪。你就等着我的产品一炮打响，回头被我'啪啪'打脸吧！"朱恩脑海之中浮现出马梦可发怒的形象，嘴角泛起一丝冷笑。

"如果你的产品能够一炮打响，我立刻去菜市场买一块豆腐，然后在上面一头撞死。"朱恩自言自语道，内心却没有解脱之感，反倒极其复杂。

智能手机这个行业谁不看好？谁都知道蛋糕大得惊人，可是目前国内的手机厂商，有几个是沉下心来真正深入研究行业、兢兢业业为做手机而做手机的？

几个大品牌砸了大量的钱尚且如此，更何况马梦可这种后来者？

所有的厂商全都是简单的产品、粗犷的策划、铺天盖地的营销，热衷于销量有多少多少部。

然后拿着这个数据去游说投资人，得到大把大把的资金之后开始疯狂地烧掉，到最后发现，公司什么都没有。

没有自己核心的技术，没有独立而富有特点的品牌，更不用谈忠实的品牌粉丝了。

纵观国内从二十世纪九十年代开始的电子市场，最早的电视机，一窝蜂地赶时髦，最后都弄得一塌糊涂。

后来 VCD，也是同样的场景，全国厂商上千家，同样粗犷地运作，很多人最后血本无归。

再后面 MP3，山寨机，一波又一波，浪潮过后，国内还剩下哪一家有核心竞争力和核心品牌的？

什么都没留下来，留下来的唯有当今社会浮躁的风潮。

朱恩对这一切早就看得很清楚了，他曾经有那么远大的志向，可是最终却屈服于现实，将所有的一切都压抑在内心的最深处，想好了安心地过平凡的日子。

你我皆凡人，生活奔波苦，一曲肝肠断，何处觅知音？

人生一世，找不到志同道合者，就安安静静、不骄不躁地生活，经营好自己这个家的一亩三分地，那些曾经的梦想，都让其随着时光的流逝，慢慢变淡吧……

回到家，洗个热水澡，外面的天已经黑了。

可是朱恩并没有休息，而是约了杨立群和周胜，找了一个餐馆聚餐，顺便将华东市场的情况做一个归拢。

果然不出他所料，李清柔把市场部搞得一团糟，被苏金明和张学力两人戏弄得团团转，不仅没办好事，还威信扫地，市场部更加涣散了。

"都不知道王岳同是什么意思？给我安排这么一个小太妹过来，是要来成心捣乱吗？"朱恩发了一句牢骚。

杨立群嘻嘻一笑，道："朱总，你再不回来我就躲西北去了。这个天气，西北秋高气爽，眼不见心不烦，做好自己分内的事情，那才是真正的逍遥。"

朱恩端起酒杯道："小杨，别发牢骚了。来，你和周胜工作干得不错，值得嘉奖，咱们碰个杯。"

三人酒杯相碰，朱恩的手机响了。

一看来电，他皱了皱眉头，道："您好车总，晚上打电话可有指示？"

车慧荣在电话那头呵呵一笑，道："小朱啊，听说你回来了，准备给你接风。那个……我在国际酒店餐厅，你应该还没吃过吧，过来陪我吃点饭？"

朱恩愣了一下，看了看杨立群和周胜。

周胜做了一个"闪"的手势，朱恩便道："那好吧，车总找我只怕不是吃饭那么简单，想来是有重要指示，我不敢不来。"

挂了电话，朱恩摊摊手，一脸遗憾。

杨立群道："当了高层，自然不一样了，总经理亲自来电话，这是多大的面子？朱总您就去忙吧，记得埋单就行，我和周胜吃这一锅，保证不浪费。"

朱恩瞪了杨立群一眼，心中却是感到舒心。

自己终究不是光杆司令，这几年自己努力工作，虽然没赚多少钱，但是至少培养了一个出色的团队，培养了几个能独当一面的骨干。

从火锅店出来，朱恩叫了一辆车直奔国际酒店。

临港国际酒店是临港老牌五星酒店，这几年在五星级酒店排名之中，已经没有了昔日的风光。

然而国际酒店顶楼的旋转餐厅，却依旧是整个临港最豪华的餐厅，没有之一。

餐厅在酒店大楼的最高层五十层，整个餐厅呈环形布局，自动缓慢旋转。

在餐厅用餐的客人，坐在餐厅里便可将临港的美景尽收眼底，在这里吃饭，最低消费每个人都得三百以上，随随便便吃点东西，没有几千上万，根本出不了门。

进入旋转餐厅大门，两个漂亮的服务员将朱恩领到车慧荣所在的包房。

推开包房，朱恩一愣，出乎他的意料，包房中不仅有车慧荣，竟然连王岳同也在，还有一个中年富态的女人，坐在车慧荣的身边，眉飞色舞的样子，似乎很兴奋。

"车总，董事长……你们……"

"哈哈！"车慧荣站起身来，走到朱恩身边，道，"小朱啊，别客气，来坐吧！这是我老婆马丽芳……"

"马姐！"朱恩客气地道。

富态女人站起身来道："坐，坐，老车总在我面前夸你呢，说是新上任的业务总监年轻有为，有能力，有担当，今日一见，果然是一表人才。"

被这一对夫妇这么一弄，朱恩反倒有些不自在。

他不知道车慧荣今天究竟为何一反常态，对自己这么亲热。

坐在靠窗的位置，朱恩并没有动桌上的茶杯，道："车总，您这么晚叫我过来，可是有什么指示？"

"哪里有什么鸟指示！就是知道你回来了，这一行去华东辛苦，我和董事长都想起了你，便给你打个电话，让你过来吃一顿饭。"车慧荣道。

"对了，小朱，关于你的职务问题，我已经和董事长谈过了，没有什么代总监一说，以后你就是集团市场部总监。薪水我已经让财务给你卡上打了一半年薪，算是预付的。你的情况我还是了解一些的，刚刚买房不久，房贷上有些压力。咱们公司高层的生活问题，不能有后顾之忧，我已经跟老游沟通了，今年年内你继续兼任三部经理，提成方面他不掺和，你就放心收拢资金，那几十万的提成不会少你的。"车慧荣大手一挥，豪气干云。

朱恩心中暗喜，钱的问题着实是个紧要问题，能够预付一半薪水，年内提成按一线来算，最少也有二三十万，今年入账估摸得有八十万了。经济危机一朝解决了，可以安安心心回家过个好年了。

但是在面上，这些情绪他没有丝毫表露，只是连连称谢，不卑不亢。

晚餐很丰盛，吃的是朱恩家乡的楚南菜，饶是朱恩刚刚吃了火锅，面对这等美味佳肴，也吃了不少。

喝的酒是飞天茅台，三个人几杯酒下肚，车慧荣笑着说："小朱，我这个大老粗还真得跟你道个歉。你在我这里干了三年多了，兢兢业业，成绩卓著。可是我一直都忽视了你，更没有想到，你曾经还是当年诺亚集团策划部大名鼎鼎的'瓜子'。说句心里话，如果当初我知道你是'瓜子'，我怎么可能砍掉手机那一块业务？后悔不及，着实惭愧啊！"

朱恩一口酒堵在喉咙里，差点没咽下去。

他眼睛从车慧荣脸上扫过，蓦然看向一旁慢条斯理吃东西的王岳同，手微微抖了抖。

会无好会，宴无好宴，还真是应了这句话。

刚刚才对付过一个想一头扎进手机行业的人傻钱多的小太妹，现在又碰上了自家公司的老总，估摸着也是要大举进军了。

这件事车慧荣肯定不是主导者，因为他的城府浅，倘若集团在秘密开发手机项目，他一定早就咋呼开了。

所以朱恩判断，肯定是王岳同的计划，就不知道到了哪一步。

"集团要做手机吗？董事长？"朱恩看向王岳同。

王岳同这才放下筷子，道："小朱，不是要做手机，而是我们的手机已经做出来了。从昨天开始量产，我今天和车总碰头，就是准备启动营销推广计划。半夜三更叫你过来，也是为了听你的意见，毕竟，你现在是市场总监，这一块你最有发言权。"

朱恩一下蒙了，手上的筷子都差点掉在了地上。

他低着头，都不知道该说什么。

过了很久，他道："董事长，你这个消息来得太突然，我很措手不及。据我所知，目前方旗也在做手机，而且他们的产品两个月内就要上市。不瞒董事长，最近半个月，他们的投资人和我接触了至少两次，目的自然是高薪挖我，想我加盟。从内心深处说，我不看好这个项目，更何况智能手机的时代，我也不了解，这一块业务，我恐怕没有什么发言权。"

第二十二章　赌局

夜晚的临港美得让人心颤，坐在旋转餐厅，临港的夜便在脚下。

包房中很安静，就剩王岳同和朱恩两人，车慧荣夫妇被王岳同委婉地支走了。

这是王岳同处心积虑安排的一次和朱恩交心的谈话，对朱恩他寄予极大的希望。方旗那边给朱恩开出的条件他很清楚，但是朱恩没有改变立场投奔马梦可，这足以说明朱恩的心性品质值得他信任。

对于朱恩的能力，王岳同更是不担心，不提朱恩"瓜子"的身份，就只看三年前朱恩写给诺亚高层的那一份建议书，就足够说明其对智能手机的发展趋势有极其精准的预测。

再加上，朱恩在方拓工作的这三年，虽然职位不高，但是工作兢兢业业，成绩卓著，能够在西北打出一片不亚于华东和华南的市场，其管理和营销的功力，可见一斑。

不仅能策划，而且实干能力极强，这年头找理念容易，找夸夸其谈的所谓的人才也是满大街都是。

但是要找到既能运筹帷幄又能务实执行的人，太难了，王岳同沉浮商海几十年，对自己的眼光从来都有信心。

两人都很沉默，相比王岳同的镇定，朱恩的心情要复杂得多。

王岳同不是马梦可，朱恩可以毫不客气地拒绝马梦可，可是对王岳同他却不能乱说话。

在其位，谋其事，朱恩现在就是方拓集团的市场总监，在这个位置上，他能够拒绝王岳同的要求吗？

这种上下级关系的存在，让朱恩很头疼，不知道接下来的话该怎么说。

王岳同做出的手机就摆在朱恩面前，朱恩只扫一眼就明白，这一款手机甚至还比不上马梦可做出的那一款。

马梦可倒还知道走捷径，知道模仿现在的一线品牌，可眼前的这款手机，单单从外观来说，就不可能得到市场的认同，这样的产品，推出市场就是绝对失败。

他就不明白了，马梦可年轻气盛，人傻钱多，缺乏江湖经验，项目上马很冒失。王岳同曾经是千牛的十八罗汉之一，在商海沉浮几十年，怎么也会这么冒失地上项目呢？

而且更不可思议的是，王岳同竟然将自己千牛的股份全部置换了，将方拓完全掌控在了手中，难道他的目的就是要做手机吗？

王岳同的身家估计也就几个亿，现在把股份全部置换了，他手头还有资金吗？

"小朱，想说什么就说，无须顾虑。我知道，你对手机项目很有疑虑，但是在我看来，做产品不一定非得跨国大公司，实际上国内的几个巨头公司，也并没有做出好的产品。

"我总觉得，咱们国人是有能力做出世界一流产品的，我王岳同敢于押上身家，便是有这个信心。"王岳同道。

朱恩微微一笑，道："董事长，看来您这个项目已经暗中操作了很久了。在集团内部问题众多、在市场部根基如此不稳的情况下，你依旧敢推动这个项目，说明你手上已经有了团队。所以我提个建议，这第一款手机的运营我暂时不参与。我下半年的中心工作定位在我们传统通信业务上，稳定团队、拓展业务，为集团将来的发展提供充足的资金。

"董事长，您有信心进入智能手机行业，从内心说我有些佩服，更多的是吃惊。不过传统业务不稳，有后顾之忧，对集团的后续发展影响很大，我希望您能考虑我的建议。"

王岳同眉头一挑，道："小朱，这么说来你根本就不看好我现在的产品和项目？"

朱恩苦笑着点点头，道："的确如此，董事长，恕我直言，您目前的产品必定失败！董事长，您别生气，我知道这个项目肯定是您这几年的心血，您在其中投入了大量的精力，这个时候是箭在弦上，不得不发。既然这样，咱们今天不能深谈，毕竟这个时候信心是成败的关键，不能因为我一个人的观点，影响整个团队的信心。

"咱这么说吧，我们打个赌，如果你这款产品能够赢利，或者能够看到盈利的希望，以后您要求我做什么，我绝不提任何异议，坚决贯彻。如果是另外一种情况，咱们再谈这个项目，再深谈如何？"

王岳同脸色阴晴不定，他还真被朱恩堵得说不出话了。

"知道你曾经在诺亚做过，有经验，可是我自己潜心三年，事无巨细，亲自盯着，下面也是能人辈出。做出来的东西就这么不堪？看中的市场真就打不开局面？"王岳同心中暗道，"看来自己还是有些看走眼了，对朱恩似乎有些高估啊……"

沉默了半晌，王岳同转头一想，现在融资出现了问题，方拓传统业务也不能放松，必须要保证盈利，要不然一旦新项目出现问题，资金面便会遭到严峻的挑战。

作为商海沉浮多年的人，王岳同心中明白谨慎的价值，有朱恩稳定市场，这一点倒是能放心的。

他这一次去华东，工作就做得很漂亮，让公司基本没有受到损失。

沉吟了很久，王岳同从胸中吐出一口浊气，道："好，这个赌局我接下了。现在到农历年底还有五个月，这五个月足可以见分晓。我希望你能在总监的位置上，好好地把握这五个月的机会，让市场部重新恢复秩序，保证集团现金流不受影响。至于新的项目，你就别参与了，我的团队已经准备好，暂时也不缺人才。"

王岳同这话说得是极其自负，也很不客气，显然朱恩的态度激怒了他。

朱恩无奈地笑笑，心想自己虽然把王岳同得罪惨了，但总算得到了一身轻松。

有句话叫"不到黄河心不死"，马梦可是如此，王岳同也是如此。

试想任何能成就一番事业的企业家，又有几个不是极度自信、极度傲气的？也许自己在他们面前，终究也只是一个小人物吧，人微言轻。

一念及此，朱恩推了推眼镜，道："那行吧，董事长，天色已经不早了，明天还要上班，我就先回去？"

"你等一下！"王岳同压压手，道："那个……李总今天也回来了，这段时间让她给你打下手吧。你不要误会我的意思，市场部的事情你才是决定者，她跟着你就当是熟悉公司人事和业务，你带带她……"

"呃……好！"朱恩点点头，心中冷笑。

李清柔在市场部碰了钉子，吃了哑巴亏，王岳同总算有个态度了。倘若李清柔能一切顺利，稳住市场部，王岳同是不是又是另一种态度？

从酒店出来，朱恩伸了一个长长的懒腰，心中对王岳同和马梦可也都有了一个相对明确的定位。他笃定，以王岳同和马梦可他们现在的心态，和对整个智能手机市场肤浅的认识，还有对于真正智能手机人才看似重视，其实骨子里面漠视的态度，他们不可能成功。

就算有朝一日，真有机会，朱恩要重新在这一块市场之上找合作者，这两个人的心态不改，也不是合适的人选。

智能手机是一个产业，在这个产业之中决定成败的不是资本，不是市场，而是人才。

不是极度精通行业的高手，不是痴迷于行业的疯子，没有一个虔诚到执着的团队，不可能成功。

"哎哟，老子又做梦了！"朱恩嘀咕了一句，甩了甩头，将脑子里的所有想法清空，正要招呼的士回家。

忽然他想到车慧荣说给自己打了钱，不知有多少？

他在酒店旁边随便找了一家自助银行，将卡插进去，金额显示五十六万，刨除自己之前的六万，车慧荣给自己打了五十万？

按年薪算，半年五十万，那岂不是年薪百万吗？

将卡从机器中抽出来，朱恩这下是真轻松了，一天之内遭遇两件事情后不爽快的心情也变好了。

你我皆凡人，生活奔波苦，一分钱难倒英雄汉。

下半年的房贷六七万块钱付出去，还能收提成几十万，结余有六十万以上，老家的房子终于可以装修妥当了，妹妹的嫁妆也总算可以办得体面了。

在路边小店买了一瓶啤酒，拎着啤酒就在大街上漫步，掏出手机给父母、妹妹挨个打电话。听着电话里熟悉的家的味道，朱恩内心都被幸福充满。

"想象过去的年少轻狂，都随时光飘散，梦想依旧存在，只是被深埋心间。独自飘摇在千里之外，夜半醒来，想起家才是梦的港湾……"

地铁通道流浪歌手沧桑的歌声飘荡，貌似原创的歌曲，旋律并不美妙，词也不华美，却句句都贴合了朱恩的内心。

第二十三章　诡计

方拓市场部总监办公室，李清柔夹着文件悄然进来。

朱恩低着头，正在看工程部送过来的西北四个基站工程的预算报告，并没有理会李清柔略带焦躁的情绪。

"朱总，有件事我没弄明白，乌山市电信主机房的项目，投资近千万，为什么你不闻不问？这么大一单业务，咱们损失得起吗？"李清柔气鼓鼓地道。

她将文件放在朱恩面前，是去年和乌山电信局签的工程合同。

朱恩抬头瞟了她一眼，道："有你这么大摇大摆地进总监办公室的吗？注意态度，李小姐，请教问题态度要诚恳，这很重要。"

李清柔满脸通红，怔怔地说不出话来。

她自知有些理亏，却又有些放不下面子来，迎上朱恩的目光，她一咬牙，扭头出门。过了半晌，她再敲门，等到朱恩答复后，她才再一次进来。

朱恩将两份预算报告交给她，道："稍后你去给杨立群，让他亲自去一趟华东，无论如何要抢在北京天心公司之前将标书递交上去，然后让他密切注意齐美兰的动静。这个老女人，非常阴险，千万不能让她嗅到了气味儿，要不然又少不了一场血拼了。"

朱恩神色冷峻，李清柔不敢怠慢，认真地点点头。

她能有这个态度，也是得益于和朱恩近一个月的配合，自从朱恩从华东回来之后，他这个市场总监才算是正式开始工作。

说来也奇怪，李清柔怎么也捏不拢的市场部，在朱恩的手上，很快就走上了正轨。

张学力和苏金明两人掌控的资源，却一点点被掏空，现在华东基本是杨立群在挑大梁，而华南则是周胜在挑大梁，奇怪的是，张学力和苏金明两人的反应竟然没有以前激烈。

至于其他几个二级部门，广告部、策划部的几个头头脑脑更像是换了一个人似的，不仅对朱恩恭恭敬敬，言听计从，就连对李清柔也没有了之前动辄顶牛的态度。

李清柔仔细观察分析，看出了一些端倪，可是很多地方依旧弄不明白、看不透。

"给我煮一杯咖啡吧！"朱恩吩咐道。

李清柔皱皱眉头，恨不得上去扇朱恩一个耳光，她不是秘书，能让她煮咖啡的也就只有汪先生。

不过终究，她还是忍下了，重新出去用心地给朱恩煮了一杯原豆咖啡送进来。

朱恩笑笑道："李总，像市场部的这种情况，你得用心去了解每个人所处的位置和状态，关心他们关心的问题。苏金明有苏金明的想法，张学力有张学力的幺蛾子。我来给你说说吧……"

朱恩开始侃侃而谈，把如何利用苏金明和张学力之间的利益冲突，将两人关系搞乱，用苏金明牵制张学力，同时又用张学力对付苏金明的手段和盘托出。

两个人狗咬狗，谁看谁都不顺眼了，他们哪里还有能力反抗朱恩？

苏金明无非就是舍不得今年没到手的提成，所以赖着不走。张学力的想法更多一些，他手上的几个项目，油水很丰厚，这几年都在收割期，他还不想走。他打的算盘是利用手上的项目、掌控的资源向公司施压，让公司不敢轻易裁他，从而达到他继续在公司当耗子捞钱的目的。

两个人都有想法，想法却不同。但是他们的想法要实现，无论怎么走，都绕不开朱恩。

朱恩站在中间，掌握全市场部的资源，还不能将他们一点点地收拾掉？

李清柔听得脸色煞白，眼睛死死地盯着朱恩，就像看怪物一样，她实在想不出来，朱恩使出的那些招数，是怎么想出来的。

　　这不是阴谋诡计吗？

　　看这家伙，年龄比自己大不了多少，可是满肚子的阴谋诡计，着实让人不寒而栗。

　　朱恩装作没看到她的表情，淡淡地道："你刚才说乌山电信主机房的项目，这个项目我之所以不问，就是要留给张学力一个念想。这一个月，我们在华南已经从张学力那边拿到了五个项目，你逼得紧了，张学力可能就会狗急跳墙。一旦狗急跳墙，先不说公司的损失，单单我们在客户面前的形象，就完蛋了。

　　"稳定一个团队，梳理游历云留下的一团糟的市场部，耐心和诀窍缺一不可，要不你当这里是什么地方？这是一个江湖，商海纷争有尔虞我诈，公司内部也有尔虞我诈。

　　"这些你以前没接触过，大公司嘛，团队牢固，不用你去想这些弯弯绕……"

　　李清柔的情绪渐渐缓和了一些，道："可是，朱总，乌山电信可是大客户。如果咱们丢了，被别人抢了先，华东市场岂不是失去了半壁江山？"

　　朱恩嘿嘿一笑，道："哪儿能呢？不是还有苏金明吗？他最近天天往乌山跑，肯定是要把今年项目的钱收回来，钱收回来了，提成全算给他。一物降一物，你我找不到突破口，他自然有办法找到。千万业绩，提成二十多万，你还怕苏金明不用心，不努力？"

　　李清柔一呆，道："那苏金明今年可了不得了，到年底收尾款的提成估计就有七八十万……"

　　"是啊，以前也差不多是这个数字。可是以前他得给游历云分啊，我今年不要他给我分钱，他能没有干劲吗？也就是你，非得跟他来硬的，我不吓唬你，你真逼急了他，他真敢拿刀捅死你，他就是一个流氓。"朱恩轻松地道。

　　李清柔脸色更白，显然对苏金明的生猛心有余悸。

　　"行了，我开玩笑的。其实苏金明这种人相对简单一些，比张学力容易对付。所以我拉一把他，打的却是张学力。这一拉一打之间，保住公司的市场，同时又不让公司受损失。毕竟，提成总是要给的，苏金明也是为了收钱，就让他收吧，这也算是按劳分配。不能让马儿跑，又要马儿不吃草吧！"朱恩站起身来，拍拍手道，"这个月不错，业绩接近三千万，虽然这个数字不算很光鲜。但是总算将业绩稳住了。离年底还有三个月，目标是三个月回笼资金一点二亿，完成这个目标，年底的日子就好过了。"

李清柔也松了一口气，道："一个月能稳住市场，朱总的确是能力惊人，我以前对你有一些成见，在这里我向你道歉。"

朱恩哈哈一笑，道："这话从你嘴中说出来可不容易。不过接下来一个月，我们要将全国的项目都归拢起来统一管理，只怕还有几场硬仗要打。"

朱恩和李清柔在办公室聊天，另一边张学力却在办公室砸花瓶。

"咣当"一声，一盆水仙花轰然破碎，他的眼睛变得像兔子一样通红。

"朱恩，老子跟你势不两立。我灰溜溜地滚蛋，也让你在这个位置上待不久！"

他抓起电话，拨了一个号码，对着电话那头的人道："马姐，朱恩欺人太甚，咱们乌山的那笔钱，又打了水漂。我看明白了，他步步紧逼，就是要让我们无路可走。既然这样，他不仁，就别怪我不义，咱们又不是离不开方拓。在哪里不是做事情，非得看他的脸色？刚才我给齐美兰打电话了，咱们亏一点就亏一点，反正他娘的能拿到钱就行，回头不信朱恩能给上面交差。"

"你冷静一下，学力，按照你的说法，朱恩是真的不给一点面子吗？"

张学力冷笑道："他如果会做人，我会以这种口吻给你打电话？反正现在车总占的股份也不多，公司是那个姓王的，咱们没必要讲那个情分，是他们不仁在先。"

电话那头沉默了，过了很久，才回话道："那行吧，你准备好了就行。想走就走吧！"

"喔！"张学力将电话挂断，站起身来，拎着包就准备出门。

门一推开，迎头便撞上了一个人。张学力嘟囔着骂了一句。

"张学力，你刚才说什么？再说一遍！"

张学力抬头一看，真是冤家路窄，一下碰上了苏金明。

"是老苏啊，都要下班了，什么事儿？"张学力竭力想让自己的语气变得更平静，可是看到苏金明那张脸，他实在是平静不了。

"真是猪一样的人，被朱恩当枪使，他还当自己天天向上呢！"张学力心中暗骂苏金明，面上却硬是挤出了一丝笑容。

苏金明眯眼看着他，道："老张，没别的事儿，咱们哥儿俩好久没一起聚过了，哥哥我今天备了一桌酒菜，咱们哥儿俩喝一杯？"

张学力打了一个哈哈道："改天吧，改天！我正好有点事，咱们改天喝个够。"

"怎么了？不给面子啊！老张，前两天你不是还咋呼着要找我喝酒吗？怎么今天我找上门来了，一切都准备好了，你倒是变卦了？"苏金明爆了一句粗口。

张学力暗暗叫苦，前几天他的确找了苏金明，但那不是被朱恩逼得太狠了嘛！今天怎么行？

第二十四章　挑衅

"丁零……"门铃响了。

朱恩放下手中的螺丝刀，用身边的抹布擦了擦手站起身来去开门。

"快递到了，是朱先生吗？"

朱恩从上衣口袋中掏出笔在单上签名，看了看寄件人，不由得嘀咕道："余怀这小子最近入手的新品不少嘛，这都是第三批了。"

他正要关门，却瞟到电梯口的马梦可像一只猫一样走了过来，他苦笑着摇头，神情有些尴尬。

自从上次不欢而散以后，这个女人见到自己就没好脸色。

这一个多月，两人在小区碰面也有那么两三次，对方都是眼睛看天，冷漠得很。

轻轻关了门，朱恩走回到茶几边上，席地而坐，再一次拿起螺丝刀，熟练地拆面前的手机。

他拆卸的是梅朵新款手机，梅朵 3F，距离正式上市还有半个月，也不知余怀走了什么关系提前入手了，第一时间便寄来一部，让朱恩鉴定。

梅朵的品牌定位是中端市场，可是这条路越走越窄，朱恩觉得梅朵最近的产品很尴尬。和低端产品荣誉的价格差了三四百，质量和性能却是相差无几，倘若不是占了外形的便宜，只怕这款机器又要折戟沉沙了。

不过好在梅朵的市场是杰瑞在管，这个老兄弟还是没有忘记经营粉丝的重要性，在国内梅朵还是有一群颇为壮观的粉丝的。

"苦苦支撑啊，巧妇难为无米之炊！"朱恩喃喃自语，为自己当年的同事喊冤。

"丁零……"

门铃又响了，朱恩皱皱眉头道："谁啊？"

没有人回答，只有门铃继续响。

他站起身来走到门口，将门拉开，门口站着一位冷美人。

"干啥呢？门整天锁得紧紧的，是不是有什么东西见不得人啊？"女人的声音很冷。

朱恩摇头笑笑，道："马总，我还以为你跟我绝交了呢！说吧，有什么最新指示？"

"德行，犯不着跟你绝交，我不是那么小气的人。我跟你说啊，我们的营销做得很成功，网络、电视、论坛全覆盖，方旗的品牌已经做出去了，今天统计订货量是这个数字！"马梦可伸出一个巴掌，神气活现地喧宾夺主，走进了朱恩的客厅。

"五十万部，仅仅一个多月的营销就是这个成绩。保守估计，这款手机在年底之前出货三百万部不在话下。我说朱恩，我就不明白你是受了什么打击了，硬是对我们的手机悲观到那种地步。三百万这个数字做下来，利润多了不敢说，一个亿总归是的有吧！"马梦可一屁股坐在沙发上，一副摆明要用成绩打朱恩的脸的样子。

朱恩淡淡一笑，道："那恭喜马总财源广进，找到了一个黄金项目。有句话叫'苟富贵，勿相忘'，马总真成了智能手机行业的弄潮儿，回头给我留个签名，我肯定当传家宝珍藏。"

马梦可眉头一挑，道："你这是什么态度啊？我看你是不到黄河心不死，看着吧，三个月见分晓。年底之前，就等着我的成绩吧。"

"对了，最近你们方拓拾人牙慧，貌似也是新产品上市啊。那款旗舰机器叫什么？'听风'？哈哈，笑死我了，你是市场总监，这个名字不是你取的吧？乍在宣传册上看到这个名字，我还以为是为谍战片做宣传呢！"马梦可毫不掩饰自己的嘲讽。

朱恩耸耸肩，道："行了，马总，别幸灾乐祸了。王董事长和你无冤无仇的，就算是对手相轻，你也没必要这么刻薄吧！再说了，我只负责公司的通信业务，手机是董事长亲自率领团队在抓，情况我也不了解。"

马梦可嘿嘿一笑，道："你呀，真是无可救药了。不过你拒绝我是愚蠢，没有掺和王岳同的事情却是英明之举。王岳同置换了股份，手上根本没钱，花五百万搞营销，有这么抠门的吗？

"现在的智能手机市场，广告得用钱砸，电视媒体、网络视频媒体、平面媒体要全面开花。我的预算是四千万都还嫌少呢！你说你跟着这样的董事长，能有什么前途，巧妇难为无米之炊啊……"

"你笑什么？你再笑……"

"哈哈……"朱恩真是捧腹大笑，马梦可拿起沙发上的枕头就砸了过去。

"别，别，马总，看你刚才的表情，我想起了一部电影，一下就忍不住了！"

"什么电影？说！"

"真让我说？"

马梦可眉头一挑，杀气逼人，道："快说！什么电影？"

朱恩的嘴角微微一翘，道："冯小刚的《大腕》你看过吗？那里面怎么说的？'想靠电子商务挣钱的那都是糊涂蛋，网站就得拿钱砸，舍不得孩子套不住狼啊……'是不是这个味儿？"

马梦可的脸色瞬间变得铁青，高耸的胸部急剧起伏，显然是被朱恩的话激得怒火万丈。

朱恩说完就后悔了，这女人脾气火暴，只怕又得发飙了。

"我不生气，真不生气。我怎么会生你的气呢？你就嘲笑我吧，等三个月后，我再进你这门，我就拿钱砸死你！"马梦可十分优雅地说，眼睛在冒火，可是神色却很镇定。

"开玩笑，开玩笑，别生气。你能成功，作为邻居我也非常有面子。我是真心希望你能成功！"朱恩认真地道。

他将茶几上一堆拆得稀巴烂的零件往抽屉里收。

"你等一下！你这都是些什么东西？"

朱恩的手微微一抖，有些不自然地道："没什么，破铜烂铁！"

朱恩以极快的速度将其收入抽屉，马梦可眼神锐利，瞬间从沙发上冲过去，一把拉开茶几下面的抽屉。

抽屉里面整整齐齐码放着四五十部各种品牌的手机，全都是近两年出的新款。

饶是马梦可见多识广，也在瞬间愣住了。

"你……"

朱恩的脸色有些泛红，很是尴尬，道："一个朋友开手机店，有新款手机便寄一部让我玩玩……"

马梦可没有理朱恩，将里面的手机一部部拿出来，看得她目瞪口呆。

"好啊，朱恩，你行！还说自己对手机市场没信心，你真要是没信心，天天研究这些玩意儿干什么？你别以为我什么都不懂，这些手机全都被你拆过，系统有些也被你动过。这一款三星S3，还没上市呢，你这里就有了，我托朋友从韩国带来的新款，明天才能到。你呀！没事净说谎话，骗姑奶奶……

"把这部手机拆开让我看看，我那边还没货！"马梦可道。

朱恩拿出螺丝刀，他的十指修长，极其灵活，没见什么动作，手机后盖、电池便被他全部拆卸。然后一手握着螺丝刀，以让人眼花缭乱的速度将螺丝拧开，变戏法一般将卡式结构的塑料部分变成了一个个零件。

进入内部，他换了一把更小的螺丝刀，将手机主板、震动马达，如庖丁解牛一般全部拆卸。

先前还是一部完整的机器，很快便成为了一堆零件，就差把CPU从主板上抠下来了。

这样的速度看得马梦可一阵恍惚，如果不是长期干这个，怎么可能如此熟练？有这门手艺，不用上班，随便在电子市场摆个小摊修手机，那绝对也能过得很滋润了。

"一堆日本货，连芯片都是日本货，三星的风格嘛，处处贬低日货，自己暗中都用日本货……"朱恩淡淡地道。

马梦可点点头，道："行了，也不用你多解释，我看明白了。装起来呗！"

朱恩又开始组装，同样快速，同样让人眼花缭乱，也就一分多钟，一堆零件便成了一部完整的手机。

马梦可掏出一张电话卡插进去，装上电池按开机键。

手机顺利地打开，三星的LOGO在屏幕上闪烁，的确是一部完整得不能再完整的手机。

"行了，每个人都有自己的想法，那天我态度激烈，不该对你说那些狠话，今天给你道歉吧！"马梦可无精打采地说道。

朱恩摇头道："没事！我还会跟你计较那些小事吗？"

将所有手机重新装入抽屉，马梦可道："朱恩，这么跟你说吧。假如啊，我是说假如，有一天你在方拓待不下去了，或者方拓把你开了，咱们能合作吗？"

朱恩愣了一下，眉头一皱："马总，你有些误会吧，咱们能不能合作，不是因为方拓的原因，而是咱们的想法不同，我不看好这个项目。"

"行，有你这句话就行！你都这么说了，我马梦可不做出一点成绩，都对不住自己了！"马梦可环顾四周，又道，"看来王岳同虽然抠门，对你也下了不少功夫啊，你那个破沙发终于舍得换了，冰箱也是新的，薪水给得足嘛！"

马梦可说完，站起身来，道："就这样吧，姑奶奶这些天忙得头晕眼花了，下班后还跟你在这里聊了半天，真是吃饱了撑着。走了，不用送，三个月后咱们再见，到时候等着被我打脸……"

第二十五章　摊牌

下半年国内手机市场的江湖真是热闹非凡，风起云涌。

临港的两家通信公司同时杀入手机行业，这在临港掀起了一阵风浪。

临港这个曾经被称为"中国山寨手机之城"的地方，自从进入智能手机时代之后，这里的手机产业便一落千丈，近两年来，整个手机产业链生存极其艰难。

一个行业的没落，导致的是临港整个城市电子产业的萧条。

在这种背景下，临港两大通信公司高调进入手机市场，这无疑为整个临港手机产业链打了一剂强心针。

王岳同手中的资源很丰富，新品发布会在五洲酒店举行，市政府负责信息产业的马副市长参加了发布会，移动公司、联通公司、电信公司三大通信巨头的领导也都到现场捧场。

马副市长在致辞之中，对方拓的决策大加赞赏，将方拓进军手机行业上升到了企业家责任的高度，而到场的嘉宾、临港主流媒体对方拓手机也是一片赞誉。

在鲜花和掌声中，方拓迎来了一批又一批的媒体记者。王岳同、车慧荣轮流接受采访，与此同时，市场推广计划正式启动。王岳同更是亲自为几个重大的推广站台。

方拓的很多员工也是人心浮动，所有人似乎都看到了集团未来业务发展的方向，王岳同和他的手机团队，一时成了集团追捧的对象。

而整个临港的手机产业链似乎又开始运转了，各种零配件商，各种线路板制造商、元器件公司、代工厂都开足马力向前冲。

方旗首先打出了"年底出货三百万部"的口号，这更让方旗的齐美兰成了临港电子通信行业的风云人物。

方拓的手机品牌"听风"也不甘落后，王岳同接受媒体采访的时候亲自承认，"听风"的年销售计划是一千万部。

接下来便是疯狂的营销活动、推介会，公司的一切资源都开始向手机项目倾斜，传统的通信业务似乎一夜之间成了被人遗忘的干儿子。

朱恩一直都很平静，每天兢兢业业地管好自己的一亩三分地，不掺和、不打听，他所掌控的传统市场部，慢慢地开始稳定了。

当然，稳定只是表面，暗中依旧是风云诡谲，但是在朱恩看来，一切就只差最后一击了。

这最后一击之后，今年的工作应该就可以画上圆满的句号。而这个机会，比朱恩想象中来得更早。

这一天，朱恩到楚南出差，刚刚返程下飞机，就接到李清柔的电话。在电话中，李清柔的语气很急，道："朱总，集团出事了，董事长和车总让我通知你，让你立刻到公司。"

朱恩皱皱眉头，心中隐隐就有了预感，知道事情终于要到一锤定音的时候了。

他平静地道："我知道了，我在机场，四十分钟之内就到。"

方拓集团总部，气氛有些诡异，平常人来人往的大门口，今天也显得极其安静。

李清柔着急地在大厅里面踱步，前台的小姑娘也没有了以前的笑容，低着头，拿着一支笔在纸上写写画画。

朱恩推门进来的时候，李清柔"啊"了一声，快步走过来，道："你终于来了！快去八楼大会议室，都等着你呢！"

"发生了什么事？"

李清柔叹口气，道："孙晓要离职，准备带走整个技术部的人和市场部部分人，昨天徐总收到了四十多份辞职报告，在这个时候，捅这么大的娄子，董事长很急。"

她凑到朱恩近前，压低声音道："张学力的辞职报告也递上去了，他手中还有三个大项目咱们之前没发现，被孙晓瞒住了。董事长和车总将他们都叫到了大会议室，公司高层和股东都在，你要小心。"

朱恩眉头一拧，心中转过了无数念头，却也算是大抵明白了事情的原委。这件事情乍一看和自己没什么关系，但是最近自己梳理华东和华南的市场，触及了很多人的利益，看来他们这是对自己动手了。

一念及此，他深深地吸了一口气，在李清柔的陪同下上了八楼。

八楼大会议室，黑压压地坐了六七十人，鸦雀无声，在齐岚的下手位置，有两个位置空着，显然这两个位置就是留给朱恩和李清柔的。

王岳同和孙晓面对面坐着，摆出的架势强硬至极，显然双方谈得并不愉快。

朱恩进门的时候，所有人的目光都聚焦在他的身上，有幸灾乐祸的，有隐隐担忧的，还有严厉责备的。

"朱恩是有能力，可是做事过于刚硬，造成现在的局面，影响的是集团的发展大局。集团现在全力投入在手机项目上，偏偏这个时候后院起火，虽然不全是朱恩一个人的错，但是仅仅这个错误，便不可原谅。"

朱恩仿佛没看到众人的脸色，他走到齐岚旁边，冲王岳同和车慧荣点点头，道："我刚刚从机场赶过来，让大家久等了。"

车慧荣嘿嘿一笑，道："小朱，我说你该被打屁股，集团现在发展到什么程度了？正在蒸蒸日上的时候，你倒好，委重任给你，你却弄得市场部乌烟瘴气，由此引发了整个团队的不稳定，今天的事情，大家都需要你给个解释呢。"

朱恩神色很平静，眼睛扫向面前的一众股东，目光定格在车慧荣老婆马丽芳的身上："马姐，您说一下今天究竟是什么事情？我的工作该跟谁解释？"

马丽芳微微愣了一下，似乎没料到朱恩会点她的名，她尴尬地一笑，道：

"小朱，我从来不参与公司的管理，你问我我该怎么回答你？"

朱恩哈哈一笑，道："是这样啊，但是有一点我不明白，李总跟我说，是孙总要离职，这是今天会议的核心议题。我作为市场总监，一个集团副总离职，大家都需要我来解释吗？车总，您说呢？"

车慧荣微微愣了一下，终于发火了，一拍桌子道："你什么意思？跟我叫板是不是？听你这口气是要我解释了？"

"大家都看得清清楚楚，最近这两个月我们的工作重心在哪里，你作为市场总监，在市场部胡作非为，搞得市场部同事意见极大。这就是集团动荡的原因！这件事你解释不清楚，你这个总监就不用干了！"车慧荣脸色铁青，语气不善地说道。

他一发火，全场震动，几乎所有人都为朱恩捏一把冷汗。

方拓集团是车慧荣一手打拼出来的，虽然现在易主了，但是他依旧拥有毋庸置疑的权威，朱恩这一关怕是过不去了。

刚刚上任才几个月，就捅这么大的娄子，以车总的脾气能让他继续干下去？

张学力脸上浮现出一抹冷笑，他拍了拍身边的苏金明，道："老苏，你呀，就是喜欢冲动，咱们是一起打拼多年的兄弟，你偏偏相信一个外人，兄弟我为你遗憾哪！"

朱恩神色一点都没变，他从兜里掏出一支烟，不紧不慢地点上，深深地吸了一口，道："车总既然这么说，看来我得给董事长和所有的股东一个明确的解释了……"

他慢慢站起身来，眼睛扫向所有人，对徐小芳道："徐姐，你收到的辞职报告给我看看。"

徐小芳神色有些紧张，将厚厚的一沓辞职报告递给朱恩。

朱恩一目十行看了一遍，道："行吧，这里涉及的人很多，作为市场总监，其他部门的人我管不了，天要下雨，娘要嫁人，国家有《劳动法》。但是市场部的几个人，想辞职可能有些困难。张经理，这个时候想用一走了之解决问题，是不是太乐观了？"朱恩眼睛盯着张学力，似笑非笑道。

张学力冷冷一笑，道："是吗？朱总是想强留下我？那我倒要看看朱总有多少本事了。"

朱恩哈哈一笑，道："我可没有那么大的本事，但是有人可以……"

朱恩拉开自己的公文包，从其中拿出厚厚的一沓资料递给王岳同和车慧荣一人一份，然后将剩下的一份扔给张学力。

"看看吧！张经理，你看清楚了。这是我给和田区公安分局送的报案材料，你自己对照一下，看看有什么疏漏？"朱恩冷冷地看着张学力。

张学力低头看完材料，脸色瞬间变得苍白，一双手微微地发抖。

他倏然抬头看向朱恩，道："姓朱的，你这是污蔑，你……"

"啪！"朱恩将手中的茶杯摔得粉碎，目光如电，冷冷地盯着张学力喝道："张学力，你信不信我现在就打电话，五分钟之内你就会失去自由，你下半辈子也别想从监狱出来？"

张学力瞬间愣住，张张嘴却没有说出什么，他再也没有勇气跟朱恩硬碰硬了。

"贪了公司的钱，想一走了之，嘿嘿，你当法治社会是个摆设吗？"朱恩语气冰冷。

他将手中张学力的辞职报告拎出来，揉成一团使劲地砸在他脸上："把这个玩意儿收回去，自己主动找李总把华南所有的业务交接清楚，回头自己再找董事长和车总，把你干的那些事儿说明白，看能不能得到他们的谅解……滚！"

第二十六章　破局

朱恩一个"滚"字，如一声惊雷，彻底击溃了张学力的心理防线。

看过材料他就明白了，自己的事情早就被朱恩暗中掌握得清清楚楚，材料上面人证、物证明明白白。他可不是苏金明那种大老粗，作为一个正儿八经大学选修法律的高才生，他心中明白，朱恩拿出来的这份材料，可以轻松地将他置于死地。

朱恩说让他下半辈子待在监狱，可能有些夸张，毕竟这些钱不是他一个人贪的。但是如果把所有的事情全部说清楚，公安局就要派一辆中巴车过来抓人了。

可能还闹不到那一步，其他人为了堵他的嘴，就直接通过其他的途径把他给踢一边去了，他还怎么跟朱恩斗？

张学力战战兢兢地走出会议室，却根本没有勇气乱跑，回到办公室便颓然地坐在椅子上，心如死灰。

"终究还是小看朱恩了，只看到他对自己的步步紧逼，根本就没看到他其实一直在暗中搜罗自己的污点证据，他这一手暗度陈仓，实在是釜底抽薪之策，太毒了。"

张学力根本就看不起朱恩，一个后辈嘛，只知道屁颠屁颠地拍游历云的马屁，被游历云耍得团团转，还以为自己受领导重视呢，根本就是一个傻蛋！

可今天他才知道，朱恩此人心机之深，手段之狠，着实比游历云只强不弱，进入公司三年，一步步从业务员走到总监的位置，单单是那一分隐忍，现在想起来都让人不寒而栗。

张学力走了，会议室的气氛变了，孙晓没有了先前的嚣张，眼神明显有些不自然，一双手不安地捏着手上的笔，手心见汗。

马丽芳的脸色也白了，有几次想说话，却都硬生生止住了，屁股下面似乎有钉子一般，怎么坐着都不舒服。

朱恩神色已经平静下来，他看向车慧荣，道："车总，我刚才这个算一个解释吗？如果不算，咱们换个位置，让我坐在董事长的旁边，再就今天的情况给各位股东和高层进一步做个解释？"

车慧荣脸色涨红，憋了半天，哈哈一笑，道："小朱，你真行！能够揪出张学力这个害群之马，功不可没。先前对你的批评我全部收回，张学力跟了我十年了，不知道他变得这么厉害。对他的话，我偏听偏信了。"

他顿了顿，伸手从朱恩手中将剩下的辞职报告拿过来，将孙晓的辞职报告也像朱恩一样揉成一团，狠狠地砸向孙晓："你也滚，将这份东西拿回去，丢人现眼的东西，给脸不要脸。董事长多忙啊，在这个时候给他添乱，你这是要将谁的军呢？"

孙晓脸色乌青，站起身来，其他的几个股东，还有一帮辞职的经理都讪讪地站起身来准备撤了。

一场辞职的闹剧，似乎在车慧荣一言之间就被化解了。

能不化解吗？这些年他们暗中的那些猫腻，谁不是通过张学力来完成的？

别的不说，单单是乌山电信总机房的那个单子，业绩一千多万，他们根本就没从公司财务走账。接单的是张学力，背后掌控局面的是马丽芳，孙晓负责技术和工程，硬是将一个单子做成了私单。别的不说，单单就他们私刻公章这一条，涉及这么大的金额，他们全都得蹲监狱。

敢这样干、能这样干的都是公司的一帮老油条，他们自诩是公司的元老，没把新董事长放在眼里。

就算王岳同对他们的做法有所察觉，他们团结一心，随时都可以将董事长一军，把方拓变成一个空壳，让王岳同几个亿的收购资金打水漂。正因为有这种盘算，他们才有恃无恐，甚至连马丽芳也敢参与进来。

可是现在，朱恩一下把局面扭转了。

他们叫板行啊，都去蹲监狱，大家鱼死网破，方拓没了可以重新组建，固定资产还在。而他们蹲监狱被没收了财产，估计下半辈子就没好日子过了。

大家都是来求财的，求财不成成为阶下囚，人人家里都有老婆、孩子，谁豁得出去？

说起来，在此之前，朱恩在方拓集团都不算个人物，就算他被提拔成了市场总监，一帮老家伙也没把他当回事。

朱恩终究根基浅，老游大意失荆州，朱恩就是临时顶上去替老游擦屁股的倒霉蛋，最多也就撒个欢儿而已。

倘若他会做人，他这个市场总监就还能勉强维持几年，倘若他不知天高地厚，想乱来，几个老臣子随便动动手指头，朱恩就吃不消，只能完蛋。

可是此时此刻，会场所有人都明白了，他们的眼光太差劲了。本来赢定的局面，硬是被朱恩一手掐住了要害，让大家都跟着张学力陷入了死局。

李清柔坐在一旁，看着这一幕，整个人都呆住了。先前她双腿都在发抖，心中既为王岳同担心，又为朱恩捏一把冷汗。

在她看来，这根本就是一个死局，往小了说是一帮老油条要将朱恩往死里整，只怕他这个总监干不了了。往大了说，这很可能是车慧荣对王岳同的一次叫板，逼着王岳同在股份上向他妥协、让步。

前段时间，王岳同做手机项目，这个项目是独立于方拓财务之外的。车慧荣知道之后坚决反对，扬言说倘若手机业务独立在外面，集团的研发部门就不能参与这个项目。

他也是股东之一，而且是方拓集团的实际掌控者，王岳同见他如此坚持，也只能妥协。

但双方在股权方面因为手机业务的介入，产生了不小的分歧，两人深谈了几次，都没有谈妥。

在李清柔看来，主要是车慧荣太贪，狮子大开口，仗着自己是地头蛇，硬是要了一个王岳同不可能给的股份。

而今天闹这一出，这不是搞逼宫吗？

按照车慧荣的剧本，恐怕是先拿下朱恩，逼迫王岳同妥协之后，他再出来稳定大局。这样一来他既达到了目的，又在集团树立了他一言九鼎的权威，王岳同虽然是大股东，只怕以后在经营上还得继续隐忍。

可让她万万没想到的是，朱恩不出手则已，一出手就是一击毙命。这本来是一个无解之局，却在三言两语之间就被其攻破，让局面逆转。

车慧荣偷鸡不成蚀把米，搬起石头砸自己的脚，不仅没有叫板成功，反倒让老团队的一帮人不得不屈服于朱恩的手段，估计短时间内，他们只能对朱恩言听计从。

这段时间李清柔一直在朱恩身边协助他工作，自以为已经看清了朱恩的处事方式。今天她才知道，自己看到的只是朱恩明面上的工作，而在暗中，搜罗张学力如此翔实的证据，不知其下了多少功夫，运用了多少的手腕。

今天的局面看上去朱恩处理得容易，可是关键是抓住张学力的问题这一点太不容易了。

找到那么多材料，掌握那么多资料，而不让所有人察觉，在关键时刻让对手一击毙命，李清柔觉得自己恐怕永远也做不到这一点。

"慢着，都等等再走！"一直没有说话的董事长王岳同终于开口了。

他的神色从来都没变过，自从进门之后就像泥菩萨一般，好歹就是不说话、不表态。

此时他一言发出，刚刚准备起身撤退的人全都乖乖地坐下了。

王岳同眼睛扫过会场所有人，道："今天这个会是一次挽留会，孙总能够顾全大局，珍惜情谊留下来，说明这一次会议很成功。

"是啊，方拓现在的发展很迅速，明年我们还有大规模的融资，公司高速发展指日可待。今天公司的高层、股东全部与会，没有一个人缺席。作为董事长、公司大股东，我郑重地提议，让朱恩先生担任集团行政总裁！"

全场哗然，所有人都被王岳同这个宣布惊呆了，一时大家都默不作声。

车慧荣也是倏然一惊，下意识地站起身来，他是公司的总经理，现在又多了一个行政总裁，方拓集团究竟听谁的？而且这个行政总裁偏偏是朱恩，那不是要他的命吗？

不过多年的江湖经验让车慧荣没敢说话，他虽然性格粗鲁，其实内心是很细的，如果不是这样，他又怎么能成为临港的风云人物？

方拓集团他占的股份不到百分之十，王岳同占的股份在百分之九十以上，从《公司法》的角度来看，他根本没有和王岳同抗衡的资本。

他之前之所以跋扈，不过是因为他手下掌控着团队，可以随时将王岳同的军，王岳同不敢和他翻脸。可是就在一瞬间，局面微妙地发生了变化，他手中握的牌不再是王牌了，市场部已经被朱恩掌握在了手中。

另外一个核心部门研发部是孙晓掌握的，孙晓已经成为了冢中枯骨，动弹不得，王岳同要掌握技术部简单得只需要抬一下手指头。

两个关键的部门掌握了，其他的人都走光了，去一趟人才市场，明天就都齐备了，方拓还是方拓，车慧荣还怎么能釜底抽薪？

第二十七章　夺位

会议室的气氛很诡异，本来以为赢定的一方，现在反而成了砧板上的肉，成了待宰的羔羊。

朱恩的内心也有些震动，他没料到王岳同竟然如此大胆，敢让自己一步登天，担任集团 CEO，看来他早就要收拾车慧荣了，今天自己是恰逢其会了。

王岳同的声音很平缓，道："各位，最近集团的发展大家都看到了，我们进军手机行业，面临的是激烈的竞争，在这一块业务上我和车总都是亲力亲为，全心投入，只是这一来，难免在集团日常管理上出现疏漏。今天的事情就是一个很好的例证，倘若车总不是最近分了心，集团会如此人心浮动吗？"

他端起茶杯喝了一口茶，道："所以啊，提拔朱恩担任行政总裁非常有必要，传统业务是集团的现金牛，是集团根基所在，必须要有强有力的人来领导，朱恩的能力大家都看到了，自游总离开之后，市场部在短短两个多月内就恢复了正常，消除了不良影响。对有能力的员工，我们要敢于破格提拔，要给予其足够的支持和信心！"

他扭头看向车慧荣，道："老车啊，咱们两个老头子就专注做手机吧，把这块业务开拓出来，集团才能上一个新的台阶。"

车慧荣嘿嘿一笑，眼睛看向朱恩，眼神犀利，很是不善。

朱恩眯眼看着车慧荣，没有丝毫示弱，既然撕破了脸，也就没有必要客气了。

职场的江湖就是这样残酷，站队决定立场，朱恩选择站在了王岳同这一方，就不会再给车慧荣面子，朱恩真担任了行政总裁，半年之内，他就要将老团队连根拔除，彻底让车慧荣成为跛脚鸭，充其量就算公司的一个小股东而已。

"我没有意见，董事长的提议我想也不会有人反对，朱恩啊，好好干，一定要让集团在你的手上业绩更上一个台阶。"车慧荣道。

朱恩微微一笑，道："车总，董事长给我这个机会，我定然不会辜负他的信任，集团的工作只会越来越好！"

王岳同哈哈一笑，道："好！小徐，你稍后起草任命书给我签字，同时通知媒体，告知集团高层更迭情况。"

王岳同一言九鼎，事情就此尘埃落定。

会场上的所有人都看着朱恩，都觉得特别不真实。两三个月前，此人还不过是集团一个很不起眼的中层，现在却成了集团的行政总裁，总揽集团一切经营大权，这样的跳跃，在方拓的历史上可谓是绝无仅有。

从会议室出来，李清柔嫣然一笑，道："朱恩，恭喜你，我很看好你接下来的工作。"

朱恩微微一笑，道："李总，每次听你说我的好话，我心里就有些不自在，你还是像以前那样吧，火气大一些。"

李清柔的脸微微一红，神色很是尴尬。

这时副总裁齐岚、李书权凑过来，两人都是满脸堆笑，真诚地祝贺，免不了好一通寒暄。看得出来，他们内心都有些失落，一个下属，突然一步登天，成了他们的顶头上司，这种落差让人感觉很古怪。

齐岚是主管工程施工、对外合作、集团采购的副总裁，这一次出问题的虽然是技术部，但是工程和技术不分家，外面出了私单，工程部哪里能不知道？

所以他的内心比李书权更复杂一些。

临走的时候，朱恩和他握手，道："齐总，非常时期，一切从简，就别弄那些聚餐一类的了。你是副总裁，更是集团的总工程师，如果集团要实行领导体制改革，我先给你打个预防针，首席技术官的担子你得担起来。"

齐岚愣了一下，眼皮不由得一跳，他也是老江湖，能够感受到朱恩对自己的善意，他点点头道："技术和工程不分家，我们在技术和施工方面的确还有很多不尽如人意的地方，公司要上新台阶，加强这一块是根本。"

送走齐岚和李书权，徐小芳笑嘻嘻地走过来，道："朱总，我这个人力总监起草任命书的频率太快了，你怎么着也得表示表示吧。咱们不兴聚餐那一套，但是上一次你就欠我一顿饭，今天你还要赖掉吗？"

徐小芳在公司人缘极佳，很会做人，朱恩干大区经理的时候但凡有事找她，她从不推诿，因而两人的关系不错。

"得了，择日不如撞日，今天我就请你吃一顿大餐。不过有个前提，接下来两个月可能要给你添一些麻烦，招聘工作要抓紧，人来人往嘛，在所难免。"朱恩这话说得很平静。

徐小芳微微愕然，心中明白朱恩只怕要大干一场，准备全面整肃集团团队了。

她悄然凑到朱恩身边，道："你今天把老车得罪惨了，老车倒没什么，马丽芳可得小心，咱们这位老板娘可是吃人不吐骨头的。"

朱恩道："马丽芳还是老板娘吗？我怎么觉得她没了老板娘的气势了？倒是老车，今天的确有些对不住，箭在弦上，不得不发啊。"

"咯咯！"徐小芳一笑，道，"得了，咱们不说这些，说正事儿吧。办公室给你安排在八楼，以前周西求的那间，和老车是一个规格的，你不会有什么忌讳吧？"

朱恩摇摇头，道："能有一间办公室就行，老周当年可是发了大财的，我忌讳什么呢？"

"那就好，集团还留了一套公寓，就在集团院子里面，平常不回去可以在公寓休息。还有，配车的事儿，李总把新宝马让给你了，她自己用那辆旧奔驰。"徐小芳冲朱恩眨眨眼睛，暧昧地道，"你行啊，李清柔那么高傲的人，都能被你整得服服帖帖的。貌似你还没结婚吧，她好像也还是单身呢，要不我帮你们撮合撮合？"

朱恩愕然愣住，盯着徐小芳，道："徐总，难怪公司的八卦那么多，你招聘的时候精心挑选过的吧！拍拍手咱们闪人吧，吃大餐去，别提那些扯淡的事儿。"

朱恩说完转身就走，徐小芳还在后面赶："怎么是扯淡？市场总监现在李总兼任呢，有什么不好呢？你们工作交集那么多……"

朱恩哪里还敢再听下去，迈开大步子，便逃之夭夭了。

方旗总部，马梦可坐在董事长办公室揉着太阳穴，抱怨道："我现在倒真成了方旗的董事长了，这一个月三十天，我有二十八天都来这里上班，怎么就这么多事忙不完呢？"

她的身后，秘书小严道："董事长，您得注意身体，会所那边差不多有十几天没去了。"

马梦可将手中的文件一摔，道："去，去，把齐总叫上，去会所做个 SPA……"

秘书小严拉开门正要出去，却是惊呼一声，和外面的人撞在一起。

齐美兰神色有些尴尬，道："唉，小严，真不好意思，都怪我太急。"

马梦可眉头一挑，道："齐总，正让小严去叫你呢，走，去我的会所放松一下，反正事情做不完，劳逸结合嘛，人不能被工作给累死。"

齐美兰微微愣了一下，讪讪一笑，道："马总，我就不去了吧！今天是真没那个心情。"

"怎么了？又有什么不好的消息？"

齐美兰点点头，摆摆手道："上次跟你说的那件事儿，方拓的孙晓那边黄了，嘿，这个朱恩还真有手段，孙晓和张学力被他掐住了命门，动弹不得。刚才我打电话过去，他都不敢接了。我还得通过其他的途径去问，这不问不知道，一问吓一跳。今天方拓的董事会，王岳同把朱恩提到了行政总裁的位置上，连车慧荣都靠边站了。"

"什么？"马梦可一下跳起来，道，"你刚才说什么？谁是行政总裁？朱恩？车慧荣那还不得造反吗？"

齐美兰摇头道："造不了反，王岳同把车慧荣安排到手机团队做老总，让他负责集团新业务，车慧荣没敢反对，看来王岳同终于缓过气来了，开始行使股东权了。"

马梦可拍拍脑袋，道："这都是什么事儿啊，我跟你说了，让你不要干那些下三烂的事儿，你不听，现在孙晓偷鸡不成蚀把米，说不定你还得惹一身骚。倒是让朱恩渔翁得利，水涨船高，这小子现在成精了，以后只怕你的对手就是他了。"

齐美兰脸一红，心中不由得暗暗嘀咕。这事儿虽然下三烂，可当初有些人却是点了头的，说什么让朱恩无路可走，她自有办法将这个人收服过来。

现在出事儿了，却又提什么下三烂了，变脸真是比翻书还快。

不过齐美兰终究没把这些话说出来，道："不过这件事儿，我觉得不影响咱们和王岳同争夺手机市场，王岳同手头资金紧张，短期内不可能融资，接下来几个月，咱们一套组合拳出去，我就不信他能扛住。在新产品上走了麦城，传统市场他们能有多少锐气？估计也就明年，咱们的全面数据就能超过方拓了……"

第二十八章　运筹

朱恩很晚才到家。

虽然公司给他配了车，但他已经习惯了步行，今天的事情就像是做了一场梦。

他觉得自己以前对王岳同的胆识小瞧了，这个人能在商海沉浮那么多年，能够被称为千牛集团的十八罗汉，果然是有过人之处。

该决断的时候绝不犹豫，敢于出手，有胆识，这样的人才是真正的枭雄。

可怜车慧荣遭他今天这一击，只怕难东山再起了，他淡出方拓只是时间问题。

本来今天刚刚被任命为集团行政总裁，朱恩理应要和王岳同碰个头，商量一下接下来集团的工作。

但是王岳同似乎没有这个意思，朱恩也很有默契，双方并没有见面。

倒是和徐小芳吃饭的时候，一群市场部的家伙听闻了消息，蜂拥赶过来起哄灌酒，朱恩第一次喝得有点多了。

走在绿树成荫的大街上，被晚上的凉风一吹，他的脑袋才清醒一些，想到工作的事情，他突然意识到自己已经改变了角色，已经不得不站在更高的角度去考虑问题了。

说句心里话，他从来没想过担任行政总裁，他的强项在市场、在策划，不过现在既然到了这个位置上，他也没多少紧张。

所谓屁股决定脑袋，从大学毕业，一路打拼走到今天，他的个性早已经被打磨得圆滑了，但是骨子里的那一份高傲和自负却永远也消除不了。

以前藏得比较深，今天兴许是喝了酒，渐渐地释放出来了。

方拓集团在临港通信行业算是一家龙头企业，可是放眼世界，方拓这种规模的公司勉强只能算是一家中型企业。

王岳同的目标是要将公司业务做大，谋求上市，他隐忍三年，就是要等待有朝一日彻底将车慧荣从公司连根拔掉，将公司团队整合，大干一场。

通过今天的这件事，朱恩已然想明白这一点，他心中难免跃跃欲试，各种计划和方案在他脑子里面过滤，他最终将思路定格在了管理体制改革上。

按照上市公司的模式对集团领导层进行改革，除了 CEO 外，增设 COO、CFO、CTO、CIO，将技术、市场、财务这三大块牢牢掌握住。

在小规模更换高层的情况下，调整岗位，平缓递进，应该是目前整顿集团最稳妥的策略。

至于车慧荣那边可能出现的问题，朱恩已经想了很多可能，现在他准备做的就是给车慧荣后院再加点火。

车慧荣这个土老板，有了钱在外面包了几个女人，以为做得天衣无缝呢，这个时候不捅出去，还等待什么时候？马丽芳可不是省油的灯，两个人共同财产再怎么说也有几个亿，真要闹离婚，只怕不容易解决。

这一对糟糠夫妻一路打拼到现在，却已经是貌合神离了。

这些手段说起来有些见不得人，可是朱恩内心并没有任何芥蒂。

在他看来，车慧荣也好，马丽芳也罢，都不是志同道合能做事业的人，这两个人骨子里就是唯利是图，不过是赶上了一个猪都能飞上天的风口成就了他们今天的身家罢了。

对这种人，朱恩不得不用一些江湖手段。

回到家，洗了一个热水澡，总算彻底清醒了。

坐在沙发上，打开电视机，凑巧跳出来的就是方旗手机的广告，广告的设计倒是很巧妙，营造的是一种情侣暧昧又浪漫的氛围。

不过女主的话太多、太嗲了。

秒换频道，朱恩嘀咕道："怎么不干脆去做电视购物？啰啰唆唆，人傻钱多！"

频道一换，还是没离开手机这个核心，梅朵新产品发布会的新闻，梅朵女总裁谢明珠正高举双手，领着下面的员工高喊："梅朵出品，必是精品，梅朵梅朵，无敌梅朵……"

画面切换，谢明珠正在激情地演讲："梅朵智能手机年内市场份额将飙升三个百分点，排在全国第三位。两年之内，梅朵将超过苹果、三星，成为国内销量第一的品牌……"

看她的样子，情绪激动，脖子上青筋毕露，下面也不知有多少托儿拼命地呐喊叫好，高潮真是一波接一波。

"疯了，都疯了！这场景搞得快赶上传销了。"

索然无趣，朱恩将遥控器往沙发上一扔，头枕着靠背，开始接着想接下来的工作问题。如何让李清柔尽快安排杨立群、周胜将华东和华南的市场接过来，尤其是张学力那里，怎么才能防止他耍花招；在工程部和技术部那边，如何消除孙晓的影响力，怎么用好齐岚，让齐岚去取代孙晓，让整个工程技术团队平稳推进；财务那一边，怎么将资金看住，让车慧荣没有插手的机会，彻底防患于未然。

还有苏金明的问题，这个人究竟什么时候离开合适，自己是不是还要让他继续扮演某个角色。

这不想问题不要紧，一想问题各种念头纷至沓来，他第一次感觉到，自己临危受命，这个行政总裁不好当，只怕要脱一层皮。

"丁零……"

门铃声很急促，朱恩用手拍拍脑袋，心想这么晚能按门铃的唯有一个人——马梦可。

他站起身来开门，外面俏生生站着的不是马梦可是谁？

"哎呀，马总，您日理万机的，下班了不好好休息，半夜三更还敲我的门，不怕影响您的手机大业吗？"朱恩半开玩笑道。

马梦可"嘿"了一声，道："心情不好，刚才看了一会儿电视，就感到恶心。梅朵的谢明珠像是疯了，一场发布会，让她搞得像传销集会一样，电视台竟然还有转播，你说好不好笑？"

"废话，人家给钱了，电视台又和钱没仇，怎么会不转播呢？"朱恩淡淡地道。

马梦可用手抓了抓自己的头发，一屁股坐在沙发上，道："这日子没法过了，梅朵、三星、荣誉、畅想，再加上你们公司那个什么'听风'，接二连三地轰炸，还有那些小品牌更不用说了。总共才多大一块蛋糕，都像疯了一样炒作，累不累呢？"

朱恩呵呵一笑，道："我看马总你有些累了吧！怎么样？今天不是来打我的脸的吧？"

马梦可眼睛一眯，倏然眉头一挑，道："我哪里能打你的脸？你现在的身份不一样了，方拓的行政总裁，刚才我看了今天的《临港日报》，上面都已经登出消息了。你真行，看来王岳同在你身上下了大本钱了。你说我该祝贺你呢，还是该同情王岳同？"

她嘿嘿一笑，道："他王岳同和我一样，也是看中智能手机，可偏偏有些人拿腔，就是不知道王岳同这一番手段，能不能让朱老总放下身段，去帮他在手机市场上擦屁股哦！"

朱恩淡淡地道："其实啊，有句话说得好，叫什么'鹬蚌相争，渔翁得利'！你和王岳同相争，我自然得利了！看看你之前给我开出的条件，那真是拿钱砸人的架势。王岳同就乖巧多了，不仅给我涨薪水，还让我一步登天，成了集团的行政总裁。你说当初我那么一个小角色，你就能给几百万年薪，我现在成了方拓的行政总裁了，在你那里又得值多少钱呢？"

马梦可一愣，怔怔地说不出话来，半晌道："你是说真的还是假的？"

朱恩伸了一个懒腰道："真亦假时假亦真，假亦真时真亦假。谁能说得清楚呢？不过有一点你放心，我说不做手机，肯定不做，所以你不用拿王岳同的手机刺激我。"

马梦可伸出一根手指，指着朱恩道："你……心机真深，悄无声息之间就踩着我的肩膀上位了，行了，得了这么多好处，给我出出主意呗。我感觉在终端市场，我的机器只怕会出现滞销的局面，我和齐美兰这几天都在想这件事情，没着落。"

马梦可揉着太阳穴，自然没把朱恩说的话当真，朱恩能够被王岳同看中，自然是有其真本事，怎么可能因为自己的挖人，王岳同就真把朱恩提拔上去呢？

不得不说，她觉得自己之前有些小看朱恩了，这家伙绝对是个手上握着一根稻草都能顺着爬上天的人，现在后悔似乎有些来不及了。

不过对她来说，眼前的问题还是要打好新产品上市这一仗，她初步的设想是尽快再出一款手机，将产品线丰富起来，同时推广，才能增加品牌的曝光度。

但是如果这样做，资金方面就不得不考虑加大投入了，风险的确很大啊。

看着马梦可那模样，朱恩摇摇头，他想象的结局估计要慢慢出现了。现在还不是最厉害的时候，马梦可还能想到办法，再过几个月，一旦出现退货潮，生产出的手机还能是手机吗？那就是堆在仓库里的一堆废物。

大街小巷有那种骑着摩托车拎个大喇叭的人，整天喊着："收废旧手机，收长头发……"

估计那些手机就只能卖给他们，价格公道，一律五块钱一部。

第二十九章　血战

悄然到了隆冬，临港迎来了第一次降温。

然而和天气不同的是，国内手机市场大战依旧如火如荼、激战正酣，各大智能手机厂商疯狂的营销席卷了整个大江南北。那巴掌大一块手机构成的市场就像是一个巨大的熔炉，不管扔多少钱进去，顷刻之间就能化为虚无。

一场前所未有的烧钱竞赛让厂商如同赌红了眼的赌徒一般，你方唱罢我登场，疯狂的大战营造出的是临港手机产业链虚浮的炙热。

方拓的营销费用也因此节节攀升，从最早五百万，一路飙升到两千万、三千万。

方拓集团手机事业部似乎也陷入了一种疯狂的境地，员工上下班都是一路小跑，常常让其他部门的人忍不住侧目。

然而，在方拓内部，最近大家热议的并不是手机，而是车慧荣和马丽芳之间的离婚大战。

车慧荣在外面包了两个女人，暗中竟然生了一个儿子、两个女儿，这事儿一闹出去，马丽芳就疯了。

两人闹离婚，申请分割财产，可是车慧荣也拿出了马丽芳在外面包养凯子的证据。

这一来就热闹了，这对夫妻显然是杀红了眼，谁都不顾面子，公司常常成为两人的战场，隔三岔五就有一场争吵，着实为公司员工茶余饭后平添了很多的谈资。

那些方拓的老员工，本来指望着车慧荣能够继续领导他们东山再起，将朱恩的气焰彻底压下去。

现在他们发现车慧荣已经没有心思在公司争那一点本来就不多的股权了，相比那一点股权，几个亿的家产才是重中之重。

一帮老油子没了头，失去了主心骨，朱恩趁此机会将他们一个个收拾。不知不觉，方拓的领导架构已经悄然改变。朱恩担任集团 CEO；李清柔担任集团 COO，主要负责市场；齐岚担任公司 CTO，全面负责集团的工程技术，成为了朱恩的臂膀人物。

另外 CFO，则是王岳同从外面带来的亲信蔡晋。

至于那帮老人，朱恩并没有赶尽杀绝，孙晓还是技术部总监，只是有齐岚在，他这个总监已经被架空，不过是给他一个缓冲，让他找好下一家后马上走人。

技术部员工被动离职的超过三成，不过很快就有新鲜血液补充进来，集团的技术力量不仅没有被削弱，隐隐还得到了增强，逐渐地走向了正规化。

在过去的三个月内，方拓的市场部刨除手机业务之后，回笼资金达一点八亿，提前实现全年八个亿的销售目标。

这个数据跟大公司没办法比，但是对方拓来说，却是在很困难的情况下实现的一次飞跃。

这个数据在临港传开，业界皆是一片赞誉。

毕竟所有人都知道，方拓当年不过是一家做山寨手机打游击的厂商，能够从山寨手机转型，成功地杀入通信行业，用三年时间站稳脚跟，有接近十亿的业绩，这个成绩是来之不易的。

而朱恩也第一次出现在业界人的视线之中，这个年轻的方拓 CEO 能够连根拔除车慧荣留下的阴影，这无疑说明他的能力不弱。

方拓从游击队转变为正规军之后，接下来的高速发展已然没有了障碍，这也为王岳同寻找投资奠定了十分坚实的基础。

朱恩办公室，前台小郑小脸红扑扑地出来，用力地挥动了一下拳头。终于不用再做前台了，朱总金口玉言，安排她进广告部，这对她来说无疑是一个天大的喜讯。

大学毕业做了一年前台，便能进入广告部，薪水涨了一倍，总算是可以租个好一点的房子了。

朱恩眯眼看着小郑走出去，双手拿起桌上的火车票，嘴角微微一翘："这小女孩儿倒是有耐心，春运火车票这么难抢，自己连续抢了两个晚上都没抢到，硬是被这丫头捡了一个漏。"

"兑现承诺吧，既然是个苗子，就安排她进广告部继续成长吧！"

朱恩抓起电话给徐小芳说妥了小郑的事情，心中不由得唏嘘。

半年之前，自己的命运完全是由别人掌控，游历云耍个小花招自己的生活就迅速地陷入了困境。短短半年，集团上下数千人，一多半人的命运自己都能随意掌握了，游历云被派到千牛学习，也是肉包子打狗——有去无回了。

有道是三十而立，在临港摸爬滚打八年，到了三十岁，终于可以说一声自己在这里站稳脚跟了。

"朱总，你倒好啊，我们忙得要死，你却还有闲情逸致调戏女员工，那前台的小丫头小脸红扑扑的，朱总是不是准备长期发展一下？"李清柔笑呵呵地走进来取笑道。

朱恩哈哈一笑，道："准备回家，抢不到车票，给小郑安排了任务，她完成得不错，我觉得是个好苗子，便让徐总那边放行，让她去广告部锻炼。"

"我怎么听起来像是以权谋私、任人唯亲呢？"李清柔坐在沙发上，给自己倒了一杯水，脸上浮现出疲惫之色。

朱恩没有接她的话茬，道："离过年还有二十天，年后初六上班之后还有十天，这一个多月我休假了。跟你说了，让你不要往手机事业部那边跑，你偏就不听。我休假这段时间，集团的工作由你负责，记住我的话，咱们负责的是通信业务，手机那边不要去掺和。"

李清柔眉头一挑，道："你这么早就回家？一年的休假都用到回家上，怎么不找个好时候把父母带出去玩玩，那不更好吗？"

朱恩愣了一下，旋即暗自摇头，在这一点上自己和李清柔还真是有阶级差别。

父母辛苦一辈子，真要花钱带他们出去旅游，估摸着老妈得心疼死，怎么着也得把自己骂一顿。偏远农村的孩子，过年怎么能不回家？

再说了，妹妹今年要结婚，按照农村的习俗，家里房子不搞好，怎么嫁女儿、娶儿媳妇呢？

说到这一方面，自己和李清柔就是两个世界的人，都是无法理解对方的。

李清柔见朱恩不理她，又道："再说了，你怎么坐火车回去？让人给你订机票不是更方便省事？"

朱恩淡淡地道："你不了解大陆农村，我的家下了火车之后，还要坐三个小时的汽车，然后再坐半个小时的摩托车才能到。倘若坐飞机到省城，就得再多转两次车，你说麻不麻烦？"

李清柔无语，她很小就从内地去了香港，在她眼中整个世界都应该和香港差不多，哪里知道世界上还有这么偏远的地方？

双方在这个话题上没共同语言，李清柔道："你就这么一走了之，董事长那边你忍心吗？咱们的手机只怕很不妙，这几天董事长是真急了，已经让工厂停工了，这一来，预先的目标肯定达不到。"

朱恩哈哈一笑，道："李总，别提目标的事情，不血本无归就烧高香了。上次我和董事长话不投机，已经说了他这个项目不可能成功，这个时候我去帮他，他那么要强的人会怎么想？你放心，最近董事长让工厂停工，自己又频繁和运营商接触，我估摸着他已经意识到危机来临了，准备快刀斩乱麻，将这件事情了结。"

李清柔道："跟运营商接触怎么解决存货？运营商还能解决公司的销售问题？"

朱恩瞪了她一眼，道："都不知道你最近跟董事长学到了什么？跟运营商接触，自己把手机大幅砍价，砍到比成本价还低送给人家。然后人家拿着这批机器搞所谓的套餐，充话费送手机，手机不要钱，玩打包卖话费的游戏。前段时间真是出货够狠的，硬是出了两百万部，我估计最终的亏损应该在一千万左右。卖出去的那些机器所得，比不上疯狂推广的费用，项目走到了这一步，谁也无力回天啊。"

李清柔怔怔地不作声，心中才明白为什么这几天王岳同整天唉声叹气，项目已经失败了，亏了钱是小事，关键是这个项目的失败，让他的满腔热血和雄心遭遇了寒流，接下来还敢不敢做这个项目？如何做这个项目？

朱恩语气放缓道："董事长还算好了，方旗估计更惨，马梦可竟然饮鸩止渴，硬是在最危险的时候，再上马了新产品，广告投入超过五千万。出货量高达八九百万部。好在她机灵，两款手机都是走的模仿路子，比咱们的机器卖相好，不过这么算下来，亏损三千万以上是没有悬念的。这还得她心够狠，舍得断臂，要不然方旗的手机就可以拖垮整个传统业务。"

他顿了顿，道："所以，李总，让你不要去掺和手机的事情并不是针对董事长，而是已经无法挽回的事情没有必要浪费精力。这件事情董事长还捂着，不过很快就捂不住了，这对咱们集团的整个业绩影响极大，最终影响的将是投资人的信心。在这个时候，咱们能做的就是将传统通信业务的优势稳固，为集团提供坚实的后盾。"

第三十章　抱团取暖

临港处在南方沿海，就算是再冷的时节也不会下雪。

不过今天临港是真的冷，马梦可的心情比外面的天更冷，她穿上了红色的羽绒服坐在国际酒店旋转餐厅之中，脸色铁青。

"王叔，智能手机这么难做，看来你我都失算了，这个新年，只怕咱们都不好过哦！"马梦可淡淡地道。

王岳同神色平静，道："你母亲昨天给我打电话了，问你的情况，今年的红树林业绩不尽如人意，股东们颇有意见呢！"

马梦可点头道："红树林的业绩主要是靠投资，偏偏我喜欢做实业，妈把红树林交给我，我自然不会不让她满意。我已经和她沟通了，准备辞去在红树林的职位，引咎辞职嘛！以后我就只担任方旗的董事长了，这家公司是我一手收购的，我要负责到底。"

王岳同呵呵一笑，道："看来你还是不服气啊，对了，你那边退货的情况怎么样？做了一个初步预算没有？大致有多少亏损？"

马梦可嘿嘿一笑，道："退货量有五成左右，好在营运商的消化能力很强，亏本处理，勉强能保本，只是白白浪费了这大半年的工作了，一无所获。"

"能保本？那不错啊，我的情况比你糟糕，亏损在一千万以上。还好我够谨慎，没有像你一样大肆烧钱，要不然只怕今年集团的利润得全填进去。"王岳同品了一口咖啡，心中也终于有了苦涩之意。

马梦可讪讪地笑笑，心中很惭愧，她哪里能保本？和运营商谈判迟了，价格被压得很低，一部手机亏六七十，目前的亏损就接近三千万了，回头还不知道有没有其他的开支呢。

"对了，小马，这么冷的天，目前又是这种状况，你主动约我不只是吃饭这么简单吧？"王岳同道。

马梦可轻轻一笑，道："当然不是只吃饭，最近我心中苦闷，找不到破局的办法，想特意请教一下王叔，咱们一下步该如何走？"

王岳同皱皱眉头道："小马，你们年轻人脑子灵活，思想跳跃，动脑筋的事儿是最擅长的，你怎么反倒向我问计呢？"

马梦可道："王叔，说起来咱们有很多相似的地方，咱们都看好国内市场，你为此不惜从千牛出来，一意孤行地北上。而我更是从母亲身边跑到了这里，目的也是希望在国内闯出一片天地。你收购方拓，我收购方旗，咱们走的路子也惊人相似。

"而今年你进入智能手机行业，我也一样，这说明你我的思路很相似。既然有这么多相似点，你我又何必各自为战，在这个时候抱团取暖不是更好吗？"

马梦可顿了顿，一字一句地道："王叔，我还是要做手机，想和你合作，我们共同在国内智能手机市场打出一片天地。"

王岳同盯着马梦可，很是动容。

多年轻的丫头啊，这一份坚忍和决心，这一份心性都难得。想着自己那两个不成器的孩子，这个时候估计还在美国夜总会挥舞着钞票寻欢买醉呢，马梨真是生了一个好女儿啊。

低头品咖啡，王岳同道："你说合作，咱们怎么合作？关键是怎么做？"

马梦可搓了搓手道："这一点我已经有了一个想法，手机怎么做，你我现在都迷茫，但是有个人心中很清楚，这个人就是你前不久提拔的行政总裁朱恩。你我二人主要负责寻找融资，朱恩负责怎么做、做什么，这应该是唯一的选择了。"

"朱恩？"王岳同眉头一挑，道："怎么，你好像很了解他？他对手机似乎不感兴趣，而且目前的市场，他也不一定能行。"

"不！"马梦可摆摆手，认真地道："他一定能行，做出这个结论是我近半年的仔细打探和观察所得。

"你可能不知道，朱恩家里有个专门的抽屉，抽屉里放的是三年之内市场上出现的所有新款手机。每一部手机他都拆卸得明明白白，其中的每个芯片、每个零件，他都清清楚楚。"

"顺着这条线我还了解到，这些手机都不是他买的，而是每一款新品还未上市，就有一个人给他寄产品，这个人叫余怀，是个骨灰级的手机发烧友。也是目前国内最大的手机发烧友论坛的老板，在手机发烧友的圈子，是绝对的大哥级。"马梦可一字一句道。

她顿了顿，又道："还有他和梅朵的杰瑞是挚友，两人几乎每隔一段时间都要通一次电话。谢明珠当初年薪千万找杰瑞做市场总监，这件事在业界是很有影响的，除此之外，朱恩很可能还有我不知道的人脉关系。所以，朱恩是一个知道怎么做的人。"

"哈哈……"王岳同哈哈大笑，道，"小马，你这么坦诚可不好，这不是让我更要重视朱恩，那样你再要挖人困难只怕就更大了。"

马梦可毫不在意地一笑，道："其实王叔，跟你说实话，我在方旗附近有一套公寓，朱恩就住在我隔壁，我们是邻居。这个人啊，乍一看胸无大志，一门心思就关心自己的房贷还有老家的房子，天天谋算的都是那些柴米油盐酱醋茶的事儿。

"可是接触之后，我发现这家伙骨子里傲气得很，当初我给他开出年薪二百四十万，你知道他怎么说的吗？

"他直接告诉我，他不去方旗不是因为职业道德的问题，而是因为他不做一个必然失败的项目，还说我的项目坚持不到年底，年薪二百四十万，他拿到手八十万就得滚蛋，哪里比得上他在方拓做熟悉的工作，细水长流？我当时气得差点没晕过去，有这么不客气的吗？这不是咒我失败吗？"

王岳同瞳孔猛然一收，终于有了一点兴趣，对朱恩他心中到现在也颇有芥蒂，就是因为上一次的话不投机。

他虽然提拔了朱恩，可是到现在两人都没有正式见面谈过工作，就是因为上一次朱恩说的话让王岳同很不爽。

　　他在商海博杀快一辈子了，汪先生在他面前说话都是委婉客气的，朱恩算什么，竟然敢质疑他所做的事情，着实是显得轻浮。

　　那一次过后，他对朱恩的印象就不太好，只是在关键时刻朱恩突然给了老团队致命一击，让王岳同窥得了出手的良机，阴差阳错才将朱恩提拔起来。

　　当然这其中也有他作为商界老狐狸天生的嗅觉，他总感觉朱恩有些地方自己没看透，这个人自己就算不用，也绝对不能让他被别人挖走。

　　所以他将朱恩提拔到总裁的位置，旁边再安插李清柔，别人要挖走朱恩，付出的代价会很高。而一旦朱恩在总裁位置上干了不靠谱的事儿，李清柔可以轻松取而代之，不会给集团的经营造成任何影响。

　　现在看来，李清柔早就被朱恩给收服了，每次王岳同询问集团的事情，李清柔都会替朱恩说好话。

　　而事实上，短短几个月，集团的变化也确实非常大，朱恩的种种手段，可以说是抽丝剥茧，一步步地让集团走上了正规化。

　　尤其是给车慧荣和马丽芳之间下的药，堪称是以毒攻毒，换了别人指定做不了，因为谁也不了解这些江湖手段啊。

　　现在想来，朱恩还真是那种吃得西餐又能吃麻辣烫的难得的本土化人才，这个人自己没用错。

　　"哈哈……"王岳同会心一笑，对朱恩的不爽在一笑之间迅速淡去。

　　敢情他不是第一个被朱恩堵得说不出话的人，面前的小丫头被堵得更厉害，人家小小年纪都释然了，自己一大把年纪了，心胸还比不上一个晚辈吗？这个念头一转过来，再想朱恩的话，却能品出其他的味道了。

　　不错，敢于说这样的话，倘若不是轻浮的话，就是拥有对手机行业绝对的自信，因为只有这种自信，才能说出这等明显失礼的话。

　　王岳同点头道："我明白你的意思了，不是朱恩不做手机，而是他要价太高。要做手机他只自己做，完全按照他的理念做，你是这个意思？"

马梦可轻轻点头道："应该是这样的，因为前年六月在黄海有一次融资，当时闹出了一些影响。我现在想起来，那一次融资应该是之前诺亚离职的那一帮人，最终他们没有成功，不知道他们中间有没有朱恩。"

"是啊，智能手机融资太难了。我自己做过，知道这里面的深浅，倘若我是投资人，我也很难投资一个智能手机项目，除非这个项目能让我看到极其与众不同之处。"王岳同深有感触地道。

最近王岳同寻找资金碰壁比较多，甚至有投资人跟他说，以他的身份，只要不做智能手机，做任何生意，对方都愿意投资。

由此看来，在资本市场上，投资人对新生的智能手机厂商都是排斥的，融资都追逐大品牌，没有足够的实力，很难在这个行业立足。

第三十一章　相亲

　　王岳同和马梦可座谈智能手机的失利，企图商讨抱团取暖的大计的时候，朱恩已经悄然回到了楚南的老家。

　　他们的失意和失落皆和朱恩无关，回顾过去一年的工作，朱恩对自己所取得的成绩相当满意。

　　从大学毕业就一直备受困扰的经济问题在一年之内得到解决，一家人的生活终于不用像过去那样紧巴和拮据了。

　　生容易，活容易，生活不容易。这句话从朱恩父辈那一代开始一直贯穿到朱恩前三十年的生活。

　　能够用一年的时间力挽狂澜，朱恩还有什么不满意的呢？

　　曾经的他心比天高，曾经的他为梦想奋不顾身，现在想来都是值得的。朱恩回家后每天为自家盖的房子装修奔波，内心充斥的是前所未有的幸福和平静。

　　朱恩家盖的房子是农家小三层，宅基地面积一百三十平方米。

　　小三层的主体已经竣工了，他回来以后又在宅基地后面开辟了一个小花园，前面开辟了一个农家小院。

　　装修材料拉了两大卡车，每天请十几个匠人加紧赶工。

　　村头村尾的乡亲常常过来看热闹，皆说老朱家的孩子出息了，老两口辛辛苦苦攒钱送大娃子上大学，老年终于可以安安心心享福了。

　　家里二老也笑得合不拢嘴，日子越过越舒心，他们这一辈子的盼头都在朱恩身上，现在总算没白盼，老朱家在村里出头了。这房子在凤凰山那绝对仅此一家，老妈现在就只张罗一件事，那就是替朱恩物色老婆。

村里的姑娘没合适的，就给在县城做事的闺女打电话，城里还有亲家呢，大家齐心协力，一起帮忙张罗。等朱恩娶了媳妇儿，老两口就彻底安心了。

　　朱恩对此也是很无奈，却也没去阻止，一来是不愿忤逆二老的意思，二来也是到三十了，到了成家立业的时候了。

　　能够在本地找到合适的老婆，彼此了解，也是一件不错的事情。

　　到了三十岁，早就过了胡乱幻想的年龄，这些年朱恩在外面遇到的女人也不少，其中不乏特别优秀的。但是结婚这件事，不只是一个人的事儿，自己找的老婆是不是能融合到自己的家庭，也是朱恩不得不考虑的。

　　像电视剧里演的那种"青蛙"配"公主"的狗血故事在朱恩看来完全就是扯淡，就算是有个公主真看上了朱恩，他也接不住，而且不想接啊。

　　在农村把结婚叫成家，"家"就是一个"和"字，和顺和谐，男女双方思想太悬殊，根本就不适合走到一起，这也是朱恩这些年对生活的领悟所得。

　　忙了十几天，县城的电话来了，老两口收拾了收拾，就要拽着朱恩进城，说是要商量闺女的婚事，其实是亲家来了电话，给朱恩物色对象的事儿有了眉目。

　　看老妈心急火燎的样子，再看老爹朱长青把前些年自己给他买的一直压箱底的皮夹克都套在了身上，朱恩知道自己无法阻止。

　　给村头陈支书塞了两百元，老支书喜气洋洋地开着小面包过来将二老接上车，二老这一次破天荒地没有责备朱恩乱花钱。

　　两个多小时进了县城，妹妹朱菁和准妹夫李军辉早就在院子门口守着了，李家的亲家母和亲家公在屋里张罗着饭菜，一家人聚在一起热火朝天的景象着实有了年味儿。

　　朱菁未来的婆家也都是实诚人，公公李贵顺是粮食局的下岗职工，因为有社保，再过两年也能领退休金了。

　　而婆婆苏玉娥则是供销社下岗职工，有些能力，下岗之后没要钱，要了供销社的两间老门面，开了一个生资店铺，经营了十多年，把家里打理得井井有条，两个门面的价值现在也已经到了五十多万，在县城算是标准的小康家庭。

家里住的房子有一百八十多平方米，为了张罗儿子的婚事，刚刚重新装修过，显得很宽敞。

"菁儿，上次我回来的时候，你恰好去蓉城进货去了，你张罗的服装店开业了？"朱恩将朱菁拉在身边，这还是朱恩回来后兄妹俩第一次见面。

上一次朱恩回家路过县城，朱菁小两口都不在，也没见上面，今天见到她觉得妹妹比去年成熟多了。

"也不是进货，在想着拿代理呢！柒牌服装的代理得五十多万才能加盟，我们这一次去也就是探一下虚实。店面倒是找好了，最近不是事儿多吗？资金也还有些困难，所以还不算有着落……"朱菁笑嘻嘻地道。

朱恩咧嘴一笑，道："你这丫头片子不会等着哥给你的嫁妆吧！得，你和军辉有这个想法，知道要自力更生，你结婚的嫁妆我会多给一份。"

朱菁喜滋滋地点头，用手拍了一下李军辉的脑袋，道："听到了吗？我哥说了支持我们，你还不表示一下？"

"谢谢哥！"李军辉颇为尴尬地道，他自小家里条件不错，没吃过什么苦，技校毕业在外面打工受不了累，回来之后就一直游手好闲。不过他品行不坏，脑子里还是有些想法的，只是在和父母沟通上有些障碍，久而久之就有了逆反心理。

李贵顺和苏玉娥对他很头疼，好在他自打和朱菁在一起之后，就彻底变了一个人，家里融洽了，做事也肯卖力了，用农村的话说是"真醒事儿"了。

所以李贵顺二老对朱菁这个儿媳妇是一千个满意，一万个满意，真是含在嘴里怕化了，捧在手中又怕跑了，因而朱菁在家里的话语权还是很重的。

一家人其乐融融地吃了一顿饭，朱菁就冲着朱恩挤眉弄眼，道："哥，婶儿给你相了一个对象呢！人家可牛了，在广州那边开服装厂的，忒有钱，年龄和你差不多。文化层次可能比你低一点，不过人家是真急着结婚的，说不定……"

朱菁两只手的大拇指勾了勾道："我要是能改口叫她声嫂子，那我开店的事儿绝对不愁了。哈哈……"

她敲了敲李军辉的脑袋，道："还不快给你表姐打电话？约她去喝茶，时间宝贵，开始行动喽！"

李贵顺两口子则凑过来跟朱长青老两口说对象的事儿，敢情这个女孩是苏玉娥亲姐姐的丫头，她姐姐死得早，就留下一个丫头，那边还有一个同父异母的弟弟，今年刚好大学毕业。家里对大丫头的婚事也是着急得不行，苏玉娥的姐夫没办法了，就让苏玉娥二老帮忙，这一来不是一下就凑对了吗？

苏玉娥的这张嘴啊，真把自己外甥女夸出花儿来了，来路正，品性好，有事业，和朱恩般配得很，郎才女貌，说怎么登对就有怎么登对，说得朱长青老两口乐得合不拢嘴。

朱恩看这架势就知道不见不行，被朱菁拉到门外，他盯着妹妹道："菁儿，这个不是去年的那个三中老师吧？"

朱菁愣了一下，哈哈大笑起来，道："哥，你还记得三中老师呢？你放心，我再也不找类似的准嫂子了，什么德行，看到就恶心。"

说到三中老师，那也是一个奇葩。

去年朱恩回家，朱菁张罗给他介绍对象，介绍了一个老师。

这家伙傲气得很，上来就问朱恩有没有编制，是行政还是事业编，朱恩无言以对，便说自己是企业编。

对方的脸色立刻就不好看了，后来朱恩又说不是国企，是私企。

这傲气的老师，直接丢一句："敢情是个打工的小老百姓啊，这不是扯淡吗？"然后拎着包甩脸就走，当时朱恩差点没捂着肚子笑抽筋了。

通过这件事就可以看出雍平县的落后闭塞到了什么程度，一个乡下小中学老师，一年下来工资也就两万块钱，却能有如此强的优越感，这个笑话太冷。

朱恩自那一次以后，对相亲这种事或多或少有些胆怯，总之是一种很复杂的心思吧。

雍平闻人茶楼在县城算是一等一的奢侈消费之地，朱恩兄妹进去的时候，便看到三号卡座坐着一个穿着时尚的女孩。

大冷天的，外面都在飘雪，还戴着一副大墨镜，朱恩就想打退堂鼓了。

"嗨，佳美姐！"朱菁热情地打招呼，拽着朱恩的手，"让你久等了，不好意思，不好意思……这就是我哥！"

女孩摘掉眼镜，露出姣好的容颜，她站起身来很大方地道："你好，我叫田佳美，请坐！"

她没有伸手，朱恩也只是点点头坐下，朱菁便张罗着点茶，这丫头机灵得很，给自己点了一杯奶茶，喝了几口说了几句寒暄的话，手机响了。

然后自然就找借口遁走，朱恩回来后的第一次相亲就拉开了帷幕。

第三十二章　款姐

　　也不是朱菁的婆婆瞎夸，田佳美这女孩样貌着实不错，虽然有说女人三十豆腐渣的说法，但在田佳美这个三十岁女人的脸上却看不到岁月留下的痕迹。

　　很会打扮的女人，妆容素雅，个子高挑，举手投足之间大方得体，一看就是见过世面的人。

　　可能每个男人找老婆都希望找外表时尚、内心保守那一类的吧，朱恩要选择老婆，也希望能选择这一类，所以对田佳美的第一印象朱恩觉得着实还不错。

　　不过，事实和想象总有差距，朱恩觉得自己这杯茶喝得有些辛苦，因为两人的谈话有些像是猎头公司安排在咖啡厅的面试，这让朱恩有些哭笑不得。

　　"通信公司？做业务？那收入挺不错吧？"

　　"公司不是很大，收入还可以，但是在一线城市生活依然感到很有压力，不过总的来说，能够生活吧！"朱恩淡淡地道。

　　田佳美微微皱皱眉头，道："其实我这一次回来就不准备出去了。外面制造业已经在走下坡路，我也到了适婚的年龄。雍平其实机会很多，南城的体育场虽然有些偏远，但是我准备承包三十年，做一个游乐园，投资会有两百万的样子。我主要看中那边的环境，附近不是新开了一个碧岩新村的楼盘嘛，我买了一幢复式，价格不高，毛坯房有七十万的样子。步行街的门面我正在看，你妹妹不是准备代理柒牌服饰嘛？她能力如果不错，我准备入一股，反正花钱不是很多，一共投五十万就差不多了。"

　　朱恩微微笑笑，突然想到了一个有趣的场景：

　　那还是他刚刚进方拓的时候，有一次碰巧在万象城碰到了两个高中女同学在买衣服。甲同学傍了一个大款，看起来奢侈得很啊，一身的名牌，极有优越感，乙同学工薪族，难免在用钱方面谨慎很多。

朱恩碰到她俩的时候，恰好乙同学试了一件衣服，价格四千多块，内心满意，可是犹豫是否要入手，便道："这衣服还行，就是面料方面我感觉还不是特理想，要不咱们再看看？"

甲同学撇撇嘴道："得了，四千块的衣服能这样就不错了，你看我身上穿的这件，谁能看出来要两万多？"

朱恩和乙同学对视一眼，彼此间心有灵犀，这好家伙，甲同学哪里是说买衣服的事儿，分明是在借着说事嘚瑟呢！

眼前的田佳美没甲同学那么浅薄，不过终究隐隐约约能让朱恩想到那个场景。

"你笑什么？觉得怎么样嘛？"田佳美瞪了朱恩一眼。

"好，我觉得蛮好，你的安排比较独到，尤其游乐园的项目，我认为不错。现在雍平常住人口差不多七八万的样子，消费能力也不弱，主城区拥挤，能够在郊区搞一个儿童游乐城，蛮有潜力的。"朱恩很诚恳地道。

田佳美嫣然一笑，道："嗯，你这人还蛮有眼光，不像有些大学生，读书读傻了。以前我对大学生挺迷信的，公司招了一大批。可后来发现他们什么都不会，为人还很高调，有了几次教训之后我再招人，绝对不招大学生了，这是经验之谈。"

朱恩轻轻点头，道："合适才最好，大学生也不是万能的。"

"咯咯！你这人还有点意思，不像有些人那样总自我感觉良好。这年头在外面打拼谁都不容易，尤其是打工的，累死累活一年下来，也就能过个日子。从外面回来了，得低调一些。昨日一个同学，在外面夜总会鬼混的，那家伙，在大街上开着车，招摇过市，着实让人觉得糟心。

"钱多钱少真的无所谓，我找结婚的对象并不是要看人家有多少钱。我就是看不得那些虚荣的男人，就像你这样，坦坦诚诚有什么说什么，多好？"田佳美喝了一口茶，很洒脱地道。

朱恩用手摸了摸鼻子，想笑，终究还是憋住了，一本正经地道："是啊，得低调。不过田总你准备长期在雍平发展，也不能太委屈自己，就说车吧，你终究也得买一辆车代步啊。"

"我有一辆福克斯，就刚刚军辉送你过来的那一辆，旧了，他要用就给他用了。我刚好准备买一辆新车。对了，说到车，你对车了解吗？"

朱恩点点头道："懂一些吧，怎么？你不会今天就想看车吧。"

田佳美道："是啊，择日不如撞日，反正今天没事，你就陪我去看看呗。把军辉小两口也叫上，这小子别的本事没有，县里的关系却是跑得多，都帮我参考参考，买了新车也方便正月拜年。"

朱恩愕然不知所言，不是在相亲吗，这思维跳跃是不是太快了一些？大家喝茶彼此了解，看得顺眼就吃个饭什么的，喝了茶直接就买车，有这个进度吗？

女士有这个要求，朱恩也不好拒绝，只好站起身来，田佳美却又抢着埋了单。

"你别有什么压力。没别的意思，咱们相亲什么的，长辈们不都在后面看着吗？能不能成的事儿另说，这也跟做生意是一样的，先做朋友，再做生意嘛！是不是这个道理？"田佳美咯咯笑道。

朱恩道："你还真是妙语连珠，怎么走呢？看车的地方在桥南呢！"

田佳美用手指着闻人茶楼的停车场，道："那两个小猴子在那里猫着呢！军辉，把车开过来！"

一辆旧福克斯将四人拉到南城，小县城没有专门的 4S 店，卖车的都是汽车贸易公司，最大的一家名字叫"日丰汽车"，乍一看这块招牌倒有些日本丰田的意思，其实里面样车不少，日本车、德国车，都摆着几辆。

"嘿，我最爱的途观终于来车了，我得去看看！"李军辉盯着店里刚到的样车——一款白色的大众途观双眼发亮，模样兴奋得很。

"小屁孩子，你是帮姐姐我看车呢！德国车不看，没折扣，那边，那边看看丰田……"田佳美道。

丰田和本田这边倒是摆了不少车，丰田有卡罗拉、逸致，SUV 有 RAV4、霸道，本田有 CR-V、雅阁、飞度，算是琳琅满目。

"姐，就买这辆 CR-V 呗，才 19.98 万裸车，优惠一下估计裸车 19 万。其实我蛮喜欢的，各方面性能都不错，只比我的最爱途观差那么一点点，不过价格相差近 2 万呢！"李军辉侃侃而谈道。

看得出来，对车他有些痴迷，很是喜欢。

一旁的朱菁嘿嘿一笑道："李军辉，看把你能的，就你这吊儿郎当混日子的模样儿还有资格挑三拣四？什么你最爱，也就只能在一旁看看摸摸，你买得起吗？"

李军辉讪讪地笑笑，道："菁儿，我这不是幻想一下嘛？对了，我买不起，咱姐买得起啊，是不是？"

就在这时候，几个销售员热情地凑过来，却走到朱恩面前道："先生，您是要买车？"

朱恩微微一笑，道："不是，是这位老板，叫田总。"

其中一个机灵的家伙立刻凑过去道："田总好，您真有眼光，一眼就看中这款车……"

好家伙，后面更是滔滔不绝，田佳美坐在车中试了两下，扭头看向朱恩道："怎么样？手刹是电子手刹呢！"

朱恩点点头道："还行，女孩子开 SUV 霸气更足一些，内饰是白色的，对男同胞来说可能容易弄脏，但比较适合女孩子，很酷！"

田佳美呵呵一笑，点头道："行，就买了吧！给个实价，今天就直接开走了！"

几个业务员眼睛一下就亮了，这家伙，是个款姐啊。

远处嗅觉灵敏的经理也凑了过来，一番讨价还价，最后十九万定了。

田佳美从皮包里抽出一张卡道："刷卡！"

几名业务员屁颠屁颠地跟在后面，忙着去办手续去了。

李军辉摇头道："我的妈呀，买十几万的车跟咱在菜市场买菜一样，咱什么时候才能混到俺姐的境地啊。"

朱菁皱皱眉头，却凑过来道："哥，你别有压力啊，佳美姐其实挺不错的，不是那种势利眼。再说了，你的事业不是也刚刚起步嘛，凭你这一身本事，将来怎么着也不会被佳美姐比下去不是？"

朱恩呵呵一笑，道："你这丫头，脑子里想的是什么乱七八糟的，人小鬼大。"

朱菁眼睛一亮，道："哎哟，这么说来今天你们聊得不错哦！"她伸出双手，两个大拇指凑在一起勾了勾，"大有希望？是这样吗？"

朱恩淡淡地道："希望在田野上！"

"看，看，你又这个态度，我可感觉得出来，佳美对你不错！前几天有个人跟她也见过面，佳美姐饭都没吃就闪人了。嘿嘿，我觉得能行呢，哥，你得主动一些！"

一旁的李军辉也道："哥，我觉得菁儿说得对。我姐这个人我最了解，真对你反感，绝对不会让你陪着买车，还给她提意见啥的。待会儿这样，买了车咱们转几圈，然后一起到外面吃大餐去，晚上再安排唱歌，这事儿我看八成就稳了……"

第三十三章　神秘电话

看着前面田佳美刚刚买的新车，李军辉还在唠唠叨叨，念念不忘他挚爱的途观，一路叽叽喳喳说个不停。

朱菁却懒得理他，道："都说好了晚上回家吃饭去的，你姐是怎么回事啊？说走就走了？"

李军辉扭头看了一眼后座的朱恩，道："没事，佳美姐最近事儿也蛮多的，人家准备在雍平投资，肯定有应酬啊。咱们先回去吃饭，明儿再安排饭局。"

三个人回到家，四老就凑过来问情况，朱恩是真感到无奈，便道："还行吧，回头再接触一下。"

苏玉娥道："那就好，那就好，我就说我这外甥女不错。你俩如果能成家，咱两家更是亲上加亲了。"

老妈那边也似乎是松了一口气，却又有些担心地道："恩子，我可听说对方条件不错啊。你和对方相处可得注意一些，知道吗？"

朱恩点点头，连连称是。他心中其实清楚，尤其是回来仔细一琢磨，他觉得自己和田佳美之间发生故事的可能性很小。

首先，朱恩短时间内不可能回雍平，在临港的事业刚刚有些眉目，怎么可能回来？仅仅这一点，两人分歧就太大，也不过就是接触一下，做个朋友而已。

可这些话哪里能跟家里老人说，看他们一个个期盼的样子，朱恩也只能顺着他们的意思，表示自己一定努力争取云云。

一顿晚餐吃得丰盛，吃过饭老爸和老妈让李军辉送回家，家里房子装修，匠人多，正月朱菁要结婚，可不能耽误工夫。

而朱恩却因为相亲的事情，被二老强行摁在了县城，天大的事儿能有儿媳妇的事儿重要吗？

一夜无话。

第二天朱恩起床略微有些晚，在洗手间洗漱的时候就听到阳台上小声说话的声音。

苏玉娥似乎在打电话，很是语重心长："佳美啊，你是二姨看着长大的孩子，菁儿他哥也是个能人，可不能嫌弃人家现在的条件。再说了，你的条件都这样了，你指望在雍平找个条件比你更好的那也不现实。听二姨的话，多接触接触总是好的，两口子过日子，主要是要踏实，一家人踏踏实实比什么都好，这才是过日子的态度……"

朱恩微微愣了一下，嘴角泛起一丝苦笑。

菁儿的婆婆还真是为自己的事情操心呢，这么早就开始安排了。

洗漱完毕，朱恩看到客厅里朱菁气鼓鼓地坐在沙发上，他愣了一下，道："菁儿，怎么回事？军辉没在家也能惹你生气？"

朱菁哼了哼，道："不是军辉的事儿，佳美姐这人也真是，怎么说话呢？我还嫌她年纪有些大，和你不般配呢，她还跟婶儿说你一年下来挣不了什么钱，你一个做通信业务的，雍平也没合适的工作让你做，倘若在雍平和她结婚了，说不定将来还得她养你，你说这是人说的话吗？"

朱恩哈哈大笑，道："菁儿，你就为这个生气吗？再说了，你是从哪里听到这些话的？婶儿跟你说的？"

朱菁噘起小嘴，道："我自己听到的，昨晚婶儿打了不少电话呢！"

两兄妹正叽叽喳喳说话的时候，苏玉娥从阳台上笑盈盈地走进客厅，朱恩瞪了妹妹一眼，小丫头脸色才勉强变得正常一些。

"菁儿他哥，咱们中午饭去外面吃！佳美这孩子请客，地方都找好了，军辉也在回来的路上了，今天过小年嘛，咱一家子人也恰好借这个机会庆祝庆祝。"苏玉娥道。

朱菁撇撇嘴道："我昨天买了饺子呢！不是说中午吃饺子吗？"

苏玉娥道："吃什么饺子，有大餐自然是吃大餐，就这么说定了啊。菁儿啊，陪你哥去步行街买一身衣服去，虽然咱们雍平比不上临港那种大城市，可是年轻小伙，怎么也得穿得体体面面的不是？"

"老头子，咱们也上街，上午有空抓紧时间去惠佳超市买米去，今天做活动呢！"苏玉娥对李富贵说道。

"我才不去吃饭呢！假惺惺的，真虚伪！"苏玉娥二老走后，朱菁脸色还是不好看。

朱恩轻轻拍了拍妹妹的肩膀，道："菁儿，你心思开阔一些，多大一点事儿？合着你哥相亲别人没看上，你就记恨上人家了？这根本就不是个事儿嘛，你怎么就较真这些呢？"

朱菁道："我是不爽那个田佳美，有几个臭钱就以为自己了不得，狗眼看人低，你还不一定看得上她呢！"

朱恩一拍手道："那不就得了，你还窝心什么呢？真是……"

朱菁嘻嘻一笑，道："哥，别气馁，你一定能找到一个天下第一漂亮的嫂子的，我哥是最棒的，哈哈……"

兄妹俩相视一笑，心情都豁然开朗了。

"丁零，丁零……"

"哥，你手机响了！"

朱恩从充电器上取下电话一看来电，淡淡一笑，按下接听键放在耳边道："都要过年了，给我打电话是不是要在电话里打我的脸啊？"

电话那头，马梦可道："你不嘚瑟能死吗？你现在在哪里？是不是在楚南省武德市雍平县那个什么安溪乡？是不是这个地儿？"

朱恩微微愣了一下，道："你干什么？你总不会说要亲自跑到我老家来打我的脸吧？"

马梦可道："不错，我有这个安排，我说你这个总裁是怎么当的？过年还差个把月就跑回去了，你让你们董事长情何以堪？幸亏我不是董事长，我要是你们董事长的话，我非得炒了你！"

"我休年假那是按照公司章程来的，再说了，我妹妹结婚我这当哥的能不回来给她安排吗？行了，别扯那些没用的了，说吧，打电话什么事儿？"朱恩道。

马梦可气恼地道："我到楚南了，反正不管你用什么办法，立刻赶到省城，我要见到你！"

朱恩哈哈大笑，道："马总大过年的，亲自下来盯市场吗？不过鄙人休假期间谢绝会客，只能在电话里说一声遗憾了，咱们年后临港见，拜拜！"

朱恩挂了电话，心情很好。

朱菁凑过来道："哎呀，是个女的啊，让你去省城约会吗？怎么不去呢？"

朱恩道："瞎猜，是个扯淡的人，行了，我去看看邮件去，衣服啥的就不用买了，你该忙啥忙啥去吧！"

雍平地处南方，没有供暖，冬天特别冷。

所以冬天大家都喜欢找有火炕的馆子吃饭，这种馆子就是农家乐，屋里有火炕，暖暖和和吃火锅，在雍平来说是个特色。

大中午，天空飘起了雪，城南的"回头食客"火炕房内众人团团围着大炕吃火锅，气氛很热烈。

今天是田佳美请客，本来按照苏玉娥的要求，是要让她姐夫，也就是田佳美的爹一起来的，可是她的姐夫出乎意料地没到现场，苏玉娥有些失望，却也并不气馁。

反正今天是两件事，除了撮合一对年轻人，同时也是一家人团圆过小年。

看着自己的儿子李军辉和朱菁的事儿日子已经定下来了，今年能找到这么一个如意的儿媳妇，那也是一件大喜事儿。

这心胸一放开，苏玉娥反倒觉得事情恐怕有转机。因为看餐桌上，自己的外甥女和菁儿他哥还谈得挺好的，两个人嘻嘻哈哈地说笑，似乎并没有隔阂和阴霾。

这不就挺好的吗？佳美这孩子还是能做工作，能开窍的。

"我说佳美啊，姨儿年纪大了，这一辈子和你姨父两人也没干起来什么事儿。今年军辉能醒事，成家有着落了，我们心里就舒坦。你和军辉从小感情不错，婚事日子定了，姨儿先给你打个预防针，到时候你得帮二姨的忙，一起张罗啊！"苏玉娥道。

田佳美道："那是自然，军辉结婚那是咱家的大事，我不仅得张罗，还得备一份体面的份子。军辉，你结婚缺什么？跟姐说，姐保证不让你失望。"

李军辉呵呵一笑，咧嘴道："姐，这可是你说的啊。昨日我看你买车像我买菜一样，要不姐，您再买一回菜，也让我当当有车一族？"

李军辉这么一说，李富贵脸色就变了，道："不懂事的小犊子，你佳美姐给你备份子，回头你佳美姐结婚的时候，你当掉房子能凑得足这份子吗？"

李军辉嘿嘿一笑，道："开玩笑，开玩笑。我不就这么一说吗？我和菁儿现在着手开店的事儿呢，真要给我一辆车，我也养不起啊。就幻想幻想不行吗？"

田佳美哈哈大笑，道："好，军辉，看来你今年是真懂事了。要车是吧，我给你一辆。不过好车你不适合，开店嘛，终究自己要四处进货什么的，皮卡经济实惠，姐就送给你一辆皮卡。"

李军辉愣了一下，旋即大喜，道："哎哟，姐，您真是我亲姐啊。"

"看把你能的！"苏玉娥敲了一下儿子的脑袋，道，"佳美，别惯这小犊子，这礼二姨家可不敢要。你也不容易，从外面回雍平又买房又投资的，不能让你破费那么多，再说了，军辉还没到享受的时候，该让年轻人多吃一些苦头，让他们自食其力去……"

第三十四章　不速之客

苏玉娥嫌田佳美的份子太重，可田佳美却很坚决。

她妈死得早，老爸又跟别的女人结婚有了孩子，所以她小时候在苏玉娥家待得多，和二姨一家感情很深。

双方推辞了几个回合，李军辉在一旁插科打诨，眼见一辆车到手了，他哪里能让爸妈给搅和了，几个回合下来，二老也就不再坚持了。

苏玉娥忍不住在心里感叹大姐生了一个好闺女，佳美是个大能人，买车真就跟自家买菜似的，人家根本不当回事儿呢。

这么一想，苏玉娥心中的一丝不高兴也就淡了。

她又想："也难怪佳美看不上菁儿他哥，菁儿他哥虽然是大学生，在外面打工也能挣点钱，可是跟佳美这孩子比，还真有些不般配了。"

"再说了，安溪那边山高路险，条件也的确差，让佳美嫁到那老山上，还真算委屈她了。"她这么一想，心中便释然，孩子们的事儿，让他们自己去把握吧，老辈人在中间掺和什么呢？

李军辉高兴得很，朱菁脸色却有些阴沉，不知怎么，她又想到昨天的事儿了，对田佳美很是不满。她和李军辉结婚，李军辉家的亲戚凑这么大的份子，自家就那样的条件，刚刚砌了房子，哥又见不得自己受委屈，到时候嫁妆不是让哥为难吗？

她扭头看朱恩，却发现朱恩悄然出去接电话去了。

她便冷冷地瞪了李军辉一眼，道："你高兴什么？结婚办完酒你就开车满世界喝西北风去，真是的。"

李军辉立马就蔫儿了，不敢作声了。

田佳美挑挑眉头，心中有些不快，心想这还没结婚呢，军辉的媳妇就这么强势，将来还得了？

她正要说话，朱恩从外面走回来，她便看向朱恩道："朱恩，军辉他们结婚我送他们一辆皮卡这事儿没问题吧，小两口要开店，有一辆皮卡他们出去跑业务，捎带着进货什么的也方便，你说呢？"

朱恩愣了一下，道："哦，那不错，蛮好的！"他有些心不在焉，又道，"婶儿，叔，临时有点事，外地一个朋友来雍平，我这饭……"

苏玉娥皱眉道："什么朋友啊，这大过年一家人团团圆圆吃顿饭都不得安生……"

朱恩苦笑，正要解释，电话又响了。

他将电话放在耳边，就听到马梦可的声音："你说你正在吃饭，餐馆在什么位置啊？听说雍平人喜欢吃火炕饭，我肚子饿了，也想尝尝。我这对面有一家回头食客农家乐，是不是就是吃火炕饭的地方？"

朱恩瞬间呆住，他根本没想到马梦可这疯子还真从省城赶过来了。

从省城到雍平二百多公里路呢，她早上打电话让朱恩去省城，朱恩只当她是在说笑话呢。

没想到好家伙，中午她还真到雍平了，刚才接电话，朱恩还以为是被耍了。

现在一听人家连"回头食客"都说出来了，那定然千真万确。

就在朱恩愣神的刹那，一旁的朱菁一手抢过电话道："我们就在回头食客吃饭呢，在青青园包房！"

不过半分钟，服务员就带进来一人，不是马梦可是谁？

马梦可穿得很休闲，上身穿着红色的羽绒服，修身款的，让她看起来特别有韵味。下身穿着牛仔裤，脚下穿着小马靴，极其普通的穿着，却掩盖不住其逼人的美艳。

"你们好！"马梦可极其客气地弯弯腰，向大家打招呼。

嫣然一笑间，露出白皙整齐的牙齿，当真是明眸皓齿，艳丽无双。

一屋子人都被她镇住了，平常最不怯场的朱菁也张大了嘴巴，不知道怎么开口。

李军辉睁大眼睛看着眼前的女人，心中就想，自己是不是在电视中看过眼前这美女，雍平这小地方，这等女孩实在太打眼了。

田佳美也怔怔地说不出话来，同样作为女人，她第一次隐隐感觉没底气了。

"坐吧，坐吧！给你介绍一下啊。这二老是我妹妹未来的公公和婆婆……"朱恩道，一屋子人就数他最镇定。

"叔叔好，婶婶好！"马梦可客气地点头。

"好，好……"苏玉娥干巴巴地道，笑得很不自然。

"妹子，青青园这边再添一副碗筷！"朱恩扭头对外面的服务员喊道。

苏玉娥道："菁儿他哥，咱们吃了一半了，是不是对客人不恭敬……"

"没事，没事，婶婶您当我是客人，朱恩只怕当我是不速之客呢！"马梦可呵呵笑道。她眼睛一扫，眼睛落在朱菁身上，道，"这是你妹妹吧？"

朱恩道："菁儿，这是马总！"

"马总好！"朱菁站起身来，很客气地道。

马梦可皱皱眉头道："什么总不总的，别听你哥瞎给我扣帽子，你叫我姐多亲切？"

朱菁也是一笑，心情终于放松了，道："是，姐！"

马梦可扭头看向朱恩道："你妹妹比你懂事，不像你那么矫情！对了，这小伙儿是你的妹夫？"

李军辉道："姐，你好，我叫李军辉。"

马梦可一笑道："真是回家给妹妹办婚事呢，我还以为你瞎说的。"她眼睛看向田佳美，道，"这是……"

朱恩正要说话，一旁的苏玉娥道："这是我外甥女儿，给菁儿他哥介绍的对象呢！"

马梦可一下愣住，颇有些玩味地看着朱恩，道："我是不是来得不是时候啊？我说你怎么接电话鬼鬼祟祟的，敢情是有大事呢！"

一旁的朱菁瞅了一眼婆婆，很是不高兴，面上却是不动声色道："姐，没事儿！早上听哥打电话，我就要他去省城呢，没想到中午姐您就从省城赶过来了。"

碗筷来了，马梦可是真有些饿了，吃饭很仔细，可是屋子里气氛却有些古怪。

朱恩知道马梦可这个时候不远千里赶过来，肯定有是关于手机项目的事情，不出意外，今年方旗在手机项目上亏损严重，马梦可估计没招了，要不然不会病急乱投医，年关近了还跑这么远找自己。

可是屋子里的其他人不了解情况，看朱菁那八卦的样子，显然是有了天大的误会。再看田佳美，虽然神色依旧平静，但是掩藏在心里的不爽也瞒不过朱恩的眼睛。

"你妹妹什么时候结婚啊？就这几天吗？"

还没等朱恩说话，朱菁便抢着道："快了！也就年后几天吧。姐，您真漂亮，我都想让您给我做伴娘了。"

马梦可呵呵一笑，道："好啊！"她看向朱恩又道，"妹妹结婚，你可得出一笔血，对了，我是不是也得给个份子？"

一旁的田佳美又把朱恩的话抢过去了，道："刚才不就是在说份子的事儿吗？朱恩，刚才说给妹妹一辆皮卡，这事儿你还没表态呢！"

田佳美这话一说，屋里一下安静了，给妹妹一辆皮卡，不是说给老弟一辆皮卡吗？这皮卡是份子还是嫁妆啊。

听田佳美这口吻，她好像和朱恩凑到一起去了。

朱恩也是一愣，忍不住想笑，心想马梦可这半路杀出来，还能给自己撮合一段姻缘？

人的心思就是这么古怪，尤其是女人，朱恩对这方面没太多的经验，他轻轻点头道："田总，我刚才说了，很好啊！"

马梦可在一旁笑，道："哎哟，人家男方凑的份子硬着呢，你这嫁女一方的嫁妆只怕也不能寒碜吧？就一个妹妹，出点血也应该的。"

朱恩呵呵一笑，道："马总，你说你这次来，真就看我怎么嫁妹妹吗？"

马梦可微微蹙眉，道："你这人就是这样，不要老是自以为是，大过年的，我辛辛苦苦工作一年，你妹妹恰好要结婚，我过来祝贺一下不很正常吗？朱菁你说是不是？"

朱菁连连点头道："姐，您说得太对了，我哥那人就是个傻子，您别往心里去啊！"

田佳美在一旁心中有些不舒服了，心想眼前这女人也就长得有几分姿色，有什么嘛！在外面辛辛苦苦打工的，还开口闭口"马总、马总"的，倘若真是什么了不起的人，朱恩也不会对她这个态度。

一念及此，她便道："其实啊，结婚的事儿是军辉和小菁两人的事儿，咱们也不过是想让小两口成家之后日子过得殷实一些。我二姨和姨夫也不是那种势利的人，不会跟别人攀比嫁妆什么的，只要他们两个人日子过得好，那才是真好呢！"

一旁的苏玉娥道："是啊，是啊，亲家刚刚砌房子，嫁妆什么的，什么嫁得体面，那都是表面工夫，关键还是以后咱两家多走动，多亲近，成亲戚了，不图那虚面子。"

马梦可道："那不行，小菁，你可不能饶你哥啊。他就你一个妹妹，怎么着也得体体面面地嫁，不能委屈。"

朱菁在一旁道："姐……你别……"

朱恩压压手，扭头看向马梦可道："我说你口气不小啊，我嫁妹妹你操心，那好，你刚才不是说凑份子吗？要不你也凑一份？"

第三十五章　重礼

马梦可正吃得津津有味，一听朱恩这话，用餐巾纸擦擦嘴道："得，朱恩，我凑一份儿，你得比照我这份啊！不能认尿。"

她看向朱菁道："菁儿，你跟姐说，要什么，姐保证让你满意。"

朱菁红着脸，不知道怎么说了，眼睛看向朱恩。

马梦可不等朱恩说话，眼睛看向李军辉，道："小李，菁儿有些害羞，要不你说？"

李军辉愣在那里，朱恩道："行，马总，你还来真的。军辉，你只管开口要！"

李军辉双眼一亮，豁出胆子道："姐，要不您也给我一辆车？佳美姐给的皮卡好是好，不过我还是最爱大众途观……"

"你要死啊！"朱菁抬手就一巴掌，是真的怒了，道，"你这犊子，脑子里除了车之外，还能不能有点别的？"

李军辉委屈地看着朱恩，道："是哥让我说的嘛！"

马梦可眼睛看向朱恩，摊摊手道："你这妹夫，胆子真小，是真怕你出血呢！"

"朱菁，外面有辆车，姐送你了！我上午才买的，里程表上只显示两百多公里，户都没上，这是钥匙！"马梦可从口袋里掏出钥匙，直接就扔给了朱菁。

朱菁接过钥匙，一旁的李军辉一下从椅子上跳起来，道："宝马？"

他拿着钥匙跑到窗口往外一看，脸色瞬间苍白。

外面空地上停着一辆崭新的宝马 X5，拿着钥匙一按，两边应急灯闪烁，不就这辆吗？

朱菁也看到了，脸色也白得很，道："姐，你这……这……这……"

她心中紧张，平常伶牙俐齿，都不知道说什么了。

朱恩站起身来走到呆立在窗口的李军辉身边冲外面瞅了一眼，皱皱眉头，一把将钥匙抢过来，道："你这不是胡闹吗？你怎么弄了这么一个车？"

马梦可笑嘻嘻地看着朱恩道："你还说，春节我从省城过来哪里买票去？只好临时就去买辆车代步嘛！反正我不可能把车开临港去，你妹妹结婚刚好凑个份子，这不行吗？"

屋子里李富贵二老还不知道是怎么回事，被一帮年轻人弄糊涂了，他们不知道车品牌之间的区别。

一旁的田佳美却是有些坐不住了，神色很是不自然，她有心想往外瞅一眼，可是又拉不下这面子。

李军辉却是没心没肺的，看到了一辆做梦才能拥有的宝马 X5，人都要疯了，道："还真是新车，临时牌照呢！姐，您这车多少钱买的？怎么着也得一百万以上吧！"

马梦可笑盈盈地看向朱恩道："看到没有，小李是行家，报价了。你就比照这一份给妹妹一份嫁妆，怎么样？"

这一下李富贵二老都给吓到了，李富贵道："军辉，你刚才说多少钱？"

"一百多万啊！宝马 X5 呢，没一百万出头拿不下来！"他啧啧感叹，看向马梦可道，"姐，您干什么工作的？怎么这么有钱？是不是外面那钱都长在树上，跟我们摘橘子一样，每天一摘就是一箩筐啊？"

"哥，把钥匙给我，我去练练手去！"

"练你个大头鬼，真给你一辆这车，你油都加不起，看你那德行！"朱菁恼火道。

朱菁一说话，李军辉满脑子美好的想象全部成了破碎的泡沫了。

马梦可似笑非笑地看着朱恩，道："朱总，钥匙我拿出来了就没准备再要了，你说个话吧！"

朱恩瞪了马梦可一眼，道："真是服了你了！年轻人让你这么弄，到时候他们非得好吃懒做不可。"

朱恩将钥匙塞进口袋，掏出皮包抽出一张卡递给朱菁，道："菁儿，把这卡拿着，哥本来准备你结婚前给你的，今天有人给你哥叫板了，就先给你也成。"他又看了看李军辉道，"军辉，这宝马的钥匙我收了，这车你还真开不了，你和菁儿拿着卡去把昨天那辆途观买了吧！剩下的钱你们就去把柒牌代理拿下来，把店开起来，踏踏实实过日子。余下的，你们经营中难免有差钱的时候，能应急。你们结婚，哥就这点心意，说句实在话，我这妹妹我真舍不得嫁。从小跟着我长大，转眼就成别人家媳妇儿了，有时候一想这事，我心中就难受。所以李军辉，我丑话说在前头，以后我发现你欺负她，可别怪我翻脸不认人啊！"

李军辉诚惶诚恐地点头，像鸡啄米似的，看着朱菁手中的卡手都在发抖，一颗心已经飞到天上去了。如果说刚才看到宝马 X5 那种感觉太不真实，而现在自己最爱的途观马上能入手，那则是千真万确的事儿。

那是他无数个夜晚做梦都在想的车啊，说得夸张点，要不是怕朱菁将来守寡，他恨不得卖肾都去买一辆玩玩儿。

"哥，卡里面多少钱啊？"李军辉弱弱地问道。

朱恩笑骂道："你不会自己去查吗？密码就是菁儿的生日，870320。"

朱菁也是愣住了，不知道哥怎么有这么多钱。

前几天老家一个同学打电话给她，说哥发大财了，在家里砌的房子还弄了一个大花园，全部是豪华装修，光装修只怕就得三四十万。

当时朱菁还心疼，心想，自己出嫁哥不愿委屈自己，硬是豁出去了要让自己嫁得体面。

现在看到手中的这张卡，买一辆车能花二十多万，柒牌的代理得五十万，两样加起来得七十多万，还有剩下的钱，那再怎么也得八十万以上了。

马梦可道："多少钱啊，我看能不能够的，我这车价格可不低。"

"一百万！能不能够？"朱恩没好气地道。

马梦可道："那不够啊，我这车是高配，一百二十六万，你不能够砍那么大一尾巴啊？"

朱恩道："刚买的车转手就得当六折处理，差不多得了，两个孩子而已，再多给钱，他们还有心思做事吗？我都嫌多！"

"切，你就吹吧，作为集团总裁你年终奖就这个数字，王岳同也够抠门的，齐美兰一个副总我年终都给了她一百万呢！"

朱恩淡淡地道："我哪里能跟齐美兰比，人家可厉害着呢，下半年给你亏了没五千万也得三千万吧？这等功臣，能不重奖？"

"得，反正你人傻钱多，这车我就帮你开着了！你用不着，与其放在你车库里腐烂，还不如让它在我手上发光发热。"

马梦可狠狠瞪了朱恩一眼，眼睛看向朱菁，却是柔和了，道："小菁，你看你哥这张嘴，多刻薄！行了，我吃饱了，带姐出去转转去，这边空气可是真好。你哥刚刚把今年的年终奖送出去了，心中只怕正在滴血，咱就不再伤害他了，就咱姐妹俩去逛逛。对了，还有小李，不是去买车吗？走啊……"

李军辉本还有些犹豫，可一听买车的事儿，哪里还忍得住，站起身来就要走。

朱菁觉得不妥，却被马梦可一把拽住，道："走！咱别坏你哥的事儿，人家不是在相亲吗？你留在这里当什么电灯泡呢？"

三个人说走就走，车都没要，出门打车，一会儿就消失得无影无踪了。

屋子里就剩两个目瞪口呆的老人，还有一个满脑子凌乱的田佳美，朱恩站起身来也想走，又觉得不妥，只好说："叔，婶儿，要不我送二老回去？"

"不用，不用！我们不喜欢坐车，老了，腿脚要多活动，不坐车，不坐车！"李富贵拉着老伴站起身就走，出门就跟老伴嘀咕，"菁儿哥是干什么的？咋这么出手大方？咱们这儿媳妇儿接进门，那可是雍平第一号大面子咧！"

苏玉娥扭头瞅了瞅背后回头食客的招牌，压低声音道："你刚才没听到吗？说是集团的总裁，换作那个时候，应该能跟二化厂汪春明差不多。"

"啥？那汪春明手下可管几千号人，那个时候他在雍平跺一脚，地面都要塌下去三尺呢！"

"那你以为啊，电视里那些集团你没看过吗？什么叫集团，那可是比公司还高一级的。二化还只是公司，菁儿哥说不定比汪春明还大。"

李富贵暗暗咋舌，怔了半晌，悠悠叹道："这孩子是真不错，不张扬，低调。咱作为亲家，也没见他在咱面前显摆。佳美那丫头还真是没命，小时候我找黄瞎子给她算了一卦，当时黄瞎子就说丫头命苦。放着这么好一对象还瞧不上人家，嫌人家不会挣钱。哪知道人家年终奖金比咱们一辈子都挣得多。"

苏玉娥忧心忡忡地皱皱眉头，道："老头子可别乱说，佳美还不是在和菁儿哥谈吗？还不一定呢。"

李富贵瘪瘪嘴摇头道："八成没戏了，人家女娃子都大老远从临港追到雍平来了，佳美也比不上刚才那闺女啊，那闺女一看就是大户人家出来的，身上的那股气儿就不一样。合着你是菁儿他哥，放着那么好的对象不要，非得要挑佳美吗？"

苏玉娥愣愣地半晌说不出话来，也唯有叹气："姐姐死前就千叮咛万嘱咐，让我一定得照顾好佳美这丫头，可是命运的事儿，谁能掌握得了？三十岁了还没对象，绝好的一个对象，现在眼看着又飞了，能不愁人吗？"

第三十六章　手机天才

人都走了，屋子里的气氛只能用诡异来形容。

朱恩实在不知道怎么开口，要怪就怪马梦可这鬼女人太张扬，经这一闹腾，自己这亲还怎么相？

"朱恩，你是真人不露相啊，昨日不还说自己跑业务的吗？敢情是公司的老总啊！行，我是看出来了，你这是在耍我呢！一点都不诚实，是不是觉得说自己有钱，怕女孩子非得往你身边凑啊？"田佳美这是发飙了。

朱恩摇头道："田总，我还真没骗你，以前我是管公司业务的。是最近几个月公司管理层调整，我才暂时代理总裁。再说了，我也没多少钱，不过我就一个妹妹，她结婚我怎么着咬牙也得让她嫁得体面，你说是不是？"

"是你个大头鬼，还给我装！"田佳美站起身来，拎着包就走，脸上是火辣辣地发烫啊。

今天她这脸被打得有点狠，她这些年走南闯北见过的世面多了，很清楚自己手中的那点钱在雍平还算是个富人，真到了外面，完全不值一提。

她是看出来了，那姓马的女人来历深不可测，从省城过来买不到车票，干脆买一辆车代步，而且还是一辆宝马 X5，从省城到雍平，开一路直接就送人了。

"人傻钱多，有什么好的？"她嘀嘀咕咕，跑到院子里拉开自己的车门，瞅了瞅旁边的宝马，心情更是糟糕。

她"啪"地一下将车门关上，正要重新回回头食客，迎头撞上了朱恩。

"田总，怎么又回来了？"

田佳美道："忘记结账了！"

朱恩微微一笑道："我已经结账了，走吧！"

田佳美愣了半晌，被外面的冷风一吹，她似乎冷静了一下，不过脸色依旧通红。

她扭扭捏捏半天，道："朱恩，昨日的事儿对不起，我……我……"

"什么事儿啊？"朱恩惊讶道，田佳美便无话可说了，两人各自开着车，出了农家乐的路口，也只能各走各路，走向了不同的方向。

雍平国际酒店，豪华套房之中，马梦可给自己冲了一杯茶，伸了一个懒腰道："还真看不出来，一个小小的县城，酒店的环境还不错啊，尤其是这茶不错，雍平是产茶区？"

朱恩喝了一口茶，道："是啊，我老家那边就是茶区。对了，马总，说正事吧，不远千里奔赴这偏远之地找我，这是千里追夫啊，还是别有什么目的啊？"

"千里追夫？你还真把自己当成是刘德华和阿汤哥一类的白马王子了？"马梦可哈哈一笑，道，"对了，忘记问你了，今天相亲怎么样？能不能成？"

朱恩眉头一挑，道："你说呢？相亲的时候，来了一个千里追夫的大美女，吃饭的时候还一通嘚瑟，抬手就给我妹妹送宝马，你说我这对象还能成吗？"

马梦可道："你怎么能那么说？现在的女孩子都喜欢有钱人，你这家伙，妹妹结婚就能豪扔一百万的人，在雍平这小地方对女孩子蛮有杀伤力的。我甘当绿叶，都是在衬托你呢！"

朱恩道："你衬托个鬼，把人直接给吓跑了。好了，不提这事儿了，说正事吧，你的手机怎么样？"

马梦可放下茶杯，收起笑容，摇头道："亏了，保守估计要亏三千万以上。你这嘴还真毒，我辛辛苦苦筹划了两年的项目就是这个结局，嘿！"她握起小拳头，狠狠地一拳砸在沙发上，宣泄自己的恼火。

"朱恩，我的来意你应该知道。我这人的性子就是越挫越勇，手机一定要做，而且一定要做成。我需要你的帮助！"马梦可眼巴巴地盯着朱恩。

"你又人傻钱多了吧！是不是又准备拿钱砸死我？不过这一次只怕花的代价要更大了。"朱恩道。

马梦可道："说真心话，我和王岳同见过面，我和他都有意联合。初步的计划是成立一家全新的公司，专门做手机的公司。我和他负责投资，你负责运营，整个公司你有绝对的权威。你也不要瞒我了，我知道你内心深处从来没有放弃过这个行业，你唯一缺乏的就是机会，一个你认为最好的机会。

"这可能会有风险，也可能是一个绝佳的介入时机，反正不管怎么样，我满足你需要的条件，怎么样？能成吗？"

朱恩端起茶杯默默地喝水，一句话也不说，过了很久，他认真地道："这件事年后我们再谈，你做过智能手机，应该也知道这个行业竞争非常残酷，要成功极其困难。但是还有无数人义无反顾，大把大把地砸钱做这件事情，说一千道一万，是所有人都看中了移动终端的未来。"

"从这个角度说，做这件事并不是有钱就能成，倘若单单有资本就能成事，你不会在大年将至时，跑到这么一个偏远的地方来找我，你说是不是这个道理？"朱恩一字一句道。

马梦可皱眉，道："朱恩，话不要说得这么冷酷，带点人情味儿行不行？咱俩的关系，你妹妹结婚，我过来捧一下场不行吗？非得是我带着其他的目的来找你？"

朱恩笑笑，道："你也别这么敏感，我想表达的是，做手机理念很重要，方法很重要。而归根结底在人才！技术的人才、营销的人才、战略的人才，这三方面是核心，缺一不可。

"一款手机能不能成功，涉及的东西是多方面的。首先在品牌，而咱们在没有品牌的情况下要做出成就更不容易。

"不能走寻常路，不能做市面上一眼就能看明白的机器，这些东西你肯定都想过。具体的咱们还得谈，谈投资，谈理念，谈股份，谈得有了共识之后，这个项目我才会答应去做，而且一定做成功！"

朱恩双眼之中瞬间散发出极度自信的神采，大学毕业他就进入了诺亚，从此迷上了手机。从最早的黑白直板机，一直到后面的智能手机。他对手机有一种天然的执着和痴迷，大学的时候他买不起手机，硬是将一款同学扔了的烂手机，靠自己搜索资料，天天琢磨，重新将其起死回生。

靠着这个本事，他才通过了诺亚的面试，并且一度成为诺亚最神秘的策划部唯一的华人策划师。

诺亚在智能手机上折戟，朱恩的手机梦想戛然而止，人生在二十七岁那年出现了巨大的转折，步入了最低谷。

这几年，他干传统通信业务，从最基层的业务员做起，付出了极大的艰辛，挣扎着在临港生存，生活的艰难，让他不敢再有梦想。

和他一样的还有当年一起做手机的那帮人，诺亚大中华总部解散的时候，朱恩他们就像是一批被从栅栏里放出来的鸭子，那个场景如此落寞和悲凉，那一点一滴的细节，朱恩依旧清晰地记得。

一杯茶已经见底，马梦可把水壶拿过来为朱恩添满，出乎意料地表现得很安静。

两人沉默，彼此似乎都不愿打破屋子里奇特的氛围。

朱恩想着事儿，马梦可看着他，茶香袅袅，水雾升腾，窗外又下雪了，雪很大，雍平县城似乎就在这种宁静之中，慢慢缥缈起来。

"对了，你什么时候回去？"朱恩率先打破沉默。

马梦可道："怎么了？撵我回去吗？我都亏成这样了，出来散散心，过一个旅行春节，这个奢望不过分吧？"

朱恩呵呵一笑，道："你这么说倒不过分，行吧，一切随你。反正我明天得回老家去了，一个很偏远的小山村。我家里条件太简陋，只怕招待不了你这位贵客，我也就不主动邀请你了。"

马梦可勃然而起，道："你这人是怎么回事？你知不知道你说话很不中听？哦，我从临港来雍平奔波千里找你，咱们见一面，你直接将我撂下了，难怪你到现在也没找到女朋友，就你这对待女孩子的态度，谁瞎了眼才跟你呢！"

朱恩的脸微微一红，有些尴尬地咳了咳，自嘲地笑笑，道："你别往其他方面想，我说的都是很实诚的话。我老家那边条件的确落后，我这不是怕你待不住吗？"

"你回去的事儿我知道，朱菁下午就跟我说了，她也得回去啊。明年开年得等着老公上门接亲呢！行了，你这态度，我还真不去了！什么人嘛！气死我了。"马梦可好像是真生气了。

"别，马总，刚才算我不会说话好不好？你大人不记小人过，你如果不嫌弃，我郑重邀请你去我们那山村看看，体验一下底层农民的艰辛生活，同时也丰富一下你的人生体验，怎么样？"朱恩道。

马梦可冷冷一笑，道："你怎么不加一句，了解一下手机天才'瓜子'从小的成长环境，将来好为'瓜子'的粉丝介绍，怎么样的一方山水，养育出了如此一个做手机的天才？"

第三十七章　衣锦还乡

第二天清早，朱恩驾车去酒店接马梦可，而朱菁则起了一个大早去置办年货了。

小年一过，几天之后就是除夕，雍平大街小巷已经充满了年味儿。

今年对朱家来说是不同寻常的一年，家里老土坯房子成了过往，有了新砖瓦房子住了。而且一过年又得嫁女，这也是朱菁出嫁前过的最后一个大年。

另外，今年过年还有贵客登门，所以年货置办得比以前任何一年都丰厚。

朱菁早就给爸妈打电话了，朱长青亲自安排朱菁负责年货的置办事宜，从吃的穿的到对联装饰画，这一置办起来，足足有两车。

李军辉本就舍不得朱菁，现在有借口了，新买了车，刚好可以给丈母娘家送年货去，顺带着也过一把新车瘾。

两辆车，一辆宝马一辆途观，后排座位全部放倒装东西，早上出来忙到中午时分，才终于开车出城。

出了城往西边走，路渐渐就窄了，过年路上车多人多，而且山高路陡，走起来好不辛苦。

朱恩本以为马梦可受不了这罪，没想到这女人却是兴奋得很，拿着手机一路拍照，整个人处在亢奋的状态。

中途屡屡要停车看风景，因为走走停停，天色渐暗了，车子才进村。

朱长青老两口早就在村头等着了，闺女打电话回来，说恩子女朋友从临港跟着来了。

老两口一听这消息，哪里还能淡定得了？恨不得一人装一双翅膀飞到县城去瞧瞧未来儿媳妇的模样。

村里的人也多少听到了消息，二老在村头，村里七大姑八大姨的就过来打趣，农闲时节，马上又要过年，大家都闲着没事，渐渐地村头倒是人越聚越多了。

"来了，来了，来了两辆小车呢！"有人老远冲这边嚷嚷道。

村里人都来了兴趣，顺着村口看过去，好家伙，还真是两辆崭新的小车，去年村里刚刚通水泥路，这家伙，呼啦啦来得飞快。

"那是菁儿呢！朱家的菁儿！"

有眼尖的看到了车里的人，实际上朱菁已经将头都伸出来了，拼命地挥手呢！

"恩子在外面还真是发达了啊！好家伙，进城一趟车都买了！"村口小店老板娘王顺倪搓着手，啧啧称羡。

她和朱恩是小学同学，都已经是两个孩子的娘了，看着当年村里最有出息的同学是真发达了，咧着嘴也很高兴。

村口聚的人太多，车只好停下来，朱菁拉开车门跳下来，十分乖巧地和大家打招呼。

老朱家在村里人缘好，朱长青老两口为人实在、老实、吃得起亏，对人实诚。

而朱菁更是生了一张乖巧的嘴，什么七大姑八大姨，关系扯得再远，在她嘴中叫起来都让人觉得亲。

"哎呀，咱菁儿越来越漂亮了，我就盼着喝你的喜酒呢！咋的，买车了？"王顺倪凑过来笑嘻嘻地道。

朱菁嘻嘻一笑，道："顺倪姐，你就别夸我了，到时候我得给你包红包，让你给我梳头呢！车是哥给我买的，我自己可没钱！"

李军辉也下了车，村里他跑得勤，本身就是职业混子出身，一张嘴比朱菁弱不了多少。

王顺倪道："李军辉，你怎么又跑我们村来了？拐跑了我们村的乖丫头，合着你连一个年关都不能等吗？哪有丫头要出嫁了，新郎官还往丈母娘家凑的？"

"顺倪姐，我这不是给爸妈他们送年货嘛。您放心，送完年货我马上走，到接亲的时候可别刁难我啊，别的没有，左邻右舍的烟绝对少不了。"

朱恩解下安全带从车上下来，众人不由得一静。

因为常年在外面求学的缘故，朱恩十六岁就进城了，高中，大学，然后在外面打工，一年到头在老家待的时间少，大家对他可比不上对李军辉和朱菁熟悉。

有道是老不认少，一帮老头、老太太实在难以将眼前这个西装笔挺、白净斯文的城里人和老朱家那个小时候尽知道在泥地打滚的小野娃子联系起来。

朱恩倒是认识不少人，掏出香烟挨个发，恭敬客气地和他们打招呼。

农村人实诚，接过香烟，听到孩子对自己熟悉的称呼，渐渐地终于可以确定眼前这帅小伙还真是从村儿里走出的娃。

王顺倪和朱恩是同学，可没有其他人那般的隔阂，她打一个哈哈道："朱恩，终于想起带媳妇回来了，叔和婶儿可是盼了好多年了。怎么着？带媳妇回来，这新媳妇也不带出来让老同学把把关吗？我可是过来人，都两个孩子的妈了，丫头好不好生养，我一看一个准！"

王顺倪读书的时候就生了一张泼辣嘴，结了婚生了娃，更是成了这十里八乡的名嘴。

她这一起哄，几个年轻的堂客便跟着起哄了，倒是弄得朱恩尴尬得不行。

马梦可哪里是他的女朋友，两人的身份相差十万八千里，真有这么一个女朋友他也接不住啊。

不过这种情况下，父老乡亲都在，父母老两口咧着嘴笑得合不拢，朱恩能较真吗？

乡下农村都讲个面子，对老人来说最大的面子就是娶儿媳妇和嫁女，村里的人家要是儿子娶不上媳妇，走出门去都不好意思和左邻右舍打招呼。

一帮老太太老爷子凑在一起，叽叽喳喳说的也都是某某家的丫头有福气，或者是某某家的丫头命苦，嫁了好人家或是嫁了一个破落户，乡土的观念，农村的思想，总是把传宗接代看得比什么都重。

朱恩那么多年都是一个人回来，朱长青老两口没少听别人的闲话。

"早知道这么尴尬，就不该在这里停车！"朱恩心中暗暗叫苦。

正在他不知所措的时候，马梦可穿着长风衣潇洒地从车上走下来，众人瞬间鸦雀无声。

都说山沟出鹞子，安溪这个小山沟的姑娘可是十里八乡出了名的水灵，可是当众人看到了马梦可，无论男女，一个个都呆住了。

这女娃子，生得和买的画儿里的一般，这等丫头从安溪这小山沟那是万万走不出来，电视里演戏的那些明星、模特估计也就这样吧。

马梦可十分乖巧地走到朱长青二老身前，规规矩矩道："伯父好，伯母好，我叫马梦可，是朱恩在临港认识的……"

朱长青显得十分拘谨，老伴则更是手足无措，只是一个劲儿说好。

周围的乡亲都围在四面，一个个都咧着嘴，谁都不说话，就想多看看这俊俏的不沾泥土味儿的城里姑娘。

王顺倪那等泼辣的人也怔怔地半晌没说话。

不过终究还是她打破了寂静，她冲着朱恩伸出大拇指，道："恩子，你行！咱们那帮同学就你混出了大模样，娃还是要读书啊，我当年哪怕能上个高中，说不定现在都能沾你一点光……"

"轰！"周围一阵哄笑。

马家嫂子嘻嘻笑道："得了，顺倪儿，还读高中呢！才初中毕业就和咱家小叔子在苞米地里偷偷摸摸好上了。再看人家恩子，那一年山竹坉儿陈昌如家的闺女倒贴了要嫁过来，可恩子硬是放着陈老三百万的茶厂不要，咬了牙进城读书去了。那个时候你不是天天说恩子读书都傻了吗？怎么今儿个就转性了？"

王顺倪满脸通红，啐了马家嫂子一口，道："马艳春，我不稀得掀你的老底，当年你也不过比咱高一届而已，心中可老想着老牛吃嫩草。那年为了给恩子摘野葡萄吃，在丁家塔裤裆都被树枝挂破了，回去怕挨马叔揍，死乞白赖地让我妈给你补。今日你看见恩子的媳妇儿，是不是心里就怵不是滋味了？"

"哈哈……"

王顺倪说话炮仗似的，爆出的猛料更是让村里的男女老少笑得快弯了腰。

连朱菁都是第一次听说这等绯闻，一时捂着肚子笑得不行，一会儿又凑过去和马梦可说悄悄话，马梦可也跟着笑，冲着朱恩挤眉弄眼。

朱恩闹了一个满脸通红，冲着王顺倪道："马总，顺倪是我小学同学，可别听她胡说八道，她的嘴就是一个大炮仗。"

马梦可这才收敛笑容，对着王顺倪叫了一声："顺倪姐。"

王顺倪咧嘴笑得可开心了，经过这一闹，众人嘻嘻哈哈说话倒是随意了很多。老一辈的便开始开朱长青老两口的玩笑了。

朱长青老两口高兴得实在是合不拢嘴，老朱家今年可谓是三喜临门。以前他们可是村里一等一的贫困户，几十年都是苦过来的，住的土坯房子每逢阴雨连绵一家人就提心吊胆，生怕土坯塌掉，晚上老两口得轮换着睡觉。

可现在看看人家，三层的小楼盖上了，全是熟砖熟瓦，前后两个院子，尤其是晒谷场那个大啊，收多少谷子都能晒。

一对儿女也都出息了，尤其是朱恩，回来开的车都是上百万的，这小村子以前哪里出过这等人物？

只怕新中国成立前，从村里走出去的大地主陈金次也不见得有朱家的恩子这般风光……

第三十八章　深谋远虑

老朱家终于过完了一个繁忙而充满喜庆的春节。这个春节不仅是全家团圆，更是闺女大婚。

作为兄长，朱恩这十几天累得够呛，不过能亲眼看着妹妹幸福地嫁人，能将自己的妹妹背着走出家门，他总觉得自己的人生似乎有了某个阶段性的成功。

前三十年的苦，到了三十岁这一年开始出现转折。至少在心态上，和去年的正月相比要平和很多了。

去年的正月，临港的房贷压力，家里砌房子资金的压力，妹妹嫁妆的压力压得他喘不过气来。

而今年的正月，他虽然忙碌着，但是心境却变了。

唯一让他略有压力的是马梦可的事情。

这个女人还不是一般的执着，为了她心中的所谓手机梦，从临港跑到了这个山旮旯，而且还不惜当一回自己的冒牌媳妇。

真是舍得一身剐，能把皇帝拉下马，朱恩这些天也终于开始反思自己过去的职业生涯。

诺亚公司的工作经历曾经是他内心深处最疼的伤疤，在这个春节，他也开始尝试着将这块伤疤掀开，开始真正、系统地思考目前国内的智能手机市场。

其实，当他开始决定勇敢面对过往的时候，他才惊讶地发现，其实他从来没有离开过手机这个行业。

尽管过去的三年他在方拓的工作和手机半毛钱的关系都没有，但是在他临港家中的抽屉里面依旧放着四五十部近三年来市场上最火爆的各种手机。

当今的手机江湖，一多半叱咤风云的人物他都认识，当然，在他高傲的骨子里面，对这些大多数的风云人物也是不屑一顾的。

在他看来，诺亚公司的没落并不是竞争对手过于强大，而是公司内部的高层自己作死而已。

当然也不排除在美国出现了像苹果这样伟大的公司的缘故。

但是很可惜，国内并没有一家公司是伟大的，可偏偏诺亚公司的高管们习惯了高高在上，内心有一种变态的西方式的优越感，对金砖国家的市场，尤其是对中国的市场表现出的向来都是不屑一顾的态度。

公司有亚太总部，却从来没有沉下心来研究亚太市场，研究亚太用户的心理，以至于朱恩等人呕心沥血给公司的各种建议，最终都被高傲到愚蠢的某些欧洲高管束之高阁。这样的公司管理人和其对市场的态度，焉能不败？

诺亚的失败非战之过，而是根本就没有战过，失败得稀里糊涂，失败得窝囊至极。

朱恩想了很多，心境也越发平和了，在方拓三年的磨砺，让他变得更加成熟。

年轻人的骄傲、才子的锋芒被打磨掉了棱角，而他学会了更加坦诚地去面对失败，也让他学会了以一种更加从容的方式思考问题。

过于执着和坚持的年轻人往往会很脆弱，唯有历经风雨之后依旧还能懂得执着和坚持的人，才更加有韧性，才更有可能成功。

如果是以前，朱恩肯定会和马梦可交流探讨，甚至是早就迫不及待地去了解马梦可的想法，并提出自己的条件。

可是现在的他懂得了一个人去思考，从全方位思考问题，他隐忍不说，却是想听听马梦可的想法和对整个项目的设想。

经过了深入的思考，他依旧觉得智能手机市场是个艰难的市场。

但是如果真有条件让他去主导一个智能手机的项目，他有信心在这个市场打出一片属于自己的天地。

只是，从另外一个角度来思考，他也并非一定要杀入这个市场，对一个成熟的经营者来说，一个项目终究是一个局部，当纵观全局的时候才会发现，整个市场其实有太多的可能性。

做手机项目的突破口也有无数种可能。

朱恩可以选择用最传统的方式从硬件着手，打造产品，展开营销的模式。也可以走迂回的路线，切入电子商务和大众泛娱乐平台，从产业链其他的方面入手，最终达到自己的目的。

智能手机市场是个什么市场？说穿了，这个市场就是互联网终端市场，互联网的未来在移动互联网。

这样的大背景，造成了目前智能手机市场的血腥厮杀，毕竟这个市场的价值很可能超过当年 PC 市场的规模。

得终端者得天下，所以无论是硬件厂商、软件厂商、传统的互联网公司、泛娱乐平台，都对这块市场垂涎欲滴。

这几年疯狂的融资风暴已经演变成一场资本的狂欢，资本的狂欢造成的是烧钱的轰动。

通过烧钱的方式，让自己的产品占据更多的市场份额，然后再想着对自己拥有的用户进行深耕细作的挖掘，从而将整个产业链慢慢地铺开。

每一家厂商都在这样做，每一个厂商都看得清楚，甚至觉得自己比其他人看得更清楚。

所以朱恩对这个市场的描述是遍地是机会，遍地是陷阱，遍地是诱惑，遍地是血迹。

他很想知道马梦可当初决定介入市场的时候，是一种什么心理在驱使着她，她除了做出了几款手机之外，是否还有更多关于整个产业链的深入思考。

还有王岳同又是一种什么心理呢？

马梦可年轻，就算才华不俗，但毕竟江湖经验不够，年少多金容易冲动，似乎可以理解。

但是王岳同是什么人？他是纵横商界快一辈子的老狐狸，是千牛十八罗汉中最难对付的人。

他甘愿将千牛的股份全部出让，把所有的身家都押在内地一个三线的通信公司身上，然后高调介入智能手机行业，他手上有什么筹码？他是否安排了某种后续手段？

至少朱恩心中清楚一点，在任何时候，他都不会轻视像王岳同这样的商界精英，他很想看看王岳同能否将设想的那一套拳法打完。

而这些筹码也好，套路也好，其实就是双方谈判的关键。

和一个什么筹码都没有的人谈判，往往可以轻松地达到自己的目的。但是和一个手上尽是好筹码的人谈判，往往会非常艰难，因为像王岳同这样精明的商人总是相信自己胜过相信别人。

这也是朱恩能沉住气的原因。

其实到了朱恩这个层面，机会有时候看上去会很多。

不光是他，包括朱恩以前的那帮兄弟，比如余怀，比如杰瑞，个个都有机会。

但是余怀依旧在干着卖手机的勾当，顺带着做一做发烧友的论坛。而杰瑞去了梅朵打工，成了梅朵的营销总监。

机会无处不在，可是真正找到和自己理念相似的老板和团队，实在太难了。在如此血腥的手机市场，如果投资人和执行者之间没有同样的理念，项目是玩不转的。

关键是，这等项目通过沟通协调，作用有时候并不明显，因为每个人都有自己的想法，都认为自己的想法是正确的。

有句话叫自信的人很难被说服，这就是和成功人士打交道的难处。成功人士，人生赢家，哪个不是自视甚高、自信自负的？

可偏偏朱恩这帮人不算成功，但是从诺亚走出来，个个身上都有一股子文青的傲气，比那些成功人士更固执，而且更敏感。

好在朱恩现在渡过了这个难关，这得感谢过去三年在方拓的磨砺，不过对未来还没有谈成的项目，他依旧持谨慎的态度。

只是他有这个想法，马梦可却是憋得受不了了。

在雍平县城最后一个晚上，马梦可撇开了所有人，和朱恩亲密地"约会"，劈头就道："朱恩，这个春节过得热闹，我看你也是忙得很啊。妹妹出嫁，哥哥辛苦到这等模样，我总算是长见识了。只是，雍平虽好，终究咱们的世界在临港，我辛辛苦苦地从临港赶过来，帮你张罗着嫁妹妹，还让你占了天大的便宜，做了这么多天你免费的女友，我真就只差以身相许了，说到诚意，我这也算够有诚意了吧！

"你究竟怎么想的，就不能给我回个话吗？这新的一年已经拉开了帷幕，我总不能老窝在这里强颜欢笑地过日子吧。"

朱恩微微笑了笑，道："马总，多的话就不说了，你的表现让我很感动，说是感激涕零也不过分。不过，咱们私交是一回事，真要说到项目，我们还需要很深入的沟通。以身相许就不必了，我只是想知道，你现在还能拿得出多少钱来投资？"

马梦可大手一挥，道："朱恩，你什么意思？临港红树林是什么机构你不知道？只要项目够好，红树林永远不缺钱。更何况这一次我已经和你们董事长有了比较深入的沟通。在临港我们两家公司强强联合，然后由你挂帅将整个项目运作起来，胜利的曙光不就在眼前吗？"

朱恩嘿嘿一笑，道："你就给我打马虎眼吧，你这路数我很清楚，先是请君入瓮，然后再庖丁解牛，你别把我当成犊子好不好？明天咱们回临港，然后再慢慢沟通如何？"

第三十九章　独辟蹊径

从雍平到临港差不多千余公里，却是两个完全不同的世界。

雍平是落后的乡村，老百姓过着日出而作、日落而息的生活，而临港却是一个现代化快节奏的城市。

生活在这座城市里的人，似乎每时每刻都有人在后面拿着鞭子在抽，人像陀螺一般快速旋转，永不停歇，直到生命的终结。在钢筋混凝土构筑的世界中，人的生存环境其实很恶劣，哪怕是所有人都穿得体面光鲜，可是光鲜和繁荣掩盖不了打工者生活的艰苦。

朱恩到了临港，整个人的精神都变得亢奋了，雍平的事情他已经全部放下，很快就进入了自己的角色。

他现在的位置依旧是方拓集团总裁，新年开始，如何部署新一年的工作，如何制订新一年的计划，这都是摆在他眼前的事情。和马梦可关于手机项目的沟通也必须让位于眼前的工作。

毕竟，他是生活在现实中的人，他和马梦可不一样。

马梦可含着金汤匙出生，就算她这一辈子好吃懒做，她的财富也够她一辈子挥霍了。她可以境界高到一切为了梦想而活着，可是朱恩却不行，他在方拓总裁位置上待一天，他就必须保证自己的工作高效，任何事情也不能分他的心。

到临港第二天，便是高管上班的第一天，新一年的工作开始了，方拓高管齐聚集团总部共商年度工作计划。

而在这前一天晚上，朱恩终于第一次给王岳同打了电话。

说起来有些好笑，他担任总裁好几个月了，竟然和董事长是零沟通。

去年最后几个月，王岳同一心扑在手机业务上，而朱恩也将全部精力集中到年终的业绩上，两人的工作就是两条平行线，根本没有任何交叉点。

而且，因为手机项目的问题，王岳同对朱恩颇有看法，应该说朱恩出现在了王岳同最需要的时候，因为机缘巧合才当上这个总裁。

要不然以王岳同的性格，他绝对不会如此草率地决定朱恩的位置。

当然，这其中少不了李清柔的调和，李清柔和朱恩算是不打不相识，两人在工作上配合很默契，而她对朱恩的绝对推崇也在很大程度上影响了王岳同的决定。

至少，凭她和王岳同的关系，在她的周旋之下，王岳同对朱恩的能力还是颇为认同的。

在朱恩楼下的一家重庆菜馆，王岳同、李清柔和朱恩共进晚餐。

一个多月不见，王岳同还是以前的样子，神色平静沉稳，举止从容沉着，从他的脸上丝毫看不出去年手机市场那一场血腥的大战给他带来的冲击。

而李清柔则更显漂亮了，因为没有上班，她穿了一套休闲装，少了严肃严谨，多了洒脱大方的韵味，给人一种十分清爽的感觉。

"董事长，新年快乐！"朱恩伸出手和王岳同紧握。

王岳同淡淡地道："家里的事情都办完了？你这一休假就是一个月，可把清柔给累坏了，大过年的都没有回香港，你得想办法补偿啊！"

朱恩讪讪地笑道："董事长批评的是，我今年取消年终假，年底公司我来看家。"

两个人谈了几句，朱恩道："董事长，您看您喜欢吃什么菜？重庆菜都很辣，可能不适合您的口味。"

王岳同眯眼道："朱恩，你还别说，我虽然是香港人，但是还真喜欢吃川菜。不过点菜嘛，就交给清柔安排，我还想听听你新一年的工作计划呢！"

王岳同这个"袭击"来得有些突然，不过朱恩是久经沙场的人了，而且作为职业经理人，所有的计划他早就酝酿好了。他的计划从产品到市场，从人力资源到公司内部整肃，全部贯穿在一起，已经有了详细的方案。

在方拓干了三年，而且是从基层干起来的，对方拓的了解胜过对自己身体的了解。更重要的是他拥有良好的管理基础和市场经验，去年一年甩掉了个人经济上的包袱，他也变得更加自信。而经过今年春节的喜庆热闹，他也彻底从当年诺亚公司的阴影之中走了出来，整个人的精气神和之前不可同日而语。

详细的计划从他口中说出来一丝不苟，就算王岳同久经沙场，也不得不承认就算是自己所想的，也没有朱恩所想的那般细致、那般系统。

他的笑容便越来越盛，心中对朱恩仅有的一丝芥蒂也完全消散。

他不得不承认，朱恩是个难得的人才，不愧是当年诺亚公司的精英，比很多只知道纸上谈兵的海归要强很多。

朱恩有本土派的韧劲儿和江湖经验，同时又有欧美大公司的管理经验，这样的人做方拓的总裁可以说绰绰有余。

菜都上齐了，李清柔嘻嘻笑道："朱总，其实有件事儿你忘记了，明天第一天开工，是不是得给红包啊？公司不发点开工红包，有些说不过去吧？"

朱恩呵呵一笑，道："市场和财务你在分管，我等着你给的报告呢！要不你现在打个报告，我先批准，然后再交给董事长签字执行如何？"

李清柔哈哈大笑起来，道："行，你这个总裁当得真猴精猴精的，今晚我就把计划做出来，明早给你和董事长签字，等咱们新的一年再创辉煌。"

三杯啤酒碰在一起，吃的是火辣辣的火锅，气氛很轻松。

刚才大致计划朱恩已给王岳同汇报了，因为现在方拓股权高度集中，王岳同已经完全掌控了公司，车慧荣那边自顾不暇，已经无足轻重了，所以整个集团的事情在场的三个人有共识基本就可以执行了。

不过在具体执行方面，李清柔作为分管重要部门的副总裁，朱恩还得一一给她安排，和她沟通。

就这样，边谈工作边吃饭，基本上就把一年的大计划谈得差不多了。

方拓集团去年在通信器材上和方旗斗得不相上下，今年朱恩准备主抓工程，计划是抓住大的通信工程不动摇，要真正打造集团在通信工程方面的优势，建立这一块的核心竞争力。

这个想法朱恩去年年底就在酝酿了。

做产品和方旗拼价格，拼得两败俱伤没有意思。

独辟蹊径地主抓工程，在产品的使用上不拘泥于一家，国内的一线厂商，甚至国际上优秀厂商的产品方拓都用。

有了工程在手上，自家的产品不愁销，而且还能在通信界的上层公司间来回穿梭，这不仅有利于最快地打造公司核心竞争力，更有利于公司产品线的优化。

从大而全的产品公司，到精而专的通信工程巨头，将来也可以成为某类产品的行业龙头，这样的宏观战略对目前方拓来说是最行之有效的。

现在方旗那边，因为手机项目元气大伤，马梦可依旧是满脑袋手机，对传统业务肯定没有太多的心思去兼顾。

这恰恰给了方拓好的发展机会，朱恩先不管王岳同在想什么，他现在是方拓的总裁，关心自己职责范围里的业务开拓。

就算是后面情况有变，他离开了方拓总裁的位置，方拓只要有李清柔在，依旧可以凭这个战略将集团的底子夯实，相信几年之后，方拓上市的想法不难实现。

王岳同一直表现得很沉默、很冷静。从他和朱恩的对话中，完全觉察不到他的情绪波动。

去年年底，在手机项目上他和马梦可已经有了很深入的沟通，他和马梦可的母亲是多年的好友，彼此了解，故人之女，更关键的是两人同病相怜，现在想抱团取暖，自然更容易一拍即合。

所以王岳同一直等着朱恩主动提关于手机的项目，可是他等啊等，等到最后，都没有等到朱恩的表态。

他渐渐地有些沉不住气了，道："朱恩，我听说年底马梦可去你老家找你去了，你们没见过面？”

朱恩微微一笑，道："哪能没见面呢？这个富二代小姐啊，亏了几千万，心情郁闷，却还一肚子不服气。在雍平找我谈手机项目，还真就不想走了，年都是在我家过的。对了，董事长，您去年做手机，最终成绩如何？您久经沙场，老练沉稳，肯定不会像马梦可那般头脑发热，一下砸了几千万吧？"

王岳同微微皱眉，摇头道："情况比她略好，但是也很糟糕，你还真说对了，国内的智能手机市场还真不好打开局面。"

朱恩轻描淡写地道："其实砸多少钱无所谓，关键是钱砸出去了有没有有价值的收获，去年年底的那一场智能手机的资本狂欢，究竟有几家最终捞到了好处呢？有些人人傻钱多，能砸，咱们集团的情况和他们不一样，还得慎重。

"至少到目前为止，我还没答应跟马梦可一起做手机，主要就是因为共识，要做的话该怎么做，她现在脑子发热，同时又是一片空白。把我当成了救世主呢！这世上哪里有救世主？真要是有救世主，当年诺亚那么多人才，也就不会最后全部完蛋了……"

第四十章　卷土重来

一顿饭吃得饱，吃得实在，王岳同却是一整晚没有睡着。

朱恩完全胜任方拓总裁这个职位，方拓在朱恩手上一定能发展得越来越好，这是他感到欣慰的地方。毕竟他从千牛抽走股份的事情在香港引起了不小的轰动，甚至有很多报纸对此做出了各种臆测，而某些别有用心的人把这件事上升到了汪先生不得人心、众叛亲离的高度。

所以今年春节他特意在香港和汪家一起过年，以此来粉碎那些谣言。都是老伙计了，他能够感觉得出来汪先生内心的不舒服。

放着千牛上千亿的大集团股东高管不做，非得要北望大陆，把身家性命押在一家二流的通信公司身上，董事长对此表示不理解。就算要北望大陆，那也可以让千牛在大陆投资嘛，为什么非得要单干？

王岳同对此只能苦笑，没办法解释。他倒是想让千牛投资，可是千牛内部的公子小姐们有哪个是省油的灯？

去年如果不是王岳同有壮士断腕的决心，说不定现在方拓已经被汪家的公子掌握在了手中，还轮得到他来做这个董事长？

汪家有隐忧啊，王岳同很想提醒自己的老伙计，可是现在他自己在大陆的发展还没有任何起色，他又哪里有心思卷入这一场豪门的恩怨之中？

对去年的失败，他受的伤比马梦可严重多了。正如朱恩所说，亏钱无所谓，关键是亏了要得到的东西。去年年底，他完全就成了那一场资本狂欢中的炮灰，冷静反思，这说明他的想法就是错的。

一个错误的想法，就算有再强的执行力也只能是越错越厉害，最后滑向无底的深渊。这对目前的王岳同来说，是很可怕的事情，好在方拓的业务能稳定，有朱恩在，他还能保证自己有一头能用的现金牛。

但是这让他更加苦恼了。

他现在是不是真该让朱恩来和他一起做手机，倘若真要这样做，那他这一场豪赌如果输了，还得赔上方拓的发展。

李清柔这丫头是个人才，可是比朱恩还是稚嫩了太多。

大集团高管的通病，往往很难适应国内这种近身格斗似的竞争，新兴市场的企业在竞争上往往出怪牌的多，不按规矩和套路出牌的多。没有丰富的经验，不是老江湖，吃亏的时候多。

因为新兴市场无论是规则还是法律法规，抑或是整体的人员素质都还达不到发达国家的水平。所以，一旦碰到了那些敢越红线、敢打擦边球的狠角色，李清柔很可能招架不住败下阵来。

把朱恩调来做手机，这不得不说是个巨大的冒险。

而另一方面，倘若不用朱恩，马梦可也可能把朱恩给挖走，来一个釜底抽薪，这一手王岳同不能不防。

和马梦可合作，他其实没有优势。

资本方面，他远远无法和红树林相比；人才方面，除了他王岳同自己，现在唯一的筹码就是朱恩目前在他手下效力。

如果连朱恩这个筹码都失去了，他雄心勃勃进军内地，苦苦三年的忍耐，全都将付诸东流。

不得不说，人生最难便是选择，选择决定人生的方向，就算是王岳同这种老江湖，因为种种利害关系，他也彻夜难眠。

今天他和朱恩聊了不少，没有聊过多细节，但是朱恩提出的两点，也是他目前感到很棘手的地方。

朱恩提的第一点是理念。投资人和项目实施者的理念是不是相同？在公司关键决策上究竟是听投资人的还是听创业者的？如果听创业者的，那公司股权如何分配？公司章程如何拟定？

第二个问题就是资本问题。投资人能够拿出多少钱来做这个项目，或者是投资人先拿一点钱出来，等到资金紧张的时候再添油似的一点点地加上去？

　　公司的计划应该是首批投资做出多少事，然后在什么情况下引入新的资本，这些问题都是必须要弄清楚的。

　　这两个问题，王岳同都很为难。

　　第一个问题涉及股权分配的话语权，王岳同发现，他似乎很难争到话语权，因为在做智能手机上，他苦心研究了多年的所谓计划、想法，事实证明是无效的，是他想错了。不得不说这个打击有点大，但是在事实面前他没有狡辩的余地。

　　而第二个问题，资本的问题，在这个问题上他比不过马梦可。因为马梦可后面的红树林除了有钱之外，还有丰富的人脉资本。如果在香港，王岳同还真不怕红树林，但是这是在大陆，红树林在临港深耕细作了这么多年，他王岳同比不了。

　　处在种种劣势之下，王岳同这个决断就更难做了。

　　从晚上十点，一直想到天色发亮。他进入卫生间盯着镜子里面自己憔悴的面容和通红的眼睛，他突然发现自己的头发竟然白了一半。

　　"老了，现在的世界已经是年轻人的了，这般瞻前顾后，又怎么能成事？"王岳同深吸了一口气，似乎下定了决心。

　　他洗漱完毕，秘书王小川已经给他准备好了早餐，看到王岳同的气色，王小川道："董事长，您昨晚没睡好？"

　　王岳同嘿嘿一笑，道："没事，人老了，脑子没年轻人转得快了，晚上睡觉的时候多想了一会儿事儿。对了，今天就不去公司了，你联系一下马梦可小姐，年前我们约定的事情现在可以谈一谈了。农历的新年一过，就是三月份了，这一年过得很快啊！"

　　王岳同想明白了，现在是时不我待，如果因为犹豫徘徊耽误了时间，以后的机会就会越来越少。毕竟，他从香港转战内地，付出这么大的代价，并不是为了做一家通信公司。

他看好新兴的互联网市场，根据他的分析，内地以制造业为王的时代很快就要过去。未来的国内经济发展引擎只能靠转型升级，而在这个过程中互联网将会发挥巨大的作用。

正是因为这样的判断，王岳同才毅然地选择北上创业。

只是创业总是艰难的，而且他也不似当年那么年轻了，好在他胸中的那股气还没有消散。相比一般的老人，他更加坚定，更加相信自己的选择和判断。

王岳同的速度很快，马梦可更是早就等不及了。

这几天她真是咬牙切齿，朱恩回到了临港，便把项目的事情忘到九霄云外去了，一门心思去研究方拓集团的年度发展。害得马梦可现在已经铺开的手机运营部几百人无事可做，整个运营处在停滞的状态。

更让她恼火的是去年和电信运营商合作的手机，不断有退货的情况出现。加上之前没有销售出去的手机，公司的库存非常严重。

她安排公司去库存，可是手底下没有得力的人来主持这项工作，齐美兰刚开始热情很高，后来眼见局势不妙，早就抽身去管方旗通信业务去了。毕竟手机这一块齐美兰没有份额，却是方旗的第二大股东，这个狡猾的女人，又哪里真正会给马梦可做手机？

马梦可没办法，只能亲自上阵，对库存大砍大杀，流出的都是血，哪怕她家不缺钱，可是看到这么多白花花的银子打水漂，她的心依旧很疼。

在这个时候王岳同能主动给她打电话，她真是如听到了天籁之音。

两人在老地方见面，马梦可当场就给朱恩打电话。

可是今天朱恩哪里有时间？方拓第一天开工，他有很多会要开，有很多工作需要他亲自安排。

他压根儿就没有料到王岳同决策的速度会如此快，仅仅一个晚上的时间，他竟然就把各种利害关系都想透彻了，开始了一场看似完全没有把握的豪赌。

马梦可请不动朱恩，王岳同的电话终于打到了朱恩的办公室。

电话中，王岳同的语气很平静，道："朱恩，将手头的一切工作交给清柔去处理。你现在就来国际旋转餐厅，我和马总等着你！今年这一年，方拓CEO你只挂名、不办事，薪水奖金一分不少你。我们开拓新的业务之后，你来牵头，这一块的股份、薪水不算在那边，昨天我们聊过，回去我也想过，我心中已经有了决定。智能手机这个行业，我们必须做，而且必须做成功！"

朱恩听到这里，不由得一愣。他沉默了足足两分钟，缓缓开口道："我知道了，董事长，我马上就过去！"

挂断电话，他深深地吸了一口气，慢慢走到窗口，将所有的窗帘全部拉开，透过玻璃俯瞰着临港整个城市。他为自己点上一支烟，深深地吸了一口，突然想到了那一句经典台词："我胡汉三又回来了……"

三年悠悠，江湖早已经变了模样，三年之后卷土重来，这一次兄弟们能攀多高？

第四十一章　从零开始

智能手机项目的三个合伙人就在这种很仓促的情况下完成了第一次会面。

然而，当今的手机江湖，早已经是群雄并起了，这样三个人说起来就是三个失败者。王岳同是传统行业的大亨；马梦可的过去没有任何可圈可点的成就，唯一的成就就是摊上了一个有钱的妈，算是标准非主流富二代；至于朱恩，当年大名鼎鼎的诺亚集团"瓜子"，随着诺亚的覆灭早已经没有了光环。

从团队配置上看，这样的团队配置在目前手机巨头之中堪称寒酸，这样的团队，目前市场上少说也以百来计算。

根据余怀的统计，目前国内手机品牌还有一百多家，但是有公众认知度的只有十几家，认知度高的只有四家，能赚钱的一家都没有。

国产智能机，发展的机会究竟在哪里？

可能很多人在想这个问题，然而很奇怪的是，在手机江湖上的资本玩家和操盘者们似乎很少有人去想这个问题。因为大家都觉得机会就在自己身上，在如此艰难的江湖上，自己才是最后杀出重围的人。

旋转餐厅的包房很豪华，但是朱恩却只叫了一杯咖啡。

"手机该怎么做呢？怎么才能有机会呢？"朱恩用勺子搅动着咖啡，脑海之中各种念头涌动。

他抬头看向王岳同和马梦可，道："所有的厂商都在描绘一幅宏伟的蓝图，将智能手机和各种产业串联起来，构成了一幅看上去巨大的蓝图。这一块市场的蛋糕可能是几千亿，可能是几万亿，还可能是永远都无法想象的庞大。

"这是目前国内手机市场资本狂欢的原因，舍不得孩子套不住狼，面对如此诱人的蛋糕，所有人都恨不得立刻扑上去分一杯羹。

"资本很任性，赌徒们已经浮躁到了癫狂的地步，今天咱们第一次谈，我只是想说一句，手机就只是手机，一个方便用户通信上网的工具而已。别画蓝图了，别畅想未来了，那样会让做手机的人失去对产品的专注力。

"对用户来说，他买手机的目的不是去替手机厂商完成一个宏伟的蓝图，而需要的是良好的体验和光鲜的面子。"

朱恩用餐桌上的铅笔在白纸上写了两个词："体验，面子……"

然后在两个词上画上圈圈，道："一个手机厂商的产品做到这两点，才有成功的可能。

"看看国际上的厂商，苹果的疯狂是什么？是他牛逼的体验，还有高端的品位，用苹果手机不仅体验绝佳，而且每个人都觉得有面子，所以他成功了……"

王岳同眉头微微一挑，马梦可皱眉道："得了，你总算说了一点让我觉得有新鲜感的话，说起来在产品专注方面我们都没做好。不过研发一款手机，团队建设、研发周期，那都会是一个漫长的过程。"

朱恩冷冷地一笑，道："耐不住寂寞，就不会得到机会，一个连产品都不专注的手机厂商，你认为他们是在做手机吗？想通过几个概念买几套手机方案搞组装，然后拿着这等机器去拼市场，你觉得会成功吗？这已经不是山寨机的时代了，一个不关心用户的人，不可能成功。"

王岳同道："品牌的建立不是一朝一夕的事情，我们走高端路线，无论从财力还是技术实力都不可能和苹果、三星比，这样的计划实施会很困难！"

"当然很困难，不困难的话，为什么那么多英雄人物都折了腰？但是正因为困难，才需要专业的、对手机行业极其资深的团队来运作，要把手机当产品来做，要把产品当时尚来运作，这就是智能手机破局的机会！"朱恩自信地道。

"把一款产品做成一款时尚品，形成一股风潮，这不仅需要硬实力，也需要极强的软实力，更需要苛刻的创业态度。所以这里面引出的问题是资本和创业团队分离，这是第一个问题。

"第二个问题，创业团队需要公司的话语权。当然，投资人也可以作为创业团队的一员，比如马总可以先做我的助理啊。"朱恩打趣道。

马梦可看了他一眼，道："看把你能的，你空口说白话总不行吧！你必须出一份详细的创业计划书出来，要不然你就算能死皮赖脸说服我，也说服不了王总。"

王岳同呵呵一笑，道："朱恩既然这样说了，肯定会出创业计划书的，他今天就是等我们表态呢！对这样的模式是否认同，这是决定他下一步工作是否开始的关键，朱恩，我说得没错吧？"

朱恩尴尬地笑笑，道："董事长，看您说的，我这不是怕瞎耽误工夫吗？董事长和马总的时间都很宝贵，每一分钟都得用大笔金钱来衡量，咱们的沟通必须从浅到深，从总体框架到具体细节，这个过程会有些长。我们需要一步一个脚印地往前走，您说呢？"

王岳同摆手道："你不用一步一个脚印了，我先给你五百万资金，就算是买你的方案还有团队了，你找的人我都给出场费。谈拢了，咱们立刻开始；谈不拢，那五百万就算是你的活动经费了。这样做行不行？"

朱恩一下怔住了，半晌没说话。他没料到王岳同办起事情来这么有气魄，心中很是佩服。难怪此人能成为千牛集团的十八罗汉之一，行为做事不同常人，朱恩心中的顾虑他看得清清楚楚，而且这一个五百万甩出来，在将来投资上面就占据了上风。

相比王岳同，朱恩不得不承认自己无论从格局还是处理事情的方式上都生涩了很多，姜还是老的辣啊。

马梦可点头道："王总这么说我也支持，五百万我们两家出，你也不用上班了，这段时间你专心筹备。另外，关于办公场所的问题，我们在立群大厦的写字楼就作为筹备公司的临时办公地吧。那是临港最高端的写字楼了，面积够大、够宽，反正项目已经亏了，我下一步就立刻裁员，明天我把那边的一切交接给你。虽然说要沉住气，但是时间也不等人，在能够加快节奏的地方，我们必须快刀斩乱麻。"

朱恩沉吟片刻，道："关于办公场所的问题，我看还是选择天地大厦吧！"他的目光变得锐利，一字一句道，"天地大厦十八楼！"

不得不说，朱恩的情绪已经被两人调动起来了。他无法想象自己昨天晚上还在批阅方拓公司文件，今天早上还在方拓集团召开总监会议，部署年度工作。而下午晚些时候，那一切都和他没关系了，他摇身一变成为了一个被 VC 看中的创业者，马上就要组建一个团队，从零开始，做一个他无数次想做却没有机会做的项目。

从手底下数千人的公司 CEO，变成一个光杆司令的创业者，这个转身只用了两个小时不到。

这就是人们常说的临港速度吗？从旋转餐厅出来，朱恩看着临港的天空，此时他都还觉得自己是在梦中一般。

但是他心中没有任何的沮丧，相反，他觉得今天临港的天空比任何一天都要漂亮。阴沉沉的雾霾散去，天空如蓝宝石一般美丽。

他已经下定决心了，无论如何，他都要把这个项目做下去，他要真正地做一回创业者，要把当年的憋屈全部通过自己的事业给释放掉。

诺亚完蛋了，兄弟们可以自己再打造一个诺亚出来，甚至做出一家比诺亚更伟大的公司来。

这不是他"瓜子"一个人的事，当年诺亚出来的还有很多郁郁不得志的兄弟，这三年来大家都各自躲在无人知道的角落舔伤口。

三年过去了，江湖不再是以前的江湖，但是面孔还是以前的面孔。国内手机群雄割据的局面该有个了结了。

有道是天下大势分久必合，合久必分。王侯将相，宁有种乎？

这个霸主朱恩觉得自己一定要做，一定能做，因为自己有最好的团队、最渴望成功的心。

"喂，你不坐车吗？你的车呢？"马梦可开着保时捷靠近朱恩按喇叭。

朱恩大手一甩，道："我的车没开，现在我是创业者了，得一切从简。你的保时捷也太高端了，你还是自己先走吧，我顺带着去办点事儿。"

"看你那德行，酸样儿呢！"马梦可瘪瘪嘴，"你不坐我也不稀罕，走喽！"

伴随着狂躁的引擎轰鸣声，马梦可的车如利箭一般蹿入大街，消失得无影无踪。

朱恩甩甩手臂，钻进地下通道，他的目标在华强电子市场……

第四十二章　民间高手

临港哪个地方最繁华？那无疑是华强电子市场。这里云集了全球最齐全的电子产品，只要和电子有关的产品，在这里都能找到。

而手机城则是华强电子市场的一大块蛋糕，这里的手机城堪称不夜城，二十四小时都是人流如织，人山人海。

曾几何时，华强市场各种手机元器件如同菜市场的白菜、萝卜一般随处可见，随便拉几个技术员找一套手机方案，然后就可以直接在这个市场购买元器件，几天工夫就能造出一款手机。

华强周边的贴片工厂，PCB加工厂随处可见，手机从样机到量产只需要一个礼拜的工夫。低廉成本做出的手机，在最夸张的时候是论吨来卖。

外贸商人将这成吨的手机运往印度、东南亚、中东，那个时候，这个地方是名副其实的全球山寨机中心。

然而现在时过境迁了，手机进入了智能机的时代，山寨机的疯狂生长经历了一轮大的洗牌，很多小厂商纷纷出局，而那些通过山寨机发了财的老板，开始谋求转型升级，做自己的品牌。

在两年之前，单单华强周围的智能手机品牌就有一百多家，全国智能手机品牌接近五百家。经历了三到四年的血拼，目前全国的智能手机品牌死了一多半，市场上还存在的品牌整个只有一百多家了。

这个数字还是太大了，当巨头开始介入这个行业之后，可以想象在今后几年这个市场还将经历怎样残酷的洗牌，以后的智能手机走向高端，是巨头们的天下，这已经没有异议了。

因为无须媒体和专家的分析，只需要到华强手机市场转一转，看看近日的萧条，大致都能判断出未来这个行业的发展方向。

这里的手机城，整机销售已经占据了大头，各种品牌琳琅满目。国内外只要有的产品，这里绝对能找得到，所以对朱恩来说，他很喜欢这样的地方。

不过今天他不是来看手机的，他是来找余怀的。

余怀的柜台很隐蔽，在地下一层最东边的角落里面，没挂招牌，柜台上乱七八糟地堆着各种手机元器件，还有一台"老爷"电脑，看上去就像是一个手机维修点。

实际上，余怀做的业务并非修手机，而是卖手机。只是他做生意的方式和别人不同而已，他的手机全部只在超级发烧友的圈子里卖。

发烧友的圈子，谁想要什么货，一般都会找他这样的专业人士，他能够拿到最低的价格，拿到最可靠的产品，而且他的产品可以保证终身保修。

这样一款机器他收两百到五百不等的辛苦费，每天出货三到五部，刨去房租一天挣五六百元，这就是他现在的生活状态。

偶尔接一些私活，主要是手机翻新一类的活儿。一般两部报废的苹果机，在他手上可以很快变成一部崭新的苹果机，他收五百元工钱，让对方大赚一笔。

反正日子很滋润，没有老婆，不用养家，一个月能挣一两万，对他来说够用。重要的是，一帮发烧友的圈子，每个月都有五湖四海的交流集会让他乐在其中。

朱恩对他的定位是国内手机顶尖的发烧友，手机技术方面的顶级专家。

当然，在某些方面，朱恩比余怀更优秀，但是他不得不承认，他绝对没有余怀那般癫狂和沉迷。

从诺亚出来，朱恩可以放弃这个行业三年之久，重新开始自己的事业和人生。余怀却没有，他宁愿隐匿在华强市场中一个角落，甘心做一位民间高人，单单这份痴迷和执着，朱恩就自叹不如。

天气有些热，头顶的小吊扇有气无力地转动着。

余怀穿着大裤衩，抬头盯着吊扇，似乎在心中默默地数着小吊扇每分钟旋转的圈数，一副无精打采的样子，让人看上去恨不得要冲上去扒他的懒筋。

柜台前面，一个猥琐的小子手上攥着一部手机，一脸笑意地道："老板，这机器您是收还是不收？"

"收，怎么不收啊，我就干这个事儿的，哪里能不收货呢？"

猥琐小子眉开眼笑，将手机往柜台上一放，道："那老板开个价？"

余怀从抽屉里拿出两张百元钞票往桌上一放，猥琐小子脸色立刻变了，道："老板，您这也太抠门了吧，我虽然不懂手机，可这是三星新款，九成新的货，市场上得好几千块呢，您给这个价……"

余怀将钱一收，道："行，那你去找人卖几千块去，我不拦你的财路。"

猥琐小子一看余怀要将钱收回去，连忙一手按着余怀的手，道："慢着老板，您再加一点，我们讨口饭吃也不容易，还得老板多抬抬手。"

余怀微微皱眉，从抽屉里又拿出一张百元大钞，猥琐小子立刻笑起来。

"慢着，报个名儿吧，谁告诉你的？"

猥琐小子嘿嘿一笑，道："我是跟肥婆吃饭的，知道您不收捞货，我这机器绝不是捞货，这一点您放心。"

"去吧，去吧！拿着钱滚蛋，告诉肥婆，现在江湖不好混，别再找一帮小马仔天天来我这里踩点了。"

猥琐小子千恩万谢地一溜烟跑了，余怀将桌上的手机拿起来，正要啧啧感叹一番，一只手伸过来将手机拿在了手中。

"高手在民间，你难道还真混上了潮汕人的江湖了？一款高仿的三星送过来给你过目，三百块能入手不错了，转手卖给我，我给你一千。"

余怀倏然扭头，瞳孔一缩，因为他看清了来人，赫然是朱恩。

两人虽然在同一个城市，其实很少见面，去年整整一年，基本就没见过面。

有道是道不同不相为谋，余怀执着于他的手机江湖，朱恩却一门心思地钻到了钱眼里，挖空心思赚钱还房贷，如果不是余怀隔三岔五会寄手机给朱恩，两人真的只怕要断交了。

"你怎么来了？看来这几年我手机没有白寄，还算有眼力，能一眼分辨出潮汕佬的高仿，看来他们那帮家伙还得努力才行喽！这东西也就值三百块，给我三百你拿去吧，我一分不赚。"

余怀淡淡地道，没有丝毫请朱恩落座的意思。

朱恩将手机放下，自己找了一个凳子坐下，道："把店转了吧，跟我走，咱们玩点新玩意去！"

"哦？发财了？说话的口气都不同了，该死的房贷还完了？"余怀眉头一挑道。看他的面容，其实很清秀，如果穿上西装皮鞋，打上领带，任谁看都是大帅哥一枚。可是窝在这乱糟糟的地下室，怎么看这小子都成了江湖中的一分子，和周围的芸芸众生融为一体，难以分辨。

谁能想到这么一个邋遢小子，当年是清华大学的一枚众女仰慕的校草？

岁月有时候真像一把杀猪刀，摧残的不止是人的容颜，更可怕的是消磨人的意志，看来这三年，余怀过得并不像他说的那般潇洒。

朱恩暗暗叹口气，想到自己的状况其实和余怀差不多。余怀是颓废的消磨，朱恩是拼命工作，以工作掩饰内心空虚的颓废。

双方彼此彼此，如果不是朱恩抓住了机会，也许他依旧在按部就班地建着他的通信基站，智能手机江湖的风起云涌，他最多也不过是充当一个看客罢了。

"余怀，我要做手机！"朱恩淡淡地道。

余怀愣了一下，眼睛盯着朱恩，过了很久，他哈哈大笑道："好啊，隔壁还有一个铺子，月租五千，很便宜呢！你要的话，我给你盘下来，咱哥儿俩一起做。我跟你说，现在手机好做着呢，我一共五个论坛，里面兄弟上万。说句实在话，我是懒得钻钱眼里去，要不然我的生意做不完。"

"还有，你刚才看到了，那一帮潮汕佬基本上每做出新品都会送我一部过目一下，我给三百，回头他们收回去就一千。当然，我会告诉他们手机的问题，舌头转几个弯儿就七百到手，这生意值呢。

"还有做翻新机的事儿你也知道的，你的手艺不比我差，以你那拼命还房贷的劲头，多了不敢说，一个月挣三四万不在话下。"

朱恩嘿嘿一笑，道："这个铺子小了，我准备租这里……"

朱恩在桌面上的临港地图上找到天地大厦的位置，手指头狠狠地按上去。

天地大厦，就是以前的诺亚大厦，后来诺亚走了以后，大厦就改名为天地大厦了。朱恩将办公区租在那里，明显有卷土重来、东山再起的意思。

余怀沉默了很久，站起身来给朱恩倒了一杯水，道："小朱同学，喝杯水吧！说吧，找我什么事情？别扯淡了，当我是雏儿，耍着我玩儿是吧？"

朱恩喝了一口水，从手提袋中拿出一份合同递给余怀，道："这是租赁合同，天地大厦十八楼我已经准备租下来了，你觉得我有时间耍你玩儿吗？"

第四十三章　营销天才

看到白纸黑字的合同，余怀终于开始觉得朱恩不是在逗他玩儿了。

不过他脸色依旧不变，冷冷地哼了一声，道："还有哪些人呢？我看你是傍款姐了吧？有钱没地方使，指望着趁这两年疯狂的手机市场烧点钱吧？这得多大的怨念啊，我为某富婆默哀。"

朱恩淡淡地一笑，道："你他娘的就说做不做吧？我现在手上有这么多钱！"

朱恩伸出五根手指头："这么多钱，买个方案和计划，如果可行再融资，如果做，立马就关门，这个时候去香港还来得及，我已经和杰瑞说了，你没问题我们再去找他，就咱们三个老兄弟，他娘的要搅他个天翻地覆。"

余怀沉默了良久，点点头，道："做了！关门！老兄弟出山了啊，做咱们自己的机器去！"

余怀是个爽快人，朱恩虽然没有明确说要做什么，但是从朱恩的气势上看他也清楚朱恩这一次是玩真的了。

不就是做手机吗？从大学毕业到现在，哪一天离开过手机？

没什么可怕的，真的没什么可怕的，只要不遇到诺亚那样的公司，有什么产品做不出来？有什么产品做不成功？当年从诺亚出来，余怀不是没找过投资，凭他的能力找一笔投资不难。

但是关键是找理念太难了，潮汕帮从来不缺资金，但是要让余怀去和他们合作，去做高仿机、山寨机，凭他的高傲，又哪里会愿意？

一个对手机要求苛刻到变态的人，苹果每一款机器上市之后，他都要撰文将机型的问题全部在论坛曝光，更何况是那些只追求粗犷生产、砸钱营销的国内手机厂商？

在余怀的眼中，国内很多厂商就是垃圾厂，专门生产垃圾的厂商，偏偏人家有钱，纵然你咬牙切齿，人家也照样能用钱砸出一片天地来。

有时候想着想着就觉得心里憋屈，暗地里做了无数手机模型，可是这些模型永远都只能停留在幻想上，没有人愿意让他去做，没有人支持他做，更没有志同道合的兄弟和他一起做。

从临港到香港一个小时。

在尖沙咀，朱恩和余怀在一个很小的咖啡馆见到了杰瑞。

杰瑞是英国人，但是早就入户香港，成为了东方明珠大家庭中的一员。

和传统欧洲人高大帅气的形象不同，杰瑞是个矮胖子，是一个一顿午餐能吃掉五个肯德基汉堡的家伙，而这个家伙就是现任梅朵集团营销总监，乍一看这个家伙，让人想到的绝对是"脑满肠肥"四个字。

但实际上这家伙绝顶聪明，尤其是管理营销团队，能力超级强悍。

当年他的营销团队有"疯子团队"之称，团队中人人都是疯子，充满了掠夺性和侵略性，在内地诺亚能够很快横扫三星、摩托，成为国人心中手机第一品牌，他的功劳绝对不能小视。

朱恩至今还能记得诺亚和摩托的那一次著名的南北谈判，谈判桌前，杰瑞一身肥肉，身体前倾，说着一口正宗的伦敦腔，似乎要用身体直接将对手碾压在桌子下面。

最后硬是逼迫摩托的法国营销总监签下城下之盟，双方合作，绞杀三星，诺亚一战成为顶尖，摩托一战成为炮灰。

这个案例早就被写进哈佛 MBA 营销教材的经典案例中去了。

当然，杰瑞也因此声名大噪，成为了很多公司哄抢的营销人，谢明珠给他年薪千万让他扛梅朵营销总监的大旗，这几年梅朵能够屹立国内手机品牌前列不倒，他的功劳不可抹杀。

"嗨，朱、余，我的兄弟，你们能来香港看我，我真的很感动！来，来，咱们好好地拥抱一下，两个可怜的孩子，我知道你们需要我这个成功人士给你们慰藉。我代表上帝对你们的苦难表示怜悯……"

杰瑞像大狗熊一样张开双臂一左一右将余怀和朱恩搂住，余怀冷冷地一笑，道："看把你嘚瑟的，梅朵那样的垃圾产品有什么值得炫耀的？去年一年，梅朵出了三款机器，三款都是垃圾。"

"不，不，余怀，你应该明白，产品越不好，越能体现我的强大。营销无所不能，梅朵依旧是国内一线的品牌，这是毋庸置疑的，成功的人总能化腐朽为神奇，我就是那样的天才。你知道我们的销量吗？一年接近两千万部的销量，这都是我做出的丰功伟绩，你们得信服我的才华。"杰瑞大声道。

余怀叹了一口气，道："老朱，看来咱们不该来，人家把咱俩当成是朝圣来了呢！"

朱恩淡淡一地笑，道："老余，我们来不过是来告诉上帝，他的选择其实不多，一个选择是跟我们玩儿，继续他的天才之路。另一个选择就是继续跟梅朵玩儿，将来被你我蹂躏，走下神坛。杰瑞，你说呢？"

三个人一人一杯咖啡，杰瑞眯眼瞅着朱恩，笑得有些邪恶，道："朱，恕我直言，这个时候进入智能手机行业真的很不明智，我知道你是个自信的人，我也自信。只是有一点我想提醒你，我在梅朵年薪一千万，我很担心咱们合作，你能付得起薪水吗？如果你付得起薪水，我立刻辞职，否则，呵呵，你知道天才的价值……"

朱恩压压手道："杰瑞，好像我还没正式邀请你吧？你何须这么急切表态？我今天来就是喝一杯咖啡，看看香港的繁华，然后我们拍屁股就回去了！你知道的，我们中国人不相信上帝，更不相信天才。可能谢明珠是个例外，我想了想，觉得我们没有必要干扰你和她的'蜜月'，呵呵……"

一旁的余怀脸色更冷漠，冷冷地道："是啊，杰瑞，今天我和老朱过来就是瞻仰你的，向天才致敬，然后回去找个能打趴下天才的产品，下一次来香港，我们会带香烛纸钱，来天才的墓前祭奠。"

两个人对望一眼，很快将咖啡喝完，同时站起身来，朱恩道："好了，小气的杰瑞，谢谢你价值一百港币的咖啡。天色晚了，我和老余要回临港了，祝你今年继续你的天才之路。"

余怀挤挤眼睛，用手拍拍杰瑞肥硕的肩膀，道："好好保重，江湖之上会有咱们再见的一天。"

"等一下！"杰瑞一双蓝色眼睛盯着朱恩，道，"朱，你能给我多少薪水？"

朱恩目光毫不退缩，淡淡地道："你的薪水和余怀一样，他拿多少，你拿多少！"

"不！不！这不可能，你知道，我有妻子，有儿子，还有八十岁的老母亲，我生活在香港，我的老婆喜欢游艇，我的儿子在上贵族学校，我的母亲需要最好的疗养，这都需要钱。余怀是乡下人，他可以住像老鼠窝一样肮脏的地下室，我是欧洲贵族，我们不是一个层面的人，我不可能接受和他一样的薪水……"

杰瑞拼命地挥动双手，眼睛瞪着余怀。

余怀怒道："那就不用谈了，真当自己是天才吗？真是天才，去年产品发布会上还用像小丑一样地表演，满世界地歇斯底里，以此赚得眼球？这种拙劣的表演不是欧洲贵族的气度，更不是天才应该做的事情。当年诺亚的大中华区营销总监，现在已经越来越像个骗子了，不是每个人都像谢明珠一样人傻钱多的。至少我和老朱不会，给你一个自我救赎的机会，已经算是顾及多年兄弟情谊了。"

杰瑞瘪瘪嘴，道："是吗？那怎么做呢？我能看看你们的产品吗？"

朱恩摇摇头，道："我什么都没有，怎么做也还没想好，我和余怀在来的汽车上聊了半个小时，依旧没有聊明白。"

"我的天啊！原来今天我遇到的是两个疯子，走吧，孩子们，成功的杰瑞祝你们好运，你放心，将来江湖见面，我会照顾你们的，哈哈……"

朱恩耸耸肩，余怀却头也不回地径直走了。

"杰瑞，看到没有，你惹小鱼儿不快了！你得相信，他不快活，你会很危险，我也祝你财源广进！"朱恩脸上的笑容依旧很盛，慢慢地退开，追着余怀迅速消失在人群中。

杰瑞怔了半晌，突然道："喂，伙计，我知道这附近有一家法国菜不错，我觉得咱们得试一试，我埋单……"

人群中朱恩和余怀早已经消失得无影无踪。

杰瑞摇摇头，道："需要这么傲气吗？知道你们两个小子脾气坏，可是你们不知道要说服一个年薪千万的营销天才需要更多耐心吗？真是两个糟糕的家伙，可恶！"

"丁零零！"电话响起，杰瑞一看来电，他放在耳边便道："我的老总，您知道的，我后天才会结束休假，这个时候我正在陪伴我的家人，真的，我不希望因为工作的事情干扰我的私生活……"

说完，杰瑞直接挂断电话，长长地吐了一口气，道："真是糟糕的人生，上帝为什么总是允许垃圾横行天下，难道这就是上帝对天才的磨砺吗？"

第四十四章　第二春

天地大厦第十八楼，整个楼层有近三千平方米，租金一个月五万。

如此宽阔的写字楼目前就属于两个人，朱恩和余怀。

两人去了一趟香港，调戏了一把杰瑞，立刻便返回临港，然后吃住都在写字楼，开始闭门工作。

两台电脑，目前市场上最流行的五十款手机，就是两人的搭档。

空旷的写字楼中不断有争吵声传出，回声阵阵，但是两人却毫无顾忌，几乎是每天从早吵到晚。

目前国内最大的手机发烧友论坛有一万多名手机发烧友长期活跃在论坛上，每当双方争吵不休、谁也无法妥协的时候，余怀就将争吵的问题发布在论坛之上。

几个小时之内就有数百人参与争论，那热闹的场景，即使是在虚拟世界，似乎都能听到喧嚣。

两个人的共识很重要，做智能手机必须做一款高质量、独一无二、能够经受得住最苛刻发烧友挑剔的手机。

公司成立之后，做的手机必须是顶级手机，整个团队就专注于一件事——做机器。

这个共识达成了，但是在具体实施方面，两人的分歧很明显。

作为一个超级发烧友，余怀拿出的计划太高端，朱恩的要求却是只能做中端产品，着重凸显产品的性价比。

两人从手机硬件开始，从芯片到设计、到软件，每个地方都有分歧。

不知不觉，吵了七八天，朱恩才意识到两人吵的东西暂时没有意义。

因为现在要出的是项目计划书，大致理念统一，从产品研发、设计，到营销策划、团队建设整个宏观的计划，才是目前亟待解决的问题，解决怎么做的问题，这是项目计划书。

而在计划书之后，则是要着重讨论投资额度和股份分配，还有公司话语权的问题，这则是接下来谈判的重点。

反正现在在产品上面，两人细节无法统一，朱恩干脆不吵了，开始以两人的共识为基础，起草项目计划书。

一个星期之后，草稿出来，两人再研究修改。

整整两个星期，两人就泡在写字楼里面，吃住不回家，用餐就叫外卖，睡觉就钻睡袋，详细的项目计划书终于出来了。

下一步的分工，朱恩负责谈判，余怀负责立刻组建公司技术团队，开始投入产品研发。

公司现在没有总裁，没有董事长，没有财务，没有人力资源。

但是两个人都清楚，不管什么情况，公司都要开张了，因为一切都没有变数。

就算王岳同和马梦可不认同计划书，不愿意投资，公司依旧开张，重新找资金，公司也要做起来。

现在朱恩手上的五百万就是原始资金，这些钱至少可以支撑大半年的产品研发，在半年时间里，朱恩依旧有能力在业界找到合适的风投公司，他们的产品依旧会做出来。

两个人都憋了三年了，三年的沉沦，一朝觉醒爆发，几乎没有任何力量能阻挡得住两人的热情。

诺亚完蛋了，那兄弟们就重新打造一个诺亚出来。

甚至不只是诺亚，两人的目标是要做全球最顶尖的智能手机制造厂商，要成为能和苹果争锋的著名手机品牌。

这个过程可能会很曲折，实现起来难度可能会巨大，但是人总要有梦想，万一实现了呢？

两个都不再年轻的家伙，似乎又焕发了第二春，一如当年为梦想拼搏的峥嵘岁月。

同样在国际酒店旋转餐厅，王岳同仔细看完朱恩的项目计划书，摘掉眼镜用力地揉了揉，看向朱恩道："这么做产品周期会很长，不过有一点我觉得很好，你们做的是产品，不是做的概念。是啊，手机就是手机，不是什么宏伟的蓝图，专注于产品本身，沉下心来，做出无可挑剔的产品，这样的理念很好。

"只是，想法很好，但是实现可能会有些困难，你要知道，当今世界上为什么苹果的产品无可替代？那是因为他们有多年的技术积累，多年的创新经验，全球最豪华的研发团队。现在咱们有吗？"

朱恩淡淡一笑，道："我们当然没有，但是目前手机最前沿技术我们都能掌握，唯一缺少的就是自己的软件和芯片。在芯片方面，我决定用高通的产品，给他专利费。外围材料方面，就用潮汕帮的材料，它们是国内高仿最顶尖的标志，它们在外形方面的工艺足可以和国际顶尖厂商媲美。

"最短板的是系统，很遗憾，我们目前只能用安卓系统，不过我们可以在安卓系统上优化，最终可以做出我们的目标产品。"

朱恩叹口气，道："时不我待，现在不做，永远没有机会做了。因为我们的做法风险很大，我们要通过早期的产品积累原始资本，然后再大力投入研发，这样才能真正实现我们最终的目标。现在国内专利管理没那么严格，再过些年，我们再想这样做就不可能了。所以这个契机，必须把握住。"

马梦可呵呵一笑，道："你计划书中提到的余怀是谁？就是经常给你寄手机的那个哥们儿吗？"

朱恩点点头道："就是他，他也是国内最大发烧友论坛的总版主，当年诺亚集团大中华研发中心的产品经理，这些年他就窝在电脑城泡论坛呢！他将是新公司的技术总监。目前我已经让他开始行动，迅速组建技术团队和策划团队，我们现在已经开始两头开工了，我负责找资本，找公司骨干管理人员。他只负责产品……"

马梦可点点头道："我明白了，这半个多月你都和你哥们儿泡在一起呢，好大的手笔，拿了五百万，你首先就租下了天地大厦十八楼，看来你这人颇有恋旧情结呢！"

朱恩淡淡地笑笑，道："这不叫恋旧，只是以这种形式让当年我们一帮老兄弟重新找到感觉。三年匆匆而过，现在的手机江湖已经变了，但是最重要的变化是我们从打工者变成了项目的主人。穿新衣不能走老路，这一次我们要崛起，真正做成一流的手机品牌。"

王岳同点点头，不说话。

他是看出来了，朱恩是那种骨子里特别有激情的人，以前看不出来，那只是因为他的激情并没有释放。而现在一旦释放，朱恩的激情便如决堤的江水一般，挡都挡不住。

找创业者就得找朱恩这样的人，有激情，有想法，经历过挫折，吃过苦头，本身能力是上得厅堂，下得厨房，脏活、累活能干，花活儿、面子功夫也不差。

应该说他对朱恩的方案很满意，比之他的方案，再回顾自己的做法，自己只能算是凭着一腔热血在瞎弄。

想到去年年底上马的项目，到今年为止还没有完全了结，他的心就在滴血。那亏损的都是真金白银，能不心疼吗？

他料到可能会亏损，只是没有想到亏损会这么严重，早知道是那样，去年就不该启动项目，将资金集中起来放在今年，那该多好？

方案确定了，谈股份条件，朱恩坚持目前的股份只能四六开。

王岳同和马梦可每方两千万资金，每方占百分之三十的股权，管理团队占百分之四十的股权。

这个百分之四十不是朱恩一个人占有，而是公司所有高管共同持有，早期的股权结构上，就要保证公司的独立性。

至于再融资、股权稀释那是后话，但是在创业阶段，在第一款机器上市之前，朱恩没有再融资的计划了。

换句话说，朱恩就是要用这四千万将项目做成功，这是他立下的军令状。

马梦可皱眉道："朱恩，四千万少了点吧。真正产品上市，营销费用都得几千万砸出去，你一共才四千万，怎么玩儿？"

朱恩摇摇头道："不能再多了，再多了要坏事，创业团队不能拿太多的钱，实际上四千万已经是我考虑的极限了。我和老余说过了，假如说你们不愿意投钱，我们就用五百万把手机做成功。做产品不是钱的问题，钱很重要，但是过度依赖钱要坏事。我们就是要追求用有限的资金，去达到最大的效果。等到下一次融资的时候，我们公司的估值至少要有几个亿，否则就算我工作失败，我可以引咎辞职……"

马梦可冷冷一笑，道："引咎辞职能够吗？四千万让你花完了，你拍拍屁股想走人，门儿都没有。如果你真糟蹋完了，屁都没做出来，下半辈子你就准备卖身还债吧！"

王岳同摇摇头道："你要的资金比我想象的要少，不过你有信心很好，我们投资合同可以写清楚，如果四千万不够，我们可以追加资金，到时候股份方面得重新稀释，就按两千万百分之三十算。

"倘若后续需要我们追加资金，我们再追加一定的数字，你的团队将不再持有股份了。军令状嘛，那就该有军令状的样子，朱恩，你说呢？"

朱恩点头道："没有问题，就这么说定了。但当公司拿出第二次融资计划的时候，你们再要追加资金便没有优先权了，我们以后融资得考虑更多因素，尤其是投资方的资源因素……"

第四十五章　心思

谈判很顺利，源于彼此高度的信任。

朱恩在手机行业深厚的功底，以及他在方拓这几年兢兢业业的表现，无不证明他的能力。

而且他需要的资金不多，首批融资不过四千万而已，这样的数字在目前的智能手机烧钱时代，无疑是很务实、很自信的典范。

双方的投资合同很快签订，王岳同担任公司副董事长，马梦可担任新公司的副总裁，暂时负责财务和人力资源工作，而董事长和CEO由朱恩担任，余怀担任公司副总裁兼技术总监，分管策划部。

新公司命名为世纪前沿电子科技有限公司，这个公司在一年前王岳同就已经注册了，注册资金一千万，本来他的计划是一旦方拓的手机业务正常，他立刻就将手机从方拓传统业务剥离，以新公司的名字开始专门经营手机。

只可惜他这个计划没有实现，现在他注册的公司被朱恩全面接手了。

投资合同签订的当天，公司草创四人第一次正式聚餐。

余怀还是第一次见马梦可和王岳同，他眯眼看着马梦可，笑嘻嘻地道："哎哟，还真是大美女呢，罪过罪过，我以为老朱是傍了富婆有钱没地方使，才非得要拉我杀入充满血腥的手机市场。现在看来不是富婆，而是款姐。鄙人余怀，朱恩的哥们儿，以后还请款姐多照顾。"

马梦可扑哧一笑，道："余怀嘛，我知道，清华大才子，大隐隐于市，华强电子市场山寨机鉴定师，幸会了。"

余怀打了一个哈哈，冲着朱恩挤眉弄眼，朱恩有些尴尬，道："给王总打招呼！"

余怀这才收敛笑容，一本正经地伸出手来，十分恭敬客气地道："王总，我是您的粉丝。千牛汪先生手下的十八罗汉个个都是英雄好汉，但是我最佩服您，年过五旬，还敢跟我们这一帮不知天高地厚的年轻人一块儿做手机。

"我听说了，如果项目失败，朱恩下半辈子卖身给您，也算上我一个，我别的不行，但是技术方面还是有点特长的，就算您做不成手机大亨，我也保证您做咱们临港的通信大亨，哈哈……"

余怀的性子就是这样，说话不带正形，好在王岳同年龄虽长，但是性格十分随和，和年轻人之间并没有代沟。

他伸出手来，两人双手紧握，他道："小余，这段时间辛苦了。不过，我原想着把我技术部的原班人马转给你，你倒好，四十多个人就留了一个，害得我又亏了一笔遣散费。"

马梦可在一旁接口道："可不是，我们方旗原手机技术部以前也是几十号人，他也就留了两个人，敢情你就指望四个人把手机做出来？"

余怀哈哈一笑，道："有句话说得好，留下来的都是精英，现在这样精简了，一个软件一个硬件工程师，外加一个工艺工程师。下一步我得去挖人，机票订好了，去首尔然后去一趟北京，这两个地方我再带回来五六个人，早期技术部骨干就十多个人。

"咱们就以这点人马做出咱们的第一款机器来。您放心，我手下的人绝对以一当十，个个都是拿高薪的，所以别指望在这方面我会给公司省多少钱。"

有余怀的插科打诨，饭桌上的气氛很活跃，本来也就是一次简单的聚餐。不过品位格调还是蛮讲究的，吃的是法国菜，饭桌上，作为公司负责人，朱恩正式开始部署工作。

余怀负责立刻落实技术部人员配置，马梦可负责采购办公设备，装饰布置公司办公区，朱恩亲自负责采购谈判和合作伙伴谈判。

采购方面，首先是芯片采购，这得和美国高通谈判，然后是液晶屏幕的供应商，这两块是谈判的重点。

至于其他的配件，临港有得天独厚的优势，潮汕人的江湖朱恩也不陌生，以前给诺亚做手机的供应商，现在大部分都还活着，不过三年过去，智能手机行业的配件挑选，依旧是一个重要的工程。

最后是合作伙伴谈判，这其中代工厂商是手机公司的重中之重，这个问题是最棘手的。因为目前最顶尖的代工商，他们的产能都被大公司瓜分了，而要做出高质量的产品，又必须要找一流的代工厂商来加工。

世纪前沿现在无法保证出货量，在谈判上处于劣势，朱恩和余怀两个人都是追求完美的人，不愿意将手机让潮汕山寨圈子加工。

他们可不想自己的产品刚刚做出来，立刻就被人做出高仿替代品。

一顿饭吃了两个多小时，基本工作部署完毕，接下来就是各自的忙碌了。

万事开头难，一家公司从零开始，需要做的事情千头万绪，如果不是要照顾方拓的业务，朱恩都想把李清柔调过来暂时负责日常事务。

马梦可的事情太多，现在她身兼三家公司的要职。

红树林那边，她是拥有投资最后拍板权的副总裁，在方旗那边她是董事长，现在新公司早期工作，大都是烦琐的事务性工作，小到和物业谈判、交电费水费、联系装修公司这些小事，大到公司架构的搭建，可以说没有一件事是能够省略的。

这一忙起来，朱恩人在羊城，装修公司老总的电话就能打到他的手机上。

不过好在有王岳同，他经验丰富，很多事务都是他亲自处理，发现问题之后，咬牙将方拓的徐小芳调了过来担任行政经理兼人事经理，朱恩才终于从琐碎小事的汪洋大海之中解脱出来。

然而朱恩在谈判方面的进展和想象的差不多，和高通的谈判很顺利。

高通大中华区副总裁以前是诺亚的产品经理、美国人杰夫克，这家伙正满世界跑，嚷嚷着让国内的手机厂商用高通的芯片呢！

可惜现在市场上，高通不是主流，其昂贵的价格、苛刻的专利使用费让很多厂商望而却步。

在这个时候朱恩找到他，一个电话过去，这家伙第二天就飞到了临港。也就一个晚上的工夫，高通的供货问题和专利使用问题就谈妥了。

杰夫克临走时十分得意道："'瓜子'，我的朋友，你这一次可是占大便宜了，我们以最优惠的价格给你芯片，更重要的是以很廉价的专利租赁费用，让你在全球范围内使用高通的专利。伙计，你应该知道，现在国内的手机厂商走出去很困难主要就是受制于专利的问题。

"而这个问题作为朋友我顺利地帮你解决了，以后你的产品走出国门，走向世界，都有我们给你保驾护航，哈哈……"

看到美国人哈哈笑的样子，朱恩知道对方很得意。

因为这一笔合同对高通来说十分有利，他们要到了理想的价格，而且合同中还附加了一条，世纪前沿每年订货量不能少于一百万，这样的合同，等于杰夫克已经有至少几千万的业绩入手了。

不过世界上真有那么便宜的事情吗？

朱恩在谈判的时候用了两个心思，一个是无论什么条件下，高通都必须保证供货充足，在国内的价格必须比对手便宜百分之二十，这份合同十年不能更改，否则将要承担高达五亿美元的违约金。

朱恩心中很清楚，高通的技术代表智能芯片的未来发展方向，目前市场上用的手机芯片，高通的芯片是最好的，当然价格也是最高的。随着用户对手机性能日益高的要求，高通在未来三五年芯片不愁销。

朱恩现在先出手，成为高通的第一个大客户，他有条件和他们谈供货价格，虽然这个价格高通也是大赚特赚。

但是他们再要卖给将来的竞争对手，他们还要在目前的价格上再提高百分之二十出售，朱恩的原则只有一个，那就是高通可以赚钱，甚至是得到暴利，但是朱恩的成本一定要是国内最低的。

到时候真要打价格战，血腥厮杀免不了，朱恩便会有更多的余地。

朱恩的第二个用心便是关于高通专利的全球使用权，现在国内很多厂商都没有自己的专利，产品出国必然遭起诉，所以目前印度市场、东南亚市场已经不是国内手机的天下了，在这样的背景下，那一大块市场出现了真空。

印度本地手机厂商和东南亚本地厂商生产的机器那是什么样的垃圾？而高端机又不是一般平民能承受的，朱恩将来瞄准的就是这一大块市场蓝海，所以他是故意让杰夫克得意。

朱恩和他握握手，道："杰夫克，希望咱们合作能够顺利，不得不说你是个了不起的人，逼我签下这种苛刻的合同，而且还有高达五亿美元的违约金，我将合同拿回去，如果老板炒我的鱿鱼，我下半辈子的工作就得靠你了。"

"没问题，没问题，'瓜子'，我们高通随时欢迎你这样的人才，不过我看得出来，这个项目是你主导的，以你的才华不可能失败。你的公司叫……世纪……"

"世纪前沿！"

"对，世纪前沿，这将是一家伟大的公司，将是国内智能手机行业的NO.1……"

第四十六章　创业心态

临港的天空突然变得灰蒙蒙的，朱恩在机场急匆匆地排队准备打车回公司。

不出所料，找代工厂的时候遇到了麻烦。

朱恩接触了三家代工厂，目前对方都没有给予明确答复，现在手机品牌一窝蜂，工厂的产能不愁没有消化的空间。

相比目前活跃在市场上的一线品牌，朱恩根本没办法和他们竞争，别人的出货量都是百万级数的，朱恩现在连产品都没出来，谁愿意在这个时候签订合同？

关键是这件事情不能拖，必须要在产品样机出来之前安排妥当。否则一旦要量产机器，找不到高质量的代工厂，怎么能保证产品的高质量？

这一个月，着实把朱恩累得够呛。

他简直就是做了一个月的空中飞人，从南飞到北，从国内飞到国外，总算是把事情理出了一个头绪来。

供应商目前已经完全谈妥，从手机的震动马达，到最关键核心的CPU芯片，供应商清单可以做出来了。

这个工作做完，可以说就给余怀的工作开了绿灯。只要他的设计出来，立刻就可以组装测试样机，至少技术部的研发和实验，现在畅通无阻了。

他现在不知道余怀那边进展怎么样，他只想立刻赶回公司，将高层召集起来，大家开会研究代工合作的问题，把这个问题顺利解决，手机研发到生产一条线基本就活了。

根据事先制订的规划，三个月内要出第一部样机。

产品经过三轮样机，下半年必须出产品。

朱恩必须把研发和生产的障碍全部扫除，然后亲自加入到策划团队之中，正式进行产品公关和营销策划。否则，一旦产品出来了，营销还没动，再好的手机只能当今年年底市场上的炮灰。

"丁零零……"

朱恩皱皱眉头，掏出手机道："马总，我已经回临港了，什么事情？"

电话那头，马梦可沉默了一会儿，道："朱恩，有件事儿让我窝火，不瞒你说，我这边的资金恐怕遇到了一点麻烦。"

"嗯？什么意思？王总的资金已经到位了，你不是说这两天到位吗？怎么了？红树林这么大的公司因为两千万卡住了，有些夸张了吧？"朱恩淡淡地道。

马梦可又沉默了一会儿，道："你在哪儿呢？你现在能不能到红树林下面的指南咖啡厅来一下，我有些事儿和你沟通一下。"

"行，我大约一个小时以后能到，我还在机场排队打车呢！我听你的语气好像心情不太好，不是什么大事吧？"朱恩皱眉道。

"没什么大事，齐美兰那个女人在我妈面前告状，说我胡乱动用公司的资金，我妈急匆匆从加拿大赶过来，不分青红皂白就冲着我一通训斥，然后就爆发了一场战争。哼，我妈这个人啊，就是掌控欲太强了。我还真不信了，没有了她我想做的事情就做不成了。"马梦可语气很不好，却是告诉朱恩，问题出现在马梨那一边。

"你妈回来了？我说怎么资金出问题了呢，原来是太上皇驾到了。小姑娘，别一根筋地和老妈过不去，想要资金，自己想一些迂回的办法。王总不是和你妈是老熟人吗？让两位老人见见面，碰碰头，事情不就有转机了吗？"

马梦可叹口气道："得了，得了，不用你教，你还嫌我烦得不够吗？快点过来吧，有事儿找你呢！"

挂了电话，约莫等了十分钟，朱恩打上车便直接往红树林那边赶。

临港红树林很好找，直接奔金融大街最高的那幢大厦海王大厦去，谁都知道位置。

临港能称得上地标的建筑不多，但是海王大厦却是当知无愧的地标建筑，这幢楼临港最高，而且地处寸土寸金的金融大街，能在这幢楼租写字楼的公司，无一不是临港最顶尖的企业。

　　朱恩现在公司租的写字楼，放在海王大厦直接翻十倍，一个月少了五十万拿不下来。当然资金对红树林这样的国内一线投资公司来说根本不是问题。

　　红树林投资公司的董事长马梨是土生土长的临港人，也是当之无愧的临港的骄傲，这个富有传奇色彩的女人，谁能想到二十世纪八十年代她的身份不过是电话局的一个小职员？

　　一场失败的婚姻让马梨毅然辞去了公职，远赴美国求学。

　　在美国打拼了八年，回来创办红树林投资公司，十年的光景，红树林就成了国内风险投资行业的巨无霸。

　　国内的风投公司几乎没有能和红树林比肩的，在国际上也就只有 IDG、软银这等巨头能够压红树林一头，如果说要给国内风险投资公司树立一个标杆，非红树林莫属。

　　九十年代后期国内那一波互联网风潮，红树林就是弄潮儿，其辉煌的业绩是将国内七大互联网公司运作上市。

　　而当到了二十一世纪初期互联网泡沫的时候，马梨竟然毫发无伤，抽身而退了。

　　而那一场泡沫直接让软银的孙正义资产缩水百分之九十五。

　　离开了互联网之后，红树林将投资方向转向汽车和新能源光伏行业，这几年业绩也非常厉害。

　　朱恩以前知道红树林，不过并不了解马梨，他认识马梦可之后才去找马梨的简历看，这一看才知道自己连临港的骄傲竟然都不认识，也亏得他在临港待了这么些年。

　　红树林下面的咖啡厅名字叫指南咖啡厅，是著名歌手孙欢的产业，咖啡厅很安静，音乐元素充斥其中。现场弹奏的钢琴声清脆如涓涓溪流，更让这位于闹市的小厅堂充满了超然之宁静。

马梦可坐在窗边的位子上无精打采地喝着咖啡，人看上去有些憔悴。

朱恩拖着箱子走到她面前她竟然没有察觉。

"哎，发什么呆呢？母女俩吵架也能让你成这等模样，我也真是服了你！"

马梦可抬眼看向朱恩努努嘴："想喝什么自己点吧，你埋单啊！我现在身无分文。"

朱恩呵呵笑了笑，道："行，这样说我就不点了，这里的咖啡贵得要死，我舍不得喝。"

马梦可皱皱眉头，扭头道："来一杯哥伦比亚！"

"你不知道我心情不好吗？让你过来陪我坐坐，你懂不懂安慰人啊？喝一杯咖啡都舍不得，小气鬼，难怪三十出头了也没找到老婆呢！"马梦可怒气冲冲地道，言语冲得很。

朱恩坐在他对面，道："行，想说什么损话赶快说，我保证不还嘴。对了，你也可以说说你和你妈吵架的事儿，照我说你还别不服气。去年一年，你这个副总裁对红树林贡献很小。投资了一个多亿做传统的通信公司，公司的业绩也无法达到合理的投资回报率，指望着方旗上市看来还有很远的路走。至于你做手机的项目，亏了大几千万。干了这么多事儿，敢情你妈训你几句你都受不了吗？"

马梦可将咖啡勺一放，道："哎，你到底是来开解我啊，还是来奚落我啊？有你这样开解人的吗？"

朱恩哈哈一笑，道："先抑后扬嘛！先说你不堪的过往，再帮你展望新生。去年的一切不快都散去了，现在我们已经重新起航。你妈真不拿钱就不拿钱呗，你现在是公司高管，照样可以分配股份给你。我和余怀不都是创业者吗？

"你要记住，咱们要有创业者的心态，要不这样，你干脆把你妈那边的投资给推了！咱们早期就两千万开始，股份结构重新谈判，我保证两千万我也能做几个亿出来。没什么可怕的，你现在可以自己养活自己，不过你那车得卖掉，目前咱们高管的薪水支撑不了你养车！"

马梦可眼睛眯了起来，突然一笑，道："你终于说了几句人话了，听你的，车卖掉。我已经和 4S 店联系好了，卖了一百万，算是尽快脱手了吧！以后上下班用你的车……"

朱恩眉头一挑，道："用我的车？要不你把房也卖了，干脆住我的房子呗！"

马梦可愣了一下，脸"唰"一下通红，道："你怎么说话呢？占我便宜吗？"

朱恩嘿嘿一笑，道："又用我的车，又住我的房子，怎么就成了我占你的便宜了呢？这事儿放到哪里去你也不占理啊。"

马梦可白了他一眼，道："算你能说行了吧！反正我决定了，和过去的我一刀两断。回头我就给王叔打电话，告诉他我不投资了，就以创业团队的一员加入公司，红树林以后跟我半毛钱关系都没有。有人能够一个人打拼占据国内投资界的半壁江山，我马某人也有能力靠自己的双手养活自己……"

朱恩听得连连皱眉，道："你说话这味儿不对！行吧，我回头和王总联系一下，让他出面当个中间人调解一下你们之间的误会。你老妈是一强人，你也是一强人，俗话说一山不容二虎，更何况是两只母老虎呢？"

朱恩哈哈大笑，马梦可站起身来拿着抱枕就砸过来，却也笑了起来，糟糕的心情也似乎很快散去了……

第四十七章　顶尖投资人

朱恩原计划是回公司开会的，被马梦可这样一闹，耽搁了几个小时，眼看天色便暗了下来。

回到家放好行李，正准备给马梦可打电话讨论晚饭的问题，王岳同的电话就到了。

"朱恩啊，回临港了？"王岳同的语气有些深沉。

"是啊，本来准备给您打电话呢，一点事儿耽误了，眼看天色晚了，准备明天去了公司再说呢！"朱恩道。

"哈哈！"王岳同一笑，道，"虽然公司草创事情很多，但也别太拼了，要注意劳逸结合。对了，还没吃饭吧？过来吃饭呗，老地方啊！"

朱恩微微皱眉，道："董事长，是有什么事儿吧？我感觉你说话神秘兮兮的，有点不对劲啊！"

"没事就不能吃顿饭吗？来吧，来吧！等着你呢！"

朱恩只好打车奔赴国际酒店。

王岳同对国际酒店很有偏好，吃饭最喜欢选在这家酒店的旋转餐厅。

其实这家餐厅菜品的味道朱恩并不喜欢，不过显然王岳同是要跟自己谈事儿，本来备好了肚子准备吃火锅的，现在看上去又泡汤了。

国际酒店，王岳同挂断电话，静静地盯着眼前的女人。

马梨，临港的风云人物，国内风险投资第一个吃螃蟹的人，两人相识也将近二十年了。

说起来两人认识也是机缘巧合，当时马梨刚刚离婚创业，那个时候千牛集团规模也还很小。

当时临港作为内地改革开放的特区城市，政府专门组织一批临港的中青年商业人才去香港学习，恰好王岳同也在香港学了同样的课程。

为期三个月的学习，王岳同和马梨算是短暂的同窗。

后来两人各自事业成功，红树林投资在香港也很活跃，其中有几个项目甚至是王岳同牵线搭桥的。

不知不觉走过了二十年，两人从同学也成了多年老友。

"马总，喝咖啡。有道是家家都有一本难念的经，说句心里话，我挺羡慕你的。梦可这孩子还真是个干事儿的丫头，年纪虽然小，但是做事很有主见，在事业上很用心，很不错了，我家那小子现在还在国外游荡呢！除了要钱的时候给我打电话，平常连电话都没有。"王岳同颇为感慨地道。

马梨苦笑着摇头道："你是不知道我家丫头，红树林交给她一年，她寸功未建。前年非得要投资方旗，扔下去一个多亿，现在这公司高不成低不就的，很棘手。去年年底头脑发热进军智能手机行业，亏得血本无归，几千万不算多，但是对这孩子来说，也着实是太不懂事……

"我们是投资人，不擅长做实业，再说了，智能手机现在能做吗？国内外厂商这么多，市场这么混乱，我认为根本就不是介入市场的时机。王总啊，我看你也是的，都这把年纪了，非得要这么倔强。汪先生那边做得好好的，硬要跑到临港来收购一家破公司，现在还跟一帮年轻人搅和在一起用大手笔投资智能手机，这不是咱们这个年龄能够玩得转的。"

王岳同呵呵地笑，道："马总，这些年你做投资做得风生水起，意识形态变化可大了，按照你这种说法，投资是一个界，企业是一个界，创业又是一个界。梦可做手机是跨界了，我做手机也是跨界了。但是有一点，我认为可以把这个界限模糊，咱们做的都是生意，我做生意不喜欢做纯资本家，喜欢脚踩在实木地板上。

"你放心吧，投资是双方你情我愿的，红树林真不愿投资，我们也绝不强求。我们现在是一家新公司，创始人兼董事长很快就过来，一起吃顿饭，别想工作的事儿。丫头的事儿管不了也可以先放一放，儿大不由娘，现在年轻人都有年轻人的思想，咱们这些老家伙强行给他们铺路，怕是适得其反。"

马梨一笑，道："看来你是铁了心准备一条路走到黑了。我也不劝你，咱们认识这么多年了，知道你是一个犟驴子脾气，认定的事情十头牛都拉不回来。"

马梨说得轻松，似乎心情好了一些，其实她内心沉重得很呢！

从国外回来就和马梦可吵了一架，一气之下，她将马梦可在公司的权力全部收了，自己全面掌控局面。本来她以为这么做马梦可就该屈服了，哪怕是迂回一些，从另外一个角度突破也好。

可她没料到，她这样做却是激起了马梦可的叛逆心理，还真就辞去了红树林的董事和副总裁的职务，并且立刻辞去了方旗集团董事长的职务，将所有的工作通通交给了她。

马梨就想啊，这小丫头片子跟我这么斗，你签订的投资合同两千万不准备要了吗？

可是她万万没想到，马梦可竟然说要结婚，结婚老妈就得给点嫁妆钱，马梨家大业大，怎么着也不能让女儿裸婚不是？

马梨一听马梦可这么说，简直是心惊肉跳。要知道她去国外还不到一年时间，回来马梦可就变得如此陌生了。

她第一个念头就是想，是不是有什么人给自己的女儿灌了迷魂汤了，事情做成这样了还死不认错？

还有，马梦可什么时候谈对象了？这么重要的事儿她这个当娘的竟然不知道？

她在临港人脉很广，可是任她怎么打听，却也找不到任何关联的信息，万般无奈，她只能找老朋友王岳同。

终于，从王岳同这边打听到了一个叫朱恩的人，这人是手机团队的创业者，和马梦可走得近，这小子背景很单薄，也很简单，莫非这小子就是"关键先生"？

在商海沉浮多年，马梨自然知道江湖上的风云诡谲。

在她眼中，马梦可终究只是个孩子，一个女儿家，万一遇人不淑，吃了亏怎么办？再说了，她这种家庭要找女婿，那是能随便找个人就能成了的吗？

马梨就一个女儿，偌大的家业将来肯定是要交给女儿继承的，找的对象不门当户对，万一找到一个像陈世美这一类品性的家伙，以后该要生出多少事端来？

因为这些原因，她很警惕、很担心，可怜天下父母心嘛，这个时候她哪里能轻松得了？

等待的时间最是枯燥，苦涩的咖啡喝在嘴中都感觉不到味道。

朱恩终于来了。

朱恩根本就没想到在这个场合能碰到马梨，王岳同给他介绍，他微微愕然，才道："马总好，今天有幸认识您！说起来也是很惭愧，以前不怎么了解您，后来认识了小马总马梦可之后，才知道您是临港商界的一面旗帜。"

马梨上下端详朱恩，淡淡地一笑，道："现在的年轻人都会说话，坐吧！今天你们王总请客，你我都是客人。"

朱恩坐下，这才开始打量面前的女人。

马梨的形象让人颇为吃惊，因为在他想来，作为国内顶尖的投资人，马梨应该是贵气逼人的，至少也是雍容华贵一看就很不凡的那种女性。

可眼前的女人很朴素，极其内敛。穿的衣服虽然都是世界顶级品牌，可是看上去并不给人很强的视觉冲击力，一如现在世纪前沿的徐小芳一样，给人一种很务实的感觉。

王岳同招呼侍者过来让朱恩点餐，道："朱总，咱们另外一笔融资可能遇到麻烦了呢！我刚才跟马总沟通了，她对咱们的项目并不看好，你是项目的掌舵者，所以请你过来咱们一起吃顿饭，大家先认识一下，顺便你也可以给马总介绍一下咱们的项目进展。"

朱恩轻轻点头，道："这件事我下午已经知道了，小马总和我有过沟通。

其实这一点也可以理解，红树林有自己的理念和主投资的方向，我们也并非一定要拿马总的投资。智能手机的确有风险，我的意思是无论马总是否投资，马梦可都可以以创业团队的身份继续在公司工作。这件事咱们明天公司开会再细细沟通吧！"

马梨眉头微微一皱，未免有些不舒服。这些年她见过的创业者多了，可眼前这个年轻人的底气似乎不是一般地足，自己真不投了，他一点遗憾没有吗？

那未免有些扯淡了，凭红树林的资源，在临港得到红树林投资的公司，本身就是一种巨大的成功，这对公司的知名度和影响力无形中就有莫大的好处。

年纪轻轻就这般傲气，不尊重资本，真是一个没有经过风雨打磨的小文青吗？

"朱总，关于投资的问题，其实我们并没有设定行业。我们投的行业很多都是高风险的，但是在投资流程方面，我们会有严格的审查。这一点你要理解，我们红树林金字招牌，绝对不会无故违约。再说了，两千万并不是一个小数目，所以最近一段时间，我们可能会需要走一个流程……"

马梨的城府何等深，心中纵然不爽，但是面上绝对不流露丝毫。

更何况今天是王岳同请客，红树林的投资合同已经签订了，她真要因为心中不爽就取消这一笔投资，以后别人还怎么看红树林？

第四十八章　误会

马梨这么说，朱恩和王岳同都表示认同。

其实对朱恩来说，他巴不得马梨不投了呢！

如果刚开始朱恩对自己的项目还有些打鼓的话，现在朱恩则是信心十足。

重新涉足手机江湖这些日子，朱恩就觉得在现在的环境下找投资其实不是难事，红树林能投自然好，因为红树林毕竟在国内资源很多，树大根深。

就以方旗为例，在两年前，方旗和方拓的竞争根本没有现在这般激烈。但自打红树林对其注资之后，红树林给予他们的资源，就足以支撑他们在华南市场上和方拓直接对抗。

不过相对资源来说，朱恩看得最重的是技术和团队的理念，这一方面红树林比不上 IDG 和软银，前几天去黄海就和软银的一个投资经理有接触，对方对朱恩的项目很感兴趣。

只是朱恩首轮融资已经完成，暂时没有融资计划，所以并没有深入和对方谈。现在如果红树林这边出幺蛾子，朱恩真的无所谓。

朱恩这样想，马梨却是另外一番心思。

红树林有专门的团队负责审核项目，她还真不信眼前这个年轻人能够做出有价值的项目。

她看过朱恩的资料，没有国外工作的经历，甚至简历上都没有手机行业从业经验，顶多算一个手机发烧友而已。其职场经历也很单薄，虽然做到了方拓的总裁，但职业经理人和创业者是完全不同的角色。

马梨甚至固执地认为，真正优秀的职业经理人就不是合适的创业者。

职业经理人是规则的制定者和执行者，而创业者往往是没有规则的，一个项目的成功，很多时候难以用寻常的思路去理解。

双方可谓各有心思，自然都表现得很有底气。

王岳同在一旁只是微笑，心中却想，其实马梨的女儿和朱恩结合未必不是好的选择。

这两个年轻人性格很契合，王岳同第一次接触马梦可那个小公主就领教到了她的厉害，这等个性的女孩子，可不是一般人能降服的主儿。

可朱恩却似乎特别有办法，让马梦可能够追在他屁股后面找他，年轻人的恋爱不就是这么来的吗？

而对于方拓是否投资的事情，王岳同比朱恩更无所谓。

因为两千万对他来说也不算什么，对一个看准的项目投了两千万他都嫌少，他不介意再投两千万。

即使四千万投出去他的股份比例再降低一些，他也愿意。

做生意的事情，没有什么必胜的项目，只有相信直觉和对的人。现在他对自己的合作伙伴很满意，朱恩就不用说了，朱恩是他手下公司出去的，知根知底。

朱恩找的那个余怀，也着实不错，的确是个做技术的。

这家伙硬是把方拓手机业务部的几个工程师整得心服口服，整个方拓手机技术他只留一个人，有几个工程师不服，找他挑战，最后的结果是几个高级工程师宁愿做助理工程师也要留下来，余怀对这样的要求自然不会拒绝，所以目前技术部算是黄金组合。

而且余怀也的确是个疯子，这小伙子搬了睡袋放在公司，工作起来跟玩命似的，吃住都在公司，晚上工作到三四点不在话下。

技术总监这么玩命，下面的人自然个个力争上游，所以技术团队气氛也很棒，战斗力十足。

有一帮热血的兄弟一起打天下，让王岳同想到了三十年前那一段峥嵘岁月。

那个时候香港正处在经济低潮期，失业率很高，王岳同和汪先生一帮人都是被逼无奈才开始创业的，那段时间现在想起来也依旧是人生最珍贵的记忆。

三十年后的今天，他能参与像当年类似的创业，他感觉很踏实、很兴奋，似乎整个人都年轻了不少。

一顿饭吃得有些乏味。

从餐厅出来，朱恩本想坐王岳同的车回去，马梨却笑盈盈地走过来，道："朱恩先生，我想单独和你聊聊，是否方便？"

朱恩微微愣了一下，点头道："没问题，那王总您先走一步，回头我自己回去就行，反正咱们不顺路。"

马梨找了国际酒店下面的一家小咖啡馆，朱恩心中疑惑，不知道这位女强人要找自己聊什么。

"咳！咳！"马梨像是有些难以启齿，良久她轻轻咳嗽了两声道，"朱先生，你和梦可什么时候认识的？"

"差不多有半年多了吧？我之前在方拓工作，我和她也算是竞争对手！"朱恩道。

马梨一笑，道："我可听说啊，方旗和方拓两方人马水火不容，王总是我多年的老朋友，刚才他还跟我说第一次和梦可见面，硬是被她堵得说不出话来。你们却能成为朋友，倒是有些奇怪了。"

朱恩哈哈一笑，道："老板之间水火不容，我作为员工，却是和方旗接触比较多。其实我当时也不知道马总是方旗的幕后老板。去年集团内部出了一些问题，有一段时间人心浮动。马总找到我说要给我介绍工作呢！再说也很巧，我和她竟然还是邻居。接触了几次，彼此自然就熟悉了。

"其实下午我还和她见过面，她说和您吵架了，我还批评过她，年轻一辈个性都很强，有时候会让人头疼……"

马梨微微皱眉，听朱恩的口气，还真和马梦可不是一般的熟。

自母女两人发生战争之后，马梦可连王岳同都没联系，偏偏找了朱恩，这不是说明两人关系非同一般吗？

一念及此，她心中下意识地警惕，用咖啡勺轻轻地搅动面前的咖啡，道："梦可这孩子，竟然跟我说要结婚了，让我给她准备嫁妆。这事儿她没跟你说吗？"

朱恩吓了一跳，手猛然抖了一下，双眼瞪大道："结婚？不太可能吧？我没见过她有结婚对象啊？哈哈，我估计是逼您拿钱呢！她这是出绝招和您斗法，这事儿有待查证，明天我去问问她。

"其实下午我跟她有过沟通，红树林不投资关系不大，她的能力还是不错的，现在甩掉了红树林和方旗那边的工作，精力更容易集中。我们现在的公司股权结构相对来说管理人员还是占大头。她依旧能得到公司的股份，只要我们把事儿干成了，她可以找到属于自己的事业……"

马梨眉头一挑，怔怔地不知道说什么了。

她本以为接下来会是一场尴尬的谈话，没想到却来了一个神转折，貌似朱恩还真和梦可没什么关系。

真是这样吗？

轻轻地品了一口咖啡，马梨又道："对了，小朱啊，你成家没有啊？"

朱恩手顿了一下，尴尬地摇头道："很惭愧，我也还没有。前些年在临港生活过得不怎么好，压力很大，这年头成家也不是一句话，女孩子要求都很高。去年经济状况稍微好一点了，老家又砌房子，妹妹又出嫁，折腾了一番，也还没忙到那上面去。今年本来准备开始有所行动，现在被王董和马总两个手机狂热分子拉下了水，不瞒您说，我这一个月，脚都不怎么沾地，当了一个空中飞人！"

马梨心情舒展了一些，道："年轻人嘛，以事业为重也不错，成家不急，男人四十岁成家也不算太晚呢！"

朱恩摇头道："可不是您说的那样，我家是农村的，老风俗嘛！我的同龄人的孩子都能打酱油了，我年年回去还单身一人，父母那一关太难过。去年还好，阴差阳错，马总在手机阵地上血拼阵亡了，心情糟糕，这一怒之下冲到了我老家去。搞得我父母以为我还找上媳妇了，以假乱真，他们一个年过得欢天喜地，现在想起来我这心里却不是滋味。可怜天下父母心，希望这个问题能够在最近两年顺利解决……"

马梨刚开始还听得津津有味，毕竟她也是那个年代过来的人，当年父母对她的要求也是一样。过了二十岁没婆家就急得团团转，要不然也不会有她那一场失败的婚姻了。

可是听着听着，她便心惊肉跳了。敢情去年过年梦可没飞回加拿大，她竟然……竟然去了朱恩的老家？

这成何体统？一个女孩子，随便往男同事家里跑，还造成那种误会，这是以假乱真，还是别有隐情？

她越想越觉得不对劲，有些话她已经不好问朱恩了，毕竟再问下去尴尬的恐怕是她了。

如坐针毡之下，她站起身去了卫生间，在卫生间稍微平定了一下心绪，拨通马梦可的电话，电话哪里打得通？

她不由得叹了一口气，心中隐隐有些后悔自己之前对女儿的强势。

这一年多马梦可做出了多少成绩其实不重要，年轻人要接班，自然要经历一些风雨甚至是挫败，亏点钱无所谓，就当交了学费。

马梨回来准备给女儿一个下马威，却搞错了重点，亏钱无所谓，但是婚姻却是一生的大事，这件事尤其马虎不得。

在这方面马梨很保守，兴许是她经历了失败婚姻，对马梦可的婚姻尤其谨慎，甚至是紧张……

第四十九章　试探

朱恩并不知道马梨复杂的心思。

朱恩现在心中还真挂着找女朋友的事情，毕竟男人三十而立，三十岁还不成家，按照农村传统观念来说那是大大的不孝了。

不过他真没有想过自己会和马梦可擦出多少火花来。

两人的成长环境迥异，受的教育迥异，家庭背景也迥异，这样的两个人走到一起并不算良配。

都是成年人了，早就知道电视剧中演的那些"青蛙"配"公主"的故事其实是很虚幻不靠谱的，成家立业，找的对象差不多门当户对，然后踏踏实实过日子，这才是朱恩的要求。

不过朱恩这样想，马梨会这么想吗？所以才有了这一出很意外的误会。

只是朱恩并没有意识到这个误会的存在，他手头上有大量的工作需要处理，真正忙起来的时候，吃饭都难顾得上，哪里还顾得上去仔细深思马梨单独找他谈话的所谓深意？

朱恩在公司三天开了三次会，代工厂的问题还是没有妥善解决的办法。

现在这个问题必须解决，因为余怀那边传来了不错的消息，样机的架构已经出来了。

马上要解决的是机器的工业工艺问题和硬件的组装问题，工艺问题朱恩是专家，这件事儿他需要亲自操刀完成。

但是当所有的想法出来之后，样机的生产必须要找到代工厂才能做，这样一来，留给朱恩的时间就更少了，代工厂的问题迫在眉睫。

幸亏马梦可甩掉了包袱之后，这边的工作迅速进入了状态，合作伙伴这一块的谈判她和朱恩分头行动，才总算帮朱恩缓解了一些压力。

"嗨！朱总，现在有空吗？我请您吃晚饭？"朱恩办公室，红树林投资经理彼得笑盈盈地走进来和朱恩打招呼。

朱恩有气无力地将手中的文件一扔，道："彼得先生，我看你整天就在我们公司转悠，不会是做商业间谍吧？红树林投每个项目都这么小心谨慎，难怪能发展这么好。怎么？想找我谈什么？又是关于余总不配合的话题？"

彼得是意大利人，却能说一口比朱恩更标准的普通话，朱恩甚至想，像他这样的人就算不加盟红树林，去意大利办汉语班那也能赚大钱。

现在世纪前沿公司人人都很忙，从朱恩这个 CEO 到普通员工，每个人都处在快节奏的工作之中。所以根本没有人去接待彼得，朱恩安排马梦可负责这事儿，马梦可将彼得叫过去发了一通脾气，让他自己看，没事别烦她。

高傲的意大利人恐怕这一辈子遇到的最委屈的事情就是这一次投资审查了。

公司的高管是老板的女儿，而且前几天还是他的顶头上司，现在公司和对方合同都签订了，从法律角度来说，如果红树林反悔，算是违约。

但是老板的安排他又不能不执行，所以他只能每天像世纪前沿的员工一般朝九晚五地上班，然后自己到处转悠去看、去了解。

整个公司的人都忙，就他这么一个闲人，心中有想法要找朱恩谈谈，都得等着朱恩下班的时候才成。

"朱总，您别取笑我，就是有些想法想跟您谈！对了，这不是投资人和您的谈判，您就当是朋友在向您请教。"彼得苦着脸道。

"那就不一定非得吃饭嘛！你想谈什么呢？"

彼得微微皱眉，很小心道："我觉得您的公司真的很棒，很有投资价值，看上去架构松散，但是运转效能很高，每个人对手中的工作都有一种超乎寻常的热情。只是有一点我还是没想明白。你们一直在做研发，我甚至没找到营销部门在哪里。恕我直言，我觉得智能手机作为大众消费品，营销是关键的一环，没有好的营销策划，产品怎么卖出去呢？今天你们说要出机器了，机器出来之后，再开始展开营销吗？那未免太迟了吧？"

朱恩哈哈一笑，道："你想说什么？想让我开始造势，然后再安排一场盛大的发布会，然后再请一些明星什么的代言，组织媒体吹捧，然后产品上市吗？呵呵，那种场景在我的公司只怕难以见到了。

"你知道，我手头没有多少钱，那些大公司办一场发布会，动辄就要砸四五百万甚至上千万，我融资的这点钱，也就够开几场发布会吧？

"我可以明确地告诉你，那些我们都没有，我们就是一家专门专注产品的公司，没有营销的。"

"没有营销？"彼得睁大眼睛盯着朱恩，摇头道，"这不可能，没有营销产品怎么销售？一款毫无知名度的产品，市场如何能够接受？恕我不能理解，您能给我解释一下您准备怎么操作吗？"

朱恩道："这件事儿暂时无法解释，也不能解释。你不是天天在我们公司上班吗？走一步看一步，你慢慢就会明白的。你刚才说了，咱们是朋友之间的交流，既然这样，就算是朋友，我也不能透露我们的核心商业机密，你说呢？"

彼得怔怔地说不出话来，过了很久，他道："朱总，您应该相信我，相信我们红树林，咱们是合作伙伴，我需要知道公司的运作方式。"

朱恩摇头道："不，不！咱们没有合作关系。从内心来说，我希望你们快速解约！当然，彼得，你现在在做一个对你来说十分艰难的工作，我很同情你，但是我越来越觉得我可能不需要那么多资金。因为我们的价值很快就能体现出来，而一旦价值体现出来之后，我们在融资公司的估值更高，那样对我们更有利。

"所以在这之前，我的融资意愿真的不强烈。说得不客气一些，如果不是因为马总的关系，我甚至不能接受红树林作为准投资方来公司的办公区看着我们工作。

"所以彼得先生，你现在最聪明的办法就是快速结束你的工作，回去跟老板说，世纪前沿很难投资，因为这家公司没有营销，犯了大众消费品公司的大忌。这样对你也好，我们也很满意，你说呢？”

彼得皱皱眉头，知道今天的沟通难以继续。

和一家根本没有融资意愿的公司接触很困难，因为双方的想法完全不在同一个频道。

对方等着更好的融资时机，投资方却还在怀疑对方项目的可行性，在这样思维错位的情况下，甚至连谈判都不可能有。

彼得垂头丧气地道：“好吧！朱总，不得不说您是个坦诚的人，我会将这段时间看到的一切回去向董事长汇报，但是有一点我要提醒您，咱们是有投资合同的。您也无权拒绝我们的资金，您明白吗？”

朱恩哈哈大笑，道：“那是当然，世纪前沿虽然是刚刚创业的小公司，但是我们永远将信誉摆在第一位。”

彼得微微皱眉，笑道：“朱总，您的意思是说我们董事长不讲信誉？唉，不是这样的，只是董事长母女之间产生了摩擦，这些家务事咱们也不懂，但是我很清楚，董事长应该是不会违约的。”

彼得从天地大厦走出来，回头看了看身后高耸入云的建筑，深深地吸了一口气。

他觉得自己得赶快向董事长汇报，因为凭他多年的经验，世纪前沿公司极具投资价值。

刚才他找朱恩谈话其实是一种试探，凭他的观察能力，早就发现了世纪前沿公司很多有趣的细节。

他们的做法和传统的手机厂商完全不同，从产品设计到测试、出货、营销，每个环节都流露出各种奇思妙想。

这些奇思妙想没有经过市场验证，无法知道最终的效果。

但是很多想法都是天才的想法，一个团队出一个灵感很容易，但是处处都有灵感，必须有多年的积累。

他不相信这帮人都是门外汉，相反，他觉得这个团队是精通国内智能手机行业的资深团队，他们的工作忙碌却永远条理清晰。

　　风险投资投的是什么？第一投资的就是人。

　　正确的人在做正确的事儿，这就是有投资价值的公司。

　　以两千万的成本投资这样一个充满潜力和前途的团队，这等机会千载难逢，红树林怎么能错过？

　　风投公司就是这样，可能投资一百家公司，最终只有十家公司成功，但是这成功的十家公司能够给他们带来百倍的收益。所以敏锐地发现机会，果断地拿钱投资，这是评判一个优秀投资经理的标志。

　　驾车回家，彼得心情越发难以平静，他怕事情会有变数。

　　终于，他直接拿起车载电话拨通投资部，道："我是彼得，你们迅速安排资金，即刻履行我们和世纪前沿的投资合同，我希望今天下午那笔钱就能够打到对方账户上去……"

　　作为资深投资经理，彼得有权限决定什么时候履行合同，这是红树林赋予他的权限。

　　虽然这个项目有些特殊，董事长亲自插手了项目，但是他觉得自己得先斩后奏，不能够因为董事长一时的意气，而让红树林失去一个可能会给公司带来巨大利益的机会……

第五十章　新巨头

彼得自作主张履行合同，马梨还被蒙在鼓里。

这段时间她心神不宁，总想找机会和马梦可深谈一次，可是她根本抓不住马梦可。

前段时间朱恩是空中飞人，现在马梦可投入到新公司工作之后，她也成了空中飞人，马梨的心情真是难以用言语表达。直到彼得找她汇报工作的时候，她才打起精神来。

彼得总算来了，审核一家公司一般两三天就足够了，可是彼得这一次整整用了半个月。

她心中未免有些不高兴，见到彼得，脸色阴沉，道："彼得，你的工作效率可越来越低了，半个月的时间你就完成一项工作。我也不追究你了，说说那边的情况吧？"

彼得心情很不错，心想自己幸亏先斩后奏，要不然夜长梦多，只怕几番周折下来就会失去机会。

他笑眯眯地道："很好，董事长，这家公司非常棒。他们有很强的团队、很专业的人才。他们的做法和所有其他手机厂商的做法都不一样，手机设计思路有新意，产品策划有新意，营销更是有新意。这样的公司我觉得只投两千万太少了，不得不说马副总去年能够发现这个项目真是让人惊叹……"

彼得这话一说，马梨眉头一挑，张张嘴硬是没说出话来。

过了很久，她道："彼得，我女儿给了你什么好处？你为什么做出如此带有明显偏见性的判断？你要记住，你是专业的投资经理，个人感情要放在后面，这么一家没有背景、没有资金的公司，前途在哪里？

"再说了，现在智能手机行业的竞争多么激烈？国内大部分手机厂商都是常年亏损状态，这是一个疯狂的市场，是一个产能极度过剩的市场。

"这样的市场和我们的投资目标市场根本不符合，你又是基于怎样的判断做出这样的决断的？"

"不！不！董事长，我不得不说您是有偏见的，作为一个十分专业的投资人，我以我的职业素养保证，这是一家很有前途的公司，是一家非常值得投资的公司！智能手机疯狂，只是因为这其中蕴含巨大的商机，这个世界上没有傻子。

"明明都知道现在的市场是不健康的，但是依旧有大笔资金汹涌地进入这个市场，这就说明这个市场是很有潜力的。

"市场有潜力，公司团队有潜力，这是我们做风险投资决断的重要依据，现在世纪前沿符合这一切条件，我不能因为您的情绪而支持您，因为我是专业的投资人！"彼得大声道，言辞铿锵有力。

马梨愣了愣，站起身来就要发火。

不过多年上位者的经验让她瞬间醒悟过来，她情绪化了，作为公司高管，她不应该情绪化。

她冷静了很久，道："好，好，彼得，就算你说的都是对的，但是也不能排除风险的因素。这笔钱我不赚行不行？我偏不投这家公司，行不行？"

彼得愣了愣，盯着马梨，半晌说不出话来。

马梨火气淡了一些，她感觉自己压抑了半个月的心情，这一刻似乎释放了一些。

不过很快，她淡去的怒火迅速又被点燃。

彼得沉默了很久，缓缓道："董事长，恐怕不行了！我已经安排了资金过去，这个时候资金已经到了对方账户上了。对不起董事长，作为一个投资经理，这是我的权限，我不能允许任何一家有投资价值的公司从我手上溜走。您可能太情绪化了，我觉得您应该亲自去了解一下这家公司和这个团队，他们很棒，他们所做的事情打动我了！"

马梨倏然从椅子上站起身来，死死地盯着彼得，整个人的情绪瞬间处在崩溃的边缘。

"彼得，是谁给你的权限？这个项目是我负责的，我亲自负责的，没有我的命令谁也不能私自决定，你……你竟然敢私自决定，你好大的胆子。你这样的投资经理太让我失望了，你……你……"

马梨一连说了两个"你"字，伸手将手边的一个花瓶给砸碎了。

彼得吓了一跳，他没料到董事长会有这么大的反应，一时不知所措，神色尴尬至极。

过了很久，他道："董事长，您先静一静吧，这个时候咱们不宜沟通，对了，我有个好的建议，马总今天回临港了，他们这帮人工作都很玩命，估计就算是晚上她也会在公司。您应该找您女儿谈谈，不得不说您是一位负责任的母亲，但是马总也是一位优秀而成功的女性，她也需要尊重和尊严，您让她在公司没有尊严，您可能伤害了她……"

"出去，出去！Right now！"马梨摆摆手有气无力地道，最后一句甚至飙出了英语。

彼得出去了，马梨坐在沙发上，心情非常糟糕，这种状态她很不喜欢。

她觉得很多事情失去了掌控，尤其是自己对女儿失去了掌控，这让她内心很恐慌。

已经是下班的时间了，秘书过来帮她拎包，好心劝慰她。

她浑浑噩噩地跟着秘书进入地下停车场，汽车驶出公司，外面的天色已经全暗下来了。

"小刘，先不回家，咱们去天地大厦看看！"马梨说道。

冷静了很久，她觉得自己应该采纳彼得的建议，是该要找梦可好好谈谈了。孩子长大了，有了自己的想法，自己从加拿大回来对她的敲打太过分，让她没有面子，丢了尊严，现在想起来，那是自己不冷静。

还当孩子小呢，小时候不听话就打屁股，现在长大了，确实不能和当年一样了。

天地大厦在临港并不知名，因为这个名字是以前诺亚大厦改过来的，这幢写字楼在目前的临港也只能算是三线、四线的写字楼，周围的环境和条件与红树林所在的海王大厦根本没办法比。

马梨让秘书和司机在车上等，她自己拎着包悄然进入大厦之中。

电梯门开启，她有些紧张地走进电梯，突然，她迅速扭头，似乎意识到有人叫她。

"您是马梨马总？我……我是……香港的杰瑞，做营销的，咱们一起吃过饭，您有印象吗？"

马梨望着面前欧洲面孔的矮胖子，良久，她道："哦，我知道，我想起来了，你是谢总公司的营销总监。你好，你好！"

"您好！"杰瑞很绅士地和马梨握手，道："您真是越来越年轻了，红树林也越来越棒了，对了，我听说您投资了一家智能手机公司，请问这家公司可是叫世纪前沿？"

马梨微微愣了一下，旋即意识到杰瑞是谢明珠的手下，谢明珠从家电转型，现在也开始涉足这个行业了。

基于商业的敏锐，她摇头道："我不知道你说的这家公司，智能手机这个行业有太多公司，我也记不住它们的名字啊。当然，谢总的公司我还是知道的！"

杰瑞呵呵一笑，道："没关系，没关系，您很快就会记住的。我会帮您记住这家公司，这将是一家伟大的公司，比梅朵要伟大得多。我们将会成为全球手机行业的新巨头，成为世界上最好的手机公司。"

马梨愣了一下，眉头一挑，道："你……你们？"

杰瑞点点头，道："对啊，我们！我将担任这家公司的营销总监，对，我从谢总那边辞职了，放弃了千万年薪的工作，这在很多人看起来是很傻的事情。其实他们都错了，这是我梦想开始起航的标志。我是最伟大、最成功的营销总监，而我们现在有最伟大的技术团队和最伟大的策划团队，我们很快就会让世人知道，在国内做手机，我们才是第一……"

杰瑞个性张扬，他夸夸其谈的毛病又犯了。作为一个天生的营销人才，这是他的特长，所谓王婆卖瓜——自卖自夸。

只是他这一番夸张的自我标榜，让马梨感觉自己似乎加入了一个传销团队，看眼前这家伙说得口吐白沫、手舞足蹈的样子，真让人替他担心嘴唇动得太快会伤到嘴唇。

"叮"的一声，十八楼到了。

杰瑞突然不说话了，他仔细整理了一下自己的领带，冲马梨笑笑道："马总，我到了，很高兴能见到您，这是一个吉利的征兆，这预示着我们的公司会有超乎想象的前景！"

马梨想笑，却又想到自己也是要到十八楼的。

她微微愣了一下，顺手按下十九楼的按钮，冲着杰瑞点点头道："我祝你好运！"

杰瑞走出电梯，马梨吐了一口气，摇摇头，电梯停在十九楼，她通过安全门重新下楼回到十八楼。

十八楼就一家世纪前沿科技有限公司，公司没有招牌，只有一个前台，然后两个保安。

马梨走到公司门口就停住脚步了，因为前台那边传来了争吵声。

"对不起先生，您不能进去，这是我们的办公区，您需要有预约！"

"不，不，我想你搞错了，我要找朱恩，你们的董事长朱恩，我和他是哥们儿，是兄弟！你懂吗？"

第五十一章　天才加盟

杰瑞的动作很夸张，搞得两个保安面面相觑。

对方是外国朋友，而且对董事长直呼其名，只怕来头也不简单。

可是这家伙又说要找余总，余总那边回话说将他轰出去，说这家伙是个商业间谍，作为公司的保安，他们也不得不履行职责。

杰瑞摇头晃脑，道："两位兄弟，这是个天大的误会，余怀在恶作剧！其实我马上要出任你们公司的营销总监，你们知道吗？咱们以后就是同事了……"

眼看两个保安难缠，杰瑞凑到前台的小姑娘身边，满脸笑容，道："哦，美丽的小妹妹，你能给朱恩打个电话吗？我自己跟他谈，这是个误会，你要相信我……"

前台的小姑娘目瞪口呆，不过还是拿起了电话。

不过朱恩办公室的电话却没有人接听，杰瑞狠狠地甩头道："Shit！朱恩，朱恩！"

杰瑞突然爆发，在前台大叫两声："你给我出来，你这个游戏真无趣，难道你是这么对待我这样一位有史以来最伟大的营销天才的吗？"

杰瑞生得又矮又肥，这一张嘴中气十足，几千平方米的办公区人人都能听见。

两个保安吓得脸都变了，上来就要动手拿人。

而恰在这时候，马梦可皱眉过来道："谁在门口吵吵嚷嚷？你是谁啊？"

杰瑞盯着马梦可，哈哈大笑，道："终于来人了，你是朱恩的秘书吧？快，快，带我去见这家伙，我要见他！"

马梦可皱皱眉头，看着眼前这个非主流的欧洲血统男人，过了很久，道："我认识你，你不是梅朵公司的营销总监杰瑞吗？你来这里干什么？有什么目的？"

杰瑞一笑，高兴地道："嗯，你有眼光，一眼就认出了我。我就说嘛，阎王好见，小鬼难缠。请问女士，你怎么称呼？"

马梦可冷冷一笑，道："你还没回答我的问题呢！"

杰瑞摇摇头道："不，不，我想你是误会了！我已经不是梅朵的总监了，我将出任你们公司的营销总监，朱恩亲自去香港邀请了我。虽然你也知道，我在梅朵年薪千万，但是中国有句古话，兄弟如手足，钱财如粪土，我和朱恩是多年的兄弟，他需要我的帮助……"

马梦可愣了半天，突然笑起来，道："很遗憾杰瑞先生，朱恩现在是我们的老板，刚才他叮嘱了我，让我将你扫地出门，说你很可能是来骗取公司机密的。"

杰瑞愣了半晌，睁大眼睛道："不！这不可能，我有伟大的人格和高尚的品性，作为全球最成功的营销大师，我怎么可能干这种下三烂的事情？他……他那是以小人之心度君子之腹，他一直都喜欢这样。他是个刻薄的家伙，以前就是。你们以后要特别小心他，尤其是美丽的女士，千万不要和他走得太近，这人很危险……"

马梦可哈哈大笑，笑得几乎弯下腰。

真是个活宝，没想到这些年帮梅朵争夺手机市场的营销总监杰瑞竟然是这么一个活宝。难怪朱恩要故意逗他玩儿，的确很好玩儿！

杰瑞冲着她眨眼睛道："朱恩，出来吧，我看到你了！你再不出来我要说你的初恋了，让公司所有人都知道你当年那不堪回首的事，哈哈……"

杰瑞哈哈大笑。

"咳！咳！"

两声咳嗽，朱恩从办公区终于走了过来。

杰瑞双眼放光，一溜小跑上前抱住朱恩道："朱恩，我的兄弟！真是太棒了，我似乎明白了你的想法，不得不说这是个天才的构思。只是在构思中，关键的一环却不能没有我天才的灵感和高效的参与。我相信你是需要我的，所以我毫不犹豫地辞去了工作过来帮你来了。咱们是个伟大的团队，要干一件伟大的事情，一家伟大的公司，又怎能缺少一个全球最顶尖的营销大师？"

朱恩被他一个熊抱，差点喘不过气来，怒道："你能不能轻点，你当我是你最爱的汉堡包吗？"

"对不起，对不起！我见到你太高兴了，咱们分开多年，现在终于可以再一次像以前一样开创未来了。这是一件美妙的事情，前所未有的美妙，哪怕只是想想，我晚上都激动得睡不着觉。哈哈……"

杰瑞的表现依旧很夸张，朱恩却板着脸道："杰瑞，你不是家有妻儿，外加八十岁的老母亲吗？伟大的营销天才怎么放弃了伟大的梅朵，跑到我这里来了？"

杰瑞笑容迅速收敛，一本正经道："梦想，一切都是因为梦想。我从小就有伟大的梦想，这个梦想支持着我，让我要不断地挑战自己。我不是说了吗？钱财如粪土，兄弟如手足，你不能够把我想得那么庸俗。一个伟大的人，需要为钱而工作吗？不需要！"

"哈哈……"这一次不仅是马梦可，连前台的小姑娘和两个保安都捧腹大笑。

他们都觉得杰瑞这样的活宝就应该去演喜剧，说不定能成为第二个周星驰。

朱恩却没有笑，道："好，好！你深深感动了我，我决定正式任命你为世纪前沿的营销总监。下面我们欢迎伟大高尚的营销总监，甘愿不拿工资，就无私付出的伟大总监正式走马上任！"

朱恩带头鼓掌，杰瑞愣了半天，突然道："不！不！朱恩，你不能言而无信，我们说好了，我和余怀一样的。我……我的孩子在上贵族学校，我……需要钱……"

"哈哈！"

大家笑得更欢了，就连一直站在门外冷眼看着这一切的马梨都忍俊不禁。

而她心中却暗暗震惊，杰瑞她不算很熟悉，但是见过面，知道对方是IT行业颇有名气的营销专家，此人甘愿放弃梅朵千万年薪，主动登门要加盟朱恩现在的团队，看来这个团队还真是有些东西的。

看样子杰瑞和朱恩相识多年，这两人以前有交集吗？

这一点让她心中疑惑。

而当她看到马梦可时，她内心更是复杂，近一个月没见面的丫头，明显清瘦了，不过精神状态却不错，不像自己这般憔悴。

真是玩命工作啊，自己那么大的家业交给她，她心不在焉，现在几个人弄了这么一家破公司，却干得热火朝天，这真是让人无法理解。

一场闹剧结束了，杰瑞正式加入朱恩的团队。

团队重要成员的加盟，朱恩自然要有所表示，当即通知公司全体聚餐，包括余怀在内都得放下手中的工作，大家一起大吃大喝一顿。

劳逸结合嘛，整体来说现在公司运行很好，虽然还有些问题棘手，但是万事不可能一蹴而就。适当组织活动，让大家张弛有道，这也是十分必要的。

余怀一脸愤怒地从工作区出来，冷冷地道："为了这么一个死胖子影响我晚上画设计图，真是该死！"

余怀说完，还不忘冷冷地瞪了杰瑞一眼。

杰瑞耸耸肩，道："余怀，你不应该这样，以后我们要合作，中国自古就有酒桌文化，吃肉喝酒，加强沟通，这对我们以后的工作大大有利，你怎么能抵触呢？"

余怀冷笑一声，道："谁要跟你加强沟通，以后老子的产品在你的环节出了岔子，我扒你的皮！"

杰瑞耸耸肩，无辜地瞪着朱恩道："董事长，他威胁我，您得解决问题！"

朱恩哈哈一笑道："解决问题很简单，待会儿你们拼酒一轮，谁能喝赢，以后我就帮谁，怎么样？"

"谁怕谁？我也有几年没跟你这死胖子拼酒了，我还怕你？"

杰瑞又耸耸肩，摇摇头道："可怜的孩子，这些年住地下室脑子傻掉了，跟我拼酒，不知道我的附加职业是品酒师吗？"

公司草创，没有多少人，大部分都是技术人员。

不过这一行也有浩浩荡荡三四十个了，一众人走出公司，朱恩眼尖一下看到了马梨。他微微愣了一下，立刻看向马梦可。

马梦可也呆住了，朱恩立刻迎上去："马总，您来了，怎么不进来坐呢？哎呀……真是……"

马梨淡淡地一笑，道："没事，我刚到！你们去吃饭？"

朱恩讪讪地一笑，道："是啊，大家这几天工作有些累，准备一起聚餐放松一下，马副总，你今天就请假吧……"

马梦可不情愿地瞅了朱恩一眼，终究没有说什么。

朱恩鼓励地拍了拍她的肩膀，对马梨道："马总，这个场合我也不矫情请您吃饭了，他们都是一帮不懂礼数的疯子，下一次我再单独请您吃饭！"

马梨点点头，微微一笑，道："无妨，无妨，你们的团队不错！彼得已经跟我说了，资金已经到你们账上了，到时候我出示一份股权转让材料吧，将红树林的股份全部给梦可，希望你们能成功！"

朱恩微微愣了一下，似乎没料到马梨态度转变这么大，他也不好说什么，只是点点头，然后带着一行人乘电梯下楼聚餐，公司里就剩下马梨母女。

第五十二章　手机疯子

公司里空荡荡的，简陋的办公区看上去特别空旷。

马梦可的办公室并不大，不过十几平方米而已。

办公室没有特别的装饰，唯有书桌上的那一盆花马梨感觉亲切，因为这是母女俩前年逛花鸟市场马梦可买下的。

母女俩都很沉默，一直没说话。

直到马梦可给马梨端来一杯水，马梨一把抓住女儿的手，道："丫头，工作别太玩命了，这才多久啊，就瘦了这么大一圈。"

马梦可微微愣了一下，道："股份的事儿还是不要转给我吧！公司已经安排你作为董事，上午我们开会，朱恩给大家通报了！"

马梨笑笑，道："你还真是较真，不过这里哪是个办公的地方，你呀！海王大厦顶级的写字楼你待不住，偏偏要跑到这里来，你老实告诉我，你是不是喜欢那个朱恩啊？"

"啊……"

马梦可惊呼一声，脸一下通红，道："妈，你说什么呢？我们现在是合作伙伴，他是我的老板呢！"

马梨皱皱眉头道："他不是你的老板，你才是老板，我们投了资，他只是打工的。"

马梨轻轻叹口气，道："丫头啊，你要谈恋爱我不拦你，但是有一点你要永远记住，你必须任何时候都掌握主动权，绝对不能够被对方牵着鼻子走。妈怕你吃亏！"

马梦可哭笑不得，道："妈，你说什么呢？你整个就是胡说八道来的，你没看到我们现在忙得脚不沾地吗？哪里有时间去谈恋爱？我服了你的想象力。难怪那天朱恩问我结婚的事儿，我说那是骗你钱的手段呢！搞得大家都笑话我，好像我就真嫁不出去一样……"

马梨皱皱眉头，道："反正我是过来人，很多事情还是能看出一些端倪的。对了，你这么拼命，公司真的有那么好？四千万你们准备怎么玩儿呢？"

一提到工作，马梦可兴致一下高昂了起来，道："四千万足够了，我告诉你，朱恩和余怀这俩小子真是两个天才。他们想出的主意那绝对是让人不服不行，真是让人拍案叫绝。机器品质就不用说了，咱们的产品绝对一流，而且完全创新，绝对不模仿全球任何一款手机。

"你知道我们手机的名字是什么吗？我告诉你，名字叫'梦幻'，今天我去看了效果片，小广告公司做的，但是那种震撼的效果简直让我热血沸腾。太棒了，真是太棒了，不可思议。"

马梦可滔滔不绝，道："妈，你不知道，这俩小子就是两个手机疯子！两人是当年诺亚集团出来的，朱恩就是当年诺亚亚洲最牛的策划师'瓜子'，余怀是诺亚远东研发中心的产品经理。诺亚完蛋了，这俩家伙意志消沉，一个去了方拓干业务，硬是从业务员干到了总裁。余怀这小子在华强租了一个地下室，天天就研究手机。

"你不知道，我第一次去朱恩家里，他抽屉里面放着很多部手机，全部是最近三年全球顶级厂商的旗舰产品，当时我就觉得这家伙是个疯子……"

马梦可把自己如何和朱恩认识，然后如何挖他，到最后两人合作的种种竹筒倒豆子一般说了出来。

她越说越兴奋，双眼放光："妈，你是没看到，就这手机……"马梦可把自己的手机放在桌子上，"就这手机，在朱恩手上，他只需要一把很简单的螺丝刀，几个呼吸之间便将其拆卸成一堆零件。然后又在几个呼吸之间，将这一堆零件全部组装起来，没有丝毫差错。那简直是神乎其神，你说这么两个疯子，琢磨了手机这么多年，他们琢磨的玩意儿能差得了吗？"

马梨看着女儿兴奋的样子，心中不知是喜是忧，她感觉得到，丫头真的要谈恋爱了，她从来没看见过自己的丫头会如此眉飞色舞。

说了半天，那朱恩不就是一个修手机的吗？他有多牛，比老妈我掌控千亿资金，在资本市场上翻云覆雨还牛吗？丫头从小到大怎么就没这般崇拜过自己？

暗中一声叹息，心中只是想女大不由娘，丫头长大了，过不了多久就要独自展翅飞翔了。

不过终究，她还是明白了一件事，红树林的调查太差劲了，那一家调查公司要换掉了。

朱恩的背景明明不那么简单，怎么送过来是那样的简历？

十年前的诺亚，那是全球通信行业唯一的霸主，能够在远东总部担任高级策划的华人能是一般的人物？

难怪这么有底气呢！就不知道底气能不能转化为现实的绩效了，马梨倒想拭目以待。

良久，她道："好！你刚才说的不转股份我同意，我倒想看看你们能干出什么来！对了，以后公司董事会，一定要通知我，我不管在南美还是在欧洲，保证不缺席……"

马梦可呵呵一笑，道："好的，我肯定通知你，我的老板！哈哈……"

马梦可这一笑，总算将母女俩的心结给解开了。

马梨的情绪也好了很多，道："我肚子饿了，怎么办？"

马梦可道："去吃饭啊，朱恩他们已经开吃了，咱们现在赶过去跟他们抢啊！"

马梨皱皱眉头，道："你们的董事长好像不太欢迎我这个老家伙跟着去呢！你没看见他刚才那副拒人于千里之外的表情吗？我不去。"

"去嘛！你现在也是咱们的老板之一了，你总得和咱们公司的高管们都混个脸熟不是？再说了，王叔也来了，你们是朋友，年轻人发疯，你们在旁边喝一杯清茶也好啊！

"去，去！我们立刻去！给小刘打电话，今天你去我那里住，让她先回去吧！就这样定了啊！"

马梦可拨通马梨助理的电话，打发他们回去，母女俩一下楼，她才惊觉自己的车已经卖了。

她现在没车用，只能和朱恩一起用那一辆宝马。

母女俩被困在楼下，这里地处偏僻，打车也不好打，马梦可只好给朱恩打电话。

电话接通，朱恩告诉他没开车，车还在车库呢！

这一通柳暗花明，母女俩上车，马梨就有些不高兴，道："成什么体统？哪里有用个车都要打电话的？真是……"

马梦可做了一个鬼脸，道："我这不是经济紧张吗？那车我用不起，干脆就卖了，这是朱恩的车呢！"

马梨撇撇嘴，道："宝马 X5，什么年代了，还用这种车，最看不起赚了两个钱就一副煤老板嘴脸的人。

"明天我给你送一辆车过来，以后不准开人家的车。"

马梦可皱皱眉头，摇摇头，心想老妈怎么就对朱恩有这么大敌意呢？

杰瑞加盟，意味着世纪前沿高管架构基本搭建完成，现在唯一缺的就是财务总监了。

不过目前公司股权结构简单，临时找的一个财务经理便足够用了。而行政、人力资源这一块徐小芳也能够胜任。

几个关键要害的部门，技术总监是余怀，营销总监有杰瑞，策划运营是马梦可负责，公关这一块是王岳同亲自管，朱恩负责全面工作，虽然不能说团队完整无缺，但是在公司草创阶段，有这么多人足够了。

现在下一步就是要出产品，完善产品，经营粉丝，拓展营销。

杰瑞这个活宝，这都是他最擅长的方面，朱恩本想着自己去抓，现在终于松了一口气。

朱恩、杰瑞、余怀三个人性格迥异，当年在诺亚就是有名的铁三角。朱恩策划产品线，产品经理大都是余怀，而营销一般都是杰瑞在接手。三个人多年的配合，早就有了十足的默契，当年三个人碰到一起就吵架，彼此嘲讽对方。

而现在，这一幕依旧正在上演。

三个人中也就朱恩能占据上风，因为当年在诺亚，他是金牌策划，知名度很高，粉丝众多。他的策划案出来了，产品经理搞不好产品，那肯定挨骂。而产品销量不行，卖不出去，杰瑞难辞其咎。

现在这个铁三角重现江湖，却不再是被支配者的角色，而是一个崭新的创业团队的首领。

这一晚的狂欢，都不知道喝了多少酒，杰瑞天生大胃王，吃汉堡、喝酒那都是他的超级强项。

而余怀看上去弱不禁风的，可人家是地道的东北汉子，别的爱好没有，也是早餐吃两个小笼包都得喝一杯酒的嗜酒之徒。这俩人到一起，肯定是千杯不醉。

朱恩做业务多年，也是久经考验的老将，虽然喝起来不像他们那么疯，但是现在公司也就四十多个人，轮流喝一圈下来，做到头脑清醒、思维敏捷不在话下。

都是年轻人，充满了活力和激情，偌大的包房之中，简直都能看到年轻的荷尔蒙在空中飞。

王岳同和马梨早就吃完饭了，两个步入老年的长者品着铁观音在一旁观战。

"马总，年轻人的团队怎么样？他们的世界我们不能排斥啊，否则我们真的就老了！"王岳同悠悠地道。

马梨轻轻一笑，道："本来就老了嘛！未来的世界属于他们了，希望他们能好运，关键是不要让我的投资打水漂。"

第五十三章　大战在即

公司成立之后，第一次正式的高层会议终于召开了。

世纪前沿是一家高效的公司，平常公司的会议都是私下的碰头会，需要谁解决问题便单独找谁开会。

而所有高管和股东全部参加的正式会议，这还是第一次。

这一次会议的召开，标志着世纪前沿公司草创阶段结束，正式发布第一款产品的时间就要进入倒计时了。

这一次会议要从产品研发、产品营销、销售计划等全方位部署规划，让所有高管对整个项目的运作完全了解，然后所有人同心协力，为了共同的目标开始冲刺。

所以这一次会议很重要，但凡是高管和股东，都不能缺席。

红树林作为投资方，马梨今天亲自出席会议，另外红树林项目负责人彼得也参加了这次会议。

另外参会的还有副董事长王岳同，公司副总裁马梦可，公司副总裁兼技术总监余怀，公司营销总监杰瑞，公司人力资源总监徐小芳，另外还有朱恩。

马梨有些心不在焉，似乎没把这样的会议当一回事儿。如果不是因为马梦可，这种小公司的董事会她根本不会参加。

红树林投资的公司数百家，如果每家公司开董事会她都参加，那一年三百六十五天都用来开会都不够。

不过，会议一开始，很快她的神情就专注起来，因为她突然敏锐地感觉到，这几个年轻人搞了一个匪夷所思的计划。尤其是营销这一环节，这么做行吗？

朱恩今天穿了正装，打上了领带，通过 PPT 给大家演示产品推进计划的流程。

而他讲的第一个点竟然就是营销。

"现在国内手机发烧友有最大的两个论坛，一个叫江南论坛，另一个叫北极论坛。这两个论坛每日流量更是以百万计，而这其中骨灰级的发烧友至少有六万人……

"在两个月以前，我们产品研发计划就通过论坛发布出去了，而论坛配合我们做了一场大型活动。这个活动的名字就叫'梦幻'手机活动，所有的发烧友已经全部行动起来了，所有人在一起畅想设计一款手机，这款手机综合目前市场上机器的各种特点，去粗取精，从而构成梦幻机器，而这一款机器就是我们的研发目标。"

朱恩顿了顿，打开江南论坛的网页："这就是活动的页面，现在你们可以看到活动开展之后，论坛人气非常火爆，我们以三天一次的速度更新'梦幻'手机的最新畅想图和功能图。

"现在已经更新到了第十期，而参与讨论的发烧友从最初的数百人，现在已经滚到了昨天一天就有十万条建议和留言。

"归纳总结这些留言，综合各种意见，我们今天技术部会重新更新'梦幻'手机的最新畅想图和功能图。

"我们的活动截止到半个月后，半个月后'梦幻'手机将最终定型，我们立刻会组织加工生产，将这一款手机做出来，这就是我们推出的第一款产品，名字叫'梦幻江南'……"

马梨眉头一挑，眼睛倏然一亮，而一旁的王岳同则是大赞一声"好"。

这种做法简直是绝妙，让发烧友行动起来做自己的手机，这个创意本身就是一流的。

朱恩微微一笑，继续道："现在我们进入北极论坛，北极论坛是以北方人为主的论坛，在这个论坛做同样的活动，想象出的'梦幻'手机却略有差别，这是我们最新一期的畅想图和功能图。

"以这个功能图为基础，我们最终推出的这款产品也属于梦幻系列，产品的名字叫'梦幻北极'，这两款手机我们会同时推出来。在此之前，我们将会立刻进行论坛线下活动。

"杰瑞已经准备好了团队，我们的做法是如同路演一般，踏足全国两百个大中城市，组织所有的发烧友一起为手机的最终定型做努力。

"这就是我们的营销计划，杰瑞，怎么做需要你提交方案，你准备好了吗？"

杰瑞呵呵一笑，道："放心吧，我早就准备好了。我的团队都是现成的，现在两团齐头并进，一个是江南团，一个是北极团，今天会议结束，我们就奔赴前线，拉开这一场伟大的手机狂欢之旅。"

朱恩满意地点点头，道："营销这一环节，杰瑞全面负责，出了问题，唯你是问！

"采购这一环，我来负责，目前手机核心元器件已经全部到位，代工厂还要感谢杰瑞从中牵线，我们选择了惠亚集团，这是一家长期给三星代工的大企业，现在具体的工作马总要去盯着，一定要保证研发完成后，立刻能出样机……

"最后，手机研发已经接近尾声，不过这个时候千万不能放松，必须不断地做模拟测试，每一个细微的瑕疵我们都不能放过，余怀，可不能大意啊！"

余怀哼了哼，道："知道了，我就只怕杰瑞那边拖后腿，他算不上真正的手机发烧友，不了解这个圈子。我担心他把事情做砸了！"

杰瑞激动地站起身来道："余怀，你不能够如此质疑一个伟大的营销天才的能力，你看着吧，我要让全国的手机发烧友都沸腾起来，我要以此拉开一场手机的南北大战。梦幻北极和梦幻江南的终极对决，将是我整个营销计划的大主题。

"这一场南北对抗大赛，将会完全改变国内智能手机市场的格局，你就等着被粉丝骂吧，如果你的手机达不到他们的要求，我看你怎么跟兄弟们交代……"

朱恩眼见两人又要掐起来了，连忙打断道："好！今天会议之后，大战正式拉开序幕，都给我立下军令状，我们计划一个月出样机，两个月之后，我们的第一款机器正式上市……"

朱恩大手一挥，如同一位指挥百万大军大战的将军，此时的他踌躇满志。

因为一切的安排都做好了，所有的人员全部配备了，马上开始的的确就是一场大战——一场全方位的大战。

参与这一场大战的人数以万计，说不定还将要数以百万计，振奋人心的时候就要到了，这一场战争将向国内外的手机厂商宣布，当年诺亚的传奇"瓜子"已经强势进入手机行业了。

国内手机市场上的狼来了……

王岳同和马梨都是商场上的老将，朱恩刚才说的内容虽然不够详细，但是高手之间，点到即可，他们很快就明白了朱恩这个计划的不可思议之处，以及有可能带来的轰动效果。

这个天才的计划第一个撒手锏是营销不按套路，而走粉丝经营之路，这样经营出的用户将有超乎想象的忠诚度。

因为作为手机的消费者，他们可以真实地参与到一款手机的设计，这种参与感，那绝对是撒手锏。

而第二个撒手锏则是玩双手互搏的套路。

人心好斗，每个人都有争胜之心，两款手机究竟是梦幻江南厉害，还是梦幻北极厉害，代表的是两个论坛的输赢。

要知道这两款手机背后都是两大论坛中百万计的粉丝，谁能服谁？大家都是手机发烧玩家，江南论坛的人和北极论坛的人能不掐起来？

这一掐起来，造成轰动的营销效果只怕连央视的广告也比不上。

这是人与人之间的战争啊！

仅此一点，就可以引入无穷无尽的话题，然后两帮人马互相攻击撰文，写的各种软文只怕就要将国内的网络挤爆。

如果产品能做得足够好，论坛运作能足够成功，这个计划将是可以写入商业史册的伟大计划，真的可能会将国内手机江湖掀翻天……

王岳同有些激动道："朱恩，你刚才说营销团队？我们哪里有营销团队？"

朱恩哈哈一笑，道："当然有，我们出去看看吧！"

朱恩拉开会议室的门，外面的大厅中，已经聚集了数百人。

一方人马穿着红衫，衣服上印着"梦幻江南"的字样。

另一方人马身穿蓝衫，衣服上印着"梦幻北极"的字样。

公司突然之间来了这么多人，把一群人都唬住了。

余怀笑嘻嘻地走出去，道："各位，这就是我们梦幻系列的草创团队！"他指了指朱恩道，"这就是我经常提到的'瓜子'，他现在是我们整个团队的负责人……"

"瓜子，瓜子……"

两帮人马蜂拥向朱恩，有人已经递过了签名笔，朱恩大笔一挥，在他们的T恤上签名。

一通忙碌，朱恩停下了，道："兄弟们都听着，我决定了，我们要做一款伟大的手机，做完全服务于我们自己的手机，这款手机从芯片、零件、配件、功能开始，都由我们自己来决定。手机的成本也由我们自己决定，做出的每一款手机，我们加十块钱回馈投资者，一部手机十块钱，价格你们说了算……"

朱恩开始了一场激情洋溢的演讲，现场由余怀主持，很快就演变成了一场粉丝见面会。

这个时候大家都明白了，所谓的营销团队，全是两个论坛的超级铁杆粉丝构成的团队……

第五十四章　中国乔布斯

余怀在尖叫，香槟的泡沫漫天飞舞，为了经营两个论坛，他住在地下室足足混了三年。三年的积累，结交了国内这么一帮志同道合的兄弟。现在这帮兄弟果然一呼百应，成了梦幻手机的一部分。

这其中有三十人是核心人员，他们已经成为了世纪前沿的正式员工，他们不需要上下班，公司给他们薪水，唯一的要求就是要让他们保持对手机一如既往的热情和痴迷。

他们从此便是职业的发烧友，他们是世界上最挑剔的手机用户，也是最精通手机的专家。

而这三十个人南北各十五人，他们掌控着两大论坛所有的版块，他们每个人都有号令一方江湖的威望。

而他们的威望直接决定了他们的薪水和回报。

这样的团队组合，史无前例，这就是互联网时代的团队。

出征仪式的香槟不醉人，但是余怀、朱恩、杰瑞和一帮兄弟却像孩子一样在狂欢。这场狂欢不仅是释放，更多的是宣泄内心无尽的激情。大家来自天南地北，生活从未有交集，但是因为有共同的爱好、共同痴迷的东西而走到了一起，成了朋友，成为了兄弟。

一直以来，他们这帮人都是草根和落魄的代名词。

但是从今天开始，草根和落魄将成为过去，因为他们已经组建了自己的平台，组建了自己的大军。

天下的手机各有不尽如人意之处，苹果、三星，高高在上，店大欺客；国内梅朵、荣誉、畅想急功近利，花哨多于实用，质量无法保证。

既然有那么多不爽，那咱们自己就做自己的手机！

这和商业无关，完全是个人意愿。

在这一刻，王岳同、马梨、马梦可等人都是外人，他们理解不了这个江湖，他们融入不了真正的手机发烧友的圈子之中。

但是这不能阻止他们的震撼和感动。这种场景没有眼泪，只有狂欢，但却让旁观者忍不住感动落泪。

他们在这一刻似乎终于明白了，原来这才是手机的江湖，这才是真正的做手机的人。

他们这样的人都无法将一款手机做成功，世界上还有谁能做成功？

纵观当今的江湖，梅朵也好，荣誉也好，畅想也好，他们都只是商人。国外的苹果是伟大的，但是过度商业化已经让他们失去了当年的初衷。

乔布斯先生逝世更是王者落幕，现在的继任者不过是在挥霍乔布斯留下的灵感和创意而已。

人要成功，先要发疯，没有对产品的执着和痴迷，又怎么能赢得大家的心？

数百人的队伍浩浩荡荡出征了，每个人身上香槟的香味还没有散去。

余怀又一头扎进了实验室，开始了他夜以继日的工作，他看上去还是那样的亚健康，但是马梨眼神之中却流露出无比的欣赏之色。

朱恩最冷静，他不过是在休息室抽了一支烟而已。

彼得小心翼翼地走过来，也不管朱恩是否愿意，上来便是一个大大的拥抱："你是'瓜子'，感谢上帝，我没有错过这一次投资。这是上帝对我的恩赐，这一辈子我做得最开心的投资就是这一次，以前没有过，将来也不会有！怎么说呢？不可思议，如同魔法一般神奇……"

朱恩淡淡地一笑，将烟头掐灭，从吸烟室出来，马梦可像小鸟一样扑过来，一下子抱住朱恩，道："你太帅了，刚才真是帅呆了，我没想到你竟然有这么多粉丝。我也要签名，我也要……"

朱恩被马梦可的突然袭击弄得面红耳赤，他连忙咳了咳，马梦可才悻悻地松开，下意识扭头。

马梨和王岳同就在他们身后不远处，马梨眉头皱起来，王岳同却在好整以暇地"欣赏"外面的风景。

场景有些尴尬，最终还是马梨打破了沉默："朱恩，江南论坛和北极论坛怎么才能掌握在咱们自己手上？收购需要多少钱？"

朱恩微微愣了一下，正准备说话，突然冲出一个人，却是余怀，他抢先道："马总，是啊，这两个论坛很重要，我也想要收购呢，您认为两个论坛多少钱合适？"

马梨皱皱眉头道："两个论坛如果都有百万 PV，价格不会低，如果一个论坛能以一千万的价格买下来可以接受……"

朱恩脸色一变，道："不……是……马……"

余怀打断朱恩的话道："朱恩，听到没有，价值两千万。你要给我两千万，我辛辛苦苦在地下室窝了三年做出来的论坛，你就想直接占为己有，你还有没有良心啊？"

马梨一下愣住，一旁的王岳同却哈哈笑起来，道："马总，你上当了，这两天这俩小子就在为这事儿吵架呢！论坛是余怀的，我的意思也是要给予他买断资金，只是你这个口一开，哈哈……"

马梨哭笑不得，一时也不知道说什么好。

而朱恩和余怀两人还在吵，王岳同道："余怀，朱恩，别吵了，我给个价好不好？"

余怀看向王岳同，道："王总，您是实诚人，您说价我接受，妈的，就不能让朱恩坑我，您坑我我愿意……"

王岳同愣了一下，笑道："你小子，拿话诓我是不是？那行，公司给你这个数字……"王岳同伸出了五根手指。

朱恩双眼一黑，差点晕倒。

余怀却哈哈大笑，道："好，五百万！老子干三年赚了五百万，朱恩，你在方拓累死累活，连还房贷的钱都没有，如果不是遇到王总这样的贵人，你现在怎么跟我比？你知足吧，以后做事别太狠了，老子的东西值钱，而你这个想放弃理想的家伙，终将永远被我耻笑……"

朱恩苦笑着摇摇头，道："董事长，您还真敢开口，我发誓，这两个论坛他最多三个月就做起来了，给我三个月，我照样做出两个论坛来。您这不是……"

余怀摆手道："拉倒吧，拉倒吧！技术无价，反正这是我三年的成绩，王总开口了，你再敢克扣小心我跟你急！"

"王总是吃了不懂行的亏！真要这样，我辞职不干了，做论坛去，我两个月就能做一个江南论坛出来……"朱恩心中还是觉得肉疼。

这两个论坛在他眼中根本不值钱，首先程序很简单，无非就是一帮活跃用户值钱而已。对一个手机行业资深的玩家来说，朱恩这样的人开个论坛，那不是分分钟粉丝过万？

"好了，好了，成大事者不拘小节。余总这些年的沉寂也不容易，论坛没有他的经营，现在咱们能用现成的吗？"王岳同笑道。

朱恩只好点点头，心中还是不爽，嘀咕道："地下室待三年就能有五百万。你才是遇到了贵人了，出门踩狗屎的家伙。"

余怀心满意足地哈哈大笑，道："我不跟你计较，我得去工作了，忙完工作我再规划一下怎么好好花钱吧！梦可，你能不能帮我分析一下，去年家里给我介绍了一个对象，那女的嫌我家条件太差，今年春节回家我能不能直接用钱把她砸死？用钱砸死了人，现今法律大致是什么量刑标准？"

马梦可嘿嘿一笑，道："暴发户，五百万你就嘚瑟了，没出息！"

余怀连连点头道："受教，受教了！不过你还是抽空多教育一下朱恩，他比我看上去更像暴发户，有了两个钱就煤老板做派，买啥车？宝马 X5？都什么年代了，老掉牙……"

余怀说完就钻进实验室了，朱恩道："得了，论坛终于拿到了，我得去找芳姐，让他立刻找猎头，迅速组建电子商务部。以后我们的产品全部通过网络发售，将销售官网和论坛整合起来。"

马梨一笑，道："猎头来不及了，彼得做过亚马逊的电子商务总监，让他组建团队吧？他不是说自己做得最成功的投资就是你们吗？那他就不用回去了，就留给你们用了，今年不用发薪水，他的薪水我已经发过了……"

朱恩愣了半天，才脱口道："那太好了！彼得，欢迎你加入梦幻团队，看来这个大局面将由我们一起开启……"

彼得也一下傻了，不过很快他脸上便浮现出激动之色，道："太好了，能留下来帮到你们是我的荣幸，你是中国的乔布斯，真的，将来……"

"不，不！"朱恩摇摇头，道，"我不姓乔，我是中国朱恩，我可不想当乔布斯那样的人，至少我要活得比他长，呵呵……"

彼得哈哈一笑，道："对不起，我说错了，我们要开启的是比苹果更伟大的时代……哈哈……"

王岳同道："行了，别吹捧了，饭要一口一口吃，路要一步一步走。咱们今天开了半天会，肚子都饿了，还是先吃饭吧？今天我请客……"

朱恩呵呵一笑，道："您请客倒是好，只是我希望不再是国际旋转餐厅了，那地方我转得有些晕……"

第五十五章　顶级策划师

世纪前沿公司第一款手机的计划可以说是疯狂的。

一个草创的手机团队，半年不到就要把产品做出来，这可能在全世界的手机厂商之中都算是一个奇迹。

如果不是朱恩和余怀多年的积累，不可能做到这一点。

饶是如此，时间依旧很紧张，公司全员都陷入了极度快速的节奏之中。

像杰瑞这样视《劳动法》为生命线的外国佬，也没有时间休息，他率领两个路演团队，以长江为界，在全国两百多个大中型城市组织发烧友集会。

一场庞大的营销战就这样如火如荼地展开了。

业界对此一无所知，谁也不知道世纪前沿这家公司，有些媒体注意到两大手机论坛的异动，但是任谁也没想到这样的异动背后会有强有力的推手，只当是一群手机超级发烧友在自嗨呢！

江南论坛和北极论坛的流量每天都攀新高，两大论坛南北对峙，火药味越来越浓。

江南论坛梦幻机型三天一更新似乎已经满足不了超级发烧友们的要求了。

在苏杭一带召开的江南论坛发烧友聚会，远在华南的粉丝自费坐高铁跑过去参与梦幻机型的头脑风暴大会。

而北极论坛那一边，在京城的一场头脑风暴大会更是聚集了七千人，最后杰瑞甚至不得不改变会场，将聚会地点放在了首体才保障了这次聚会的成功。

梦幻北极的设计更是有源源不断的信息传回总部，三天一次的梦幻模型更新，让北极论坛的流量急速飙升。

以至于最后两家论坛不得不推出价格限制这一招。

梦幻机型的选用元器件总价值不能超过一千五百元，而主芯片统一规定用高通芯片。

双方论坛开始更新各种元器件的价格，小到一个震动马达，大到中央芯片，那些硬件铁粉开始发挥他们的超级想象，甚至自发成立了一个个小的研发小组。

粉丝的研发小组和世纪前沿的研发部门沟通互动越发频繁，双方正通过网络开始商量梦幻北极的最后定型。

由于参与的人数实在太多，两个论坛的粉丝规模几乎是成倍增长，在这样的情况下，朱恩不得不决定将产品讨论期放宽一个月。要不然这番争吵根本不可能在规定的时间拿出满意的样机模型。

不过这样做也是考虑营销效果，经过一个月的发酵，最后十五天样机模型不再公开在论坛发布。

唯有认证会员才能通过论坛看到手机的模型，而设计细节则完全保密，进入了保密状态，但是两大论坛粉丝的热情却刚刚开始。

在七月一日，梦幻江南机型率先完成最后的定型，江南大地的粉丝见面会依旧如火如荼地进行，这样的见面会规模一次比一次大，如同滚雪球一般人越集越多。

江南的粉丝开始大肆炮轰北极的粉丝，双方唇枪舌剑之中，梦幻北极的最后定型在七月十五日完成。

双方手机完成定型，最终的产品将会在两个月之内正式出样机，然后在三个月内正式批量生产。

这两款机器就是世纪前沿推出的第一个产品系列。完成设计定型之后，样机的生产开始紧锣密鼓地展开。

首先是梦幻江南，这款手机采用骁龙900四核芯片，4GRMA，1800万像素主摄像头+500万像素前置摄像头的组合，主摄像头的光圈为f/2.2，配备飞利浦双LED闪光灯，内存32G。重点是机身，无边框塑料外壳，一共三种颜色，分别是梦幻江南情人款、梦幻江南兄弟款、梦幻江南大哥款。屏幕采用的是 LG 的高清 IPS 视网膜屏幕，屏幕尺寸 5 英寸，分辨率 1080p 级，机身厚度 7.9 毫米……

手机组合价格 1348 元，加代工费每部机器 55 元，测试研发费用每部机器 70 元，物流运营每部机器 20 元，总成本每部机器 1493 元，最终销售定价为 1503 元。

然后是梦幻北极，梦幻北极芯片和梦幻江南一模一样，但是闪存高达 8G，摄像头采用索尼 2000 万像素主摄像头 +800 万像素前置摄像头组合，配双闪灯。金属材质机身，黑白两种颜色，分别命名为梦幻北极天下、梦幻北极荣耀。屏幕尺寸只有 4 英寸，采用的是夏普多点触摸最高端产品，分辨率 1080p级，机身厚度为 8.1 毫米，值得一提的是其电池采用超续航电池，价格很高。

这款机器元器件总价 1399 元，算上其他的费用，最终销售定价为 1554 元。

两大论坛已经将所有的参数和定价公布了。

这两款机器各自都有大量的粉丝，开始彼此对两款机器进行对比，然后相互嘲讽，这样的气氛之下，梦幻系列手机还在测试阶段，就已经成了万众期待的产品。

技术部现在忙得昏天黑地，天地大厦十八楼二十四小时不熄灯。

而趁着这个机会，朱恩却开始迅速组建售后团队，数百万部手机卖出去之后，售后维护工作将是一个浩大的工程。

营销的成功不能忽视客户服务，要让每一个用梦幻手机的客户都能感受到梦幻的服务，这不是一句空话。组建这样的售后团队如果全国铺开，需要的资金将是天文数字。

所以朱恩采取总部制的办法，和顺丰快递谈判双方签订战略合作。

以后手机的销售和回收，全部通过快递公司完成，公司只在总部设庞大的售后团队，面对客户的团队将全部由顺丰快递负责。

用电子商务的手段，开启互联网营销的新模式，完全拒绝线下实体店的销售模式，甚至公司不在全国任何地方授权任何代理。

一切都通过电子商务的手段完成……

当然这些计划都只是暂时的，将来的发展谁也说不好。

朱恩手上只有可怜的三千五百万，虽然选择的是最省钱的营销模式，但是杰瑞这个家伙一个月也花掉了差不多一千五百万。

其他的钱还不够采购和预付给合作伙伴的费用，公司现在资金告急了。

世纪前沿总部，大会议室，公司第二次高管会议召开。

这一次会议的气氛相对轻松，但是轻松之中每个人都有些许紧张和忐忑。

尤其是王岳同和马梦可，这两个月他们处在极度兴奋之中，如此快节奏的工作和频繁的互动，以及粉丝们的疯狂，将他们的激情全部点燃。

现在手机离正式发布的时间越来越近了，都在紧张第一款产品的销量问题。

"真是的，余怀这个家伙真该打，这不是卖关子吗？我们一屋子人就等他一个人，他是故意的吧？"马梦可气鼓鼓地道。

朱恩微笑着端起咖啡，道："你刚认识他吗？他就是那副德行，嘚瑟嘛！"

杰瑞冷笑道："什么嘚瑟，估计是没自信吧？我可跟大家说，这一次咱们营销上花的钱不少，如果他的产品砸了，我活剐了他！"

"哎哟，杰瑞，你这是说什么呢？我说你别自诩什么营销天才了，你那帮人还是我的粉丝呢！你这个狗嘴吐不出象牙的家伙，又怎么能理解到咱们产品的伟大？"

"余怀！"马梦可从椅子上跳起来，余怀笑眯眯地从口袋里拿出一个崭新的盒子："美丽的女士，这是咱们的梦幻江南情人版，完美得无可挑剔，让人不忍伸手去触摸……"

马梦可的手忍不住发抖，所有人都围拢过来。

她小心翼翼地打开盒子，盒子之中三个格子，简单大方，白色的耳机整齐地扎起来放在一个格子里，充电器和数据线放在另一个格子里。

而中间的大格子中，平绒光滑的缎子上躺着一款粉红色的手机，从外形看，第一眼给人的印象唯有震撼。

没有边框的设计，让手机看上去简洁大气却又不失端庄优雅，超薄的机身给人一种科幻的即视感，而背面印着烫金的文字"梦可·马"，后面配着一支火红的玫瑰，给人一种妖艳性感的视觉效果……

"哇！"马梦可惊呼出声，"这是我的手机，印有我的名字和生日的手机，真是太完美了，单单看这设计就打动了我！真的……"

余怀得意道："怎么样？完美吧？这就是我们产品的独一无二之处，我们将每一个客户都当成是我们的一分子，我们为他们每个人都提供独一无二的服务。所以，不要奇怪上面有你的名字和生日，因为我们每个手机上面都有用户的名字和生日，怎么样？酷吧？"

马梦可睁大眼睛道："真的吗？这是怎么做到的？那不是……"

杰瑞在旁嘿嘿笑道："马总，别被余怀忽悠了，手机外形的美和他无关，你应该要问朱恩，他才是顶级的策划师……"

马梦可迅速扭头，看到朱恩的微笑，她觉得自己的心脏怦怦地跳，那一瞬间真有触电的感觉。

第五十六章 超级发布会

梦幻江南的样机出来了，测试基本完成。

从测试的效果看，这一款手机可以说远远超过了目前市场上大部分手机的性能。

手机的硬件配置目前在国内手机厂商中算是绝对高端，在全球同等价位的机型之中，梦幻江南的芯片是最高档的。

当然硬件和用户体验不能画等号。

不过梦幻江南的系统是定制式安卓系统，为了提高手机的反应速度，余怀砍掉了安卓系统很多冗余复杂的功能，仅仅留下最有价值、用户最需要的功能。

当然，从系统来说无法做到完美。因为目前公司没有强大的技术团队，定制式安卓系统要做完美，非一朝一夕的事情。

不过，作为世纪前沿第一款机器，梦幻江南系列追求的是流畅性、稳定性。

目前这两方面做得很成功，所以，应该说这算是一款很成功的手机。

当然，这款手机最成功之处在于外形的设计。手机的外形可以用华丽来形容，这恰恰符合南方人追求时尚的特点。

整个手机外形和工艺设计是朱恩亲自操刀完成，而这个外形也是他这么多年积累酝酿厚积薄发所得，所以第一眼看到这款手机，每个人都会觉得很震撼。

世纪前沿的高管和股东齐齐地站在硕大的液晶屏幕前面，彼得手上拿着遥控器。

他用很纯熟的普通话道："梦幻江南的展示片放在网上二十四个小时，江南论坛的访问量攀升到最高值，二十四小时之内，单页面访问量超过三百万，

PV过千万。现在，我们将要把电子商务网站和论坛对接。这一次对接预示着我们的手机正式开始预售！

"应该说，在全球手机厂商之中，预售手机唯有苹果会做，但是这一次我们做了，朱总说这么做是因为我们资金出现了短缺，但是我更愿意相信，这么做是因为我们高度自信！"

彼得按下遥控器，道："网络部准备，对接倒计时开始！十，九……一，正式对接！"

江南论坛的服务器上开始被传上代码。

而这些代码很快改变论坛的风格，论坛的改版和对接同时完成。

三分钟之后，所有代码上传完毕。

再刷新网页，论坛的主页面上已经多了梦幻江南正式预售的字样，上面关于梦幻江南三款手机的宣传片开始反复播放，手机的各种超强性能被一一展示出来。

这个片子是一家并不出名的广告公司拍摄的，但是做出来的效果丝毫不亚于那些顶尖品牌的发布会。

因为片子的剪辑是完全按照朱恩要求做的，片子放上去，预售开始，公司努力了这么久，检验成绩的时候到了！

所有人都盯着液晶屏幕上的电子商务后台。

足足五分钟，后台一片安静，没有任何的动静。

紧张窒息的气氛弥漫开来，马梦可呼吸都有些不畅，杰瑞道："网络不可能这么快的，刚刚更新对接，很多地方还无法看到最新版的论坛呢！"

他的话音还没落，突然音响中传出"叮"的一声！

后台数据那个大大的"0"字跳动，变成了"1"。

紧张的技术员立刻用鼠标点开订单。

"江苏……×××，预订梦幻江南兄弟款，预订成功，资金进入账户……"

"哇……"

全场响起热烈的掌声，所有的技术团队、高管团队、营销团队、电子商务团队都沸腾了起来。

每个人都放下了手头上的工作，齐齐聚拢过来。

又"叮"的一声……

"1"变成了"2"。

梦幻江南卖出了第二部，而这个预订离成功对接恰好六分钟。

接下来"叮叮叮"那悦耳的声音不断地响起。

然后数字变成3、4、5……

到10的时候，刚好过去十分钟。

朱恩长长地吐出一口气，虽然只是十部手机的预订，但是这十部手机让他多日的压力得到了释放。

至少证明这样的营销方式、这样的产品开发方式不是失败的。有十个人愿意真正埋单，而这还只是预售。

"彼得，关掉后台，所有人开始工作。梦幻江南的预订要保密！不能因为这件事影响到我们团队的工作效率，电子商务部定期给全公司通报数据就行了……"

彼得意犹未尽地关掉后台，而这个时候又"叮"了两声，数据变成了12……

后台关了，所有人都看向了朱恩。

马梦可捂着脑袋道："朱恩，你能不能不要这么冷血？你是让我今晚不睡觉了吗？"

朱恩淡淡一笑，道："我就是希望咱们每个人都能睡好觉，所以必须关掉后台！"

彼得道："哈，留言出来了，论坛留言……"

第一条留言来自第一个预订手机的用户："日日盼，天天盼，终于出货了，我是江南第一个吃螃蟹的人，兴奋得今晚无法入眠了。哇咔咔，我发誓，明天一定爆坛……"

第二个用户留言："整整一个月晚上睡不着觉，梦幻团队啊，终于出了干货了，不用说，果断买机器！梦幻江南手机到手，气死那些北方人……"

一条条的留言滚动，每个人流露出的都是迫不及待的心情。

所有人都盯着大屏幕，全场七八十人，鸦雀无声。

如果把这个场景看成是新产品发布会，那这样的发布会可能是全球独一无二的。

而这一场发布会，也必将载入世纪前沿公司的史册。

在朱恩的命令下，后台的留言也关闭了，每个人都失魂落魄。几个高管对朱恩几乎是咬牙切齿，就连马梨的眉头都皱了起来。不知不觉，她觉得自己真是被一群年轻人影响了。

世纪前沿似乎有一种特殊的吸引力，而这种吸引力就是那种参与感。

每个人都有一种参与感，在公司中每个人似乎都有一个属于自己的位置，就连马梨也不例外。

就像今天这次发布会，产品正式预售，她就感觉到了很强的参与感，当后台的手机实时预售数据变成 1 的那一瞬间，她感觉自己的心脏陡然加快了速度。

卖出一部手机对一个身家亿万的老总来说不算什么，她真要做手机，凭她的面子一天可以卖一千部手机。

可是现场的感觉就是不一样，很奇妙。

因为买手机的人在无尽的网络另一端，对方根本感觉不到在网络的这一端会有一位亿万富豪为了今天的发布会站台。

他们买手机的理由不过是因为他们参与了这个项目，内心早就迫不及待，购买不假思索。就连马梨都有一种强烈的更换手机的冲动，因为她突然觉得自己也是这其中的一分子。

就好比做饭一样，自己做的饭肯定比不上酒店超级大厨的手艺，可是因为参与，而让饭菜变得别有滋味，吃起来自然就特别香。

今天预订手机的用户，在他们心中，可能这一款手机的分量比价格六千多的苹果手机更重。

可以想象他们在拿到手机之后，第一时间肯定是各种嘚瑟和显摆，万能的朋友圈必然会有无数关于梦幻江南的酷图，而这些人的朋友、家人、同事，肯定也会第一时间被他们狂轰滥炸地宣传。

马梨不敢想象这样野蛮传播最后引来的轰动效果，但是她不得不承认，自己投资了这么多公司，朱恩这帮人绝对是最有想象力的团队，而且是最天才的团队。

都已经下班了，外面早就黑了，可是整个公司一个人都没有离开。

彼得被余怀和马梦可前后夹击，根本无法脱身。而电子商务部的新员工们，前几天在一众老人眼中还是菜鸟一枚，见面都懒得打招呼，此时他们却成了大家眼中的香饽饽，一个个老员工凑过去各种谄媚、套近乎。今天晚上回去肯定睡不着，既然睡不着，那还不如时刻关注销售数据呢。

有些宅男型的员工则早就溜到办公电脑上刷论坛去了。

梦幻江南发布了，虽然是晚上，但是关于这款机器的帖子却不断地在江南论坛被刷屏，如果不是公司早有准备，为电子商务部增加了十台全新的服务器，今天论坛肯定会崩溃。

而这样的帖子在北极论坛也被疯狂地转载。

北极论坛的兄弟们急死了。

梦幻江南出来了，梦幻北极还不见踪影呢！

各种催货的帖子，甚至有些兄弟因为激动骂人的帖子开始在北极论坛上狂轰滥炸。

可以想象，现在北极论坛的粉丝心中是怎样一种痒痒。

眼看着江南论坛的那帮家伙一个个兴致勃勃，嘚瑟嗨爆，他们的机器最终什么样子都还看不到，这种心情能好得了？

所以各种吐槽，各种撕逼，北极论坛甚至比江南论坛更加狂躁、更加活跃。

朱恩悄然回到办公室，他开启电脑，进入销售平台的后台，数据飙到了一百二。

他一刷新，一百二十二了。

看着数据噌噌上涨，他才知道要自己离开电脑太难了。

估计今天别想回家了，整个晚上都要刷后台了，这每个数据都是销售数据，扣人心弦啊……

第五十七章　苦战

今天的天气很好，临港早晨就能看到蔚蓝的天空。

朱恩趴在办公桌上呼呼地沉睡，昨天在办公室待了一晚上，一直到凌晨五点，身体实在扛不住了才呼呼地睡去。

"咚！咚！"

有人敲门，但是已经睡着的朱恩却根本听不到。

"怎么回事啊？"门被推开，马梦可大步走进来，一看朱恩还在睡觉，她不由得捶胸顿足。

"朱恩，朱恩……

"都什么时候了，亏你还能睡着觉，我都急死了！"

朱恩倏然惊醒，茫然四顾，道："怎么回事？"

"咯咯！"马梦可看朱恩突然惊醒的样子，又不禁莞尔："好呀，看样子昨晚你是刷了一晚上销售后台，还不让别人看销售数据呢，自己却忍不住，耽误今天的工作了吧？"

朱恩讪讪地笑笑，道："还早吧，你风风火火地跑过来有什么事儿？"

马梦可道："刚刚电子商务部通告了最新的销售数据，你猜数据是多少？"

"多少？我凌晨五点看有四千多了。"

马梦可伸出一根手指，道："最新数据，一万四千部！"

"什么？这不可能！数据怎么可能一下飙升了这么多？几个小时爆发了一万多部？"朱恩一下蒙了。一万四千部，就按每一部手机一千五百元来算，还只有十二个小时，销售额便是两千多万了。

而且这两千多万全部实时到账，这速度也太疯了吧？

"想知道为什么吗？因为昨天是周日，我们晚上开始预售，上班族们都睡着了，今天早上八点到九点，掀起了一个小高潮。两个钟头飙升了四千部，而且现在数据还在狂飙之中。

"还有另外一个原因，那就是北极论坛爆了，北极论坛的兄弟已经忍不住了，今天电子商务部的电话被打爆了。

"彼得无奈，只好将江南的预售端口接入了北极论坛，北极论坛的端口贡献了四千部，预订的全部是梦幻江南……"马梦可得意地道。

"太不可思议了，北极的兄弟竟然买梦幻江南，我现在是越来越期待咱们梦幻北极的发布了！"

朱恩笑笑，道："这是很正常的事情，既然双方已经斗起来了，自然需要知己知彼，所以北极论坛的很多兄弟绝对会买江南款的。"

马梦可盯着朱恩，道："我没看出来，你简直太狡猾了，这个双手互搏的游戏，估计能把其他的手机厂商给玩疯。朱恩，咱们成功了！"

朱恩又一笑，道："你还是快去盯着惠亚那边，让他们紧抓出货的速度和产品质量，将杰瑞手下的人全部派到工厂去测试机器，我们要保证每一个产品都是高质量产品……"

朱恩踌躇满志，这个销售数据出乎意料地好。按照这个速度，保守估计，梦幻江南的手机销售五十万部没有问题。

两款机器销售百万，公司的盈利可以保证一部手机一百元，今年的利润可以保证有一个亿。

世纪前沿的口号是一部手机十元回馈投资者，实际上在元器件方面差不多有百分之十的差价，一千三左右的元器件差价差不多有一百多。然后研发费用七十块，这个数字是很虚的。

如果手机销量很少，可能这个费用不止七十。但是如果销量到了百万，研发费用怎么也上不到七千万啊。所以销量越高，肯定利润越高，百万销量可以到一个亿。

倘若两百万的销量，可能就到三个亿的利润了。三个亿的利润，那绝对是很恐怖的数据了，这个数据几乎可以秒杀国内所有的手机厂商。

毕竟现在国内很多厂商还是负利润呢，亏损最严重的厂商，一部手机净亏损差不多一百元。

朱恩打开销售后台，果然，数据到了一万四千七，而且还在增长中。

他深深吸了一口气，脸色变得严肃，道："梦可，销量喜人，对我们来说面临的挑战也非常大。我们的电子商务部还缺乏经验和人手，这是一场可怕的战争。

"你想想，我们马上要发出一万个包裹，而且以后还有大量的包裹发出去，这对我们和顺丰的合作也是巨大的考验。

"还有，我们的手机都是个性化的手机，手机上面都印有机主的名字，目前这个工作是咱们售后部来完成的，现在根本没有那么多人。"

朱恩越说想到的问题越多，一时也坐不住了，站起身来道："快，快，通知开会！让杰瑞的团队全部回总部待命，咱们这一场销售大战是一场苦战啊！"

朱恩判断得不错，这一次销售大战真的打得苦。

订单不断上涨，可是工厂的产能首先就是个大问题。惠亚日产量仅仅五千部，根本满足不了销售的需要。

另外，网站直销，一天发五千部手机出去，这对电子商务部的考验是非常大的。

幸亏彼得是在亚马逊干过高管的人，在管理上经验丰富，可饶是如此，公司电子商务部也是忙成一团，合作伙伴顺丰快递也是第一次和直销手机厂商合作。

手机包裹是贵重物品，一天五千个包裹的量，也着实让快递公司的人捉襟见肘。

没有办法，方方面面的准备都不够充分，尤其是个性化手机的概念，每一部手机出厂之后还要在外壳上按照客户的要求印各种个性化的签名，单单这项工作，现在每天就需要三十个人夜以继日地打仗。

有句话叫东边不亮西边亮，现在公司的情况是东边不破西边破。在这样的情况下，如果再上马一款梦幻北极，只怕整个公司立马就得崩溃。

面对这等突如其来的火爆，几乎每个高管都措手不及，关键时刻，全部到一线进行指挥。

马梦可负责盯着工厂，努力让他们提高产能，急速地催促他们上新的生产线；朱恩负责快递打包这一块，深入一线，率领团队完成目前每天的包裹量；王岳同负责个性化手机定制功能，还好有方拓这样一个公司在，王岳同硬是从方拓将方拓客户部、市场部的人借来了一半。

在这个紧急关头，去哪里招人？只能用这种最简单快捷的办法。

杰瑞继续负责造势，盯着两个论坛展开进一步深度营销，趁着这一把热火，力争将销量进一步推高。

连马梨都参与了进来，她负责运用自己的人脉关系帮公司猎头找新的财务总监、客户总监。

财务总监现在是急缺，每天几千万的现金流，从销售到采购，然后到给合作伙伴付款，到员工的各种报销、工资发放，一个只有在小公司工作经验的财务经理哪里应付得了？

另外，客户总监负责售前售后的工作，现在也成了紧缺的职位。

目前手机的订单量几乎稳定在日销一万部，实际发货量每天五千部，十天就是五万部手机的出货量。

尽管手机的故障率很低，但是就算是千分之几，十天之内也有几百部问题机，目前可以采用直接更换新机的办法应付，可是用这样的办法不仅降低出货量，而且也给公司造成不小的损失。

可以想象，几个月之后，甚至半年之后，会有多少返厂维修的手机？

到那个时候，还能用这样的办法再做售后吗？

梦幻江南上市销售十天，十天的销售数据有十万多，应该说这个数据取得了巨大的成功。

不过世纪前沿没有人有机会享受成功的喜悦，因为实际出货量永远赶不上订单量，现在江南论坛上各种吐槽，全都吐槽一机难求。

甚至有情绪急躁的人大骂世纪前沿搞饥饿营销，玩弄粉丝。

杰瑞每天喋喋不休的就是这些帖子，几乎每天他都会跑到朱恩面前咆哮一番，搞得朱恩觉得自己比窦娥还冤。

他也深深意识到，这种乱局必须要快速解决，梦幻北极还没上市呢。像现在这样的产能，梦幻北极一旦上市，那会糟糕到什么程度？

最后朱恩只好想了一个狠招，让余怀出面在论坛上吆喝一声，将两大论坛三百名铁杆粉丝召集到临港，公司直接包两个宾馆供粉丝们吃住，让粉丝们自己加入世纪前沿的团队中来，一起帮公司打这一仗。

用这个办法，让这些铁杆粉丝亲眼见证一下公司的实际情况，也让他们有机会亲自把新鲜出炉的手机打包寄给他们的亲友。

余怀在论坛振臂一呼，应者云集，三百铁杆来自五湖四海，纷纷涌向临港。

徐小芳负责人事和接待安排。

粉丝不是员工，不能当员工来对待，但是他们有热情，可以发挥部分员工的作用。朱恩现在就是要利用他们这种热情，准备将他们安排到电子商务部和定制服务部还有客户部，就用他们，打完这一场大战！

匆忙地完成了这个工作，朱恩就立刻出差奔赴惠亚集团，这一次他下了决心，不管用什么办法，必须让这家公司就范，再不提高产能，公司撑不住了。以至于朱恩错过了梦幻北极的预售仪式……

第五十八章　刮目相看

迈克每天早上九点准时上班，几十年来风雨无阻。

作为一家加工企业，惠亚从美国走到中国，规模从十几个人小作坊式的工厂发展到现在全球拥有五十多家工厂、近十万员工的超级制造业的巨无霸企业，这一路走过来很不易。

迈克便是这家公司的董事长、老板。

最近几年，他已经习惯了在中国工厂上班，因为中国工厂每年为惠亚贡献了超过百分之五十的利润。

对中国市场足够重视，让他和他的企业赚得盆满钵满，有时候他会想，倘若不是在二十世纪九十年代就盯住了中国，不知道现在惠亚能不能有这样的规模。

"董事长，董事长！"

在办公区，迎面碰上的同事都和他热情地打招呼。

迈克对每一个同事都回以有些夸张的大笑，宛若对方是他多年的老友。

这是他作为老板多年养成的良好素养，他努力让公司每个人都有一种伙伴似的关系，大家都在轻松的气氛下工作，赚钱的同时享受工作，这是他的追求。

当然，这样的轻松氛围只在办公区，厂区的普通员工管理采用的是台湾的高压管理。

压榨劳动力嘛，还是台湾人更擅长，在这一点上迈克不迂腐，总能做到人尽其用。

朱恩坐在办公室里，盯着眼前这个看上去有些滑稽的美国人，这是他和迈克的第一次见面。

"嗨！您就是朱总，哈，您好，您好！您的公司真是棒极了，很有能力，很高效，我们对能找到您这样的合作伙伴感到很高兴。"

迈克老远伸出手来，用非常生硬的中文和朱恩打招呼。

朱恩站起身来，两人握手，他用流利的英语道："很高兴见到你，迈克先生，只是咱们的合作并不如想象中的愉快，我现在要产能，你给我的产能远远不够。"

迈克哈哈一笑，道："日产五千部这已经是很高的产能了，我整个华南工厂都在做您的产品，为此我们甚至将三星和梅朵等公司的产能做了压缩。您知道，他们都是老客户，而且他们都是国际有名的手机厂商，我们已经有了多年的合作关系。"

朱恩微微皱眉，心想美国佬在给自己打太极了。

他不动声色地道："不，我的产能至少要提升一倍，我要日出货一万部。"

迈克愣了一下，摇摇头道："这不可能，朱总，您不懂制造行业。日产五千部手机需要多少人工您不太清楚。目前我们不可能有这样的产能。"

朱恩冷冷一笑，道："很遗憾迈克，我终于知道你为什么会失去苹果的订单了，苹果的年销售在数千万部，如果你也每天出货五千部，你一年只能生产一百多万部，你需要给他们代工十几年，他们才能发布产品。

"不得不说，我以为惠亚是全球最顶尖的制造企业，目前看来，你们还是在二三流的水平。这样的合作厂商，如果我给你千万部手机的订单，咱们还能合作吗？"

迈克眉头一皱，盯着朱恩很久，突然一笑，道："朱先生，您一定是在开玩笑，您有千万部手机的订单？就您的公司吗？"

朱恩心中很是恼火，他最讨厌美国人的高傲，总是站在上位者的角度看别人。

迈克见朱恩恼怒的样子，心中更是窃笑。现在惠亚根本不缺订单，朱恩这么一家新公司的订单，他甚至看不上眼，如果不是因为特殊关系，他甚至不会接这个业务。

作为一家世界顶尖的代工厂，惠亚必须要重视自己的形象，要让全球的厂商都明白，惠亚只和最顶尖的厂商合作。这一点很重要，因为这关乎一家制造企业在江湖上的地位。

世纪前沿是什么公司？根本就没有一点名气，这几年国内手机厂商疯狂烧钱，品牌多得让人眼花缭乱，惠亚不可能给一款山寨机更多的产能。

朱恩从手提包里拿出一个盒子递给迈克，道："迈克先生，这是给你的一份小礼物。这是我们的设计，你们的加工，咱们合作做出来的产品。恕我直言，作为惠亚的老板，你应该关注企业做出的产品。"

迈克愣了一下，连忙笑道："谢谢，谢谢！太感谢您的礼物了！我看看。"

迈克打开盒子，一部精致的手机安静地躺在盒子里面。

"噢，这一款产品……"

他拿起手机，超薄的机身，无边框的设计，磨砂漆黑的塑料外壳透露出内敛高贵的气质。

拿在手上有一种沉甸甸的感觉，充满了质感。

手机后面，用英文镌刻上去的迈克的名字，更是给了他极大的意外。

"哈，好美的一款机器，贵公司的设计吗？不得不说，让我眼前一亮。"迈克赞美道。

他开启手机，系统不同于市场上的安卓，系统给人的整体感觉是简洁舒适，迈克平常用智能手机最喜欢的几项功能，在系统开启的瞬间就直接出现在他的眼前。

没有多余的无用菜单，手指在屏幕上滑动，让人赏心悦目。

迈克耸耸肩，道："朱先生，干得漂亮，您对我做过研究？这系统功能恰恰合我的意思，还有这上面的名字，让我很感动。"

朱恩道："不！不是的，我们的每一款手机上都有用户的名字，有的是送给情人的，上面有玫瑰花，有的是送给父母的，上面印有父母的名字，我们的每一款手机都是定制款。我希望您能对我们有正确的定位，我们不是做山寨机的。

"当然，也许我们是新公司，但是当今业界，又有几家公司不是从新公司成长起来的？电子行业千变万化，拥有无限可能，当年的诺亚何等风光，你们惠亚想争取一笔诺亚的订单，需要付出多大的代价？可是现在的江湖呢？还有诺亚的身影吗？"

朱恩站起身来，慢慢走向迈克，道："迈克先生，你是一位了不起的实干家，不过你不能够总站在一个全球手机制造业巨头的位置上俯瞰地面。公司的发展往往不是这种高姿态便有成绩的。

"你我坐在办公室，倘若能面对面，彼此用平等的心态来谈生意，我相信这将会是咱们将来愉快合作的基础。"

朱恩从手提包里拿出一份合同，道："这一份合同是一份一千万部手机订单的合同，这是我们下一系列手机的生产计划。以咱们今天谈话沟通的结果来看，这一份合同我能给你们做吗？"

迈克愣了一下，脸上的笑容僵住了。他深深地看了朱恩一眼，这是他和朱恩见面之后，他第一次用心地去观察眼前的年轻人。

有一种直觉，他觉得眼前的年轻人恐怕不一般。

此人心智不同寻常，谈判方式也不按套路出牌，有很多话都说到了迈克的心坎上。

惠亚需要和全球最顶尖的厂商合作，但是真正的顶尖厂商，合作起来难度很大，毕竟，商业合作往往都分强势一方和弱势一方。

今天他迈克坐在朱恩面前，他觉得自己是很强势的一方，因为他内心深处不怎么在意一个并不出名的手机品牌，他甚至觉得这个品牌可能坚持不了太久，就会像很多品牌一样消失得无影无踪。

而当他面对苹果、三星这种全球真正的顶尖厂商时，他便成了弱势的一方。

世界上代工企业有很多，并不只有惠亚，既然惠亚是通过台湾人在管理工厂，苹果更愿意将产品的制造交给台湾人的代工巨头来生产，因为他们可以更方便地去压低价格。

朱恩用一种巧妙的方式在告诉迈克，他的生意不是趋炎附势，而是应该去努力发现有潜力的合作伙伴，而一个能够立刻给出一千万订单的厂商，就算他现在籍籍无名，这样的潜力不值得惠亚和迈克尊重吗？

迈克沉默了很久，终于拿起电话。

"王生吗？世纪前沿的客户希望我们为他们增加产能，客户是我们的上帝，我们不能拒绝他们。所以王生，你需要去安排。他们希望将目前的产能提升一倍以上……

"这是一家朝气蓬勃的公司，对！对！暂时不需要上市的产品可以压缩一部分，我相信作为全球最顶尖的制造企业，我们有能力满足我们客户的一切要求……"

迈克在电话中亲自指挥，作为企业的老板，他亲自打招呼并不符合美式企业的管理方式。

不过他终于决定用这种方式来表示自己合作的诚意，说不定世纪前沿将来真是一个伟大的合作伙伴呢！互联网行业、信息产业一日千变，奇迹无所不在，在美国已经产生了无数不可思议的奇迹。

在中国，阿里、腾讯、百度，这些伟大的公司，哪一家公司的崛起不是堪称传奇？

亲自送朱恩出了办公区，迈克转身回自己的办公室，迎面碰上公司前台的两个小姑娘，他突然道："嗨，你们知道目前市场上有一款梦幻手机吗？"

两个前台小姑娘对望一眼，其中一个娇俏的小女孩用英文道："梦幻？您说的是梦幻江南吧？这是目前最热的一款手机呢，很多人都拼命地在抢这款手机，听说是产能不足，很多人一机难求……"

第五十九章　后来居上

惠亚羊城第三厂负责人金文今天有些紧张。

王总突然带迈克前来第三厂，莫非迈克是来追究上一次厂区发生的几起员工自杀的事情的吗？

惠亚羊城工厂从前年到去年，员工自杀的案件频繁发生，在国内外掀起了轩然大波。

媒体齐齐将矛头指向惠亚的高压管理，工厂一线员工长期处在超负荷的工作状态成为了焦点，这几起事件，让惠亚曾经一度陷入了公关危机的泥潭之中。为此媒体记者蜂拥而至，当地劳动部门登门调查，让金文每天疲于应对。

作为一个管理数千人工厂的负责人，金文可以说压力山大。

一方面，公司的产能追得紧，公司的六西格玛管理步步推进，这些政策必须向下贯彻执行。

而另一方面，公司又需要良好的形象，绝对不能够因为员工压力过大而出现意外事件，甚至在劳工合同的细节上，都必须要充分尊重对方的合理诉求。

站在两个鸡蛋上跳舞，金文常常心力交瘁，甚至偶尔自己都有冲动，觉得站在厂区八楼纵身往下一跳，也算是一个不错的解脱。

炎热的天气，金文率领工厂几名负责人站在露天的停车场，全身都被汗水浸透。

王总的车终于到了，迈克从车上下来，戴着墨镜，兴致很高。

看着金文那一张发僵的脸，他夸张地一笑，上前便给金文一个拥抱，道："杰森，你的脸色很难看，一定是熬夜加班了，放松一些，放松一些，知道你压力很大，我今天是专程来看望你的，老伙计！"

迈克三言两语就化解了金文的紧张。

金文在惠亚工作了十二年了，和迈克见面的次数并不多，但是对这个永远热情的老板，他还是充满了好感的。不管人家是虚伪也好，还是笼络人心也罢，总之那种热情给下属的感觉非常棒。

金文道："迈克，你过来没有其他的事情吗？"

迈克狡猾一笑，道："杰森，你不觉得老板来厂区的时间太少了吗？我看了你们制造的梦幻手机，很棒的产品，之前我竟然不知道，你不觉得遗憾吗？"

金文终于彻底放松了，用手抹了抹脑门上的汗水，道："梦幻手机？目前我们梦幻江南这一款手机产能提高到了一万二左右。现在我们正在组织新的产能，准备量产梦幻北极。这两款手机真的很棒，我们的一线员工对加工这两款机器充满热情。"

迈克眉头一皱，道："梦幻……北极？一共是两款机器？"

金文的热情一下子上来了，立刻给迈克讲解两款梦幻机器的由来，以及两款机器在加工方面的区别。

最新款的梦幻北极已经出货了，金文拿来一部样机给迈克演示。

相比梦幻江南，这一款机器屏幕小一些，但是一身金属外壳让机器看上去充满了冰冷的质感，设计的风格明显偏向北欧的风格，简约而不简单。

梦幻北极比梦幻江南更沉一些，内置系统和江南差不多，但是个性化更明显一些。

这两款机器看上去是不同的，但是仔细琢磨细节，却依旧能看出这两款机器内在存在的某种联系。

迈克将这部手机翻来覆去地看，越看越觉得喜欢，他道："这部手机我留下，你们这个厂以后专门负责世纪前沿这一个客户，你们是羊城工厂的王牌，一定要给客户做最完美的产品。不得不说，这是一个很不错的合作伙伴，我们现在还有一个千万部的订单在等着我们，我觉得我们应该认真对待！"

金文愣了一下，道："千万部订单？也是梦幻系列吗？"

迈克耸耸肩，摊摊手道："我怎么知道呢？就算我知道，我也需要替客户保密。好了，今天我过来就是告诉你，杰森，工厂的生产线全部调整，员工重新配置，尤其是保密工作需要完全按照客户的要求来做。你们以后就一个任务，服务于梦幻系列手机，这样一来，你们的工厂也就可以改名为梦幻工厂了，哈哈……"

迈克开怀大笑，笑得十分畅快，他的心情真的不错。因为他觉得自己那一天正确地处理了一件对公司很有意义的事情。

那个年轻人的出现让他扭转了对世纪前沿的偏见，而当他真正去了解这家公司之后，他又有了新的惊喜。

世纪前沿很不出名，但是这家公司的经营方式和理念、技术实力和对智能手机的理解都非常独特，他们几乎是用一种颠覆传统的方式在做手机。

而且让迈克意外的是，世纪前沿在国内竟然拥有不亚于美国的庞大的发烧友团体。

世纪前沿现在做的事情，很容易让人想到苹果公司。

苹果公司就是一家靠不断创新、不断经营粉丝而成长起来的伟大的公司。

现在国内竟然也出现了同样一家公司，而且他们的经营从目前看起来实在是堪称完美，现在市场上梦幻手机一机难求，很多白领、学生，甚至连做生意的企业家，都在密切关注着这一款手机。

而一些做手机代理的经销商，电子产品的连锁商城，也都在通过各自的渠道去寻找这一款手机的货源。

一款手机引起这么大关注，引发这么多兴趣点，这本身就是营销巨大的成功。

而这种粉丝型的营销，还人为地将粉丝分成南北两个阵营，让粉丝各自拥护自己阵营的机型，这种想法简直堪称天才的创举。

迈克现在对世纪前沿的团队越来越有兴趣了，同时也对和这家公司的合作充满了坚定的信心。

所以他决定主动提升双方的合作等级，以后惠亚为世纪前沿提供专厂加工，也就是说整个羊城第三厂，八千多人，全部服务于世纪前沿一家公司。

这样做无疑风险会很大，因为八千多人的工厂，只为一家公司专门生产产品，这会让工厂对合作伙伴产生高度的依赖。一旦世纪前沿公司经营不好，或者出现什么波动，立刻就会让惠亚跟着吃大亏。

目前在世界上也只有苹果、三星等顶级品牌能让合作伙伴提供这种服务，迈克现在对世纪前沿表现出如此大的诚意，应该说是很冒险的。

但是冒险又有什么关系呢？巨大的风险意味着巨大的利益，迈克决定压上一家工厂赌自己的眼光，也赌朱恩能赢。

朱恩的羊城之行可以说获得了巨大的成功。

产能的"瓶颈"解决了，可以说完全让公司甩掉了后顾之忧，现在工作重心只需要放在营销、客服这两个方面了。

惠亚作为全球最顶尖的代工企业，效率高得惊人，第二天工厂的产能就翻了一倍，接下来每一天的产能能够稳定在一万二千部左右。

这一万二千部手机，只是梦幻江南款的手机。

等朱恩回到临港的时候，梦幻北极的预售工作已经如火如荼地进行了。

相比梦幻江南款，梦幻北极款的手机可以说好事多磨。

这款手机从设计开始就落后于梦幻江南，当梦幻江南设计完全定型之后，梦幻北极迟了十多天才完成定型。这直接影响到了手机最终上市的时间。

梦幻江南正式发售已经半个月了，梦幻北极才姗姗来迟。

不过有道是后来者可能居上，经过了半个月梦幻江南的热炒，大家对梦幻北极款手机的期待已经攀升到了顶点。

依旧是选择晚上预售，而当预售平台发布之后，三分钟之内销量就冲破了一千部。

而第一天二十四小时的销量更是突破了三万部，这样爆炸性的火爆，再一次让世纪前沿的高管们措手不及。

梦幻北极的宣传片比梦幻江南更炫吗？

仔细看一看宣传片，发现还真有可能更炫，金属质感的外壳，简洁北欧风情的大气风格，甚至能让人忘记这不过是一款小屏手机。而绝佳的照片拍摄和处理效果，凝聚的是两个百年日企科技的精华。

　　而且梦幻江南还能够提供单反式的外接镜头，提供长焦距的拍摄效果，更是让喜欢拍照的用户欣喜若狂。

　　牺牲屏幕的宽度，将省下来的钱用在产品的细节上，似乎这一切都是值得的。

　　梦幻江南更华丽，梦幻北极更炫目，这两款机器都颠覆了传统手机各式各样的缺陷，虽然在整体上和高大上的苹果机相比还有差距。

　　但是一千五左右的售价，只有苹果机价格的四分之一，则是梦幻系列手机最大的优势。

　　而梦幻北极的发布，也将国内手机市场的热度再一次拉升，北极论坛的兄弟们天天像过年一样欣喜若狂。

　　两大论坛之间的纷争愈演愈烈，而这样的争斗高潮终于在梦幻北极手机正式出货之后的两天达到了最高潮。

　　北极论坛的超级发烧友在收到手机之后，第一时间对机器进行了全方位的剖析。

　　然后将他们的剖析所得和梦幻江南手机的各种缺陷对照，一篇篇战斗文如雪片一样飘飞刷屏。江南论坛随后反击，一场超过百万人参与的口水战就此在虚拟的网络上拉开了帷幕……

第六十章　血雨腥风

时光荏苒，转眼就到了下半年。

每年下半年国内智能手机市场便会出现一场堪称腥风血雨的大战，这样的战争可以说是越来越激烈。

智能手机时代是巨头的时代，巨头的介入意味着行业的重新洗牌，大鱼吃小鱼，小鱼吃虾米，每一次血战的背后都伴随着智能手机厂商的倒闭潮和兼并潮。

经过近两年的血拼，国内智能手机四百多个品牌杀到现在仅剩一百余家了。而今年过后，兴许这一百余家手机厂商还会被消灭一半。

从上半年开始，全球顶尖的手机厂商苹果、三星、荣誉、梅朵、畅想等都在磨刀霍霍，因而下半年将是新产品上市的高峰。

顶尖的厂商都会选择这时候推出各自的新一代旗舰机型。

大战在酝酿，硝烟已经开始升腾，各路媒体已经开足了马力，方方面面的炒作已经拉开了帷幕。全国互联网高峰论坛会议在京城召开，更是把各种话题炒作到了最高潮。

而在巨头们踌躇满志、畅想占领市场的时候，世纪前沿公司却是逆势而动。

在所有人都认为智能手机进入巨头时代，中小厂商面临残酷淘汰的当口，世纪前沿没有巨头背景，没有雄厚的资本，没有老字号的品牌，却像野草一样开始疯狂地生长。

从销量上看，世纪前沿梦幻江南版旗舰机型，上市一个半月，销量飙到了五十万部。

而这个数字随着粉丝们的口口相传，似乎还没有停滞的势头，而且还在一路走高。

乐观估计，这一款旗舰机年内突破一百万部的销量不在话下。

而另一款梦幻北极版的旗舰机，上市一个月，销量冲高到四十万部，从各方面势头来看，这一款机器隐隐是要后来居上。

在大屏手机成为主流的智能手机市场，一款小屏手机能够如此来势汹汹，的确是让很多人大跌眼镜。

从销量来看，梦幻系列手机和巨头比还不值一提，甚至最新一期的热销榜上都没有梦幻的名字。

但是梦幻系列手机可怕的地方不在目前的销量，而是关于这款机器的各种铺天盖地的话题和噱头，让人觉得一夜之间，全世界的人都在谈论这款机器。

在公司白领这个群体中，大家闲暇之时聊天，彼此交流的都是各种快速在梦幻官网上抢手机的经验。

就一个字"抢"，这就和买手机有本质的区别。

世界上甭管什么手机，只要手上有足够的银子，随随便便都能买到。可是梦幻手机你手上拿着钱，却看不到机器，必须要通过自己去抢，才有可能成为拥有梦幻机型的幸运儿。

还有一个字"斗"，梦幻机型两款，江南代表的是长江以南的粉丝群体，而北极则代表的是长江以北的粉丝群体。

围绕两款机器，引发一场南北粉丝的大战，双方各自在网络上大打出手，梦幻的两款手机再次在论坛上大热。

梦幻江南和梦幻北极谁更好？

北极的粉丝鄙视江南的花哨轻浮，江南的粉丝鄙视北极的老气陈腐，双方谁都不服谁，两款机器的每个零件都已经被铁杆粉丝逐一分析，研究透了。

网上关于这款机器的各种配置的帖子可以说汗牛充栋。

从硬件到软件，到用户体验，双方相互攻击，彼此嘲讽，只要是长江以北的用户，谁手上拿一款梦幻江南，那都得被朋友和兄弟们嘲讽吐槽一大堆。而长江以南的哥们儿谁手上拿一款北极机型，一帮兄弟非得跟你急不可。

两款不同的手机，上升到了南北争斗的高度，可以想象梦幻系列手机的可怕。

而这样的话题不断，让梦幻手机的知名度如同病毒一般疯狂地渗透到全国每一个角落。这样大的阵势，又怎能不引起业界的注意？

先是嗅觉最灵敏的媒体开始关注，可是他们很快就发现，他们根本无法找到这家公司的存在，他们甚至都不知道梦幻手机是出自一家叫世纪前沿的公司之手。

一家公司发布手机、打造品牌，事先没有任何造势，给人的感觉就好像梦幻手机是一夜之间从地缝之中蹦出来的一般。

这家公司是由什么团队构成的？资金来源有什么背景？目前公司的团队成员是从哪里来的？这个团队之前又有什么背景？

一切一无所知，从网上搜不到，从朋友那里打听不到，这家公司神秘得让人吃惊。

这样的神秘在眼球经济为王的今天，无疑显得太异类，而越是新奇异类的事情又越是好的新闻素材。

于是媒体开始了一场探索神秘之旅。

临港本土的媒体自然占了近水楼台的优势，临港新闻网开始不断曝光世纪前沿公司的种种背景。

这个时候，业界才知道这家公司的资金部分来自红树林，还有一部分资金据说来自香港千牛集团。

而红树林公司董事长马梨女士是这家公司的董事，千牛集团前副总裁王岳同目前担任这家公司的副董事长，他们两人各自占有公司股份的百分之三十。在商界江湖上，马梨和王岳同都算是大名鼎鼎的人物，他们两人的名字曝光出来，立刻就成了媒体关注的对象。

首先是红树林投资公司，这些年他们的投资方向都已经远离互联网行业了，这个时候突然涉足腥风血雨的手机市场，是不是意味着国内手机大战又要上升到一个新的高度？

而王岳同的身份也非常敏感。千牛集团是业务遍及全球一百多个国家的超级巨无霸，是一家真正意义上的跨国公司。千牛集团杀入内地手机市场，是不是意味着千牛集团在中国大陆又开始了新一轮的布局？

在大家的印象中，千牛集团是一家传统公司，其支柱产业在地产项目和全球物流方面，现在千牛集团突然进入新兴行业，这可能是一种信号的释放。

现在国内都在提转型升级，产业创新，莫非千牛集团也是在寻找某种转型和产业创新？

不得不说红树林和千牛这两家公司名气太大，以至于连最敏锐的媒体都直接忽略了公司的创业团队。

这样的消息经过媒体披露，然后国内外有影响力的媒体纷纷转载，很快在国内外引发轩然大波。

而这第一波就出现在千牛集团。

千牛集团汪先生被港交所约谈，在港交所被蜂拥而来的媒体围住，询问他关于千牛涉足移动互联网的问题。

汪先生很狡猾地回答："千牛集团是一家跨行业、跨地域的国际化集团，理论上集团涉足任何行业都不足为奇，媒体无须对此过多解读。"

然后媒体追问汪先生被港交所约谈是否和目前在国内大热的梦幻手机有关。

汪先生回答："今天来港交所不是因为约谈，而是过来看一看长期支持千牛发展的老朋友，同时也是来感谢长期投资千牛集团的投资人，和其他无关。"

媒体还是咬着不放，又追问千牛集团是不是要以移动互联网为跳板，强势布局大陆市场。

汪先生含糊地回答："千牛集团一直在全球布局，中国大陆是全球经济发展最活跃的地方，一直都是千牛集团业务重心所在……"

就这么一次模模糊糊的采访，千牛集团当天的股价飙升百分之八，而香港媒体和国内主流媒体都打出了"千牛杀来了……"这样充满视觉冲击力的标题，这样的标题很容易让人想到"狼来了"。

媒体似乎想通过这样的方式来为下半年手机江湖的血战继续造势，让本来就火热的江湖变得更加血雨腥风。

而第二波风潮来自红树林。

临港财经采访红树林董事长马梨，直言不讳地询问马梨和梦幻手机的关系。

对此马梨毫不回避地回答，称红树林投资了梦幻手机，而且她更是大赞梦幻手机的产品质量，对这款手机的市场信心非常足。

而且她还说，未来的市场在移动互联网，这将是投资的新沃土，红树林作为国内最知名的风投公司，肯定不会错过这样的新兴市场。

两大巨头齐齐表态，似乎给世纪前沿也烙上了巨头的印记。

如果真把智能手机当成一个江湖来看，那任何在江湖上生存的厂商地位都很重要。

那些崛起于草莽，从山寨机转型过来的厂商，总是被人冠以"绿林"的称谓，在媒体的笔下，那些都是被消灭的对象。

而但凡有巨头背景的公司，背后靠山扎实，这样的公司可能最后会成为市场的弄潮儿，成为最后的赢家。

即使这样的公司坚持不到最后，但是也能通过出售、上市让投资人赚一个盆满钵满。

资本主义嘛，资本为王，弱肉强食，物竞天择。

梦幻手机系列现在看来势头正猛，媒体对此兴趣就更加浓了，因为从已知的信息来看，梦幻手机将会成为今年手机市场上来势汹汹的一匹黑马。

第六十一章　打太极

海王大厦顶楼，红树林总裁办公室。

马梨揉了揉太阳穴，放下手中的文件，秘书小刘笑嘻嘻地走进来道："马总，您累了吧？您这一言激起千层浪呢，这几天公司收到的关于互联网的项目计划书可以说是汗牛充栋。李总那边看都看不过来，刚刚让您看的这几份，都是李总看过觉得还算靠谱的项目，但心里没底，让您把关呢！"

马梨伸了一个懒腰，道："行了，以后这种项目计划书无须送过来了。李总那边的计划书找个废品收购商全当废纸卖了吧！目前国内值得投资的公司很少，互联网行业泡沫严重，我们不能真把重心放在这一块。还是要专注于我们熟悉的行业，世纪前沿这家公司都是丫头瞎忙活弄出来的，不能够让我们烙上改变投资方向的印记。"

小刘叫刘丽，红树林公司的职员，但凡是女高管，公司里的人一般称之什么姐的多，但是刘丽人人都叫小刘。因为她真的很小，不仅年龄小，而且个子也小，标准的袖珍型美女。

红树林的员工都知道，小刘是马总的贴身秘书，是马总真正的心腹。

小刘一笑，露出一口洁白的牙齿，道："梦可眼光很准，梦幻手机现在成了时下大热门了，您这一笔投资现在看就已经赚得盆满钵满了！"

马梨轻轻哼了一声，道："我宁愿不赚这个钱，为了她那家公司，我上个月什么工作都没做。一帮愣头青，办公司没有一点经验，客户订单下来了，才临时抱佛脚想到组建团队，这样的公司从管理上来说，就是不合格的。"

小刘又是一笑，却不说话了。她就是马梨肚子里的蛔虫，现在世纪前沿公司这么火爆，马总心里还不知多高兴呢！

真要是不高兴，这几个月忙前忙后，放着偌大的红树林的事情不做，却天天替世纪前沿站台？

心中高兴，嘴上却另一套，这固然是因为母女之间的特殊关系，让她不好意思将喜悦表现在脸上。

更多的因素只怕是朱恩和梦可两个人很有可能走到一起，她心中不是滋味呢！母女俩都是犟脾气，马梨可以掌控整个红树林，却掌控不住自己的女儿。

梦可也根本不会按马总给她安排的路走，红树林这么大的公司，梦可根本不感兴趣呢，人家是憋着气要开创自己的事业啊。

"小丫头片子就知道笑！好了，差不多该下班了，我们晚上吃点什么？"马梨淡淡道。

小刘道："晚上您不是有饭局吗？"

马梨摆摆手道："不去了，不去了，晚上咱们就在楼下火锅店吃点，然后打个包去天地大厦那边看看。那个丫头，工作起来玩命，咱们不去，说不定她又得半夜才吃晚饭。年轻人不懂得珍惜身体，这么拼下去，尤其是女人，很容易衰老，这一天不盯着她，我就不放心！"

小刘点点头，心中却暗暗觉得好笑。心想这真是现实版的丈母娘防女婿呢，老板做得还真绝。

海王大厦红树林公司前台，来自《财经报》的记者谢亮等得有些心急，《财经报》和红树林之间的合作比较多，谢亮和马梨也是老熟人。这一次他特意从京城飞过来，刚下飞机第一个饭局就是约的马梨。

谢亮这一次来可是带着特殊使命而来的，虽然他是《财经报》的记者，可是他的姐姐谢明珠可是国内大名鼎鼎梅朵集团的董事长兼总裁。这些年，谢亮一直为梅朵提供信息咨询服务，为此他能得到一笔不少的报酬。可是今年，他这个号称"商界百事通"的记者出大糗了。

在临港突然冒出了一家叫世纪前沿的公司，做出了两款梦幻手机，一夜之间攻城略地，席卷全国。

别说是一众厂商措手不及，就连他这个长期关注手机行业的资深记者和评论员也是目瞪口呆。

终于随着媒体的披露，这家公司的背景似乎在渐渐清晰。

可是仅仅媒体目前披露的这些信息显然不够。因为媒体现在聚焦点根本不在世纪前沿手机团队身上，而是将目标全部放在红树林和千牛集团，努力要营造出一种手机江湖巨头会聚，下半年江湖会更加腥风血雨的氛围。

对媒体人来说，什么有噱头就炒作什么，因为这样才会有读者。

然而对谢亮来说，这些东西都是扯淡，他必须要搞清楚现在世纪前沿究竟是一帮什么人在运作。

红树林是投资方，千牛也是投资方，那创业团队是哪些人组成的？这些人有什么过人之处？关键是他们下一步准备怎么干？是不是还有更新的产品要推出来？

他关心这些，而且谢明珠等一帮厂商也都关心这些。

商界是没有硝烟的战场，知己知彼，百战百胜，连现在世纪前沿是什么人在运营都没搞清楚，这不是闹笑话吗？

其实谢亮最早发现了这家叫世纪前沿的公司，当时他还给谢明珠通过电话，可是这个要强的姐姐哪里会在意一家寂寂无闻的新公司？

她甚至开玩笑说，智能手机行业每天都有公司开业，每天都有公司倒闭，每一家公司都去调查，哪里有那闲工夫？

可是这话才说了几天，谢明珠的电话就打到了谢亮那里，这一次她的语气不再平淡了。虽然她努力想让自己表现得更淡定一些，说的话也很委婉，大致是暗示谢亮应该去帮她关注一下这家公司，但是凭多年记者的经验，谢亮还是从谢明珠的语气之中听到了一种久违的恐慌。

而谢亮真正开始研究世纪前沿的时候，也是吓了一大跳。

这家公司完全不按套路出牌，从产品研发到产品营销，走的都是奇怪路数。公司的团队就两个字"神秘",公司的营运就四个字"不按套路"。

如果仅仅是神秘和剑走偏锋不可怕,关键是世纪前沿的做法这是要抄所有手机厂商的老底。

他们将国内为数不多的手机发烧友全部网罗在了手上,成千上万人跟着他们起哄,在全国范围里营造出一种抢手机的气氛,手机厂商们酝酿的血腥大战,他们根本不屑一顾。

因为这家公司目前只有两款手机,用这两款手机自己玩双手互搏,而且斗得还激烈得很。南北双方大战愈演愈烈,完全将其他的竞争对手无视,这太可怕了。

这样的争斗根本没有输家,斗得越凶,公司赚得越多,而且这一招将手机行业所有的噱头都抢了过去,让备受关注的智能手机厂商之间的血拼,变得没有话题感,用户对此都漠不关心了。

这不是抄大家的底是什么?

两款手机,没有品牌,没有知名度,短短一个多月热销百万部,而且看架势还要高歌猛进,这样下去,今年下半年其他的厂商都得哭不可。

这个时候荣誉、畅想、三星这些公司肯定都在纷纷想对策,别人想的什么招谢亮目前不清楚,但是谢明珠想的招则全都托付给了谢亮,这个担子不可谓不沉重啊。

一杯杯地喝水,终于等到了下班时间,眼看着马梨从会议室出来,谢亮立刻笑嘻嘻迎上前去,老远便道:"马总,几年不见您越发年轻了,您好!"

马梨愣了愣,瞬间哭笑不得,道:"小谢啊,你真行,竟然不声不响跑到了公司猫着,看来今天这场饭局我无论怎么逃都逃不掉了!"

谢亮狡黠地一笑,道:"马总,你我相识多年,老朋友见面一起吃顿饭,您有必要躲吗?"

马梨摇摇头,道:"倘若真是这样就好了,你这家伙醉翁之意不在酒,别以为我不知道你的目的。好吧,我如实坦白,世纪前沿的情况我真不知道,你我是老朋友我不骗你。他们这帮人牛得很，别看我马梨在海王大厦威风凛凛，一言九鼎，可人家这帮年轻人跟我说三句话就开始犯冲。都说我投资这个项目眼光准，其实他们哪里知道这钱我还真不愿意赚，都怪我那丫头，趁我在加拿大的时候就硬把合同给签了，我回来反悔都来不及。"

马梨摊摊手，道："说了不怕你笑话，我现在好歹算是这个公司的股东、董事，可是一点话语权没有。因为公司章程上明确写了一条，公司投资人只占据股份，不能行使股东权，对公司的运营更是完全没有话语权。

"新产品发布的时候，我想去露露脸，人家硬生生地给顶了回来，还说什么他们的产品根本没有发布会。气得我当时差点冲过去把投资拿回来，你说他们这算什么？哪里有手机新品发布没有发布会的？他们摆明就是不让我这个老婆子在他们面前指手画脚呢！嫌我碍事……"

马梨一席话，听得谢亮是目瞪口呆，这些话听上去很荒诞，可是以谢亮的第一感觉来分析却又觉得这些话不像是胡编乱造的，这究竟是怎么回事？

第六十二章　媒体大战

马梨是何许人也？在商界打拼到了五十多岁，她什么场面应付不过来？别说是谢亮，就算是梅朵的谢明珠亲自过来，她也绝对能滴水不漏地应付过去。

反正她说的话都是半真半假的，说是假的吧，她的确为了世纪前沿投资的事情，一度弄得不怎么愉快，而且世纪前沿的公司章程还真规定了创业团队对公司运营的绝对权力，投资人不能干涉公司运营。

说是真的吧，她这种说法未免有些夸张，实际上最近她一直在替世纪前沿站台。

这家公司毕竟是草创，虽然几个年轻人都不错，但是毕竟没有掌控大场面的经验，而且人际关系相对来说也比较单薄。

梦幻系列手机的意外火爆，打了大家一个措手不及。

关键时候马梨和王岳同这等老人还是能起到"定海神针"的作用。但是马梨撇开这些都不说，对着谢亮就是一通吐槽，她这么做，就是要让谢亮摸不着头脑。

现在这个时候，正是世纪前沿销售的关键时期。

一个公司的营销，最重要的就是要有话题。梦幻手机大卖，固然是因为产品不错，但是真正火起来靠的就是层出不穷的话题。

现在围绕世纪前沿公司的背景，又产生了新的话题，这些话题被各路媒体炒作，越炒作越出名，梦幻手机的销量就会越好。

一件有话题的事情，往往都有未知的神秘。倘若这个时候大家把世纪前沿的一切都刨根问底搞清楚了，那话题效果就减弱了。

唯有各路媒体纷纷想办法，一点点的像挤牙膏一般，今天刨一点内幕出来，明天挖一点干货出来，这个话题才能保证长盛不衰。

再说了，朱恩这帮人现在根本没有空应付记者。每天冲销量、整合团队、发包裹、抓服务，事情多得让人焦头烂额，吃饭都顾不上，还顾得上接受媒体的采访吗？一家草创的公司，通过这样的方式完成快速的膨胀，其实是很高效的。

经过这一次销售大战，明年世纪前沿公司的团队一定会急速膨胀，人数很可能会超过一千。

如果是不温不火慢慢地组建团队，一家公司要完成这样的团队规模，至少需要三年的发展。

但是现在是销售倒逼公司组建团队，就如同战场上炮声响起来了再招兵买马一般火烧眉毛的时候，各方面资源运用便会达到极致。

这个时候管理团队虽然累一些，但是一旦扛过了这一波之后，必将打造出一支精干、高效的团队。

谢亮这一顿饭吃得不是滋味，他本以为今天见到马梨就会大有收获，可没想到什么收获都没有。

马梨似乎根本没撒谎，对公司团队的人员构成，她所知道的都说了。

"对了，小谢，公司团队有个人你肯定认识，就那个欧洲矮胖子杰瑞，他以前不是梅朵的营销总监吗？现在世纪前沿的营销总监就是他，这家伙那一张自吹自擂的嘴，着实让人反感，也不知道当年梅朵的谢总究竟是看上了他哪一点了。"马梨夹了一筷子菜，边吃边道。

可这话被谢亮听到则不啻于耳边响起了一道惊雷，他足足愣了三四秒钟，筷子都差点掉地上。

"杰瑞？我的天啊！您刚才说这家公司的董事长是谁？朱恩？哪里冒出来的这家伙，他和杰瑞怎么认识的？这个人没听说过啊……"谢亮皱眉。

马梨苦笑道："你没听说过，我之前也没听说过呢！听说以前这小子是做通信业务的，在一家小公司干了几年业务，谁知道他是哪里来的勇气，竟然敢杀入现在的智能手机市场，而且还出人意料地一炮打响了。有时候我常常琢磨这事儿，最近网上不是流行一句话吗？'高手在民间'，这家伙估计就是一个手机超级发烧友。"

谢亮哈哈一笑，马梨这句话他是听出来了，这是在忽悠自己呢！高手在民间？那不是扯淡吗！杰瑞是什么人？这家伙能力的确很强，可是本性实在太让人反感，真就是个要钱不要命的主，在中国大地上有哪一位民间高手能够忽悠住像杰瑞这样的人？如果真有这么一个人，那他就不是人了，而是妖孽。

什么民间高手，他还就真不信没有王屠夫，自己就得吃带毛的猪。难道不靠马梨自己就挖不出这个朱恩的身份吗？这个念头刚刚滋生，谢亮的手机就响了，一看来电，正是老姐打过来的。

他连忙向马梨表示歉意，站起身来到一边去接电话。电话接通，就听到谢明珠那心急火燎的声音："亮子啊，到临港有什么收获？"

谢亮连连叫苦，有个狗屁收获，白请人吃了一顿饭，不过对这个姐姐，他实在是不能如实说。都说姐姐是知性美女，只有他知道自家老姐那真是个下山的母老虎，自己倘若说没收获，那保证立刻就会惹来一通劈头盖脸的臭骂。以谢亮的身份，在外面没人敢骂他，可是谁让谢明珠是他的老姐呢？

没有办法，他只好把杰瑞的事情给谢明珠做了汇报，谢明珠在电话那头也愣了很久，然后用一种近乎咆哮的语气道："你刚才说的朱恩究竟是谁？有什么背景？你搞清楚了没有？"

谢亮苦笑道："姐，从目前来看这个人似乎真没什么背景，以前在通信公司做销售，应该是个手机发烧友，以前没有在大公司从业的经历。我觉得这有可能，不是有句话叫'高手在民间'吗？"

谢亮不说这句话还好，一句"高手在民间"却让谢明珠动了肝火："亮子，你脑子进水了？高手在民间？杰瑞是什么样的人，有什么民间高手能够忽悠住这个视财如命的矮胖子？你呀，都不知道你是怎么混上《财经报》资深评论员的，思想真是幼稚。有道是知己知彼，现在你得马上想办法安排一场媒体战，一定要想办法把他们的这股风头压过去，要不然今年大家都没好果子吃！"

谢亮哭笑不得，觉得自己比窦娥还冤，这话不是他说的，而是马梨说的啊，他这不是白白地背了一个黑锅吗？就在他觉得委屈的时候，突然脑子中似乎冒出了一丝灵感，他连忙道："对了，姐，咱们怎么就没想到杰瑞的背景呢？这家伙以前在诺亚工作，我估计这个朱恩以前也是诺亚的高管。除此之外，没有任何理由解释得通，也只有当年诺亚的那帮人才能让杰瑞这样视财如命的人放弃梅朵的千万年薪，甘愿去跟着他们起哄，干一场轰轰烈烈的大事……"

谢亮这一说，脑海之中灵感越来越多，越想越觉得肯定就是这么回事，他兴奋地道："姐，我觉得一定是，你觉得……"

谢亮心情急切，却发现电话那头的谢明珠陷入了沉默。就这样沉默了足足一分多钟，谢明珠声音变得很平静，她以一种很寻常的口吻道："我知道了，这个人是'瓜子'。唉，还说什么'高手在民间'，这个人哪里是民间高手？后悔莫及了……"

谢亮一头雾水，道："瓜子，什么瓜子啊？"

"还能是什么瓜子？这个人就是当年诺亚亚太区唯一的中国籍策划总监，代号是'瓜子'的家伙，还什么瓜子呢！拜托，你也算是业界的一分子了，能不能不要这么幼稚？"谢明珠的语气很沉重，很快她话锋一转，道，"好了，你准备一场媒体大战吧！重点抓住三点，你记住，第一点是梦幻手机的缺陷和欺骗用户的证据；第二点是要抓住诺亚这个失败团队做文章，记住在你的稿子中不要出现'瓜子'这个代号，要让所有人都明白，一个失败的团队，不可能做出成功的产品；最后一点，你要拿他们故弄玄虚、用饥饿营销的卑劣手段炒作。另外，利用他们搞南北对立破坏社会稳定写出辛辣的文章，最好能引起有关部门注意。

"要点就这么多，畅想那边的调查公司已经反馈了结果，我们两家公司共享信息，笔杆子你来掌控，大局你来操作。记住要快，尽量最快，再迟一刻，黄花菜都要凉了……"

谢明珠终于挂断了电话。

在华南另一个沿海城市的办公室，谢明珠一屁股坐在靠背椅上，浑身的力气似乎被这一通电话给抽干了。

"瓜子"这个人她当年可是存了心思的，作为国内知名的企业家，谢明珠是少数有战略眼光和人才眼光的强者，只可惜，对"瓜子"的重视还是不够啊。

看看这一次梦幻手机的突然发力，从产品到营销，这一套组合拳简直是可以直接写入哈佛的营销教材了，这样的人才何其难得？这样的人才不能为梅朵所用，这是梅朵的悲哀，也是谢明珠的悲哀……

现在的市场很难弄了，谢明珠一咬牙，觉得非得出狠招不可，必须拿出气势将这一家公司击溃，付出十个亿，换来一次收购机会也是值得的……

第六十三章　反戈一击

梦幻江南上市两个月整，梦幻系列手机销量已经冲高到了一百八十万部。

单从销量上看，这个数据已经算是一个奇迹了。

要知道就这个销量，世纪前沿的利润就已经超过了一亿八千万，从盈利来说，世纪前沿现在可以自豪地说是国内手机厂商中最盈利的公司。

但是朱恩等人已经敏锐地察觉到了隐忧。

因为最近半个月的销量出现了下滑的势头，这个势头来得很猛，这意味着世纪前沿现在出现了第一次危机。

说危机可能有些严重，但是目前的手机江湖竞争进入白热化，世纪前沿一旦冒头，肯定要遭到来自其他厂商的攻击和打压，只是仅仅两个月，这种压力就来得如此猛烈，应该说也出乎朱恩团队的意料。

当然，还得要怪大家都忙着销售和团队组建，忙着公司内部的事情，没有能力去关注外面的动静，要不然肯定有化解的机会，不至于像现在这么被动。

目前主流媒体、智能手机的主流论坛对梦幻手机的系列评论开始出现一面倒的趋势。

很显然是有人在操纵，梦幻系列手机的每个弱点都被人有意放大。

从技术、营销上，全方面对梦幻系列手机进行攻击，应该说这一场媒体战算是打了朱恩团队一个措手不及。

天地大厦十八层世纪前沿的小会议室里，参加会议的人的神情都很严肃。

杰瑞嘴中念念有词，不住地嘀咕："下三烂的骗子，用这种下三烂的手段，真是该死！该死！Shit……"

一旁的余怀冷冷地道："杰瑞，你该为自己的工作失误负责，产品的销售出现如此大幅度的下滑，你应该给公司一个解释……"

"老余……"杰瑞站起身来，夸张地挥手道，"你应该知道，我已经尽力了！我们没有资本和他们打媒体战，下半年是新产品上市的高峰期，这个时候每一家公司都在炒作，都在用各种办法来博眼球。在这个时候，我们的论坛用户已经趋于饱和的状态，怎么再掀起高潮，不是我一个人能做到的事情……"

"好了！不要吵了，没什么大不了的，兵来将挡，水来土掩！不就是被人打压吗？这种事儿我们应付起来还会缺乏经验？还是一句话，他打他们的，我们打我们的！有道是光脚的不怕穿鞋的，在这个时候他们找我们打媒体战，首先就是他们没有认清自己的位置……"

朱恩开口道，一句话直指要害。

的确，大公司和小公司打媒体战，大公司永远被动。因为越大的公司，越经受不住攻讦和质问，媒体一旦曝光了他们的某种问题，这个问题一旦放大，很有可能就是灾难。

现在国内的几家公司为了博取眼球，突然齐齐向梦幻手机开火，从战术上来说就是不对的。

可能他们没有意识到这样的错误，但是朱恩的团队可不是乡巴佬出身，当年他们都是服务于全球第一手机企业的高管，在处理这些问题上还会缺乏经验吗？

所以朱恩一语说中关键，会议室的气氛立刻就活跃了起来，马梦可道："我看过了，几乎所有的媒体消息都来源于《财经报》。《财经报》那个叫谢亮的记者是谢明珠的亲弟弟，他写的文章全都出自谢明珠的授意无疑。我觉得要反击，咱们首先将矛头指向梅朵……"

"不错，就是梅朵，可恶的梅朵，可恶的谢……"杰瑞激动地道，"我了解她，她最擅长炒作，而且各种炒作手段无下限。咱们要反击！"

余怀冷冷一笑，道："反击？说得容易，你怎么反击？人家的手段很高明，都是指向产品弱点和缺陷的，你能说咱们的产品没有弱点和缺陷吗？"

杰瑞盯着余怀，道："老余，你的意思是说我们的手机真有缺陷？那既然如此，你作为技术总监，你该要负什么责任？"

余怀没料到杰瑞的反击这般犀利，气得一佛出世，二佛升天，一拍桌子站起身来道："你……"

朱恩恰到好处地咳了咳，道："你不要激动老余，听杰瑞说完！"

杰瑞得意地一笑，示威一般地看了余怀一眼，然后才极富有激情地道："我们的梦幻机器绝对没有缺陷，任何对我们缺陷的攻击都是恶意的中伤，我们要起诉这些恶意攻击我们的媒体，首先我们要起诉《财经报》。这个官司要打起来，我们要打得他们晕头转向。

"我们要告他们毁谤，告他们侵犯我们的权利，我们要让全国人民都知道，他们和我们梦幻团队全国一百八十万人为敌，是一个巨大的错误！"

杰瑞自诩是营销天才，睁眼说瞎话那自然是一点也不脸红。

要不怎么说营销人员思考问题的方式和技术人员思考问题的方式截然不同呢？

朱恩点到即止，很快大家就各抒己见，拿出各种方案来。

这些方案应该说很多都可以操作，而且可以预想效果不错，但是大部分方案朱恩都直接否决。

王岳同搞不清朱恩的想法，凑过头来道："朱总，你的意思是……"

朱恩咳了咳，道："在考虑如何反击之前，我必须要强调两点。第一点，我们在市场上不存在竞争对手。梦幻系列手机分为梦幻江南和梦幻北极，我们的竞争对手永远只有梦幻自己。刚才杰瑞不是说了吗，我们的手机是没有缺陷的，是完美无缺的，既然这样，谁能做我们的竞争对手？

"这一点我们必须要把握住，我们永远要有上位者的心态，当今的手机江湖，我们就站在盟主的位置上，下面其他的厂商都是蝼蚁一般的存在。

"这是个心态问题、理念问题，我们坚持这个理念，将决定我们反击的方式。"

朱恩此言一出，全场鸦雀无声。

杰瑞能说瞎话，朱恩说瞎话的本事比杰瑞强一万倍，梦幻手机全球无竞争对手？这话听起来荒诞滑稽，但是仔细品味，却似乎极有深意。

当年朱恩团队做出双手互搏的营销策略，这个策略目前获得了空前的成功，以后要获得更大的成功，就必须坚持朱恩刚才说的理念。做手机就要专注做自己的手机，做营销也要做自己的营销，要眼中没有江湖，这样才能做出自己的特色来。

而心态上，要藐视一切对手，将他们通通看成蝼蚁，看成纸老虎，就是要用双手互搏的套路，将其他手机厂商的老底全部给抄了，让他们欲哭无泪，最后通通给梦幻手机让位。

朱恩说的意思就是做手机思想主旨不能变，要打赢这一场仗，就必须要独辟蹊径，不能按照传统的套路。什么公司起诉对方，和对方打官司云云，那都不符合这种王者心态，都有可能破坏公司将来的营销战略。

大家沉思了很久，杰瑞突然伸出一个大拇指，道："老朱，你牛！不愧是当年的第一策划，我服你！"

他扭头看向余怀，嘿嘿一笑，道："老余，你该学着点儿，在这种会议上，你作为一个陈腐的技术疯子，最好少说话。咱们听老朱的！"

余怀哼了哼，不作声。他心中清楚，要说手机技术，他能和朱恩拼一拼，但说到其他方面，他有自知之明，根本无法跟狡猾的朱恩相比。

朱恩淡淡地一笑，道："毛主席曾经说过，从群众中来，到群众中去，咱们既然是经营粉丝，就要想到发动粉丝。我们要意识到，有那么多人恶意攻击我们，我们能忍，我们的粉丝能忍吗？所以刚才这些都没有异议，但是公司不出面，我们要打一场粉丝战争，要让一切反动派陷入到粉丝战争的汪洋大海中去，这一战我们必胜！"

朱恩站起身来走到白板前面开始布置反击战术……

第六十四章　昏招

谢亮最近有些得意。

在公关媒体这一方面，他不仅手头的资源丰富，而且经验老到。

世纪前沿公司毕竟是一家新公司，一帮年轻人创业，有技术，有才干，有能力，就是缺乏经验。

不重视媒体营销，世纪前沿可以说犯了大忌。

另外，世纪前沿手机的研发方式虽然巧妙，但是这样的研发却将自己的技术大部分都公布出去，未免有些不明智。

这个世界上没有无缺陷的产品，谢亮目标聚焦在梦幻系列手机技术和设计上的硬伤，频频撰文，然后请一帮枪手，很快就能让网络和媒体上充斥关于梦幻手机的负面消息。

这些负面消息一出来，恰好梅朵手机上市。

用这种方式，将梅朵手机的优势和梦幻手机的劣势一比较，来一个田忌赛马，可以说漂亮至极。这样的营销给人的错觉是梅朵很完美，产品无缺陷，目前市场上最好的手机便是梅朵的手机。

虽然这种说法听上去就很假，但是大部分手机用户都不是铁杆粉丝。

他们也不知道梦幻手机和梅朵手机究竟谁好，人都有从众心理，营销首先需要营造出话题效果，话题一旦出来了，然后再就是博取眼球，这就是所谓的"眼球经济"，对消费电子产品而言可以说是撒手锏。

在谢亮看来，梦幻系列手机的风头一旦压下去，他们就很难在下半年再有作为。

下半年的手机市场争夺战，终究还是几大巨头之间的竞争。

梅朵、畅想、荣誉，几大巨头轮番出招，在今年下半年赚足眼球，健忘的消费者很快就会忘记曾经昙花一现的梦幻系列。

当然，梦幻还能占据一部分市场，但是这一部分市场绝对威胁不到巨头的位置。

谢明珠就是要达到这个效果，只要世纪前沿威胁不到巨头的位置，几年之后，行业重新洗牌，江湖沧海桑田，那又将是一个新宇宙。

移动互联网行业瞬息万变，任何公司都不能落后于变化，所谓逆水行舟，不进则退。

将来的智能手机行业存活不了太多的公司，被巨头压制的世纪前沿以及梦幻品牌，将来终究免不了被收购的命运。

"老谢啊，你还坐得住吗？你也不看看外面现在吵成什么样子了，梅朵新机器只怕有些不妙呢，你老姐恐怕饶不了你！"

谢亮眉头一皱，倏然站起身来道："怎么回事？今天不是新产品发布会吗？发生了什么事情？"

谢亮浑身一激灵，今天梅朵重金打造的发布会在黄海世纪会所举办，谢亮没有去，因为这段时间他实在太累了，现在大局已定，他已经胸有成竹了。再说了，发布会一般不会存在变数，莫非出了意外？

和谢亮打招呼的是京城财经报业集团副总裁周升，他推了推架在鼻梁上的眼镜，道："老谢，你捅了马蜂窝了！你看看今天的财经新闻吧……"

谢亮连忙开启电脑进入浪潮网的财经频道，今天是梅朵新产品发布会，作为国内网络龙头媒体，财经频道肯定有相关报道。

网页一打开，进入财经频道，谢亮一下愣住了。财经频道头版标题：《梦幻十万粉丝会聚黄海，搅局梅朵新品发布会》……

谢亮愣了半响，只觉得脑袋"轰"地一声炸开，点击标题进去，图片新闻中有各种从现场拍摄的照片，全部都是梦幻手机的所谓的粉丝。

这些粉丝举着条幅和牌子，将梅朵新品发布会会场外围团团围住，他们在干什么？他们要干什么？

文字新闻说得很清楚，这些人都是梦幻手机的粉丝，是找梅朵讨公道来了，声称梅朵刻意抹黑梦幻手机，他们今天就是来搅局的。

这个新闻是轰动的，绝对是轰动的，可能在国内整个手机行业，还是第一次出现这种情况。

谢亮的脸都绿了，因为今天的黄海国际会场肯定云集了国内数百家媒体，为了这场发布会，梅朵投资了数千万，这个时候出现了这种轰动的新闻，可以想象，现在各大报纸、网络媒体、电视媒体的新闻将是一种什么局面。

俗话说媒体就盼事儿多，媒体就不怕乱。只要出了事儿，有了乱子，就有无穷的话题，话题一出来，不管是真是假，大家都争相报道，因为这是抢销量、抢流量的必备法宝。

可能昨天全国人民都还不知道梦幻手机，但是今天这么一闹，但凡关注梅朵新产品的人，绝对都知道了梦幻手机……

梦幻手机是很强，但是毕竟诞生的时间还很短，他们跟梅朵比，还只是一个蹒跚学步的孩子。

而双方的市场占有率也完全不是一个等级，梅朵手机国内销量是千万部以上的，梦幻手机现在卖一百多万部已经算是奇迹了。

梅朵经过多年的积累，才有了现在的知名度。

现在梦幻手机等于是搭了梅朵新品发布会的便车，让梅朵今年围绕着发布会的一切炒作和策划都被梦幻手机十万粉丝齐聚黄海的新闻所占据。

谢亮猛然一拍脑袋，一拳狠狠地砸在桌子上，道："这不是胡来吗？哪里有这么干的？"

他突然意识到自己犯了一个巨大的错误，这个错误就是忘记了梅朵是国内一线品牌，一家一线品牌去和梦幻手机过不去，这本身就是吃亏的事情。

谢亮以为他做得天衣无缝，就算世纪前沿公司不爽，也应该想不到妥善的对策。打官司他也不怕，因为没有证据打官司，那不是恶意炒作是什么？

他万万没有想到，对手的出手会这般阴。公司躲在后面，粉丝冲在前面，粉丝才不讲什么证据呢，一通横冲直撞，将发布会搅得稀巴烂，梅朵找谁去理论？

这种炒作其实很简单，在娱乐圈这种炒作如家常便饭。

那些二、三线女星为了博出位，最快的方法就是和一线男星炒作绯闻，绯闻一出，很容易就让这些二、三线女星增加曝光度。

舍得一身剐，能把阎王拉下马，娱乐圈的女人只要足够无耻，成名有时候很容易。

现在梦幻手机就玩了这一招，谢亮以为自己聪明，现在聪明反被聪明误，偷鸡不成蚀把米。他毕竟是久经沙场的老将，经过了短暂的凌乱很快便镇定了下来，开始想应对之策。

然而对手却似乎根本不准备给他机会，因为围绕着这件事的炒作，一场发布会才刚刚开始。

接下来几天，梅朵手机新产品的评论文章在各个电子论坛、主流媒体上开始呈现泛滥之势。

也不想想有多少人在闹事，十万人中有百分之一的人能拿笔杆子，那就一千人。

一千人将梅朵手机拆个遍，还怕找不到梅朵手机的缺陷？

实际上梅朵的产品和梦幻系列手机不在一个层面上，因为梅朵擅长的不是手机技术，他们就是靠营销取胜，谢明珠天生就是一个热衷营销的天才。

这一来在技术上先把梅朵新品 S8 扒得干干净净，然后将梅朵和梦幻手机一比较。

网上很快出现了所谓的十大缺陷、二十大 BUG，不会撰文的粉丝直接上传视频，一部梅朵和一部梦幻机放在一起用，从基本功能到用户体验，视频网站的版面都要被黑掉了。

这样的营销规模，哪里是谢亮的策划能比的？

谢亮的媒体资源是丰富，可是媒体都是追逐话题而存在的，话题一来，纷争一起，大家都不嫌事儿多，这个时候不推波助澜什么时候推波助澜？

这一推波助澜，梅朵的谢明珠成了头号明星，大家都追着她走，想听听她怎么说。

而世纪前沿那边媒体发现追不到人了，试想这么一场大战哪里能不树立两个活生生的对手？

现在谢明珠可以配插图了，但梦幻手机究竟是什么团队做出来的？

这一个谜底揭不开，媒体又有了话题，话题一来又有了大量打破砂锅问到底的人。

本来已经变冷的话题，现在重新变热了，一时各大财经媒体上梦幻系列手机已经成了出现频率最高的词汇。

这些可都是主流媒体，这些媒体最擅长的就是从各种不同的角度去挖掘新闻素材，以此来求得话题效果。

现在关于梅朵发布会以及梦幻系列手机十万粉丝的事情，不管从什么角度去挖掘，都是话题不断、谜底不断，这样的形势，很快就演变成一场国内财经媒体的狂欢。

而在全民娱乐的世界，这样的狂欢很快被娱乐化。

网友开始炮制出各种段子，段子手们也一夜之间变得活跃，有了灵感，各种妙语连珠，让这个话题变得无限广阔。

谢亮自己挖了一个坑，准备将别人埋了，现在他想埋的人是谁，全国媒体都在寻根索源地去找，反倒是他自己不知不觉掉坑里去了，头顶上不断有东西砸下来，一不小心就会有被活埋的危险。

第六十五章　高招

　　谢明珠出了昏招，业界的人们都看得明白。

　　谢明珠错在哪里？要说她错就错在和不知名的对手交手，吃了信息不对等的亏，梅朵那么大，谁都能去了解，世纪前沿那么小，谁都不了解他们。

　　双方信息上的严重不对等，让她出了昏招。

　　而世纪前沿的应对也的确巧妙，朱恩的团队营销核心就是经营粉丝。

　　而一旦梦幻手机遭受到了竞争对手的压力，朱恩就巧妙地组织粉丝冲在前面，让粉丝说话。

　　这一点梅朵比不了，梅朵手机年销量纵然能有上千万部，但是梅朵只有用户，没有粉丝。

　　粉丝的力量是巨大的，梦幻系列手机虽然上市的时间短，但是已经拥有了不容小觑的铁杆粉丝。

　　梅朵能够打压朱恩的团队，但能压住梦幻手机的那么多粉丝吗？所以这一场纷争从一开始朱恩团队发动的就是粉丝战争，朱恩团队依旧很神秘，业界对他很陌生，但是不用他出手，谢明珠就已经陷入了极其被动的境地。

　　梅朵新上市的手机被梦幻手机的粉丝攻陷，产品的各种缺陷被各种匪夷所思的手段无限放大。

　　梅朵耗资千万的新产品发布会反倒成了梦幻手机的推手，这一来，在手机江湖不亚于引发了一场地震。

　　而这场地震带来的最直观效果是梦幻江南和梦幻北极在销售走低半个月之后，重新开始飙升。

　　梦幻手机越走高，媒体炒作越热烈，谢亮虽然是媒体人，在公关媒体方面经验资深，但他毕竟还做不到一手遮天的地步。

媒体就是靠话题赚钱，话题越多，媒体越火。

在巨大的利益面前，他们哪里还能只顾交情不顾利益？

商场如战场，没有永远的敌人，也没有永远的朋友，只有永远的利益。

谢明珠坐不住了，这位商界有名的美女董事长要出招了。

通过媒体隔空喊话，放出话来要和世纪前沿打官司，告世纪前沿怂恿不法之徒扰乱梅朵经营，他们已经把起诉书递交给了南粤省第一人民法院，并且声称法院已经立案。

这一来，业内人都看得出来，谢明珠发了狠，摆出了要和世纪前沿死磕的架势。

其实企业间相互起诉，很多时候并不是真的追究什么，这本身就是一种炒作手段。

这种事儿在互联网企业最为常见，一些知名度低的企业为了博知名度，最喜欢起诉目前互联网行业的巨头。

国内互联网行业本来就不规范，几大巨头的经营常常也喜欢打擦边球，这无疑也给了一些所谓的弱势公司很多机会。

这种烂官司打起来，往往是弱势的一方先媒体造势，做出一副正义委屈的样子，先把姿态做足，营造噱头十足的话题。话题不断被炒作，他们也就跟着不断地提升知名度，官司有什么结果，原告其实是不怎么重视的。

按理说这样的方式很拙劣，但偏偏屡试不爽，所以在传统行业的企业看起来，做互联网的所谓高精尖人才，其实素质都很低，这也是很多传统企业家玩不转互联网的原因。

因为他们脸皮不够厚啊，祖宗传下来的老话"和气生财"，但凡是受过传统教育的国人，都对吃官司很敏感，认为一旦吃上了官司，往往意味着不吉利，老一辈做企业的人，都不喜欢玩这些无下限的炒作。

可是国内互联网行业的这帮人，说他们是知识分子，其实大部分不懂什么国学传统，他们都有国外的背景，资本主义社会的精华没学到，无底线、厚颜无耻的本事却是一个比一个厉害。

所以才构成了国内新兴行业的各种怪现象。

这可能也是谢明珠这次出这一招的原因。

因为现在世纪前沿占据了上风，她必须用话题将世纪前沿缠住，至少不能让人在议论梦幻手机的时候，提都不提梅朵手机。

这个官司一旦打起来，话题暴增，局面可能会更乱。

一旦局面乱起来，梅朵乱中出招，浑水摸鱼，今年下半年手机江湖的热度怎么绕也绕不开梅朵公司。

谢明珠打了如意算盘，可是对手却冷处理了。

关键是到现在为止，大家都还不知道世纪前沿究竟是怎么一帮人，现在漫天都是梦幻手机。

梦幻江南、梦幻北极这两款手机被炒作得炙手可热，但是仅仅也就是这款手机和一帮粉丝而已，他们的背后站的是什么团队，现在还是模糊的。

各路媒体云集临港，却找不到公司关键人物，他们将矛头指向红树林马梨，马梨这等老油条，哪一家媒体能从她口中得到什么有用的信息？

谢明珠接二连三喊话一个星期，梦幻手机官网终于有了一条不咸不淡的回应："关于最近某手机厂商针对梦幻手机诸多不当言论的回应"，这是标题。

近期公司注意到国内某知名手机厂商利用媒体发布了诸多针对世纪前沿公司的不切实际的言论，现在世纪前沿公司总裁办公室给予如下回应：

1.世纪前沿公司是一家手机发烧友自发组织成立的公司，公司的目的是专注于智能手机的研发与创新，目标是组织广大手机发烧友自己设计，做出自己钟爱的手机。这个目标现在不会变，将来也不会变。所以世纪前沿公司无意进行任何产品炒作和话题炒作，更无意为了炒作去怂恿不法分子破坏某公司的产品发布会，该公司言论严重不实，希望立刻纠正，以正视听，世纪前沿公司保留进一步追诉维权的权利……

2.梦幻手机是世纪前沿公司和广大发烧友一起共同努力开发出的第一代智能手机产品，梦幻系列两款手机上市之后，受到了发烧友们的热烈欢迎，我们同时也提醒广大的梦幻手机用户，尽量保持冷静和克制，无须为了外面某些恶意的流言耗力伤神，甚至做出过激的行为。

我们做自己的手机，然后将自己的手机分享给身边的朋友和家人，这是我们的快乐，道不同，不相为谋，外界的误解和中伤只会让我们更加团结，更加明白我们在手机领域认知的不足。有则改之，无则加勉，任何中伤都伤不了我们彼此之间的热情和快乐……

3.在梦幻团队的眼中，我们的产品无意和市场上任何产品竞争，我们做的是我们自己喜欢的手机，我们的对手永远只有我们自己。梦幻江南是梦幻北极的对手，梦幻北极是梦幻江南的潜在威胁，这种挑战让我们更加有动力和激情。

因而梦幻团队不会针对其他任何品牌的手机，发布任何善意或恶意的评论，因为这一切和我们无关……

简简单单的三条，挂在官网上很不起眼，可是这三条一出来，气得很多人差点没晕过去。

这话翻译成通俗的话大致意思是梦幻手机在行业中没有竞争对手，因为梦幻团队的理念和其他手机品牌完全不一样，大家干的不是一样的事儿。

谢明珠等人是一群无耻无下限的商人，咱们梦幻团队是为了发烧友们共同的爱好和追求在工作，咱们的层面能一样吗？既然不在一个层面，梦幻团队有必要去攻击你们吗？

这其中的词汇"道不同，不相为谋"，直接把梦幻团队和谢明珠等手机厂商分割开来，看上去是如此刺眼。

整个声明中甚至都不提梅朵，不提梅朵新产品发布会被搅局的事儿，好像那事儿就不值一提，完全就是无稽之谈。

你梅朵不是喜欢告状吗？你去告啊！

梦幻手机的粉丝扰乱了你们的发布会，你告梦幻团队，那骗子用手机短信诈骗，那用户是不是要告移动和联通公司？

再说了，梅朵自己恶言恶语在先，你还能怪梦幻粉丝反戈一击吗？只准你骂别人的东西怎么臭，不准别人说你的东西不堪？这是什么狗屁道理？

潜台词很多，可是所有的东西人家都不说，世纪前沿的团队就冠以"梦幻团队"四个字罢了，这明显就是不接招，还是那一套，你玩你的，我玩我的。

就算是打口水战，也是你说你的，我说我的，反正咱俩吵不起来。

这一来，谁都能看到梦幻手机傍着梅朵手机的知名度和梅朵公司的炒作节节走高。

现在梅朵想反戈一击缠住对手，却又不能得逞，世纪前沿公司这手段，那还真不是一般的高，他们做的事情，也太绝了。

这事儿如果搁在一般人身上，只怕都要疯了。可是谢明珠就是谢明珠，这个话题董事长，国内企业界一等一的营销天才，她又哪里是轻易认输的主儿？

就在世纪梦幻官网发布声明的当天，她就直接飞到了临港。

这一次她不让谢亮来了，连番失利让她决定亲自出马，这个江湖，她亲自出马，就没有摆不平的事儿。

第六十六章　黑马

梦幻江南手机上市两个半月，梦幻北极手机上市两个月。

目前这两款手机销量依旧齐头并进，似乎并没有受到手机上市之后销量不断衰减规律的影响。

两个半月的时间，这两款手机的销量已经冲到了二百五十万部，这个数据已经和去年国内 IHS 列出的智能手机销量排行榜第十位的金科手机全年销量持平了。

可以这么说，目前国内手机厂商的前十位，世纪前沿公司已经占据了一席之地。

一家刚刚成立的公司，此前没有任何做手机的经验，没有技术积累，没有品牌积累。

靠着一款手机一炮打响，强势杀入目前腥风血雨的智能手机市场，在短短两个半月内便杀入销量前十位。

不管今年下半年还有多少激战，江湖还有多少血腥和风雨，梦幻手机已然是今年当之无愧的第一黑马无疑了。

现在就连最保守的财经媒体都承认，市场新品牌梦幻已经获得了巨大的成功。

这两款手机从设计到生产到销售，全都没有走寻常路。

都说智能手机代表移动互联网的未来，而梦幻手机的所有环节都是互联网公司经营的典范。

通过网络组织全国手机发烧友共同参与手机设计，这种跨区域的创新，充分发挥了互联网远程互通互联的特性，并且将这种特性应用得相当成功。

而手机生产采用全代工生产方式，这在目前智能手机行业也只有苹果公司这么做。

一家公司没有任何生产线，只有研发团队和技术团队，这是要冒风险的。

目前全球手机巨头三星都还不敢完全摒弃自己的工厂，这就很能说明风险。

而梦幻手机采用和苹果一样的全代工模式，包括最简单的外壳组装，这应该体现了梦幻手机团队的高度自信，也体现了在社会高度分工的今天，世纪前沿很现代的企业经营理论。

最后在营销方面，梦幻手机采用全电子商务模式，不招一个代理商，不开一家专卖店。

这种模式全球没有一家公司敢做，包括苹果在内都走的是传统合作代理的模式。

而恰恰这三点，每一点都不走寻常路，反倒让梦幻手机一炮打响。

媒体不是傻子，尤其是财经媒体。

根据某财经媒体的估算，像世纪前沿这样做手机，总投资五百万就够了。

而用五百万的现金投资，现在赚取了超过三亿的利润，世纪前沿也是当之无愧的国内第一吸金手机厂商。

当然，媒体的估算有些夸张，朱恩团队实际得到的投资是四千万。

但是四千万投入，产品上市两个多月已经稳赚了三个亿，这样的投资回报率也足以让无数人眼红了。

不夸张地说，朱恩团队用最经济、最简单同时也是最有效的方法，将智能手机设计、生产和推广中所有的难题都解决了。

这其中他们采用的办法之奇妙，构思之精妙，本身就可以成为教科书上的经典商业运作案例。

现在全球都在争论一个话题，这个话题就是究竟是资本的力量大还是人才的力量大。

从梦幻手机的成功来看，无疑是人才的力量更大。

几个骨干成员，草草地搭建起来的一个班子，几个月内就能点石成金，这说明朱恩团队精通互联网各种运营手段，而且能够将这所有的运营手段巧妙地整合运作，最后组合起来就发生了化学反应，从而获得了媒体口中巨大的成功。

而这个时候，下半年手机江湖的大战才刚刚拉开帷幕。

但是现在怎么看都觉得世纪前沿已经握了一副绝好的牌，按照这个势头发展下去，年底行业最终盘点，世纪前沿的梦幻系列手机将成为今年国内智能手机行业最大的赢家。

天地大厦，十八楼会议室。

会议室的气氛一派轻松，朱恩品着刚刚现磨的南山咖啡，细细地品着，心中有说不出的惬意。

经过了两个多月的拼搏奋战，公司的团队终于打造完成了。

虽然各部门的工作依旧紧张，公司的运营还没有完全走向正规化，但是大致走上了正轨，作为公司掌门人，朱恩也终于可以有难得的机会放松了。

公司的事情现在马梦可以负责，作为运营总监，这也是马梦可的职责。

而作为董事长兼总裁，朱恩从日常事务之中解脱出来，便可以进行更多战略发展方面的思考和探索。

梦幻系列手机的快速崛起，让世纪前沿公司一战成名。

快速成名，在目前的手机江湖应该说是一件喜忧参半的事情。

能够欣喜，是因为经过多年的积累，朱恩团队用事实证明，他们可以在这样的行业生存，可以做出移动互联网时代的好机器，这对朱恩团队是莫大的鼓励。

而之所以忧，是因为世纪前沿公司崛起之后，必然会引起社会、竞争对手的重视，目前公司的根基太单薄，仅仅靠两款产品的成功，无法让公司真正地在行业立足。

从诺亚出来的每个人都曾经亲身体会过这个行业的残酷。

曾几何时，诺亚是全球手机第一品牌，可是全球手机第一品牌一夜之间就能轰然倒塌，更何况是现在的世纪前沿公司？

做手机、卖手机并不具备多高的技术含量，只是国内处在这个特殊的时期，智能手机市场的需求旺盛，而知名品牌还不足以确立良好性价比的优势，这样的环境才给了朱恩团队一战成名的机会。

在一个刚刚兴盛的市场中，这样的机会稍纵即逝，朱恩团队把握住了，这是幸运。但是把握住了机会，下一步如何走，则是关乎公司未来生死存亡的关键。

这几天朱恩都在以一种十分放松的心态在思考这些问题，他在做着各种设想，他觉得在一年之内，必须要制订出严谨而务实的战略计划。

"嘿，你倒是悠闲，天天办公室不待，就喜欢待在会议室喝咖啡。行了，董事长先生，我们要开个会，您还是回办公室喝咖啡去吧？"马梦可推开会议室的门，冷着脸冲朱恩道。

她的身后跟着徐小芳，很显然，她们两人有事情需要碰头。

朱恩摇摇头道："马小姐，我看你就是看不得我闲着，非得跟我顶牛呢！你和徐姐两人说什么事情，就不能去办公室碰个头吗？硬要赶我走？"

马梦可瞪了朱恩一眼，道："我就是看不得你悠闲的样子，大家都忙活，你就喝着咖啡享受人生。对了，那个女的想见你，你倒是见还是不见？我妈等着你回话呢。"

朱恩摇摇头道："你回话吧，就说我身体不舒服，这几天重感冒，工作又太过繁忙，就不见了吧？"

"哈哈……"马梦可大笑，"你真是撒谎不打草稿的，身体不舒服都说出来了，你当谢明珠是傻子吗？她和我妈可是多年的朋友，你就这么生硬地拒绝人家，好歹你也要找一个好的理由啊？"

朱恩皱皱眉头，端起咖啡准备闪人。

他对谢明珠有一种天生的警惕，在国内商界，这个女人是出了名的难对付。

现在的梅朵集团不仅是国内手机的龙头，更是国内电子消费品当之无愧的大哥，资产有千亿，说其是超级巨无霸公司，一点也不夸张。

最近梦幻系列手机和梅朵手机之间闹出了这么大的纷争，网络上天天都有话题和段子，得益于这一场纷争，梦幻系列手机的销量不减反增，应该说目前的局面对朱恩很有利。

而这个时候作为梅朵总裁的谢明珠亲自驾临临港，说她是来求和签城下之盟的，朱恩怎么也不相信。

谢明珠的手段很高，朱恩不得不防，在这个时候绝对不能节外生枝。

马梦可眉头一挑，道："朱恩，你真决定不见她？"

朱恩摆摆手道："让杰瑞去吧，这样你妈可以跟朋友交代，我也相信杰瑞不会给我捅娄子。咱们现在销售形势很好，这个时候不能节外生枝。要我见她可以，等下半年局势尘埃落定，我们可以再谈一谈。"

"让杰瑞去还不如让我去呢，杰瑞这一张嘴，我怕他靠不住！"

"哈哈……"朱恩哈哈一笑，道，"得了，我让杰瑞去就是以毒攻毒，谢明珠厉害，可要说到嘴皮子功夫我还是更相信杰瑞一些。对了，生病的借口好像有些不好，那这样吧，明天我飞美国去，我不待在国内总行了吧？谢明珠怎么也无法找到我啊！"

"去美国？这个时候你去美国干什么？"

朱恩大手一挥，喝了一口咖啡道："当然是度假啊，你指望我去干什么？"

"你……"马梦可气得无语。

其实她心中也清楚，朱恩的放松只是表面上的，这个时候的朱恩肯定在思考公司下一步发展战略。

而按照一年一款新机的规律，现在世纪前沿就要考虑新一代产品的研发了，多项事情挤在一起，朱恩现在正面临很大的考验。

第六十七章　高手过招

朱恩面临的考验很大，如果要考虑进一步融资，接下来世纪前沿需要做的工作更多。

马梦可在处理日常工作之余，也在思考这方面问题。只可惜朱恩心中怎么想的，她怎么追问朱恩也不告诉她，只恨得她牙痒痒。

虽然马梦可和朱恩总是斗嘴，其实她早就对朱恩佩服得五体投地了。看看今天的世纪前沿，再回过头去看看去年她掌控的方旗手机团队，那真是根本没的比。

首先机器就没的比，方旗的手机那只能叫山寨机，现在梦幻的两款产品，马梦可可以非常自豪地说，这两款手机是目前国内性价比第一的手机。

她自己现在天天都用梦幻江南，用了几个月，手机的体验依旧一级棒，系统惊人稳定，功能惊人实用。

而在产品策划、营销方面，朱恩和余怀等人想出的策略，也不知比方旗的策略高了多少倍。整个营销经费两千万不到，便有了如此惊人的销量，去年同期，马梦可一下砸出去了好几千万，最终铩羽而归。

朱恩和余怀这帮人，马梦可只有两个字可以称赞，那就是"专业"。

马梦可觉得自己算是手机发烧友了，可是她这水平和朱恩等人一比，那根本就不值一提。

所以马梦可现在特别想知道朱恩还有什么好点子，因而对朱恩现在的守口如瓶，她感到很恼火。

马梦可的心里痒痒的，这个时候已经在临港待了三天的谢明珠，心中则更是痒得很。

她和马梨认识多年，算得上是很铁的姐妹关系，这一次她来临港直接找到马梨，待遇比谢亮高了几个等级。

马梨首先尴尬地表示红树林投资世纪前沿完全就是一次误操作，将马梦可的数条罪状一一数出来，然后将投资合同的原版给谢明珠过目，表现出了极大的诚意。

然后马梨便开始吐槽，说自己做了这么多年的投资，作为天使投资方，签订如此丧失原则的投资合同，这绝对是第一次。

合同上的条款的确是丧失原则，因为红树林除了占据百分之三十的股份之外，不能对公司的运营提出任何干涉意见，作为红树林这样强势的风投公司，这样的条件的确罕见。

谢明珠的关注点不在马梨身上，但是得知马梨的这个条约，她也感到无奈。

按照她的想法，马梨既然是大股东，这一次梅朵和梦幻手机正面交锋既然不利，恰好可以通过马梨周旋，让目前两家公司的针锋相对来一个圆融的转折，然后梅朵趁机一把火烧到荣誉、畅想那边去。

将这两个品牌一下网罗过来，然后反手再用整个业界压制住朱恩团队，这一手巧妙的翻云覆雨，让梅朵脱困，让畅想和荣誉他们背上包袱，让朱恩团队和梦幻手机承受压力。

这就是"一石三鸟"，也是谢明珠惯用的伎俩。

可现在是马梨不接招，她将知道的所有关于世纪前沿的事情毫无保留地告诉了谢明珠。投资合同只是介绍的第一项，后面还有世纪前沿的手机研发、手机营销方式和策略、产品售后服务的方式和策略。

世纪前沿怎么做的，她知道的都告诉了谢明珠。作为老朋友，马梨的做法绝对对得起"朋友"这两个字。

殊不知，马梨越是坦诚，谢明珠对世纪前沿了解得越多，她心中越发痒痒。

不知不觉，她脑海之中已经开始酝酿一个十分庞大而大胆的计划，这个计划的第一个环节，是必须要压制世纪前沿。

压制住他们，然后再以实力为筹码进行收购谈判或者投资谈判，然后顺势把梅朵的资金注入梦幻手机系列，或者是直接收编梦幻手机团队。

有了这么一个强大的团队，梅朵品牌站在世界顶端便可以说指日可待。

这几天，她天天都在设想和构思这个计划，想到关键处，晚上都兴奋得难以入眠。

可是三天过去了，她见不到朱恩，这就好比谢明珠千变万化，有一身的好本领，遇到了一个完全不接招的对手，她也是无可奈何的。

她想要算计朱恩，首先总得要见到朱恩吧？要不然，对一个完全一无所知的对手，实施任何计划都难以施展手脚。

等到第四天，马梨终于给了她消息，告诉她，朱恩团队有人愿意和她接触。

这个消息让她精神一振，她连忙在华南会所安排了一间专门的包房，将诚意摆得很足。

而且她也特意邀请马梨，两人一起提前到了华南会所，显示出她对这次见面的极度重视。

临港华南会所是全国知名的高档会所，是名副其实亿万富豪云集的场所，能进入华南会所的人，号称身家不能低于一个亿。

谢明珠今天把会面选择在这里，可以看出她的用意之深。

马梨看着眼前踌躇满志的谢明珠，心中暗暗觉得好笑。谢明珠的心思，她心中其实很清楚。但是在她看来，谢明珠固然厉害，但朱恩这帮人也绝对不是省油的灯。

马梨两边都不想帮助，真正交起手来，她最多不拉偏架，就当是看一场热闹呗！

"马总，说句心里话，我心里还是有些忐忑的。通过你的介绍，我觉得世纪前沿的团队是真了不起。我谢明珠就喜欢执着、专注的团队，这些年国内的手机市场充斥了太多的浮躁。

"我也想静下心来认真地去思考公司的战略，应该说这一次来临港收获很大。

"我还是希望梅朵和世纪前沿能成为朋友，双方精诚合作，共同开启未来国内移动互联网的大好局面！"谢明珠言辞十分真诚，两人坐着喝茶、闲聊。

马梨扑哧一笑，道："明珠，我看你是有些浮躁了，这几年频频看你在国内媒体露脸，动辄就和一帮后辈打口水战。其实没有必要，咱们这个年纪了，何必去涉足年轻人的行业？梅朵的底子多扎实？很多生意都有前途嘛，你呀，那么多条路不走，非得挑一条最难的路走。"

谢明珠摇头道："马总，在这个认知上你我还是存在分歧，我以前是传统家电行业，现在这个行业利润已经很微薄了。公司要谋求转型升级，必然要走高新技术的路线。你别小看智能手机，以后的智能手机行业将决定移动互联网的未来。

"咱们现在介入这个行业，时机正好，而且目前梅朵也取得了不小的成功，接下来我们只要稳住阵脚，稳扎稳打，迟早有一天，梅朵这个品牌将会成为国内高新技术企业的一面旗帜。"

谢明珠很健谈，在会所中更没有外面那么多拘束。

一谈起来就滔滔不绝，然而这一次她谈得并不太多，因为正在她兴致勃勃的时候，包房被人推开，一个夸张的声音打断了她的高谈阔论。

"Oh！我的天啊，真是谢总您亲自驾临临港，能再一次见到您，我真的感到十分荣幸。这华南会所果然名不虚传，奢侈豪华，能在这么漂亮美丽的地方和谢总吃饭，我真是太高兴了！"

杰瑞大大咧咧地进门，表情夸张，举止却极有绅士风度。

谢明珠却一下愣住了，脸色一变再变，差点就要当场发飙。好啊，她辛辛苦苦准备了这么多，朱恩竟然让杰瑞过来和她见面，这不是恶心她吗？

杰瑞几个月前从梅朵离职，谢明珠为此还对他破口大骂，今天在这个场合会面，彼此难道不尴尬吗？

　　可惜杰瑞一点都不尴尬，他的脸皮厚比城墙，表情一如既往地夸张。

　　眼看谢明珠神色不对，杰瑞脸上微笑丝毫不减，规规矩矩掏出名片，道："谢总，这是我的名片，世纪前沿公司副总裁兼营销总监。唉，我们公司太小，我本指望能来这边分得更多的股份，赚到更多的钱。可从目前的形式来看，今年的收入只怕比不上去年了，我很骄傲我曾经为梅朵服务过，在梅朵的几年是我人生中最难忘的几年，真的，谢总的人格魅力深深影响了我，让我有了更大的理想，并且敢于为了理想去牺牲部分的利益……"杰瑞说的是纯正的普通话，字正腔圆，这一段奉承话倘若是别人说，谢明珠会觉得很得体。

　　可是杰瑞说出来，她就觉得像吃了一只苍蝇一般难受。她对这家伙太了解了，虚伪、贪婪、自负，各种贬义词都可以用在这家伙身上。

　　在梅朵公司，杰瑞的年薪和她这个董事长几乎是一个级别的，这家伙依旧不知足，每年续签合同都要为了薪水的事情滔滔不绝地说很久，着实让谢明珠烦透了。早知道今天朱恩给她玩这么一手阴的，她就该找一家街头火锅店，在她看来，杰瑞这种人只配吃街边火锅。

　　"杰瑞，坐吧，你们朱总是怎么搞的？摆这么大的架子？你马上给他打电话，就说我马梨要见他，让他立刻过来！"马梨铁青着脸，神色明显不悦。

第六十八章　万花筒

不管马梨是不是真的不愉快，但是这个态度谢明珠还是满意的。她冷冷地盯着杰瑞，道："杰瑞，怎么了？你眼中没有投资人吗？"

杰瑞夸张地摇头道："不！不！我对马总是绝对尊敬，只是马总，今天朱总真来不了，他几天前就去美国了，您也知道他这个人，心高志大，现在公司获得如此巨大的成功，他已经不再满足国内这小小的市场了，他需要寻找更大的舞台，好让我们的团队更能尽情地挥洒我们的才华……"

"去美国？"马梨皱皱眉头，眼睛看向谢明珠。

不是马梨不帮她，而是人家去了美国，短时间内不可能赶回来，她帮不上。

谢明珠冷冷一笑，道："杰瑞，你刚才说什么？获得了巨大的成功？你认为两百万部手机的销量就算巨大的成功？你知道国内智能手机每年总销量是多少？超过五千万的销售量，两百万也算份额吗？"

杰瑞哈哈一笑，道："谢总，您还是这么幽默风趣。我们是小公司，怎么能跟您这样伟大的企业家相比？但是恕我直言，今年梅朵的形势看上去不太妙，我个人认为，相比梅朵来说，我们的梦幻手机应该算是获得了成功。

"谢总，您还是在营销方面投入太少了，您应该有更大的投入，最好能将央视的标王给抢下来，那样才是产品销量的保证。"

杰瑞的语气一如既往地真诚，可是谢明珠只觉得刺耳至极，这哪里是说她谢明珠伟大，分明是说她很傻，一年到头上蹿下跳，梅朵每年耗费巨大的营销成本，却依旧收获甚微。

她深深吸了一口气，情绪慢慢地平静，道："杰瑞，不要高兴得太早，智能手机市场瞬息万变，你们作为一家新公司，眼前的一点成绩什么都不是，今年手机营销战才刚刚开始呢！"

杰瑞又摇头道："不！不！我想谢总您误会了，梅朵和我们之间一直可能都误会了，我们之间没有战争，我们的团队是专注做自己手机的团队，和国内外任何手机厂商都不会有战争。我们团队绝不炒作，绝不张扬，其实我们只是给国内一线的手机发烧友们代工手机，我们之间不会有竞争的。"

杰瑞又开始夸张地挥手了，他以一种地道的港台口吻道："我讨厌竞争，尤其讨厌炒作。作为一个伟大的营销天才，我真的不喜欢那种恶俗、低级、无底线的炒作，因为那样会让我觉得自己很庸俗。不得不说，这也是我离开梅朵的一大原因。

"现在就很不错，放眼国内外，我们没有什么竞争对手，刚好可以以一种很轻松的心态去专注于产品本身，这让我觉得很棒、很美妙……"

马梨插言道："杰瑞，你也未免太自大了吧？你这般说和掩耳盗铃有什么区别？再说了一家真正没有竞争的公司，这个世界上存在吗？"

杰瑞呵呵一笑，道："当然，马总，我们早就设定了竞争对手，我们最大的对手就是我们自己。您也看到了，我们的粉丝之间并不团结，现在已经有了两个泾渭分明的阵营。这样的阵营让我们很有压力，以至于我们不得不妥协，做出两款手机来平衡粉丝。

"只可惜这样做效果似乎并不太好，梦幻江南和梦幻北极的产品虽然是完美的，但是彼此的粉丝却热衷于互相攻击对方，我们团队为此也很头疼，我们的技术总监甚至因此经常失眠。

"来自我们自身的压力真是太大了，如果我们下一款手机的开发不能有更大的突破，我们的粉丝可能会变得更加分裂，现在是两个阵营，将来可能是三个阵营、四个阵营。那样我们的压力会越来越大，粉丝给予我们的压力，让我们难以承受……"

杰瑞顿了顿，又道："压力永远来自于我们自己，相反，市场上其他品牌的手机我们并不感觉有压力，而且我们也无意和他们竞争……"

他瞪大眼睛盯着谢明珠道："谢总，您可能不知道，我们的手机是要抢的，有很多人都想去买，可是却因为抢不到而放弃，不得不说，有时候我觉得很痛心……"

马梨一口咖啡没吞下去，硬是一下吐了出来。杰瑞这个活宝，今天还真是来恶心谢明珠的。

见过嘚瑟显摆的人，但是像杰瑞这般嘚瑟得如此夸张、显摆得如此低俗的人，在高端人群中马梨还是第一次见。

谢明珠再怎么说也是千亿级集团的总裁，杰瑞就不能稍微注意一点形象，不要这般过于赤裸裸地挑衅吗？

都知道梦幻手机有一个抢手机的噱头，可是杰瑞这般夸张的表现，那简直是在打谢明珠的脸。

梦幻手机供不应求，粉丝需要排队抢才能拥有一部，梅朵手机全国铺货，各大手机专卖店的店员给用户口若悬河地介绍，说得满口唾沫星子往外喷，最后人家还是回家半夜守在电脑前面，历经千辛万苦终于抢到了一款梦幻手机。

这场景是多么的有故事性和画面感？

梦幻系列手机和梅朵手机谁好谁不好，那还用言语来描述吗？

谢明珠的脸一会儿青一会儿白，杰瑞在梅朵已经恶心了她三年，现在这家伙离开了梅朵，加入了另外一家小公司，竟然还继续恶心她，是可忍，孰不可忍。

然而今天的情况偏偏特殊，一来有马梨在，她不能过于失态；二来这里是大名鼎鼎的华南会所，会所中名流云集，她如果在这里反应过激，得不偿失。

她站起身来去洗手间，待了五六分钟才出来，神色也终于恢复了平静。冷静下来之后，她才意识到朱恩团队这是故意在和她斗法呢！

还是那一句话，双方信息不对称。

她对那个一直躲在暗处的对手一无所知，而那个对手却对她的情况了如指掌。这种不对称的纷争，她永远都占不到上风。

而眼前的这个杰瑞，也并不是他外面表现得那般让人恶心，实际上他这么做也是一种策略。

谢明珠前三年之所以给他年薪千万，是因为对杰瑞的能力她从未怀疑过。这家伙真是个营销天才，脸皮够厚，手段够下流无耻，单看这一次梅朵和梦幻手机的交锋，梦幻系列手机占了多大的便宜？

通过这等低俗的炒作，让梦幻手机知名度大增，一个月内至少让梦幻系列手机多了几十万部的销量，仅仅这一点，就看出杰瑞这家伙营销肉搏战的能力有多强。

这家伙又说什么梦幻手机从来不恶意炒作、不屑于炒作，这简直就可以称得上是人不要脸天下无敌了。

再仔细分析杰瑞的话，谢明珠还敏锐地察觉到梦幻系列手机这种双手互搏、人为制造内部竞争的可怕。

现在梦幻江南、梦幻北极打得不可开交，的确是让用户的黏着力大大增强，让每一个梦幻系列手机的用户都有一种很强的参与感，这无意会让用户转移视线，考虑问题的角度发生根本性的变化。

人们走进商场想的往往是究竟买一部梅朵手机还是买一部荣誉手机，或者畅想手机。

而人们登上网络，往往想的可能是自己究竟买一部梦幻江南还是买一部梦幻北极。

这样无意中给客户一种强烈的心理暗示，而且这种模式还可以灵活变化，根据市场的反馈情况，随时调整公司新产品的产品线，从而制造新的噱头和话题。

对朱恩团队的这些做法，此前谢明珠都有大致的了解。

可是今天接触了杰瑞，杰瑞用这种夸张显摆的口吻将这个过程再说出来，让谢明珠有了全新的感觉，而这种全新的感觉对她来说也是巨大的收获。

她自己就是一个极具营销天赋的人，当年的营销女王，现在宝刀未老。梦幻手机的营销方式有很多细节都能激发她的灵感，从这个角度说，也算是不虚此行。

任何人都不要小看谢明珠，倘若一个掌控千亿公司的老总会被杰瑞这些言辞搞乱方寸，谢明珠也到不了今天的地位。

"杰瑞，你很不错，你们的团队也蛮不错的。今天咱们先吃饭，不谈生意了，只谈交情。你在梅朵工作三年，对梅朵这个品牌的经营也有不少的贡献。那一次你匆匆离职，我情绪过激了一些，今天我表示歉意！

"梅朵的问题其实我也很清楚，有道是江湖之上，胜败乃兵家常事。我们集团有千亿的资本，这让我们在企业的管理和运作方面有更多的选择和自由。梦幻手机的成功给我的启发很大，我希望你们能更加成功……"

谢明珠的神情异常平静。

杰瑞愣了愣，似乎没料到脾气火暴的谢总，今天怎么突然转性了？

一旁的马梨也是暗暗佩服，都说谢明珠是个万花筒，今天才发现还真是所言不虚。

第六十九章　握手言和

　　谢明珠是出了名的万花筒，手段高超，相比她，杰瑞明显城府就浅了一些。

　　正面和杰瑞接触不成功，谢明珠马上用迂回的策略，这一来果然就收到了奇效。

　　杰瑞不怕谢明珠和他斗嘴，就怕谢明珠对他客气，谢明珠策略一变，反倒让杰瑞浑身不舒服，总觉得谢总胸有成竹，不知不觉，关于世纪前沿公司的种种内幕，都被他泄露了。

　　谢明珠一直不动声色，心中却是在盘算如何实现自己的意图，可以说在每一个细节上，她都极为用心。

　　现在对谢明珠来说正面对两个问题：

　　第一个问题就是梅朵新产品发布会不成功，梅朵今年的营收面临很大的压力。

　　第二个问题就是梦幻系列手机没有得到遏制，如果让梦幻手机继续疯狂生长，谢明珠根本不可能以她认为的最恰当的方式赢得在全国范围内的智能手机布局。

　　在她的心中，早已经把世纪前沿的朱恩团队放入了射程。她要得到的不是梅朵竞争的胜利，而是将整个朱恩团队和世纪前沿一口吞掉。

　　杰瑞虽然也算是老江湖，可是在谢明珠这等狡猾如狐的巨头面前，难免顾此失彼，如果不是马梨忍不住拉了几下偏架，杰瑞今天就非得被谢明珠给忽悠住不可。

　　不过饶是如此，谢明珠也收获颇丰。

　　对朱恩团队既然不能正面交锋，那就驱虎吞狼。

现在国内智能手机厂商可不止梅朵一家，除了梅朵还有荣誉、畅想甚至是金科这些公司，无不对梦幻系列手机表现出了高度关注。

既然这样，梅朵就没有必要继续唱黑脸了，畅想的杨坤宁和荣誉的陆俊辉，这两个人都是江湖上的老对手了，他们早就虎视眈眈，只是缺乏机会而已。

今年下半年，他们逮住了机会还会不出手吗？

谢明珠厉害的地方就在这里，在企业家中要说谁更有魄力，谁更会赚钱，那可能很难有定论。

但是在国内企业家中说谁最有心计，谁最有手腕，谢明珠绝对能够排在前三位。

梅朵从一家家电企业转型做手机，现在获得这么大的成功，不能不说谢明珠是一个很有心计、很聪明的企业经营者。

华南会所一顿饭，梅朵和世纪前沿在营销方面就化干戈为玉帛了。杰瑞的想法很单纯，现在梅朵和世纪前沿交恶，以梅朵深厚的人脉资源和营销资源，真要两家死磕，谁也占不到便宜，既然如此，何必两败俱伤？

现在化干戈为玉帛，双方握手言和，两家公司井水不犯河水，对弱小的世纪前沿来说也能甩掉一个大包袱。

只是杰瑞哪里想到谢明珠用心如此之深？

梅朵现在很被动，以退为进，先稳住今年的营销，谢明珠翻手为云，覆手为雨，轻松地就达到了效果。

下一步，谢明珠再将下半年手机江湖的纷争推向对她有利的方向，趁机将世纪前沿公司卷进来，她再出手进攻，那样胜算就大了很多。

华南会所一顿饭吃完，马梨暗暗摇头，回到家里怎么想都觉得杰瑞今天吃了亏。

她终究还是给马梦可打了一个电话，大致说了一下今天双方会面的情况。

马梦可和杰瑞的想法竟然一样，道："妈，那不是挺好？我们和梅朵斗得厉害，双方各吃了一点亏，也算是扯平了。说到综合实力，我们和梅朵拼命并不明智。现在谢总主动要求握手言和，我们的压力就会小很多，这没什么问题！"

马梨轻轻地叹口气，心想事情哪里有那么简单，谢明珠是那么容易认输示弱的人吗？

这个老狐狸现在是想以退为进呢，这个时候如果让谢明珠就那么从容退走，下一次卷土重来，只怕凭目前世纪前沿的班底，想挡住就更吃力了。

她沉吟了一下，终究没有在这个问题上给女儿太多的提点。

年轻人做事往往凭一腔热血，干事儿有激情，但是思考问题却过于简单，商场如战场，岂能轻易放虎归山？

马梦可还需要成长，要想真正成为独当一面的企业家，还有很长的路要走啊……

"梦可啊，我只是跟你说下情况，你自己斟酌需不需要跟朱恩汇报吧！这半年你们做出了一点成绩，但是危机也无处不在，我希望你们能够保持头脑清醒。在目前竞争如此激烈的智能手机市场，任何公司都摔不起跟头……"

马梨淡淡地道，她忽然觉得，年轻人该长大了，世纪前沿不失为一个好的平台。她心中终究还是想让马梦可将来接她的班，红树林这么大的摊子，总不能没有接班人不是？

马梨心中有了这个私心，所以她也没有嘱托马梦可太多，她巴不得马梦可能在世纪前沿多遭一些挫折，多摔几个跟头呢！

玉不琢，不成器。马梦可能在世纪前沿多摔跟头，有利于她的成长，将来真正成熟了，她也好将偌大的家业放心交给自家丫头。

而马梦可也不傻，知母莫若女，马梨欲言又止，她心中便有些犯嘀咕。她略微斟酌了一下，便给朱恩打了越洋电话。

朱恩这次去美国并没有太多的目标，一方面他是长见识去的，智能手机最成熟的市场在美国，全球最顶尖的手机也在美国。

朱恩毕竟离开手机行业这么多年了，他就想到美国看看当今美国各大手机厂商是如何在产品上满足消费者日益增长的需求的。

还有一点，作为一个成熟的市场，能看清楚目前这个市场的规律就可以看清楚中国这种还不完全成熟市场的未来。

着眼于长远，朱恩也觉得有必要到美国去看一看那边手机市场的竞争现状。

从世纪前沿创立的那一刻起，朱恩的目标就是要做专注于产品本身的厂商，立足于产品是根本，如何在产品上下功夫，做出全球技术最顶尖又最有创意的产品是朱恩追求的目标。

不管国内手机市场有多么浮躁，朱恩绝对不能忘记自己的初衷。

而他到美国第三天，接到了马梦可这个电话，他眉头不由得皱了起来。

他微微笑笑，道："梦可啊，我都说了，谢明珠这个人咱们最好不要见。你非得在意你妈的面子，现在好了，杰瑞把咱们的老底泄了一个底朝天。握手言和只怕是谢明珠以退为进的手段。这个女人是有名的万花筒，这一次吃了亏，你指望她会服输吗？她缓过劲儿来就会倒打一耙，到时候你和杰瑞就不要再骂骂咧咧了，等着瞧吧，下半年咱可有麻烦等着了！"

马梦可愣了愣，她也是冰雪聪明之人，朱恩已经把话说得这么透彻了，她岂能还不明白其中的问题？

她忙道："那现在怎么办？我们就当杰瑞没见过她？"

朱恩正色道："那怎么行？谢明珠是万花筒，我们可不能做万花筒，杰瑞是代表公司和她接触的，既然说了握手言和，那就握手言和吧！下半年的营销怎么做，你和杰瑞多商量对策。反正我下半年是没有那么多闲工夫了，我们的手机一炮打响，其中有余怀多年积累的原因。

"接下来的手机能否延续当前的势头，这是我们成败的关键。时间匆匆，这个行业瞬息万变，我们必须要开始正式策划第二款产品了……"

朱恩轻轻叹了一口气，虽然来美国才三天，但是他已经找到了差距。

梦幻手机没有技术积累，这是最大的软肋，而专利方面的严重缺失，更是梦幻手机的致命缺陷。

说一千道一万，智能手机最后的竞争终究会转移到硬件技术和软件上，这两方面如果做不好，便做不好产品，更别提要获得成功了。

一家企业，要保持清醒，要坚定执着地坚持自己的战略，这并不是一件很容易的事情。尤其是在国内如此浮躁的环境中，每时每刻都面临各种诱惑，企业面对的又是一个相对混乱的市场，在这种情况下，谁又能守得住初心？

打一个很简单的比方，倘若一名学生的周围都是浮躁捣乱的家伙，让他一个人静下心来听老师讲课，往往是一件很难的事情。

倘若换一个环境，周围的同学个个都认真用心、力争上游，那就算是一个调皮捣蛋的家伙，也会渐渐受周围同学的影响，慢慢改变自己的学习态度。

现在国内智能手机行业的环境很不好，公司都很短视，都很浮躁，这是很让朱恩忧心的。

就连前段时间，朱恩自己都有些头脑发热，毕竟梦幻手机一炮打响，利润几个月就飙到了几个亿。

而朱恩的身家按照百分之十五的持股来算，他现在也是好几千万的身家了。

如果要随波逐流，朱恩可以头脑发热，两年之内就能让自己成为亿万富豪，这样的环境能不诱人吗？

第七十章　知名风投

不得不说，朱恩这一次美国之行很成功，至少在这里他的头脑变得冷静而清晰。

一个头脑发热的企业掌门人，很难冷静沉着地做出好的战略决策。

有道是读万卷书，不如行万里路，在一个很成熟的市场中，朱恩想象着将梦幻手机放在美国来销售，将会是什么格局呢？

结论显而易见，梦幻手机在美国将会遭到彻底的失败。

实际上现在国内所谓的国产品牌，任何一款手机放在美国市场都绝对会失败，这难道不能算是中国制造的悲哀吗？

仅仅这种悲哀，就能够让朱恩瞬间清醒，同时内心不由自主地生出一种十分强烈的紧迫感。

因为他突然意识到，自己将来的竞争对手可能不是梅朵、畅想，而是苹果、三星这些真正的国际巨头，它们都是有几十年技术积淀和市场积淀的巨无霸。

苹果也曾经沉沦过，但是在最沉沦的时候，但依旧没有忘记公司的初衷，依旧没有放弃创新、专注产品的初衷。

正因为如此，苹果才有了今天的辉煌。

要和这样的公司竞争，朱恩现在手上有多少资本？

其实他什么都没有，他的手机没有一项自己的专利，也没有一项是真正属于他自己的技术。

梦幻这一系列手机，朱恩不过是当了一次工艺美术师而已，整个手机的内核，全都用的国外的芯片、软件，这样的公司能成为一家伟大的公司吗？

这样的公司能够重现诺亚当年的辉煌吗？

在美国待了五天，转了三个城市，朱恩有些待不住了，提前便登上了回国的班机。

班机从洛杉矶起飞，头等舱中一多半都是中国面孔，这也让朱恩意识到，世界越来越国际化，将来中国制造按照目前的方式，将要受到前所未有的挑战。

国家这几年已经在推动产业升级，说明在顶层设计上，国家已经看到了中国制造的弱势。

在这样的背景下，留给朱恩和其团队的时间其实已经不多了。

如果再不静下来，再不坚定自己的战略，世纪前沿和梦幻系列手机将只会有昙花一现的辉煌，终将没落，最后被残酷地淘汰。

一想到这一点，朱恩内心就觉得很不舒服。

因为四年之前，狼狈离开诺亚大厦的情景他还历历在目。

他讨厌失败，讨厌再当一次丧家之犬，那种崩溃不仅来自于失业之后经济上的崩溃，更多的是自己一直努力的事业突然戛然而止，给他带来的精神上巨大的冲击，导致他的精神崩溃。

"嗨，朱恩？你……你怎么来了美国？"

一个悦耳的声音让朱恩心中一惊。

他倏然回头，和他打招呼的赫然是老同学周爽。

他微微愣了一下，一笑，道："还真在哪里都能碰得上你啊，你不是在做演艺行业吗？莫非你的演员要到美国发展了？"

周爽比朱恩小一岁，但也快三十了，这个年龄的女人放在国内算是大龄剩女了，不过从周爽身上却看不到岁月留下的任何痕迹。

她精致的脸颊依旧是那般迷人，身材比当年更显妖娆，简单的牛仔裤搭配略有些宽松的女士宽袖衫，让她显得很利落。

头等舱的空间比较大，也比较自由。周爽自然地坐在朱恩的对面，一人点了一杯咖啡。

"你好像是瘦了呢？去年赚得盆满钵满，是不是太拼了一些？"周爽笑着问道。

朱恩摇摇头，道："你我是老同学了，就不要挖苦我了，勉强能过日子吧。对了，你怎么样？"

周爽淡淡地一笑，抬手打了一个响指，道："嗨，小玉，在这边呢！"

头等舱略微有些骚动，因为一个女人摘下了墨镜。

朱恩脸色也是一变，道："董玉？"

在国内娱乐圈一线女星不少，但是像董玉这样有知名度，而且如日中天的女星却是凤毛麟角。

董玉不仅天生丽质，更重要的是天生一副好嗓子，在音乐上算是华语圈女星中数一数二的存在。

唱而优则演，这是演艺圈不成文的惯例。董玉在演艺这个圈子也混得风生水起，她和国内几个知名的导演都有过合作，而且作品大部分都非常成功。

董玉很随和，摘掉墨镜向身边的人点头示意，便凑过来坐在了周爽身边，道："周姐，有朋友？"

周爽一笑道："我给你介绍一下，这是我同学朱恩，临港有名的钻石王老五，咱应该叫他朱总。"

周爽看向朱恩，道："朱总，这位就不用我介绍了吧，国民偶像。"

朱恩很客气道："您好，您可别听周爽的，她是在奚落我，倒是沾了她这个同学的光，让我有幸认识了董小姐您这样的国民歌姬。"

"客气了，我这么说吧，我和周姐合作时间不长，但是能让她主动打招呼的男士今天我还是第一次见，同学就是同学，这份情谊让人羡慕。"董玉淡淡地道。

"朱总，给张名片呗？"周爽笑嘻嘻地在旁边搭话。

朱恩道："你怎么不干脆在后面再加上'司令'两个字，连起来干脆叫朱总司令，我估计这个称号就能把你们两位的风头给全部抢过去。"

董玉在一旁扑哧一笑，又抬手让空姐送来一杯果汁，三个人倒是聊上了。

从美国飞国内，飞机上十几个小时，漫长的旅途自然需要打发时间。

朱恩还真喜欢听董玉的歌，所以趁着这难得的机会，他以一种粉丝的心态问了董玉一些问题，倒是觉得时间过得很快，心中有一种特别的欣喜。

周爽道："没看出来你也是小玉的粉丝。亏得小玉人好，给了我一碗饭吃，作为她的经纪人，你如果再想问得更深入，我可要收费了啊！"

朱恩腼腆地笑了笑，道："你都知道我是粉丝了，怎么能如此让粉丝受伤？我看你这经纪人也当得不合格。"

朱恩开着玩笑，突然想到了上一次那位校友，便道："对了，周爽，咱们那位甘华学长呢？你去年不是跟他一起合作吗？怎么今年摇身一变，成了国民歌姬的经纪人了？你迈的步子是不是太大了一些？"

周爽皱皱眉头，道："你能不能不要这么扫兴啊，这个时候提这个人，你没看小玉都皱眉头了吗？"

朱恩尴尬地一笑，道："算我说错话了，对了，这班机飞临港的，你们去临港吗？"

周爽点点头道："是飞临港，怎么了？美女驾临临港，你作为东道主，是不是该请客呢？"

朱恩道："我有心请你们也难开口啊，请你们的客，我跟着都要身价倍增。说不定炒作一下，也能混个名人，哈哈……"

朱恩说完哈哈一笑。

一旁的董玉道："朱总，刚才周姐让你给名片呢，你迟迟不给，估摸着想着下了飞机就跑，害怕请客吧？"

朱恩无奈，从手提包中拿出两张名片给董玉和周爽一人一张。

名片印得很简单，白色的卡片上就印有"世纪前沿有限公司"，下面是"朱恩"，然后是电话……

其他什么都没有，没有头衔，没有称谓。只是把名片翻过来，后面印着英文的公司名和姓名。

"世纪前沿，这是什么公司？名字陌生得很呢！"周爽道。

朱恩道："小公司嘛，总比不上苹果、谷歌出名，你没听过名字不很正常吗？"

董玉在一旁道："小公司更好，更能享受生活，不过你公司再怎么小，也小不过我和周姐的公司吧？现在我们公司就两个人，够小吧！"

朱恩愣了愣，他也不了解娱乐圈，更不了解董玉和周爽的业务运作模式，只好说："董小姐，就你会安慰人，这话让我的虚荣心得到了最大的满足。都说演艺圈的人难相处，看来也不尽然，作为你的粉丝，我很欣慰，更是荣幸！"

周爽妥妥地将名片收好，道："说定了啊，到临港了要请客，我会给你打电话的。这一次我和小玉在临港可要待一段时间，中途有的是时间，你别想躲。"

三个人嘻嘻哈哈聊得热闹。

不远处，一位年约五十的中年人站起身来，微笑着走过来，他眼睛看向朱恩，道："请问您是世纪前沿的朱总？"

朱恩愣了一下，丈二和尚摸不到头脑，眼前这人怎么这么熟悉呢？总觉得在哪儿见过。

他站起身来，伸出手道："对，我是朱恩，慢着……您是……

"哎哟，我想起来了，您是 IDG 熊先生，今天我真是被两位美女迷花眼了，竟然没看到您就坐在旁边，罪过，罪过！"

全球知名风险投资公司 IDG 合伙人，全球副总裁熊平先生，这名头太大了，就连周爽和董玉也认出了对方。

熊先生是个很优雅的男士，他微笑着冲周爽两人道："两位美女，介意我坐在朱总身边喝一杯咖啡吗？只闻他的名，未曾见过面，今天也想借这个机会认识一下……"

第七十一章　香吻

IDG 熊平主动和朱恩接触，自然是对世纪前沿颇有兴趣。

实际上如果不是朱恩团队一直低调神秘，现在公司肯定已经招来了无数风投公司。

只是朱恩没有想到连 IDG 这样的巨头都关注到了自己，心中对 IDG 敏锐的商业嗅觉深感佩服。

由于场合不对，双方不可能谈及太多关于投资和公司的事情，熊平也没有这样的意愿，他真就只喝了一杯咖啡，闲聊认识一下而已。

风投公司竞争激烈，但是对 IDG 这样的公司来说，永远也不会缺乏投资项目，当然，像世纪前沿公司这样有潜力的公司，就算是他们也不能无视。

商机无处不在，对风投公司来说，敏锐的嗅觉永远是第一位的，在这一方面，熊平自然是资深专家。

他笑呵呵地对周爽道："周小姐，你可不要奚落朱总公司小，世纪前沿这个名字你没听过，梦幻手机已经火遍了大江南北你肯定有所耳闻，这个系列的手机就是世纪前沿公司的产品。"

周爽愕然无语，一旁的董玉道："哎呀，梦幻手机我听过呢！听说名气很大，朱总，是您做的？"

朱恩微微笑笑，点头道："梦幻手机是我们做的第一系列产品，能够为人所知，我真的很高兴，希望我们以后的产品能越来越好。"

周爽道："朱恩，有道是真人不露相，你我可是多年的老朋友，我没料到你还真是个钻石王老五。"

"周爽，你就损我吧！熊先生在这里，你也不留点口德。"

熊平道："周小姐说的可是实情，今年你们大火，别说是在临港，可能你在全球任何一个地方，都算是钻石王老五了。"

三人聊天，气氛轻松。

熊平道："对了，朱总，如果你们有融资计划，咱们一定要保持联系，我们IDG和我个人对世纪前沿都有兴趣。"

朱恩哈哈一笑，道："那我们现在就可以沟通啊，我考虑了一下，在年底之前可能会考虑新一轮融资。"

熊平愕然道："这么快？"

朱恩道："是啊，这一次来美国受到的触动比较大。现在的局势时不我待，我们可能要考虑新一轮融资，然后加大研发投入，真正做出国内拥有自己知识产权的高水平智能手机来，在这方面我们底子很薄，但是人才基础还是不错的。

"熊总可能对我们略有些了解，目前我们公司的创业团队都是以前诺亚的一帮兄弟，诺亚出局，我们这帮人心有不甘，三四年之后，我们卷土重来，我也坚信，我们能在智能手机这个领域开创一个新局面。"

"嗯？你们是诺亚的老人？那你是……"

熊平一拍手，道："你是'瓜子'，是不是？"

朱恩笑着点头，道："是的，当年是有那个绰号，现在我们的技术总监是余怀，他当年在诺亚远东研发中心工作。营销总监杰瑞名气可能更大一些，去年他还是梅朵的市场总监……"

熊平一拍手，道："难怪！我说怎么智能手机这么难做，你们就能出手不凡。你们走粉丝路线这个设想蛮别致，很成功，既然今天咱们接触了，那行，咱们到了临港之后约个地方好好谈一谈。或者，我也可以去你们公司看一看。"

朱恩道："欢迎，欢迎，我个人也希望能够和IDG有合作的机会。"

一旁的董玉道："欢迎熊总，就不欢迎周姐吗？"

朱恩笑道："周姐、小董都欢迎。到时候我送你们礼物就送咱们定制版的手机，小董如果去奥斯卡拿着这款手机，我回头还能给你一大笔代言费，哈哈……"

三个人同时笑了起来。

十几个小时的旅程，兴许是有熟人的缘故似乎并不难熬。飞机在凌晨抵达临港国际机场，四个人彼此都交换了联系方式，朱恩明天履行承诺，安排他们参观世纪前沿公司，顺带着请周爽这个老同学和董玉这个大明星吃饭。

而在工作方面，朱恩对和 IDG 的接触也略有期待，按照目前世纪前沿梦幻手机的销量估计，年底有望达到四百万部的销量。

四百万部的销量，公司的营收差不多六七十亿，利润能有五个亿左右。

这样公司的估值保守要过三十亿，以三十亿的估值引入大额的股份，公司的可使用资金可以轻松达到十个亿以上。

有了钱，朱恩就能够正式快速地布局。

当然具体的问题，还得公司董事会商量，但是不管最后是否引入新的资本，朱恩心中的目标坚定不移。

临港的天气有些热，马梦可穿得十分清凉，看上去活力十足。

"朱恩，说你没女人缘吧，从洛杉矶回来的飞机上都能碰到两个大美女，其中还有一个大明星。你这一路美女相伴，日子过得好惬意啊！"马梦可有些酸溜溜地道。

朱恩一笑，道："是啊，有道是有缘千里来相会嘛，再说了，我今年都要过三十了，上天就不该眷顾一下我这只单身狗吗？"

马梦可白了朱恩一眼，道："怎么了？听你这口气，在飞机上就擦出了火花，和老同学私订了终身？"

朱恩又是一笑，道："那你是怎么认为的？你认为我是和大名鼎鼎的董玉私订终身吗？哈哈……"

朱恩哈哈大笑，马梦可抬手就打了他一下，朱恩大声道："别，别，没看见我在开车吗？"

马梦可道："我管你啊，我可跟你说，这个董玉来历可不一般，谢明珠是她的大姨，她们这一次来华南，极有可能就是来为梅朵做活动的。"

"还有这样巧的事儿？"朱恩眉头微微一挑，道，"你说这个谢明珠啊，也是堂堂跨国企业的老总，怎么我感觉梅朵的经营就是全家齐上阵？谢亮在媒体上恶心我们，现在这个董玉又是她的外甥女儿，她这是要用明星效应快速地驱散前段时间炒作留下的阴霾。

"看来对杰瑞还是要批评教育，口口声声说自己是精明的人，可不知不觉就上了鬼子的当了。还有你，我都说了，咱们的局面是赢局不闹事，你偏偏要顾及什么面子。谢明珠这个人是鬼精灵，是不能轻易见的。"

马梦可道："谢明珠见不得，那姓董的明星就能参观咱公司？我看你啊，真是被美色迷昏了吧？"

马梦可今天有些不依不饶，显然她对朱恩在飞机上偶遇美女同学和女明星的事儿还是耿耿于怀。

朱恩摇头道："董玉不能参观咱们公司，熊平可以吗？"

"熊平，哪个熊平？"

"还能是哪个熊平，就是和你老妈特别熟的那个熊平，IDG 的那个……"

"你……你在飞机上也碰见他了？"马梦可惊呼一声，有些不信地盯着朱恩。

朱恩道："你用这种眼神看着我干什么？这千真万确，我准备在今年下半年启动下一轮的融资。这一次到美国给我触动很大，咱们的手机登不了大雅之堂。如果不快速组建研发中心，梦幻手机做不了几代就会归于平庸。现在我们手上拿了一手好牌，我们千万不能玩坏了！"

马梦可道："第二轮融资这么快，咱们是不是考虑得有些早了？今年年底，咱们的估值基数至少四十亿，我们自己的现金也能破五亿，这么多钱还不够吗？"

"四十亿？你怎么不说一百亿？你是不是太乐观了？"

马梦可道："这怎么能说我乐观呢？年底五百万部的目标是昨天杰瑞自己在全公司立下的军令状，五百万部的销量，最保守的利润在五个亿。一家年营收七十亿、利润五个亿的公司，按照市盈率八倍估值这够保守了吧？"

朱恩愣了一下，道："咦，听你这么一说好像还真高啊。那行，我们下一轮融资的谈判你挂帅吧！我发现我还真没你狠，我先前想有三十亿的估值就能满意了。你一开口就差了十个亿，幸亏我和熊先生在飞机上没有实质性的交流。"

马梦可咯咯一笑，终于露出了笑容，道："这还差不多，你就放心吧，咱们不一定选择 IDG，这几天我妈老问我下一次融资在什么时候。你别看我妈嘴硬，什么不稀罕挣咱们这点钱，其实心里急着呢！

"咱们四千万起价，一年多将公司做到四十亿的估值，直接让资本翻一百倍，你说我妈这个资本家能不心急吗？

"她上哪儿去找这样赚钱的项目去？你要知道，我妈骨子里就是个资本家。"

马梦可表情有些得意，突然她猛然凑到朱恩身边，狠狠地给了朱恩一个香吻。

朱恩吓得浑身一颤，脚狠狠地踩下去，汽车猝然停在了马路上，吓出一身冷汗。

马梦可满脸通红，双目含春地嗔道："你干什么？没被女孩子亲过吗？呆得跟木头一样……"

朱恩有些慌张地松开刹车，心中浮现出很异样的味道……